명량대첩 1597. 9. 16
이순신, 13척의 병선으로
왜선 133척 격파

진도

해남

전라우수영

병영(兵營)

장흥

고흥

완도

순천

광양

전라좌수영

여수

명

선조의 몽진

서산대사

묘향산

의주

정문부

길주

이정암

유성룡

평양

사명대사

금강산

권율(행주대첩)

연안

행주

신 립

명군

중주

조헌·영규스님

옥천

김덕령

담양

고경명

나주

광주

의령

거제도

김천일

진주

왜군

해남

이순신(명량대첩)

곽재우

김시민(진주대첩)

이순신(한산도대첩)

일
본

임진왜란 주요 격전지역

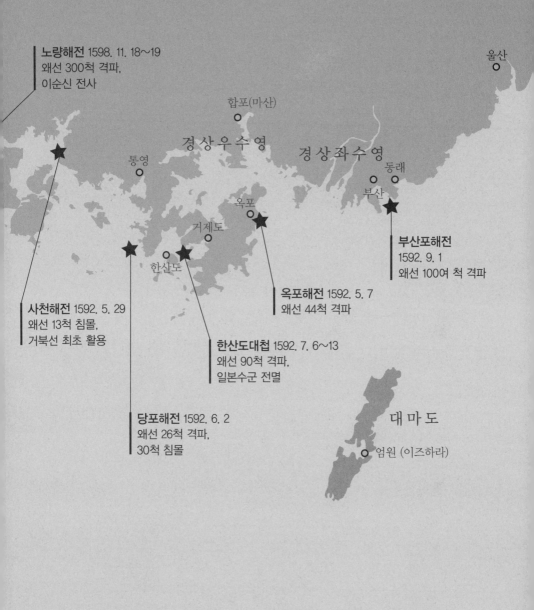

노량해전 1598. 11. 18~19
왜선 300척 격파,
이순신 전사

울산

함포(마산)

경 상 우 수 영

경 상 좌 수 영

통영

동래

부산

옥포

부산포해전
1592. 9. 1
왜선 100여 척 격파

거제도

한산도

옥포해전 1592. 5. 7
왜선 44척 격파

사천해전 1592. 5. 29
왜선 13척 침몰,
거북선 최초 활용

한산도대첩 1592. 7. 6~13
왜선 90척 격파,
일본수군 전멸

당포해전 1592. 6. 2
왜선 26척 격파,
30척 침몰

대 마 도

엄원 (이즈하라)

일 본

소설
징비록

2

이번영 장편소설 왜란

소설 징비록 · 2

살육의 광풍, 생존의 몸부림

2012년 6월 30일 발행
2014년 5월 25일 2쇄
2015년 2월 5일 3쇄
2015년 3월 5일 4쇄

지은이_ 李繁榮
발행자_ 趙相浩
발행처_ (주) 나남
주소_ 413-756 경기도 파주시 교하읍
       출판도시 518-4
전화_ (031) 955-4601 (代)
FAX_ (031) 955-4555
등록_ 제 1-71호(1979.5.12)
홈페이지_ http://www.nanam.net
전자우편_ post@nanam.net

ISBN 978-89-300-0606-4
ISBN 978-89-300-0572-2(세트)
책값은 뒤표지에 있습니다.

이번영 장편소설 왜란

소설
징비록
2

살육의 광풍, 생존의 몸부림

나남
nanam

소설 징비록 2

살육의 광풍, 생존의 몸부림

차 례

장군 이일(李鎰) 17

서울에서 내려온다는 순변사와 군사들을 돌봐야 할 경상감사가 나타나지 않은 대구에서는 군사들이 뿔뿔이 흩어진다. 결국 대구마저 일본군에게 점령되고, 뒤늦게 내려온 이일은 상주에서 어이없이 패한다.

장군 신립(申砬) 35

믿었던 이일 장군의 패전소식에 백성들은 불안에 휩싸여 피란길을 떠나고 선조는 광해군을 세자로 책봉한다. 충주 탄금대에서 명장으로 추앙받던 신립마저 패하여 자결하면서 조선은 절망의 구렁텅이에 빠지게 된다.

야반도주(夜半逃走) 56

선조는 임해군과 순화군을 각각 함경도와 강원도로 근왕병을 모집하라고 보낸 후, 자신은 한양의 궁을 버리고 평양으로 몽진한다. 관리들과 군사들도 싸우기도 전에 도망가는 일이 속출하고 한양마저 일본군에게 점령당한다.

연안성(延安城) 전투 408

이정암은 황해도에서 의병장으로 활약하여 황해도초토사가 된 후, 황해도 지역의 의군과 관군을 모두 지휘한다. 이정암이 이끄는 군대는 연안성 전투에서 승리하며 호남과 의주를 잇는 서해안의 남북통로를 보전하는 공을 세운다.

부산 해전 423

이제 일본수군에게 남은 유일한 기지는 부산이다. 이마저 빼앗긴다면 보급이 끊기는 상황이므로 일본수군은 부산을 지키려 사력을 다한다. 그러나 이순신은 철저히 훈련된 군대를 이끌고 일본수군에 맞서 부산 해전에서도 대승을 거둔다.

진주성(晉州城) 전투 437

일본수군이 이순신에게 연일 패배하자 풍신수길은 일본육군에게 진주를 시작으로 이순신의 본거지 여수를 공략하라고 명령한다. 진주목사 김시민은 치밀한 준비와 결사항전의 자세로 7일간의 격전 끝에 진주성을 지켜내지만 끝내 전사한다.

소설 징비록 · 3

참담한 상흔, 다시 망각 속으로

· 등장인물 ·

이순신 (李舜臣) 임진왜란 7년 동안 불패의 신화를 이룩한 민족의 영웅. 선조 때 무과에 급제하였으며 임진왜란이 일어나자 전라좌수사와 3도 수군통제사를 지내며 수많은 해전에서 승리했다. 거북선, 학익진법 등 과학적 군함과 체계적 전술을 도입하여 우리나라 전쟁사를 새로 쓰게 했다.

유성룡 (柳成龍) 퇴계 이황 문하에서 공부하고 문과에 급제한 후 동인의 선봉이 되어 예조판서, 대제학, 영의정 등을 지냈다. 임진왜란이 일어나 나라가 무너져갈 때 4도체찰사를 맡으며 명장 이순신을 추천하고 뛰어난 지략으로 위기마다 지혜로운 해결방안을 제시했다. 후에 임진왜란의 어려웠던 사정과 전쟁에 대한 대비책을 담은 《징비록》을 저술했다.

선조 (宣祖) 조선의 14대 왕으로 어렸을 때 이름은 이균(李鈞)이었으나 후에 이연(李昖)으로 바꾸었다. 서화에 능했고 인재를 등용하여 국정 쇄신을 위해 노력했다. 그러나 대내적으로는 당쟁을, 대외적으로는 외적의 침입을 막지 못해 재위기간 내내 백성들을 내우외환에 시달리게 했다. 임진왜란 때 의주로 몽진하였으며 그 도중에 광해군을 세자로 책봉하여 분조(分朝)하고, 명나라에 구원을 요청하였다.

이일 (李鎰) 명종 때 무과에 급제하고 두만강변에서 여진족을 물리쳐 명장으로 인정받았다. 임진왜란이 일어나자 순변사로 임명되어 상주에서 왜적과 싸웠으나 패하였다. 그 뒤 명나라의 이여송과 함께 평양을 탈환하고 서울을 지켰다.

신립 (申砬) 선조 때 무과에 급제하여 온성부사로 있을 때 함경도에 침입한 여진족을 물리친 명장이다. 임진왜란이 일어나자 충주 탄금대에서 배수의 진을 치고 왜군과 맞서 싸웠으나 패하여 자결하였다.

석성 (石星) 명나라의 병부상서. 조선이 일본과 한편으로 명나라를 치려고 한다는 주장에 맞서 조선을 신뢰하고 구원병을 보내자고 주장하였다.

조승훈 (祖承訓) 명의 요동 부총병. 명나라에서 조선에 보낸 수천 명의 원조군을 이끌고 와 평양성에서 왜군과 전투를 벌였으나 패하였다.

이항복(李恒福) 임진왜란 때 병조판서를 지내면서 의주로 왕을 호종했고 명나라의 지원병을 요청했으며 전국에서 근왕병을 모집했다. 이후 벼슬이 대제학, 도원수, 영의정에 이르렀으며, 이덕형·유성룡·이원익과 함께 조선의 4대 명재상으로 꼽힌다.

유극량(劉克良) 무과 급제 후 어머니가 이조판서 홍섬의 집안에서 도망친 노비였다는 사실을 알게 되어 홍섬에게 용서를 빌고 어머니 대신 종살이를 하겠다고 청했다. 그의 효심에 감복한 홍섬은 그를 면천해 주고 조정에 불러 벼슬을 주었다. 임진왜란 때 조방장이 되어 임진강 전투에서 분전하다가 순국했다.

한응인(韓應寅) 정여립을 반역죄로 고변하여 정여립의 난을 평정했다는 공으로 평난공신이 되었다. 임진왜란 때 왜적의 움직임에 신중하게 대응하자는 유극량의 주장을 무시하고 임진강 전투를 강행하다 패배하였다.

어영담(魚泳潭) 선조 때 무과에 급제한 뒤 남해의 해로를 익혔다가 임진왜란 때 광양현감으로 있으면서 이순신에게 물길을 안내하였다. 옥포해전과 노량해전에서 큰 공을 세웠다.

나대용(羅大用) 조선(造船)에 천재적인 재능을 가진 군관으로 이순신의 지시를 받아 거북선을 만들었다.

원균(元均) 일찍이 무과에 급제하여 변방의 야인을 토벌하고 부령부사가 되었고, 임진왜란 때 경상우수사에 올랐다. 선조의 총애가 두터웠으나 이순신과의 관계가 좋지 않아 여러 부끄러운 기록을 남겼다. 이순신이 모함을 받아 옥에 갇히자 그의 뒤를 이어 3도 수군통제사에 임명되었으나 칠천 앞바다에서 왜군에게 대패하여 조선수군을 전멸시키고 도주했다.

이억기(李億祺) 왕손으로 무과에 장원급제하였고 임진왜란 때 전라우수사로 활동하며 이순신과 함께 여러 해전에서 빛나는 전과를 올렸다. 억울한 누명을 쓰고 사형선고를 받은 이순신을 구하려고 애쓰기도 했다.

곽재우(郭再祐) 경상도 의령 의병장. 과거에 합격했으나 답안 내용이 임금을 비하한 것이라 하여 합격이 취소된 후 낙향하여 교육에 전념했다. 임진란이 일어나자 마을의 젊은이들을 훈련시켜 왜군을 섬멸하며 낙동강의 보급로를 차단했다.

고경명(高敬命) 전라도 담양 의병장. 문과 장원으로 벼슬길에 올랐다가 모함을 받고 파직된 후 고향에 머물러 있다가 나라가 어려워지자 나이 60에 의병을 일으켰다. 왜군이 곡창지대인 전라도에 들어오는 것을 막기 위해 금산성 전투에서 분전하다가 장렬히 전사했다.

권응수 (權應銖) 경상도 영천 의병장. 무과에 합격하여 군관생활을 하였고 퇴직 후 고향에서 은둔하다가 임진왜란 때 의병으로 떨쳐 일어났다. 휘하에 따르는 사람들이 늘어나면서 경상좌도 의병 총대장으로 임명되어 영천성과 경주를 탈환하였다.

권율 (權慄) 영의정 권철의 아들이자 이항복의 장인. 문과에 급제하여 의주목사와 광주목사를 지내던 중 임진란이 터지자 왜군의 전주 입성을 막기 위해 배꽃재(이치, 梨峙)에서 의용군 1천 5백 명을 모아 왜군 1만 대군과 싸워 승리하였다. 명군이 온다는 소식에 북상하여 수원의 독산산성을 지켰으며, 유명한 행주산성 전투에서 승리했다.

조헌 (趙憲) 충청도 옥천 의병장. 율곡의 제자로 과거급제 후 여러 벼슬을 지내며 왜군의 침공에 대비해야 한다고 수차례 상소를 올렸으나 오히려 조정의 미움을 사 파직되었다. 파직 후 옥천에서 제자를 양성하다가 임진란이 일어나자 의병을 일으켜 청주성을 탈환하였다.

정문부 (鄭文孚) 문과에 합격하여 임진란 당시 함경도 북평사로 있다가 의병을 일으켜 경성, 회령, 길주 등을 진격하여 수복하였다.

심유경 (沈惟敬) 명의 유격장군. 임진왜란 때 왜군의 진공을 늦추기 위해 일본에게 대동강 이남의 조선땅을 일본땅으로 승인한다는 완병지책을 제안했으며, 일본과의 강화교섭을 이끌었다.

이정암 (李廷馣) 명종 때 문과에 급제한 후 사성, 동래부사, 대사간, 승지, 이조참의 등을 지냈다. 임진왜란 때 황해도 의병장과 초토사를 겸하여 황해도 지역 의군과 관군을 모두 지휘하였다. 연안성 전투에서 승리하여 호남과 의주를 잇는 서해안의 남북통로를 보전했으며, 의병들이 지켜야 할 의군법을 만들었다.

김시민 (金時敏) 선조 때 무과에 급제하였고, 임진란 때 진주목사로 있으면서 진주성에서 4천도 안 되는 병력으로 3만의 왜군과 맞선 진주대첩을 승리로 이끌고 순국하였다.

장군 이일 (李鎰)

순변사에 임명된 이일(李鎰)은 속이 뒤틀려서 병조판서를 찾았다. 판서 홍여순은 창덕궁의 내병조(內兵曹)에 있었다.

새벽에서야 잠자리에 들었다는 홍여순은 오시(午時: 낮 12시)가 다 되어서야 일어났다.

"여기는 어찌 오셨소? 직첩(임명장)은 새벽 일찍 보내드렸소."

홍여순은 짜증 투였다.

"받았소."

이일은 홍여순이 같잖게 보였다. 홍여순은 10년 정도는 연하였지만 꼭 나이 탓만은 아니었다.

"왜 떠나지 않았소?"

"직첩만 가지고 싸웁니까?"

"그러면?"

"병사가 있어야 싸울 게 아니오? 병조판서가 무엇이오? 우선 급한 대로 병사 300명만 내주시오."

"그야 내드리지요. 오후쯤 비변사로 나오시오."

이일은 방어사 성응길, 조경 등 장수들과 함께 점심을 마친 다음 비변사로 갔다. 전복에 무장을 갖추고 전장으로 바로 떠날 참이었다.

비변사는 돈화문 앞에 있었다. 오후가 되어 이일 등이 들어가 보니 마당에 모여 있어야 할 병정은 한 사람도 없었다. 저만큼 대청마루에서 홍여순이 서리 한 사람을 앞에 세워놓고 고래고래 소리를 지르고 있었다.

이일이 다가가니 홍여순이 힐끗 쳐다보았다.

"좀 기다려야겠소."

그리고 돌아서 문서 뭉치로 서리의 머리를 탁탁 치다가,

"이래 가지고서야 무슨 일이 되겠느냐? 이 천치들아."

그 문서 뭉치를 마룻바닥에 내동댕이쳐 버렸다.

바닥에 떨어진 문서를 보니 선병안(選兵案)이었다. 징병대상자들의 신상명세를 적은 징병대장이었다. 이제야 병정이 될 장정들을 모으려는 것이었다.

"조금만 기다리면 되오. 관원들이 장안으로 좌악 퍼져나갔으니 곧 데려올 것이오."

이일은 한숨이 절로 나왔다.

"병판 대감, 당장 쓸 만한 병사가 그래 3백도 없단 말이오?"

"허어, 보고도 모르시오? 답답하긴 … ."

글쎄 누가 답답한지 알 수가 없었다. 하기야 말해서 무엇하리. 궁궐 수비병 몇 명이 있을 뿐 한양에는 군대란 게 아예 없었다. 관서마다 군

사라는 이름의 장정들이 몇 사람씩 있었으나 그냥 심부름꾼이었다. 칼도, 활도 잡아 본 일이 없는 일꾼들이었다.

현지에서는 계속 장계가 올라오고 있었다.

홍여순이 장계들을 모아서 들고, "어전에 아뢰러 가야 하겠소"라고 한마디 하면서 대문으로 빠져나가 버렸다.

"별수 없소. 내일 아침에 다시 옵시다."

이일 이하 장수들은 하릴없이 돌아섰다.

다음날 이일 등이 비변사에 나타났을 때는 어제와는 딴판이었다. 어제 무슨 난리를 쳐댔는지는 모르지만 넓은 마당은 사람들로 메워졌고 당상에는 3정승도 나와 있고 판서들도 여럿 보였다.

홍여순이 공치사를 했다.

"어제는 내 한잠도 못 잤소. 각 관아의 사령(使令: 관아의 심부름꾼)들을 다 동원했소. 각 방(坊: 동네)마다 선병안을 들고 성내 49방을 다 뒤져서 집에 있는 자들은 다 데려왔소. 수백 명은 될 것이오."

그러나 문제는 그게 아니었다. 전쟁터로 데리고 갈 300명의 군사였다. 관원이 이름을 부를 때마다 불린 사람은 다 사설을 늘어놓았다.

"나는 내수사(內需司)의 서리(書吏)요. 왜 내 이름이 거기 올랐단 말이오?"

그는 자기의 머리에 쓴 평정건(平頂巾: 서리들이 쓰는 감투)을 가리켰다.

"소생은 작년에 과거를 본 유생이오. 병정은 해당되지 않소."

그는 글장(과거 때 글을 지어 올린 종이)을 내보였다.

"나는 군(君)을 모시는 백도(白徒: 과거를 보지 않고 벼슬에 오른 사람)

요. 이름을 잘못 쓴 게 아니오?"

그는 입고 있는 야릇한 색동옷의 소매를 쓸어내렸다.

군역이 면제된 사람이 아니어도 할 말은 다 있었다.

"소인은 삼대독자올시다."

"소인은 나이가 쉰아홉이오."

"꼽추가 어찌 싸우겠습니까?"

돌아가는 형세를 보고 있던 영의정 이산해가 옆좌석의 좌의정 유성룡에게 넌지시 일렀다.

"순변사를 먼저 그냥 보내야 할 것 같소. 병사들은 뒤에 보내지요."

"그래야겠습니다."

유성룡이 이일에게 의견을 물었다.

"시간만 지체되니 하는 수 없는 것 같소. 순변사는 장수들만 데리고 우선 내려가시는 게 어떻겠소? 300명을 추려서 곧 뒤따라 보내 드리겠소."

"알겠소이다. 그리하지요."

이일은 부루퉁한 기색으로 한마디 던지고 동행할 장수들과 함께 밖으로 나갔다.

다급한 장계는 매일 몇 차례씩 들이닥쳤다. 다급한 일은 또한 다급하게 처리해야 했다. 대간(臺諫: 사헌부와 사간원)의 수장들이 함께 임금 앞에 엎드렸다. 대사헌 이헌국(李憲國)과 대사간 김찬(金瓚)이었다.

"대신 한 사람을 현지에 내려보내셔야 하옵니다."

영의정 이산해, 좌의정 유성룡, 우의정 이양원, 이 세 사람이 대신이었다.

"자세히 말해 보시오."

"충청도와 경상도 초입까지만 해도 기를 쓰고 말을 달려야 하루 종일이 걸립니다. 급한 일이 있을 때 조정에 알리고 윤허를 받고 돌아가 처리하려면 빨라도 3일은 잡아야합니다. 그러니 그 이남은 빨라도 4, 5일은 걸리기 마련입니다. 흉적들이 성난 파도처럼 밀려오는 판인데 지금대로라면 일을 그르칠 염려가 있습니다."

"과연 그렇소."

"하오니 생사여탈의 전권을 가진 대신 한 사람이 내려가야 합니다. 가까운 거리에서 전하를 대신하는 것이옵니다. 백성들을 이끌고 장수들을 지휘하여 일을 제때제때 처리하면 좋을 것이고, 또한 전하께서도 과중한 부담을 덜게 되실 것이옵니다."

"참 좋은 생각이오. 그 직책을 뭐라 하면 되겠소?"

"옛글에 체찰민은(體察民隱: 백성의 어려움을 몸소 살피다)이라 했습니다. 체찰사(體察使)라 하고 모든 것을 통괄한다는 뜻으로 도(都)를 붙여 도체찰사(都體察使)라 하면 될까 하옵니다."

"그리합시다. 그러면 세 정승 중 누가 가야 하는고?"

"신은 전하의 곁을 떠날 수가 없고 우상(이양원)은 서울 태생이니 좌상(유성룡)이 적임인가 합니다. 좌상은 안동 태생에 경상감사를 지냈습니다."

영의정 이산해의 의견이었다. 임금은 유성룡을 쳐다보았다.

"경의 뜻은 어떻소?"

"여부가 있사옵니까? 어디든 가겠사옵니다."

체찰사가 가 있을 임지는 성주(星州)로 결정되었다.

"좌상은 곧 떠나도록 하시오. 왜적들을 아예 몰살해 버리시오."

유성룡은 부체찰사로 김응남(金應南)을 추천하여 윤허받았다. 또한 옥에 갇혀 있는 전 의주목사 김여물(金汝岉)의 방면을 윤허받아 그를 데려가기로 했다. 김여물은 무략이 뛰어난 사람이었다. 몇 달 전 의주목사로 있으면서 성을 수리하고 진 치는 연습을 했다는 이유로, 그러나 사실은 정철 일당으로 여겨졌기에, 투옥된 사람이었다.

유성룡은 비변사에 나가 내려갈 준비를 했다. 우선 각 관아에 공문을 보내고 성내에 방을 붙였다.

도체찰사 유성룡의 비장(裨將: 수행무관)을 모집한다. 무인으로 경험이 있는 자는 비변사로 나오라.

해도 지기 전에 80여 명의 무사들이 모였다. 홍여순도 마침내 장정들 300명을 모아 별장(別將) 유옥(兪沃)에게 내주고 이일을 찾아가게했다. 다급한 장계가 또 닥쳤다.

왜적이 조령으로 다가오고 있습니다.

숨 돌릴 사이가 없었다. 적들은 어느새 문경까지 닥친 모양이었다.

유성룡은 한성부 판윤(判尹)으로 있는 신립(申砬)을 불렀다.

"일이 다급하게 됐소. 장군의 의견을 듣고 싶어 오시라 했소이다."

"이일이 고단한 군사 기백 명 데리고 앞서 나갔으나 아마도 어려울 겁니다. 대감께서 나가신다 들었습니다만 싸우실 수야 없지 않습니까?"

맞는 말이었다.

"장수를 또 보내야 한단 말씀이오?"

"그렇지요. 이일을 뒷받침할 이진(二陣)이 있어야 합니다."

"장군께서 나서 보시겠습니까?"

"어찌 사양할 수가 있겠습니까? 어명을 내리시면 기꺼이 나서겠습니다."

"고맙소이다."

유성룡은 그 밤 임금을 뵙고 다급한 건의를 드렸다.

신립도 그 밤 임금을 뵈었다.

"경을 도순변사(都巡邊使)로 임명하니 하삼도의 모든 군병을 지휘하여 적을 물리치도록 하시오."

다음날 병조판서가 바뀌었다. 새 병조판서는 김응남(金應南)이 맡았다. 김명원(金命元)을 도원수(都元帥)로 하여 새로 모집해온 장정들에게 기초훈련을 시켰다.

다음날 21일. 신립은 비변사에 나가 성내의 마필들을 모아 줄 것과 관고의 무기들을 내줄 것을 부탁했다. 그리고 사람도 시키고 성내 여러 곳에 방도 붙여 병사들을 지휘할 중간 무사들을 모집했다. 그런데 유성룡 때와는 다르게 단 한 사람도 나타나지 않았다. 사람들이 신립 장군 휘하로는 가기 싫어한다는 의미였다.

신립은 유성룡 휘하에 무사들이 많다는 소문을 들었다. 신립은 속이 뒤틀렸다.

'흥, 나가 싸울 사람은 무사가 없고, 뒤에서 빈둥거릴 사람은 무사가 많다고?'

다음날 신립은 유성룡이 떠날 준비를 하는 중추부(中樞部)로 갔다.

마당에는 많은 무관들이 웅성거렸고, 전복을 입은 유성룡은 김응남과 무엇인가 상의하고 있었다.

"대감께서 오늘 떠나십니까?"

신립이 퉁명스럽게 물었다.

"그렇소만?"

"저도 오늘 떠납니다. 이왕 같이 가는 바에야 저를 부사로 삼아 주시지요. 그래야 군관들을 함께 거느릴 수 있지 않겠습니까?"

그 퉁명스런 말투의 뜻을 유성룡은 대번에 알아차렸다. 웃는 낯으로 부드러운 말로 그의 불편한 심기를 펴주었다.

"나랏일인데 어찌 구별이 있겠소? 공께서 먼저 가는 것이 급하니 당연히 군관들을 먼저 데리고 가야 하지요. 나는 다시 모집해서 따라가면 되는 것이오."

유성룡은 군관 명부를 신립에게 넘겨주었다.

"따라오너라."

신립은 그들을 이끌고 나갔다. 상관이 갑자기 바뀐 군관들은 모두 풀이 죽어 따라나섰다. 김응남은 병조판서라 따라갈 필요가 없었지만 함께 따라가야 하는 김여물은 몹시 언짢은 기색이었다. 유성룡은 불안스런 심사를 떨칠 수가 없었다.

비변사 앞에는 그럭저럭 꽤 많은 마필과 병사들이 모여 줄을 서고 있었다. 제법 많은 깃발들도 펄럭였다. 신립은 김여물과 함께 인마를 살펴보며 한 바퀴 돌았다. 숫자로는 대략 3천 기병이 되었다. 그러나 아무리 보아도 오합지졸이었다. 그렇다고 어찌해 볼 시간이 없었다. 내려가면서라도 틈나는 대로 훈련을 시켜볼 수밖에 없는 일이었다.

신립은 임금 앞에 나아가 출정신고를 했다. 임금은 번쩍거리는 보검 한 자루를 신립에게 하사했다.

"이 상방검(尙方劍)으로 이일 이하 그대의 명을 따르지 않는 자는 누구든지 목을 베시오."

〔상방은 중국 한대(漢代)의 관청이었다. 보검을 비롯하여 천자에게 소용되는 물건들을 만들던 곳이었다. 상방검의 본명은 상방참마검(尙方斬馬劍)으로 말도 능히 벨 수 있을 만큼 예리한 칼이란 뜻의 명칭이었다.〕

상방검을 받는다는 것은 임금으로부터 최고의 권위과 최고의 사명을 부여받는 것을 의미했다.

그러나 아무래도 신립은 그 상방검의 두 가지 의미를 다 이해하는 장재는 아닌 것 같았다. 그렇다면 당연히 임금이 깨우쳐 주어야 했으나 선조에게는 그런 기대 또한 무리였다.

신립이 내려가는 목적은 구체적으로 전투였다. 북상하는 왜적을 격퇴, 섬멸하는 것이었다.

임금 옆에는 의당 정언신이 있어야 했고 또 있을 수도 있었다.

'이 칼이 장군의 권위와 사명을 지킬 것이오. 권위를 거스르는 자를 베고 사명을 어기는 자를 베시오. 일차적으로는 조령에서 장군의 권위와 사명을 지키시오.'

유성룡은 정여립 사건에 연루되어 죄 없이 죽은 정언신을 불현듯 떠올렸다. 정언신이 있었다면 어명은 이렇게 달라질 수도 있었다.

4월 22일, 온 나라의 염원을 한 몸에 지니고 조선 제 1의 장군 신립은 마침내 전장으로 떠났다. 김여물 이하 3천여의 군사들을 휘동하여 남으로 내려갔다.

"왜적들 이제 다 죽었다."

"그렇고말고, 싸-악 쓸어버릴 테니까."

신립은 용인에 이르러 장계를 올렸다. 그런데 자기 이름을 쓰지 않았다. 대신들은 공연스레 걱정이 되었다.

'신립의 마음이 산란하구나.'

유성룡은 불길한 느낌을 떨칠 수가 없었다.

한편 측근 몇 명만 데리고 떠나온 이일이 충주에 이르렀을 때, 군관 유옥(俞沃)이 200여 명 군사를 데리고 뒤쫓아 당도했다.

"수고했네만 왜 200인가?"

"오는 도중에 100명은 방어사 조경 장군의 뒤를 따라갔습니다."

다음날, 이일의 부대는 충주목사 이종장(李宗長)의 환송을 받으며 일찍 출발했다. 조령(鳥嶺) 고개에 오르자 숨이 목에 차 잠시 쉬었다.

군관 한 명, 병사 한 명이 말을 끌고 반대편에서 조령 고개로 올라왔다. 이일이 불렀다.

"누구냐?"

"경상감영의 군관인데예, 장계를 바치러 한양 가는 길 아잉교."

그는 나무 옆에 세운 깃발을 보더니 더욱 공손히 두 손을 모았다.

"하이고마. 순변사 어른이시구먼요."

"감사 어른은 지금 어디 계시냐?"

"초계에 계실 깁니더."

"남쪽의 사정은 어떻냐?"

"싸-악 쓸어 버렸심더."

"그게 무슨 소리야?"

"부산에서부터 시작해가 창원, 밀양, 경주 다 쓸었을 깁니더. 조총을 마구 쏘아대니 막을 재간이 없다 아입니껴. 모두들 신병(神兵)이라 카데예."

이일이 궁금한 것은 따로 있었다. 김수가 대구에 집결시킨 수만의 군사들이었다.

"너 대구를 거쳐왔지?"

"대구라꼬예?"

"군사들이 많이 모였더냐?"

"군사라꼬예?"

"대구에 경상도 군사가 많이 모여 있는데 그걸 못 보았단 말이냐?"

"어데예, 대구도 날아갔심더. 거기도 왜적들이 들어 있어가 샛길로 숨어서 왔다 아입니껴. 산속으로 오다가 헤매는 병사들을 수도 없이 만났고예, 모두 다 달아난 이야기도 들었심더."

군관은 들은 대로 대구의 이야기도 들려주었다.

몇천인지 몇만인지 알 수는 없었으나 감사 김수의 지시대로 각지에서 모여든 병사들은 대구 수성천 아래 들판을 가득 메우고 있었다.

서울에서 온다는 순변사는 오지 않고 병사들은 할 일 없이 웅성거리기만 했다. 사나흘 지나자 집에서 각자 가지고 온 양식이 동나기 시작했다. 배가 고프니 들판의 밤은 더 추웠다.

순변사가 올 때까지는 당연히 감사가 현장에서 이들을 보살피고 어거해야 하련만 감사 김수는 코빼기도 비치지 않았다.

비가 종일 오는 날이었다. 비를 피할 데 없는 벌판에서 병사들은 쪼

그리고 앉아 그 비를 종일 다 맞을 수밖에 없었다. 저녁 무렵이 되니 남에서 올라오는 피란민들이 부쩍 많아졌다.

"왜놈들이 이미 청도를 지났심더. 이 밤 안에 대구로 몰려올 깁니더."

어두워지자 병사들이 달아나기 시작했다. 각 고을 수령들이 말을 달리며 채찍으로 후려갈겼지만 산지사방으로 막무가내로 튀어 도망가는 데야 별 도리가 없었다. 금방 들이닥칠 왜적들에 대한 두려움은 수령들도 마찬가지였다. 감사도 없는데 눈치 볼 것도 없었다. 밤사이 수령들 역시 다 사라져 버렸다.

맑게 갠 다음날 아침 수만 명 와글거리던 들판엔 밥솥 뚜껑 몇십 개가 눈부신 아침 햇살에 반짝이고 있을 뿐이었다. 씻은 듯이 깨끗한 풍광을 즐기며 왜군들은 총 한 방 쏘지 않고 대구에 입성했다. 그것이 엊그제라고 했다.

"출발합시다."

군관과 헤어져 내려오니 문경고을이었다. 그런데 여기는 마중 나와야 할 원님은 고사하고 사람의 그림자 하나 보이지 않았다.

하는 수 없었다. 관고의 문을 부수고 쌀을 꺼내 빈집으로 들어가 밥을 지어 먹었다. 이일은 장수들과 상의하고 상주에서 적을 막기로 했다.

다음날 4월 23일, 이일 일행이 함창(咸昌)을 지나 상주(尙州)에 들어온 것은 해질 무렵이었다. 성안이고 성 밖이고 상주에도 사람들이 없었다. 상주 동헌에 들어가자 판관(判官) 권길(權吉)이 혼자 졸고 있었다.

"목사는 어디 갔느냐?"

"순변사 어른을 마중하러 가신다 캤는데예."

순변사를 영접하러 나간다던 상주목사 김해(金澥)는 그길로 달아나 산속으로 피신해 버렸다.

"이 큰 상주바닥에 병사도 백성도 어째 하나도 없느냐?"

"목사 어른이 가라 캐서 지가 한 500명 데리고예 대구에 갔십니다. 그런데 비오는 날 밤중에 마 다 도망쳐 삐린기라예. 그래가 혼자 와 있는기라예."

"네놈이 다 도망치게 놓아두었구나. 이놈을 끌어다 목을 쳐라."

권길이 깜짝 놀라 두 손으로 싹싹 빌었다.

"병정들을 모아 오너라. 그러면 살려 주리라."

권길은 나갔다가 새벽녘에 돌아왔다. 300여 명의 장정들을 데리고 왔다. 이일은 부드러워졌다.

"더 모을 수 있겠느냐? 장정들 말이다."

"지금이 바로 보릿고개라예. 졸지에 산속으로 흩어진 사람들이 묵을 게 없어가 죽을 지경일 낍니다. 묵을 거만 준다 카몬 … ."

"무슨 말인지 알았다. 네 요령껏 해보아라."

병정들을 풀어 산골짜기마다 찾아가 외치게 했다.

"순변사께서 양식을 나누어 주십니다. 다들 산에서 내려오이소."

외치기 무섭게 금방 백성들이 몰려왔다. 관고의 양곡을 풀어 나눠주었다. 몰려온 백성들 중에서 또 300여 명의 장정들을 추려냈다.

800여 명의 장정이 모였다. 이들에게 우선 급한 대로 무기 다루는 법부터 가르쳐야 했다. 이일은 관고를 열어 장정들에게 활과 창을 나누어 주고 그 사용법을 숙지시키는 훈련에 들어갔다.

완전 초보들에게 한 가지라도 더 가르치려고 애쓰다 보니 어느 사이 해질녘이 다 되었다. 훈련을 마치려는데 피란민 한 사람이 헐떡거리며 달려서 이일 앞으로 다가왔다. 개령(開寧: 김천시 개령면) 사람으로 피란가는 중이라 했다.

"무슨 일이냐?"

"큰일 났심더. 왜적들이 다가옵니더."

"자세히 말해 보아라."

"왜놈들이 선산(善山)을 지나고 있는 거를 보았심더."

이일은 말이 안 된다고 생각했다. 왜적은 21일 대구에 들어왔다고 했다. 놈들이 22일 하루는 쉬었을 테니 그러면 23일, 24일 이틀 동안에 무려 200리 길을 달려왔다는 얘기였다. 이일의 계산으로는 그것은 불가능한 일이었다.

"이놈 허망한 소리로 사람을 놀라게 하는구나. 끌어다 목을 베라."

개령 사람은 깜짝 놀라 매달렸다.

"아이고, 정말입니더예. 내일 아침까지만 참아 주이소예. 내일 아침에 왜놈들이 여기 안 온다 카몬 그때는 목을 베도 개않심더."

그는 옥에 갇혔다.

다음날 25일. 해가 떴는데도 적은 그림자도 보이지 않았다.

"그놈을 끌어내라."

개령사람은 틀림없으니 조금만 더 기다려 달라고 애원했으나 소용 없었다. 개령사람은 이일을 흰 눈으로 노려보다 목이 떨어졌다.

이일의 계산과는 달리 왜적은 대구에서 쉴 필요가 없었다. 22일 인동(仁同: 구미)에서 밤을 보낸 적은 23일 낮에 선산을 지나 밤에는 상주와 겨우 20여리 떨어진 장천(長川)가에서 숙영했다. 24일 이른 새벽에 서둘러 상주성 밖 숲속으로 잠복해 들어가 성을 포위했다.

25일 아침이 아니라 적은 24일에 이미 상주에 들어와 있었는데 이일은 적이 오지 않았다고 애꿎은 백성의 목을 잘랐다. 이일이 조선 제2의 장수라고들 했으나 사실은 허명만 무성한 장수였다.

無所不用間也(무소불용간야)

어떤 상황에서든 정보활동은 필수다.　　　　　　　　－《손자병법》

전투에 임할 때는 어떤 수단을 이용하든 항상 적정을 살피는 것이 장수의 기본 조건이었다. 이일은 최소한 척후 몇 명이라도 내보냈어야 했다. 그런 기본 조건도 갖추지 못한 이일은 왜적이 이미 상주를 에워싸고 있는 것도 까맣게 모른 채 장정들을 이끌고 성을 나왔다. 이일은 하루, 이틀의 여유는 있다고 생각했다.

북천(北川)을 건너 산기슭으로 데리고 가 진(陣)치는 법을 가르쳤다. 진의 중앙에 대장기를 세우고 이일은 갑옷을 입고 말위에 올라 좌정하고 휘하 장수들과 종사관, 군관, 병졸들이 제 위치를 지키고 이동하는 법을 가르쳤다. 그것으로 거의 한나절을 보낸 다음 활쏘기 훈련에 들어갔다.

정오쯤 되었을 때 건너편 숲속에 서너 명 사람의 모습이 얼씬거렸다. 몸을 감추려는 모습이 이쪽을 염탐하는 것 같았다. 분명히 조선사람들의 복장은 아니었다.

장정들 중에는 이를 본 사람들이 여럿 있었으나 놀란 채 서로 곁눈질을 할 뿐이었다. 얼핏 왜적 같은 느낌이 들었으나 발설할 수가 없었다. 아니라면 개령사람처럼 목이 달아날 판이었으니 ….

그들이 숲속에서 자취를 감추는가 했더니 상주 성내 여러 곳에서 일제히 연기가 하늘로 치솟아 올랐다. 장정들이 모두 그쪽을 바라보았다. 이일이 권길을 쳐다보았다. 권길이 군관 하나를 불러 자기 말을 내주었다.

"빨리 가서 알아보고 오시오."

말을 받아 올라탄 군관은 몸이 비대한 탓인지 고삐를 제대로 가누지 못했다. 군관은 역졸 둘을 불러 양편에 경마를 잡히고 셋이서 달렸다. 꼴이 가관이었다.

그렇게 가던 세 사람이 북천 다리에 들어서는 순간 갑자기 천지를 진동시키는 총소리가 울렸다. 군관은 말에서 떨어져 바닥에 뻗어 버리고 역졸은 기겁해 도망쳤다. 이윽고 대여섯 왜병이 달려들어 군관의 목을 베어들고 성 쪽으로 뛰었다. 그리고 다음 순간 적장의 괴상한 고함소리와 함께 수천의 왜병들이 총을 마구 쏘며 이쪽으로 다가왔다.

"한 줄로 서라. 활을 당겨라."

이일은 소리소리 지르며 채찍으로 장정들을 후려쳐 앞으로 내몰았다. 그러나 화살은 적에 닿지도 않는데 장정들은 총탄에 푹푹 쓰러졌다. 겁에 질린 장정들이 이리 뛰고 저리 뛰며 어쩔 줄 몰라 하는 사이, 적병은 양옆 숲속에서도 나타나 삼면으로 에워싸며 다가오고 있었다.

도저히 싸움이 되지 않고 있는데, 샛길이 나 있는 동북쪽으로도 적병이 다가가고 있었다. 조금만 더 지체했다가는 사방이 다 막혀 몰살을 면치 못할 것 같았다.

"후퇴다. 후퇴하라."

이일은 외치면서 먼저 튀었다. 북쪽으로 말 머리를 돌리고 무작정 달렸다. 모두 다 튀었다. 어디로 달리는지도 모르고 좌우간 죽기 살기로 달렸다.

전투랄 것도 없었다. 일방적으로 격살당한 서글픈 한판이었다. 그래도 반나마는 숲속으로 숨어들어 겨우 목숨을 건졌다.

판관 권길, 종사관 윤섬(尹暹), 조방장 변기의 종사관 이경류(李慶流) 등은 여기서 전사하고 왜적의 칼에 목이 잘려나갔다.

이일이 죽자살자 말을 달릴 때 세 사람이 따르고 있었다. 군관 하나, 병졸 하나, 그리고 종사관 박호(朴箎)였다. 박호는 경상감사 김수의 사위였다.

이일은 원래 종사관으로 윤섬이 있었으나 서울을 떠날 때 특청을 해서 박호를 종사관으로, 사역원(司譯院)의 왜학통사(倭學通事) 경응순(景應舜)을 통역으로 데리고 왔었다.

왜병 10여 명이 이일을 한사코 쫓아왔다. 이일은 달려 산으로 올라갔다. 가파른 비탈에서 말은 나아가지 못하고 허우적거렸다. 이일은 말을 버리고 달아났다. 적들도 말을 버리고 쫓아왔다. 이일은 달리면서 옷을 하나씩 벗어던졌다. 한참 달리다 보니 아랫도리만 걸친 알몸에 헝클어진 머리칼이 바람에 휘날리고 있었다.

그래도 몇 고개 넘다 보니 적들이 따라오지 않았다. 세 사람도 용케 이일을 잘 따라왔다. 시냇물을 만나 목을 축이고 대충 씻은 다음 흐트러진 머리를 감싸 덩굴로 동여맸다.

"어찌하지요?"

박호가 이일에게 물었다.

"다음을 기약해야지."

"다음이요? 이 지경을 만들어 놓고 장군은 살 작정이시오?"

박호는 같잖다는 듯 이일을 흘겨보았다.

"아니면? 승패는 병가지상사(兵家之常事) 다."

"장군과 저는 죽은 사람들에게 사죄해야 합니다. 여기서 목숨을 끊어야 합니다."

"뭐라고? 별 미친놈 다 보는구나."

이일은 박호를 한참 노려보다가 돌아서 걸었다. 두 사람은 이일을 따라 걸었으나 박호는 반대편으로 걸었다. 박호는 산 고개 넘어 소나무 숲속으로 들어가 스스로 목을 찔러서 전사한 전우들 곁으로 갔다.

이일은 계속 걸어 문경에 이르렀다. 종이와 붓을 구해 장계를 썼다. 패전 보고서였다.

… 적들은 실로 신병(神兵) 들이라 당할 도리가 없었습니다.

이일은 군관을 시켜 장계를 올려 보내고 신립이 내려와 있다는 충주로 향했다.

장군 신립 (申砬)

이일의 장계가 도착한 것은 패전 이틀 후 4월 27일 아침나절이었다. 소문은 삽시간에 퍼져나갔다.

"이일이 패했다면 끝장난 게 아니냐?"

거리에도 난리가 났다. 왜적은 이제 이일에게 다 죽었을 것이라고 믿던 백성들은 이고 지고 붙들고 이끌면서 사대문으로 꾸역꾸역 밀려나갔다.

대궐도 소란스러워졌다. 후궁들의 안달에 임금도 마음이 급해졌다. 조정에 모인 신하들은 밤에도 돌아가지 못하고 빈청에 모여 신통한 계책을 쥐어짜느라 골머리를 앓았다. 그러나 신통한 계책이라는 게 나올 리가 없었다.

"신립을 믿어 보는 수밖에 … ."

"왜놈들, 신립에게는 당하지 못할 것이오."

"아암, 신립이 내려갔으니 왜놈들은 끝장이오."

빈청에서는 신료들이 입을 다물고 눈만 껌벅거리는 시간이 많아졌다. 이때 빈청에는 별로 들어올 일이 없는 이마(理馬: 사복시의 정6품 잡직. 임금의 마필을 관장) 김응수(金應壽)가 몇 번씩이나 들어와 영의정 이산해와 귓속말을 주고받았다.

그것은 영의정 이산해가 사복시 제조(提調)인 때문이었지만 때가 때인지라 사람들은 의아하게 여기지 않을 수가 없었다.

"대감, 무슨 일이오?"

"별일 아니오."

귀 밝은 도승지 이항복이 영의정 옆에 있었다. 그가 좌의정 유성룡에게 다가 앉더니 손바닥을 펴보였다.

立馬永康門内 (입마영강문내)
영강문 안에 말을 세워 놓아라.

암암리에 임금이 달아날 준비를 시켰던 것이다.

"영의정에게만 알리도록 해라."

그러나 소문은 새나가고 대간들이 들고 일어났다.

"영의정 이산해는 도성을 버리자고 충동질을 하고 있습니다. 그는 인빈 김씨의 오라비 김공량과 짜고 국사를 그르쳐온 사람입니다. 그가 또 이럴 수가 있습니까? 당장 파면토록 하옵소서."

소문을 듣고 달려온 종친들이 합문(閤門: 편전의 앞문) 밖에 주저앉아 땅을 치고 엎드려 읍소(泣訴)했다.

"도성을 버리지 마시옵소서."

"소인들의 시체를 밟고 가시옵소서."

백발의 영중추부사 김귀영(金貴榮)이 자못 상기되었다. 그가 앞장 서자 3정승 이산해, 유성룡, 이양원도 뒤따라 어전에 나갔다.

"전하, 도성을 버리시려 하시옵니까?"

임금은 난처했다. 자신의 은밀한 지시가 탄로 났음을 짐작할 수 있었다.

"떠나는 게 좋다는 사람도 있는 모양이오."

"도대체 누구이옵니까?"

"……."

"그런 자들은 나라를 망치는 자들이옵니다."

임금은 우선 주저앉기로 가닥을 잡았다.

"알겠소. 종묘와 사직을 두고 가긴 어디로 가겠소?"

유성룡이 한마디 거들었다.

"전하의 뜻이 아니라는 것을 신 등은 알고 있사옵니다. 차제에 도성을 지킬 방도를 정하도록 하시옵소서."

"옳은 말이오. 도성을 지킬 방도나 빨리 차리도록 합시다."

"성은이 망극하옵니다."

의논 끝에 도성 방비의 부서가 결정되었다. 우의정 이양원을 수성대장(守成大將)으로 삼고, 상산군(商山君) 박충간(朴忠侃)을 경성순검사(京城巡檢使)로 삼아 도성 수축과 경비를 맡도록 했다. 그리고 상중인 김명원을 다시 도원수로 삼아 한강을 지키도록 했다.

평생 칼 한 번 잡아보지 못한 이양원은 가슴이 덜컥 내려앉았다.

'어찌해야 이 도성을 지켜낼 수 있단 말인가?'

이양원은 병조판서 김응남에게 의견을 구했다. 김응남은 아직 업무 파악중이라며 병조참의(參議) 심충겸(沈忠謙)에게 미뤘다.

"도성 성곽의 둘레는 40리이고 성첩은 3만 개입니다. 교대를 위해 한 곳에 두 명씩 배치한다 해도 6만 명이 있어야 하지요. 상번병(上番兵: 지방의 군사로서 차례로 도성의 군영으로 올라와 근무하는 군사)으로 올라오는 군사들은 비록 병조 소속이지만, 하급 관원과 결탁해서 빠지는 군사들이 태반입니다. 책임자들이 그것을 점검도 하지 않고 있기 때문에 이렇게 급할 때는 사실 쓸 군사가 턱없이 모자랍니다."

설명하는 심충겸이나 듣는 이양원이나 한심스럽긴 마찬가지였다.

"소인이 모으는 데까지 모아드리겠습니다."

김응남의 협조하에 이리저리 뛰어다녔다.

각 방리의 백성들, 공사천의 노복들, 전에는 군사로 나가지 않던 서리들, 닥치는 대로 긁어모으니 7천 명쯤 되었다. 그저 오합지졸일 뿐인 이들을 도성 3만 개의 성가퀴를 지키도록 배치했다. 그러나 이들은 도성을 지킬 마음은 아예 없고 도망칠 궁리만 했다. 형식마저도 제대로 못 갖춘 어이없는 도성 방비였다.

판세가 어찌 돌아갈까 서로 눈치만 보고 있는데 전혀 예상치 못한 사람이 나타났다. 이일을 따라갔던 왜학통사 경응순이었다.

경응순이 어전으로 불려왔다. 그는 상주전투에서 적에게 사로잡혔으나 왜말을 아는 덕분에 살아나 심부름 온 것이었다.

고생이 역력한 몰골로 임금 앞에 나온 경응순은 품에서 봉서 2통을 꺼냈다. 하나는 풍신수길의 이름으로 임금에게 보내는 국서, 하나는 소서행장이 예조에 보내는 공문서였다. 편지를 받아 몇 사람이 읽었다. 내용은 늘 하던 소리였다. 조공을 바치러 명나라에 들어가려는데 길을 빌려주면 조선과는 싸울 이유가 없다는 것이었다.

"왜놈들이 하는 소리 중에 귀담아들을 만한 것은 없었느냐?"

임금이 경응순에게 물었다.

"특별한 말은 듣지 못했습니다만 소신이 떠나올 때 소서행장이 한 말이 있습니다."

"무슨 말?"

"'동래전투 때 울산군수 이언함을 사로잡아 그 사람에게 편지를 주어 보냈는데 아직도 회답을 받지 못했다. 조선에서 화평을 원한다면 이덕형을 28일 충주로 보내 나를 만나보게 하라', 이렇게 말했습니다."

말을 듣고 나자 임금은 벌컥 화를 냈다.

"너 사역원 관원이었지? 고얀 놈. 국록을 먹는 자가 적군의 앞잡이 노릇을 해? 이놈을 하옥하라."

경응순은 즉시 하옥되었다.

이덕형은 잠시 귀가해 경응순이 말하는 자리에는 없었다. 후에 소식을 듣자 밤중인데도 바로 입궐해 충주로 보내줄 것을 간청했다.

"전에 현소가 왔을 때 이덕형은 조선의 인물이라 감탄했소. 그 인물을 유인하여 해칠 작정인 것이오. 조선의 인물을 함부로 보낼 순 없소."

임금은 일거에 반대였다.

이제 32세의 이덕형은 젊지만 과묵한 준재였다. 대사간, 대제학, 예조판서를 거쳐 지금은 동지중추부사(同知中樞府事)였다.

"전하, 지금 사세가 너무 급박하옵니다. 소신이 내려가 만나는 동안 만이라도 쳐 올라오지는 않을 것이옵니다."

"도승지의 생각은 어떻소?"

임금은 이항복을 쳐다보았다. 이항복이 이덕형과 절친한 사이라는 것은 임금도 잘 알았다.

"적을 어찌 믿을 수가 있겠습니까?"

역시 보내지 말자는 뜻이었다.

"전하, 소신에게도 생각이 있사옵니다. 잠시라도 반드시 이로움이 있을 것이옵니다. 소신이 꼭 다녀와야 하옵니다. 윤허하옵소서."

이덕형은 완강했다.

"다른 의견이 있소?"

임금이 중신들을 둘러보자 이조판서 이원익이 찬성 의견을 냈다.

"한번 만나 볼 만한 일이옵니다."

동시에 여러 사람들이 고개를 끄덕였다.

"그럼 한번 해봅시다."

임금이 허락하자 이덕형이 얼굴을 펴며 자신의 생각을 피력했다.

"행장에게는 예판대감의 답서를 주시고, 풍신수길에게는 전하께서 답하시는 국서를 주십시오. 저들이 용인한다면 일본까지 들어가 풍신수길도 만나볼까 합니다. 가고 오는 데 시간도 걸릴 것이니 그동안에 계책을 세울 수도 있사옵니다."

"알겠소. 중대사인 만큼 국서고 답서고 예판이 직접 쓰시오."

임금은 물러나고 예조판서 권극지(權克智)가 여러 사람들과 상의해서 문안을 작성했다. 어느새 날이 새고 있었다. 잠시 눈을 붙이고 나온 임금이 문서에 수결하고 나더니 엉뚱한 한마디를 덧붙였다.

"나라의 명운이 달린 일이니 예판도 함께 가는 게 좋겠소."

중국에는 판서급이 사신으로 가는 일이 있으나, 일본에는 참의급이 가는 게 통상의 관례였다. 그러나 임금의 명이니 가는 수밖에 없었다.

권극지는 원래 몸이 쇠약했다. 여러 날 궁중에서 시달린 데다 지난 밤 문서를 쓰느라 밤을 꼬박 새웠다. 임금께 하직하고 빈청에 나와 작별인사를 하다 쓰러졌다. 상태가 심각했다. 의식이 없고 숨을 몰아쉬었다. 의원이 와서 청심원을 먹였으나 정신이 돌아오지 않았다. 가마를 태워 집으로 보냈다. 집에 가서도 상태가 호전되지 않더니 그날을 못 넘기고 운명하고 말았다. 55세.

이덕형은 옥에 갇혔던 경응순만을 데리고 충주를 향해 길을 떠났다. 이덕형이 떠난 후 3정승은 따로 상의했던 일을 마무리 짓기 위해 임금을 뵈었다.

막상 임금을 보자 입이 잘 열리지 않았다. 그도 그럴 것이 그 일의 발설로 정철이 지금 평안도 강계에 귀양살이 가 있지 않은가?

"무슨 일인지 말씀해야 알 게 아니오?"

이산해는 임금의 마음이 전과 같지 않다는 것을 이미 짐작했다. 인빈 김씨의 의중도 알고 있었다. 이 난리 속에 신성군을 세자로 세우는 것을 인빈은 좋아하지 않았다.

"세자를 세워야 한다고들 해서 ⋯ ."

역시 임금은 달라져 있었다.

"누가 좋겠소?"

"오로지 전하의 뜻에 달려 있사옵니다."

"둘째 광해가 총명하니 세울 만하겠소?"

"여부가 있겠사옵니까?"

아주 시원하게 해결되어 3정승의 마음이 아주 홀가분한데 임금이 자신의 자리를 굳히는 시험을 시작했다.

"내 원래 몸도 부실한데다 현명치 못하여 나라를 이 꼴로 만들어 놓았소. 조종을 대할 면목도 없고 하니 이 기회에 아예 광해에게 자리를 물려주는 것이 좋을 듯하오. 경들의 뜻은 어떻소?"

정승들은 힘든 연극을 해야만 했다. 안 나오는 눈물을 억지로 짜가며 말려야만 했다.

"천부당만부당하옵니다. 뜻을 거두어 주소서."

임금은 얼굴을 펴고 바로 세자 책봉식을 준비하라 지시했다.

광해군을 인정전(仁政殿)에 내다 세웠다.

"세자저하 백세(百歲)!"

백관이 모여 외치니 18세의 광해군은 세자가 되고 책봉식은 끝났다.

아무리 난세라 하지만 너무 초라한 책봉식이었다. 신성군이 아니기 때문이었는지도 모른다.

아무튼 온 나라의 한 가닥 희망은 아직도 굳건히 남아 있었다. 조선 제일의 장수 신립에 대한 기대였다. 신립이 충주에 도착한 것은 4월 24일이었다. 도성에서 데리고 온 병사와 충청도 각지에서 모아온 병사를 합하니 기병 4천을 포함 약 8천의 적지 않은 병력이 되었다.

다음날 신립은 기병 4천을 충주성 남쪽 10리 밖의 단월역(丹月驛)에 대기시켜 놓았다. 그리고 종사관 김여물과 충주목사 이종장(李宗張)과 함께 보병 4천을 이끌고 조령(鳥嶺)으로 올라갔다. 조령은 산세가 가파르고 험한 데다 수림이 울창하여 바로 앞사람도 잘 안 보일 지경이었다. 게다가 길은 오직 한 가닥 외길이 있을 뿐이었다.

병사들을 20명에서 30명씩 작은 분대로 나누고 군관을 배치해 훈련을 시켰다. 매복하는 법, 활을 쏘는 법을 현장에서 가르치고 지형을 잘 익혀 두도록 했다.

해가 중천에 오르자 병정들로 하여금 제자리에서 싸온 점심을 먹도록 했다. 신립도 휘하 장수들과 함께 나무 그늘에 모여 싸온 주먹밥을 먹었다. 가끔 뻐꾸기 우는 소리가 멀리 들릴 뿐 숲은 태고의 정일(靜逸)을 간직한 채 고요했다.

신립은 밥을 다 먹고 표주박의 물을 마셨다. 그때였다. 머지않은 수풀 속에서 부스럭거리는 소리가 났다. 마시기를 잠시 멈추고 귀를 기울였다. 잠잠했다. 다시 마시려 할 때 또 부스럭거렸다.

"무슨 소리가 들리지 않소?"

"이 일대는 노루가 많은 곳입니다."

충주목사의 대답이었다. 그러나 신립의 생각은 달랐다. 사람들이 이미 들어와 있는데 산짐승이 움직인다는 것은 이치에 맞지 않았다.

"병사들을 점검해 보아라."

군관들이 각자 자기 맡은 소속을 점검해 보았다. 40여 명이 비었다.

'대낮인데도 이렇다면 … ?'

대구의 일을 아는 신립은 가슴이 덜컥 내려앉았다.

'오늘 밤을 지내면 … ?'

더구나 여기는 숲속이었다. 달아나기가 대구보다 더 좋았다. 신립은 조령을 포기하기로 마음먹었다.

"충주에서 싸울 수밖에 없소. 내려갑시다."

"안 됩니다. 조령을 버려서는 안 됩니다."

김여물이 반대했다.

"조령은 천험의 요새입니다. 병사가 좀 적어도 여기가 유리합니다."

이종장도 반대였다.

"군관들이 감시를 잘하면 됩니다."

군관들도 반대로 나섰다.

"병사들이 없다면 우리끼리 싸워도 됩니다. 여기서 내려 쏘면 천 명이고 만 명이고 다 죽일 수 있습니다. 기회를 주십시오. 반드시 이겨 보이겠습니다."

군관들이 열성을 보였다.

"여기를 떠나면 어려워집니다. 반드시 여기서 지켜야 합니다."

김여물이 다시 간청했다.

어째서 이렇게 모두 다 줄기차게 조령을 주장하는지 신립은 연륜의 느낌만으로도 고려해 봐야 했다. 그러나 신립은 그냥 다 이끌고 조령을 내려갔다. 그리고 단월역(丹月驛) 후방의 야산과 개울 등지에 산개시켜 자리를 지키도록 했다.

해가 뉘엿거릴 때 이일이 나귀를 타고 나타났다. 신립은 이일의 초라한 꼴을 병사들에게 보이고 싶지 않았다. 그를 데리고 충주성 안으로 들어갔다.

"왜적은 식량이 떨어져 상주에 머물고 있다. 식량을 보급받고 여기까지 오려면 열흘도 더 걸린다."

충주성으로 들어가면서 이일의 입으로 헛소문을 퍼뜨리게 했다. 병사들을 진정시키려는 신립의 처사였다.

"장군을 뵐 면목이 없소이다."

이일은 상주에서 패한 보고를 하며 사죄하지 않을 수 없었다.

"불가항력이오. 그러나 주장으로서 대패한 책임은 면할 수 없으니 백의종군하시오."

이일의 목이 달아나야 할 판이었다. 그런데 신립은 딴 때와는 달리 너그러웠다. 그때 마침 조방장 변기(邊璣)도 나타났다. 상주에서 퇴각하여 산속을 헤매다 소식을 듣고 찾아왔다. 신립은 김여물 이하 장수들을 불러 모았다.

"적과 실제로 부딪쳐 본 두 분의 의견을 들어봅시다."

이일이 먼저 입을 열었다.

"장군께서는 여기서도 여진족과 싸우던 북방의 야전을 생각하시는 모양인데 절대 안 됩니다. 이 인원과 무기로는 백전백패입니다. 특히 적의 조총을 막을 방법이 없습니다. 그 소리에서부터 병사들의 기가 죽습니다. 총알은 100보 이상인데 활은 30보입니다. 총알은 명중률이 높고 맞으면 즉사합니다. 활로써는 도저히 감당이 되지 않습니다. 차라리 후퇴해서 도성을 지키는 게 낫습니다. 성벽은 총알의 방패가 됩니다."

수도에 전 병력을 집결시키고 도성을 방패로 결사항전하면서 배후에서 별동대가 움직여 기습을 감행하면 승산이 없는 것도 아니었다. 이것은 신립이 내려오면서 이미 조정에 급사를 보내 건의한 방책이었다.

그러나 조정에서는 감감무소식이었다. 하기야 소심한 임금과 겁약한 문신들이 생사를 초월해야 하는 이런 방책을 시행할 용기가 있을 리가 없었다.

"그것은 안 되는 일이오."

그 방책을 신립은 이미 단념했다.

"변장군은 어찌 생각하시오?"

"도성에서 싸우는 게 역시 가장 좋은 방법입니다. 그게 어렵다면 다음으로는 조령을 지키는 것이지요."

"조령을 지킨다?"

"그렇게 하시지요."

"오늘밤 지내봅시다."

신립은 별일이 없다면 내일 조령으로 올라가도 된다고 여겼다.

다음날 4월 26일, 일찍 점고에 들어갔다. 군관들이 눈을 부릅뜨고 지켰는데도 간밤에 천여 명이 사라져 버렸다.

'평지에서도 이 꼴인데 조령에 그대로 있었다면 … ?'

신립은 역시 평지에서 싸울 수밖에 없다고 생각했다. 그는 단월역 근처 평지에서 공격훈련을 시키며 하루를 보냈다. 훈련을 마치고 충주 객관으로 돌아와 저녁을 먹고 있는데 안면 있는 군관 김효원(金孝元)이 찾아와 적정을 알려주었다.

"적군이 벌써 조령을 넘어왔습니다."

"어찌 아느냐?"

"야영지를 둘러보고 있는데 여러 놈이 안보역(安保驛) 쪽에서 오고 있었습니다."

신립은 깜짝 놀라 그를 앞세우고 조령 가까운 안보역 쪽으로 나가 보았다. 그러나 적은 자취도 없었다. 신립은 단신으로 말을 몰아 새재 좀더 가까운 숲속을 탐색하며 돌아다녀 보았다. 역시 허탕이었다.

다음날 아침이 되자 달아난 병사들이 남은 병사들보다 더 많다는 보고가 들어왔다. 신립은 머리털이 곤두섰다.

"김효원을 잡아오너라."

김효원의 헛소리 때문에 병사들이 다 달아났다고 여겼다. 사실이 그랬다. 김효원은 잡혀와 목이 떨어졌다. 남은 병사들은 기병 3천여 명이었다. 그들을 데리고 싸울 수밖에 없었다.

작전회의를 하는데 남루한 농부 하나가 붙들려 왔다. 문경 사는 피란민이라 했다.

"적군이 어디 있다고?"

"아직 상주에 있다 캅니더."

"어찌 아느냐?"

"문경에서 들었심더."

먹을 것을 주어 돌려보냈다.

신립은 안심했다. 상주에 있다면 이틀 여유는 있다고 여겼다. 조정에도 그렇게 장계를 써 보냈다.

그러나 적군은 벌써 문경에 들어와 혼자서 고을을 지키는 현감 신길원(申吉元)을 죽이고 조용히 조령의 복병 여부를 탐색하고 있었다.

신립 또한 이일과 마찬가지로 장수의 기본 조건도 갖추지 못한 허명의 장군이었다. 그는 정보전(情報戰)에서 이미 치명상을 입었다. 어제 김효원이 보았다는 적군도, 오늘 적군 소식을 전해준 문경의 피란민도, 적군 선발대의 장수 대마도주 종의지의 작전으로 움직인 요코메(橫目: 정보원)들이었다.

대마도 부대 지휘관 종의지에게는 조선 사정과 조선말에 정통한 부하들이 수두룩했다. 조선 제일의 명장 신립은 적의 일개 부하장수가 꾸민 첩보전에 온전히 놀아난 셈이었다. 이일과 마찬가지로 신립도 적정 파악을 위한 척후병을 단 한 사람도 내보내지 않았다.

종의지 부대는 문경에 들어오기 전, 문경으로 들어가는 외길을 에워싼 험준한 옛 산성 고모성(姑母城) 앞에서부터 첩보전에 신경을 썼다. 조선군의 복병 유무 여하로 진군방식이 결정되기 때문이었다.

현소가 척후병들을 지휘했다. 고모성과 그 주위로 많은 척후병들을 보내 복병이 없는 것을 확인하고 무사히 문경으로 들어왔다. 그리고는 조령 전후방의 적정 탐색에 더욱 신경을 썼다. 문경새재는 다른 곳과는 아주 다르게 적들로서는 참으로 위태로운 곳이었다.

4월 26일, 제 1차 척후분대는 요코메를 포함한 결사대로 조직했다. 제 1차 척후 분대가 아무런 기습을 받지 않고 조령을 무사히 올라갔다. 그들은 조령 꼭대기에서 현소 쪽으로 발에 신호표시를 단 매를 날려 보냈다. 조령엔 복병의 기척이 없었다. 그들은 조령 너머에서 적정을 탐지하며 기척을 보인 다음 조령을 다시 넘어왔다. 김효원이 본 것은 제 1차 척후분대였다.

다음날 4월 27일 아침 조선군의 반응을 보았으나 조령에는 이상 징후가 없었다.

"복병이 없는 것 같습니다."

현소의 말이었다.

"이런 곳에 복병이 없을 리가 없소. 허실전법(虛實戰法)을 쓸 수 있소. 없는 것처럼 있다가 대군이 지나갈 때 기습하려는 것이오."

종의지가 주의를 주었다. 현소는 제 2의 척후분대를 보냈다. 이야기를 하면서 병사티를 내면서 지나가 보라고 했다. 역시 아무 탈 없이 올라가 꼭대기에서 또 매를 날려 보냈다. 이번에도 피란민으로 가장한 요코메와 함께 넘어갔다가 신립으로부터 먹을 것을 선사까지 받고 다시 넘어왔다. 종의지는 소서행장과 상의했다.

"새벽에 척후들을 올려 보내게. 꼭대기에서 이상 없다는 신호가 오면 전부대가 넘어가는 것이야."

다음날 4월 28일 일찍 제3 척후분대를 보냈다. 이번에는 복병이 있음직한 숲속으로 화살을 쏘며 올라가 보라고 했다. 역시 조선군의 복병은 없었다. 꼭대기에서 또 매가 날아왔다.

"전진하라."

소서행장의 명령에 따라 대기하던 전 부대는 아침나절도 다 가기 전에 마음 가볍게 어깨춤을 추며 문경새재의 꼭대기에 올라섰다.

소서행장은 조령 꼭대기에서 잠시 전진을 멈췄다. 사방의 산세를 둘러보았다. 날이 흐려 멀리까지 볼 수는 없었지만 산세는 살필 수 있었다. 잠시 둘러본 다음 우거진 송림 아래 호상을 놓고 앉아 쉬었다.

"이일이나 신립이나 이 정도밖에 되지 않는다면 조선엔 장수라는 게 아예 없는 셈이다. 조선군은 두려울 게 없다."

한마디 하다 보니 산바람은 더욱 시원했다.

"그렇습니다. 이제 한양이 지척입니다."

맞장구치는 종의지에게도 산바람은 더없이 삽상했다.

이틀 정도 여유를 생각하며 신립은 기병들에게 오전 훈련을 시키고 있었다. 아침나절이 지나면서 비가 추적추적 내리기 시작했다. 비가 그칠 것 같지 않았다.

'비가 계속되면 땅이 질어 말이 제대로 달리지 못할 텐데 ….'

신립이 걱정하고 있을 때였다.

"장군, 적군이 온 것 같습니다."

군관이 안보역 쪽 길을 가리켰다. 몇 명 말을 타고 움직이는 모습이 분명 조선군은 아니었다.

"너희들 가서 확인하고 오너라."

신립은 군관 몇 사람을 내보냈다. 쏜살같이 달려가던 군관들이 멀리 숲속으로 사라지나 했더니 금방 되돌아왔다.

"큰일 났습니다. 왜군이 조령에서 쏟아져 내려오고 있습니다."

신립은 귀신에 홀린 것 같았다.

"똑똑히 보았느냐?"

"예, 틀림없습니다."

다녀온 군관들이 다 같이 놀란 기색으로 대답했다. 신립은 급히 장수들을 불렀다.

"시간이 없소. 어찌된 일인지 적은 지금 바로 10리 밖에 와 있소. 저쪽 한강가에 배수진을 칠까 하오. 이견이 있으면 말해 보시오."

이일이 한마디 했다.

"지금은 승기(勝機)가 아닌 듯합니다. 승기가 잡힐 때까지 물러서는 게 좋겠습니다."

"딴 분들의 의견을 들어 봅시다."

"…… ."

"안됐지만 조선군에게 승기는 없소. 결사 항전이 있을 뿐이오.

갑시다."

신립은 전군을 이끌고 서북쪽으로 갔다. 서쪽은 달천강(達川江)과 남한강(南漢江)이 기역자로 만나 심연 같은 천연 해자를 둥그렇게 마련해 놓고 있었다. 그 안쪽 들판은 왕골, 갈대, 줄 같은 수초로 뒤덮인 습지였다.

북쪽엔 깊은 한강가에 둔덕처럼 솟은 작은 야산 탄금대(彈琴臺: 대문산)가 있었다. 습지와 이어진 그 앞 벌판에 신립은 배수진을 쳤다.

전군을 두 부대로 나누어 공격하기로 했다. 선공부대 1천 5백 기병은 충주목사 이종장이 통솔하고, 후속부대 1천 5백 기병은 신립이 직접 통솔하되 전군은 신립의 지휘에 따르기로 했다.

신립은 물러설 수 없는 이곳에서 선, 후 두 부대의 기병대로 번갈아 몰아붙일 작정이었다. 질풍노도와 같이 '치고 빠지기'로 적을 깔아뭉개기로 했다. 두만강 너머 야인들을 공격하던 전법이었다.

정오쯤 소서행장의 전 병력 약 1만 8천여 명이 수많은 깃발을 펄럭거리며 단월역 쪽에서 북상해오고 있었다. 왜적은 두 갈래로 갈라져 한쪽은 동편 충주성으로 향하고 한쪽은 서편으로 달천강을 끼고 배수진 쪽으로 다가오고 있었다.

충주성으로 향하는 적의 선봉은 기마부대였다. 충주성에 조선군이 있다면 소서행장으로서는 앞뒤에 적을 맞는 셈이었다. 먼저 충주성을 점령하고자 과반수는 기마부대를 앞세우고 신속하게 성으로 이동했다. 충주성은 텅 비어 있었다. 적은 일부 방어병력을 남기고 바로 돌아서 탄금대 앞 벌판으로 나왔다. 두 갈래의 왜군은 다시 만나 전투대형을 이루고 천천히 전진했다.

탄금대에 올라서서 가까워지고 있는 적의 동태를 관찰하던 신립은 또 한 번 놀랐다.

"장수들 빼고는 모두 보병들이라 했는데 기병대가 웬 말이냐?"

적의 선두는 분명 천여 기의 기병대였다. 기병대를 앞세우고 그 뒤에는 긴 횡대의 보병부대가 여러 겹 따라왔다. 그들은 점점 포위망을 좁히며 다가왔다.

배수진 앞 약 300보쯤에 이르자 적은 전진을 멈췄다. 동시에 기병부대가 좌우로 갈라지면서 재빠르게 보병부대의 가장자리로 빠졌다.

맨 앞 보병행렬이 일제히 한 무릎을 세우고 앉더니 총신을 어깨높이로 올렸다. 이윽고 수천 개의 총구가 불을 뿜고 수천 발의 총성이 폭음을 터뜨렸다. 우선 그 천둥 같은 소리에 조선군은 사람이고 말이고 공포에 떨었다. 조선군의 전열은 흐트러지고, 놀라 날뛰는 말을 잡아당기며 겁먹은 병사들은 뒤로 물러나려고만 했다.

신립은 한 번 더 놀랐다.

"저것이 조총이란 말이냐?"

큰일이었다. 물러날 곳이 없었다. 이제 비는 제법 세차지는데 물러나면 습지요 강이었다. 그러면 그냥 자멸이었다.

하는 수 없었다. 탄금대에서 바라보던 신립이 공격신호를 보냈다. 대장기가 움직이고 북소리가 울렸다.

"돌격하라."

충주목사 이종장이 칼을 쳐들고 악을 쓰자 주춤거리던 1천 5백 기병들이 빗속을 내달렸다. 그러나 정면으로만 달리지는 않았다. 뒤돌아서도 달리고 옆으로 빠져나 엉뚱한 곳으로 달리기도 했다.

4열 횡대로 정렬한 적들은 침착했다. 아까 총을 쏜 제 1횡대는 뒤로 빠져 정렬하고 제 2횡대가 앉아서 총신을 올렸다. 그리고 달려오는 조선 기병들을 향하여 불을 뿜었다. 질퍽거리는 바닥을 힘겹게 달리던 기병들은 말과 함께 수없이 땅바닥으로 떨어져 뒹굴며 피를 쏟았다.

총을 쏜 횡대가 재빨리 맨 뒤로 빠지자 제 3횡대가 나타나면서 또 총을 쏘았다. 조선 기병들은 연방 떨어져 뒹구느라 왜적 앞까지 닥쳐오는 자는 거의 없었다.

마상에서 활을 쏠 줄 모르는 조선 기병들은 칼과 창으로 덤빌 수밖에 없었다. 적의 횡대는 연속 나타나 연속 총을 쏘았다. 어쩌다 멀쩡하게 살아서 닥친 조선 기병들은 진퇴를 구별할 틈이 없었다. 적의 기병들이 달려들어 에워싸고 육박해왔다. 조선 기병들은 잠시 번쩍이며 기를 쓰다 떨어져 말굽에 밟히며 죽었다.

이종장과 그의 아들 희립(希立)이 포위된 채 칼을 번쩍이며 분전하는 모습도 빗속으로 잠시 보였다.

신립이 칼을 뽑아들고 외쳤다.

"공격하라!"

신립과 함께 후속 1천 5백의 조선 기병들이 적진을 향해 내달렸다. 역시 엉뚱한 데로도 달렸다. 역시 활을 쏘지 못하고 창과 칼로 덤볐다.

적병들은 여전히 침착했다. 적 기병들은 순식간에 물러나고 터덕거리며 달려오는 조선 기병대를 향하여 앞 횡대가 총을 쏘고 비키고 다음 횡대가 총을 쏘고 비키고…, 연방 총탄을 퍼부었다.

원래 조총전법의 기본은 3교대 밀집사격이었다. 3열 횡대가 순서대로 총을 쏘는 방식이었다. 그러나 소서행장은 여기서 4교대 밀집사격을 실시했다. 조선군에 비해 병사 수가 넉넉했다. 탄약을 장전하는 시간이 모자라 일어나는 실수를 줄이고 좀더 완벽한 사격을 가하기 위해서였다.

그런 사격 때문에 조선 기병대의 기능은 완전히 마비되었다. 적진까지 돌격해 들어왔다 해도 그들은 노련한 일본의 기마병들에게 금방 도륙되고 말았다.

신립이 한참을 이리저리 뛰며 독전하다 보니 혼자 날뛰고 있었다. 잠시 뒤로 물러나 사태를 관망했다.

이리저리 흩어진 조선군은 완전히 밀려 쫓기면서 습지에 빠지고 강물로 뛰어들었다. 탄금대 동편으로는 재빠르게 튄 조선 기병들 몇이 달아나는 모습도 보였다. 좀더 멀리 기병 하나가 흰 옷자락을 날리며 도망치는 뒤통수도 보였다. 이일이었다.

신립은 머리를 한 번 흔들어 털고 단신 적진으로 달렸다.

"아차, 이게 아니구나."

그는 적진으로 달리다 말고 돌아섰다. 탄금대를 향하고 달렸다. 습지에 빠진 아군을 이끌어내던 김여물이 다가왔다.

"이제 어찌합니까?"

"패군지장이 어디로 가겠소?"

"패전은 장군의 잘못이 아니오. 나라의 잘못이오. 일단 피신하시어 다음을 기약하시지요."

"죽을 자리를 알아야 그나마 장부요."

신립은 쓴웃음을 지으며 말을 몰았다. 탄금대 뒤쪽 강가의 바위 언덕에 말을 세웠다.

'몇 놈 더 죽이는 게 문제가 아니다. 적들은 내 목을 꽂아 들고 기고 만장하리라.'

'이렇게 허무하게 질 줄은 몰랐구나. 내 죄가 크다.'

신립은 단도를 빼들었다. 깊이 목을 찌르고 강물로 뛰어들었다. 47 세였다. 무거운 갑옷 때문이었을까? 그는 물에서 영영 나오지 않았다.

적들은 습지로 탄금대로 새까맣게 몰려들었다. 간간히 활을 당기며 쫓기던 병사들도 모두 강으로 뛰어들었다.

어깨에 총상을 입은 김여물은 활을 더 당길 힘이 없었다. 그도 강물 속으로 몸을 날렸다. 45세였다.

왜적들은 신립을 찾고자 혈안이 되었지만 결국 찾지 못했다.

전투라 할 것도 없었다. 100여 명 도망치고 포로가 되긴 했지만 3천 기병 거의 다 탄금대 앞 벌판에서, 뒤 강물에서 죽었다. 조상 대대로 살아온 이 땅이 오로지 이유였다.

'대대로 살아온 애달픈 이 땅에 뜨거운 피라도 뿌려 보자.'

그래서 몰아치는 탄우(彈雨) 속을 한 번 달려 본 것이었다. 익어가 는 청보리 이삭들이 우루(雨淚)에 흥건히 젖던 4월 28일이었다.

야반도주(夜半逃走)

신립이 탄금대에서 참패한 다음날 4월 29일 해질 무렵, 남루한 차림의 병정 몇 사람이 잇달아 말을 달려 도성으로 들어왔다. 그들은 신립을 따라가 충주에서 싸운 병사들이었다. 용케 살아서 돌아온 자들이었다. 그들 때문에 패전소식은 삽시간에 퍼졌다.

"충주에서 조선군은 대패했소."

"아니, 신립 장군의 군사가 패하다니요?"

"적들의 조총은 당할 수가 없소."

"신립 장군은요?"

"전사하셨소."

"허어, 큰일이 났소그려."

"적들은 곧 도성에 이를 것이오. 가족들 데리고 서둘러 피신부터 하시오."

"허어, 정말 큰일 났소그려."

백성들은 이고 지고, 늙은이와 어린것들의 손을 이끌며, 이리저리 몰리며 성 밖으로 서둘러 나가기 시작했다.

소문은 궁궐로도 퍼졌다. 대궐을 지키던 위사들도 어두워지자 슬슬 자취를 감추고, 내시들조차 다 어디로 갔는지 초롱불 하나 제자리에 걸려 있지 않았다.

창덕궁 선정전(宣政殿)의 동상(東廂)에 나와 친형제 하원군(河源君), 하릉군(河陵君)과 함께 앉아서도 임금은 두려움에 떨고 있었다.

"어떻게 해야 되겠소?"

있는 대로 다 데리고 나간 조선 제일의 장수 신립이 무너졌다면 이제 끝난 셈이었다. 충주에서 서울까지, 하루 이틀이면 달려오는 거리, 지금 왜적은 한강가에 와 있는지도 모르는 일이었다.

"……."

앞에 엎드린 대신들, 아무도 말이 없었다. 신통한 말 한마디 못하고 고개만 처박고 있는 꼴을 보다가 임금은 갑자기 큰 소리를 질렀다.

"태조 이래 나라에서는 수많은 선비들을 길러냈소. 그래 이 오랑캐 놈들을 몰아낼 충신열사가 하나도 없단 말이오?"

영의정으로서 이럴 때 한마디 해야 할 것 같아 이산해가 나섰다.

"전하, 성상의 근심을 떨쳐낼 충신열사가 어찌 없겠습니까? 하오나 우선은 위급에 대처하심이 옳은 줄로 아옵니다. 전하께서는 일단 평양으로 납시어 적도들의 다급한 추격을 피하시는 게 좋을 듯하옵니다."

"그리하옵소서."

신하들이 여기저기서 동조했다.

임금이 누그러졌다.

"하는 수 없소. 우선 그리해 봅시다. 그리고 먼저 가서 준비도 해야 하겠소. 전에 그 고장에서 어진 정사로 인심을 얻은 두 분이 앞서 떠나 주어야겠소."

전에 안주(安州) 목사로 있었던 이조판서 이원익(李元翼), 전에 황해감사로 있었던 좌참찬 최흥원(崔興源)을 지목했다.

이원익에게 평안도도순찰사(平安道都巡察使), 최흥원에게 황해도도순찰사(黃海道都巡察使)의 직함을 주어 즉시 떠나게 했다.

그들이 나가자 도승지 이항복이 임금에게 건의했다.

"아무래도 우리의 힘만으로는 적을 막기가 어려울 것 같사옵니다. 하오니 전하께서 평양에 좌정하신 다음 명나라에 구원병을 청하시는 게 좋을 듯하옵니다."

"두고 봅시다."

임금은 반대하지 않았다.

'구원병은 가능하다면 청하지 말아야 한다. 구원병은 또 다른 침공군이 될 공산이 큰 것이니 ….'

유성룡이 반대하고 나섰다.

"우선은 우리의 힘으로 해결해 보아야 합니다. 예로부터 이런 난국에는 왕자들을 사방에 보내어 군사를 모집했습니다. 전하께서 계시는 서북지방은 괜찮습니다만 아직 적침이 없는 강원도와 함경도에는 바로 보내는 게 좋겠사옵니다."

"그러면 임해와 광해, 큰아이들 둘을 보내면 되겠소?"

"세자께서는 전하 곁에 계셔야 합니다. 강원도 함경도는 땅이 넓어 고을이 많습니다. 하오니 철든 왕자분들은 다 가셔야 합니다."

당시 선조에게는 10명의 왕자들이 있었다. 6남 순화군까지 장가를 들었으니 거기까지 철든 왕자라 할 수 있었다. 2남 광해군은 세자이고, 3남 의안군은 어려서 죽었으니 1, 4, 5, 6 남의 네 왕자가 해당되었다.

그런데 일은 그리 간단치가 않았다. 임금은 성깔 있는 인빈 김씨가 마음에 걸렸다. 인빈이 낳은 왕자가 둘이었다.

"형편을 좀 알아보아야 하겠소."

임금은 인빈 김씨의 처소를 찾았다. 조금 있자 인빈이 흐느껴 우는 소리가 들렸다.

"아이고, 우리 왕자님들을 보내고서는 못 살아요."

4남 신성군, 5남 정원군이 인빈 김씨 소생이었다. 그 둘을 보내고서는 살 수 없다는 인빈의 하소연이었다.

"어린 동생을 보내고 형들을 빼면 되겠소? 사람들이 우리를 어떻게 보겠소? 임금이란 자가 도대체 사리를 모른다고 비웃지 않겠소?"

"제가 말라죽는 꼴을 보시려거든 보내세요."

인빈의 말을 들으니 그 왕자들을 보내고서는 인빈의 노심초사 때문에 임금이 더 못 견딜 것 같았다.

"알겠소. 아무래도 달리 상의를 좀 해봐야겠소."

나오려는 임금을 인빈이 막았다.

"누가 이런 일을 아뢴 거요? 그런 사람과 다시 상의하면 일만 더 그르칠 테니 … ."

"유성룡은 그런 사람이 아니오."

임금은 얼떨결에 제안자를 발설하고 말았다.

"전하께서 그 사람에게 말로써는 못 당하십니다. 하오니 여기서 글로 써서 하명하세요."

문 앞을 가로막고 우는 데야 하는 수 없었다. 임금은 붓을 들었다.

> 임해군(臨海君)은 함경도로 가서 근왕병을 모집하라. 영부사(領府事) 김귀영(金貴榮), 칠계군(漆溪君) 윤탁연(尹卓然)이 수행하라. 순화군(順和君)은 강원도로 가서 근왕병을 모집하라. 장계군(長溪君) 황정욱(黃廷彧), 호군(護軍) 황혁(黃赫), 동지중추부사 이기(李墍)가 수행하라.

19세의 1남과 13세의 6남이 결정되었다. 임금은 어린 순화군을 위하여 순화군의 장인인 황혁 부자를 수행케 했다.

"이제 되었소?"

임금이 묻자 인빈의 흐느낌이 좀 가라앉았다.

"도체찰사라는 사람이 왜 싸움터에는 안 나가고 여태 도성에서 미적거리고 있습니까? 그렇다면 아예 도성을 지키라 하시지요."

> 좌의정 유성룡을 유도대장(留都大將)에 임명한다. 도성 방위에 전념하라. 영의정 이산해 이하 과인을 호종(扈從)할 관원들의 명단을 첨부하니 준비에 만전을 기하라.

내관을 시켜 모두 다 빈청에 내보냈다. 호종명단은 궁중에 비치된 관원 명단 그대로였다. 특수 임무를 맡은 자를 지웠을 뿐이었다.

이항복은 깜짝 놀랐다. 상황으로 보아 밀리는 것이 평양까지가 아니라 압록강까지도 될 수 있었다. 그렇다면 명나라에 구원을 청하지 않을 수가 없는 일이었다. 그 판국에 조선에서 가장 필요한 사람은 유성룡이었다. 그런 사람을 되지도 않을 수도방위에 묶어 놓는다면 그것은 공연히 사람만 다치게 하는 일이었다.

이항복은 유성룡을 반드시 호종명단에 넣어야겠다고 생각했다. 임금을 만나려고 내시에게 이르고 인빈 처소 앞을 서성거렸다. 기다려도 임금을 볼 수가 없었다. 하는 수 없이 몇 자 적어 주어 내관을 들여보냈다. 꽤나 지루하게 기다린 후 내관이 갈겨쓴 쪽지를 들고 나와 빙긋이 웃었다.

유성룡은 호종에 동참하라. 수성대장 이양원을 유도대장에 임명한다.

이항복은 마음이 좀 놓였다. 임금 호종은 먼 길을 떠나는 일이었다. 빈청에 모인 신하들은 집에 다녀오려고 모두 일어섰다.

그때 급사가 뛰어들었다. 이일이 보낸 군관이었다. 그는 말안장 옆에 매달고 온 왜병의 머리 하나와 이일의 장계 봉투를 내놓았다.

촛불을 들고 가까이 와서 쳐다보았다. 왜병의 머리를 보자 소름이 끼쳤다.

"남대문에 효수하는 게 좋겠소."

병조판서 김응남이 하인에게 왜병의 머리를 내주었다.

마지막 남은 촛불도 꺼졌다. 하인들이 선전관청에 가서 횃불을 얻어왔다. 도승지 이항복이 장계를 읽어나갔다.

"허어, 신 장군이 전사한 게 아니고 자결하셨구먼."

신립이 스스로 목숨을 끊었다면 이것은 결코 심상한 일이 아니었다. 모두들 긴 한 숨을 쉬며 떨리는 가슴을 진정시키고 있는데 이항복이 마지막 구절을 읽어내렸다.

　… 왜적은 오늘이 아니면 내일엔 어김없이 도성에 들이닥칠 것입니다.

　사태는 이 그믐밤처럼 깜깜할 뿐, 한 치 앞을 내다볼 수가 없었다. 왜적이 지금 한강변을 어슬렁거리는지도 모르는 일이었다. 횃불이 사그라지면서 무거운 공포가 터질 듯 가슴을 짓눌렀다. 신하들은 선정전으로 향하고 내관은 임금의 처소를 찾았다.
　"즉시 떠납시다. 모두 군복을 입는 게 좋을 것이오."
　내병조(內兵曹)의 창고를 열었다. 선전관들이 군복과 무기류를 되는 대로 끄집어 내놓았다. 닥치는 대로 걸쳐 입고 잡히는 대로 집어 들어 허리에 찼다.

　창경궁의 환경당(歡慶堂)에는 아직도 공회빈이 누워 있었다. 국가 대사로 치르려던 국장은 난리 통에 하얗게 잊히고 관을 지키던 시녀 몇이 어찌할 바를 몰라 중전마마에게 달려갔다.
　"하는 수 없구나. 남자들 도움을 좀 받아 후원 아무데나 우선 묻어드려라."
　시녀들이 어둠 속을 달려 창경궁에 왔으나 내시도 위사도 남자들이란 아예 그림자도 찾을 길이 없었다. 시녀들은 창고를 열고 호미, 괭이 등을 꺼내 들었다. 후원으로 돌아가 나뭇가지에 등불을 걸어 놓고 적당한 장소를 대강 파들어 갔다. 얼추 된 것 같아 연장을 놓고 환경당으로 달려가 관을 잡아끌었다. 진땀을 흘리며 끌었으나 관은 요지부동이었다. 다시 창덕궁으로 달렸다. 남자를 만나면 아무나 붙잡고 사정해 보았으나 누구도 동정하는 사람이 없었다.

다시 창경궁으로 돌아 달려오는데 여기저기 전각의 문이 부서지는 소리가 났다. 거지떼인지 건달패인지 알 수가 없었다. 떠들며 몰려다니는 시커먼 그림자들이 전각을 들락거리며 비품들을 도둑질하고 있었다. 시녀들은 겁에 질려 들어가지도 못하고 창덕궁 쪽으로 되돌아 어둠 속을 또 달렸다.

자정이 지난 4월 30일 그믐날 축시(丑時: 오전 2시).

군복 차림에 전립을 눌러쓴 임금은 창덕궁 인정전을 내려와 말에 올랐다. 이어서 광해군, 신성군, 정원군, 종친들, 3정승, 6판서 …, 순서대로 말에 올랐다. 임금은 양쪽에서, 고관들은 한 사람씩 경마를 잡히고, 이하 관원들은 도보로 걸었다. 행렬은 천천히 돈화문(敦化門)을 빠져나와 안국방 쪽으로 움직였다.

마침내 떠나지 않을 수 없는 몽진(蒙塵) 길이었다. 몽진도 임금의 거둥이었지만 삼청(三廳: 겸사복, 우림위, 내금위)의 금군은 다 어디로 갔는지 우림위(羽林衛)의 지귀수(池貴壽) 등 겨우 서너 명이 따를 뿐이었다.

왕비를 비롯하여 지체가 높은 내명부 등은 가마를 타고, 시녀들은 도보로 걸었다. 여인들도 인화문(仁和門)을 나와 임금의 행렬 뒤를 따랐다. 칠흑같이 어두운 그믐밤에 등불 하나 없이 가다 보니 교꾼들은 비틀거리고 시녀들은 넘어졌다.

아무리 급하기로서니 횃불 몇 가닥쯤 마련할 수는 있었다. 서둘러 떠나는 길만이 아니고 몰래 떠나는 길이기도 했다. 그러기에 눈물을 머금고 이를 악물고 칠흑 속에서 움직일 수밖에 없었다.

경복궁(景福宮) 앞을 지날 때는 어둠 속에서도 백성들이 나타났다. 행렬 양편으로 나와 발을 구르며 아우성을 치고 있었다. 그들의 통곡소리와 욕설소리가 한참 동안이나 행렬의 뒤로 들려왔다.

일행이 경복궁 앞을 지날 때쯤부터 각 궁궐을 비롯한 도성 곳곳에서는 난장판이 벌어지기 시작했다.

"임금이 달아났다."

"조정이 몽땅 줄행랑을 쳤다."

피란가는 백성들 대열에도 끼지 못하는 밑바닥 천민들이야말로 살판이 났다. 먹는 날보다 굶는 날이 더 많은 시커먼 땟국의 백성들에게는 참으로 희한한 별천지였다.

나졸도 없고 순라군도 없었다. 상전도 없고 양반도 없었다. 임금이 사라지니 세상의 온갖 구박과 눈치가 사라지고 천대와 멸시가 사라졌다. 다들 거리로 뛰쳐나와 가슴을 펴고 큰숨을 쉬고 춤을 추고 큰 소리를 질러 보았다. 자유였다. 손발이 있는 사람들, 뛸 수 있는 사람들은 횃불을 치켜들고 대궐로 달렸다.

어디서 갑자기 쏟아졌는지 많기도 많은 군상들이 쏟아졌다. 달리고 뒤지고 쑤시고 끄집어냈다. 많기도 많은 전각이며 창고에는 끄집어낼 것도 많았다. 금은보화를 비롯해 먹을 것, 입을 것, 쓸 것들이 그득했다. 재주껏 끄집어내면 다 내 것이었다. 힘센 건달들에겐 더 좋은 세상이었다. 아무나 두들겨 패고 뺏으면 또 내 것이었다.

"임금이라는 게 혹시 또 올지도 모른다."

"이 등신이 또 무슨 꼬투리로 사람을 볶을지 모른다. 다 없애 버리자."

"흔적을 남기면 안 되지."

들고 달리던 횃불로 전각마다 불을 붙였다. 불길은 삽시간에 번지고 하늘에 닿게 솟아올랐다. 조선 200년의 소중한 역사가 송두리째 화마에 잡혀 회진(灰塵)으로 변하고 있었다.

경복궁, 창덕궁이 탔다. 국초 이래 면면했던 귀중한 문서와 장서, 각조(各朝)의 실록(實錄), 전조(前朝)의 사초(史草), 승정원일기(承政院日記) 등의 전적이 다 타버렸다.

창경궁도 탔다. 환경당에 조용히 누워 있던 공회빈은 생전의 소원대로 제대로 다비(茶毘)되어 극락왕생했다.

광화문 앞 형조(刑曹)와 장례원(掌隷院)이 탔다. 매우 소중한 문서가 남김없이 타버렸다. 이 문서란 대대로 노비라는 원죄의 굴레를 씌우던 공사천노비문서(公私賤奴婢文書)였다.

"세상은 이렇게 바뀌는 수도 있구먼. 좋은 세상이 오는 것이야."

곤핍과 모멸의 한평생을 사는 천민 백성들에게는, 임금과 왜적에 대한 친소(親疎)나 호오(好惡)의 구별이 잘되지 않고 있었다.

임금 일행이 돈의문(敦義門: 서대문)으로 나와 무악재에 오르면서 뒤돌아보았다. 아직 날은 새지 않았는데 동편이 벌겋게 밝았다. 도성 안은 어디 없이 불길이 치솟고 있었다.

"이럴 수가 있단 말이냐?"

임금도 신하들도 소름이 돋고 치가 떨렸다. 무악재를 내려가 홍제원(弘濟院)에 이르니 비가 내리기 시작했다. 빗물이 옷 속에 스며들어도,

발이 꼬여 흙탕물에 넘어져도, 말에서 미끄러져 떨어져도, 다시 몸을 추스르며 걸어야 했다. 여인들은 목을 놓고 통곡하기 시작했다.

경기감사 권징(權徵) 이 30여 명 병사들을 데리고 와 호종했다. 앞뒤에 병사들을 배치하니 몽진의 체면치레는 다소 되었으나 풀죽어 불쌍한 꼴은 마찬가지였다.

벽제역(碧蹄驛) 에 이르니 오정 때였다. 아침도 굶었는데 점심도 때울 길은 없고 빗방울은 더 굵어졌다. 임금은 역관에 모시고 나머지는 아무데나 처마 밑을 찾아 쉬었다. 그러는 사이 반나마 관원들이 길을 되돌아 빗속으로 사라졌다. 빤히 보고도 말하지도 말리지도 않았다.

달아나는 사람은 많아도 찾아오는 사람은 없는 판에 일부러 찾아온 사람이 있었다. 정철의 일당으로 쫓겨 황해도 연안으로 유배갔던 윤두수(尹斗壽) 가 풀려나 찾아왔다. 임금이 몹시 반가워했다. 윤두수의 손을 잡고서 눈물을 글썽거렸다.

저녁 무렵 임진강(臨津江) 에 이르렀다. 그래도 나룻배 대여섯 척이 있었다. 차례가 늦은 자들은 서로 먼저 타려고 호통에 삿대질이었다.

'어쩌다 이런 꼴을 당하는고?'

강 건너 나루터의 악다구니판을 바라보던 임금은 재작년 죽은 변협(邊協) 을 떠올렸다.

"일본은 조선 사정을 익히 알고, 군대는 많고 병사들은 강합니다. 섬 오랑캐라 경멸하지 마시고, 절대로 사단이 나지 않도록 유념하셔야 합니다."

변협은 왜구를 크게 물리친 장수로 공조판서에 도총관(都摠管) 과 포도대장(捕盜大將) 을 겸하고 있었다.

"변협은 이름만 명장이지 왜놈들에게 벌벌 떤다."

지금 여기 피란길에 따라온 많은 신하들이 그를 그렇게 비웃었다.

"일본을 경멸하면 10년이 못되어 병란으로 고통을 겪을 것이오."

변협이 예언하고 숨진 지 겨우 2년이었다.

'일본을 계속 얕잡아 보다가 큰코다친 게야.'

날이 어두워 이제 깜깜해졌는데 이항복이 어디서 여인이 타는 가마 하나를 구해와 임금을 모시고 출발했다. 교꾼이 어둠 속에 미끄러져 넘어지는 바람에 가마가 뒤집어질 뻔했다.

임금이 이항복에게 일렀다.

"저 건너 승청(丞廳: 나루터 관리하는 청사)을 불에 태우시오. 집들도 다 태우고 나룻배도 태우시오. 왜놈들이 뗏목을 만들어 타고 쫓아올 수도 있소."

승청과 근처 집들을 태웠다. 벼랑에 있는 정자 화석정(花石亭)도 태웠다. 화석정은 이율곡의 선조가 세운 것인데 이날의 몽진을 예상했음인지 특이하게도 관솔을 재목으로 쓴 정자였다. 화석정의 불은 꽤나 밝게, 오래 타서 상당히 멀리까지 오랫동안 비추었다.

덕택에 일행은 무사히 동파역(東坡驛)에 이르렀다. 동파역에는 경기감사 권징(權徵)의 통보로 파주목사 허진(許晉)과 장단부사 구효연(具孝淵)이 지대차사원(支待差使員: 임금을 접대하기 위해서 파견된 관원)으로 나와 있었다.

두 사람은 임금과 일행들을 대접할 음식을 준비하고 있었다. 밥 냄새가 나고 고기 볶는 냄새가 나기 시작하자, 수하 병사들과 서리들이 부엌으로 몰려들었다. 이들 역시 굶던 참이었다. 상을 차리는 아낙들을 밀어제치고 음식그릇들을 낚아챘다. 그리고는 순식간에 깨끗이 먹어치웠다. 깜짝 놀란 허진과 구효연이 호통을 치며 후려갈겼으나 막무가내였다.

임금에게 드릴 음식조차 남지 않았다. 임금을 대접하려 특명을 받은 자들이 임금을 굶겨야 할 처지가 되었다. 두 사람은 어둠 속으로 달아나 버렸다.

뒤늦게 현장에 도착한 경기감사 권징은 기가 막혔다. 사죄하는 길은 자신의 목을 내놓는 것이었다. 권징은 임금 앞 맨땅에 꿇어 엎드렸다.

"소신을 죽여 주소서."

"일어나시오. 모든 게 다 내 부덕의 소치요."

임금은 역관에 들고 일행은 아무데고 허기진 몸을 눕히고 쉬었다. 이를 데 없이 고단한데도 배가 고파 잠이 오지 않았다.

유성룡이 마을의 집들을 샅샅이 살피며 돌아다녔다. 용케 백미 두어 되쯤을 구할 수 있었다. 역참에 돌아와 밥을 지어 겨우 임금 일가를 대접했다. 자정 넘어 축시(새벽 2시)였다.

늦게 잠시 눈을 붙였으나 다들 일찍 일어났다. 임금은 일어나자마자 신하들을 불러들였다. 한 가닥 믿음이었던 신립이 패했다. 왜적들은 거침없이 쳐 올라오고 있지 않은가? 생각해 보니 새삼스럽게 겁이 덜컥 나고 정신이 아득해졌다.

영의정 이산해, 좌의정 유성룡, 우의정 겸 어영대장 윤두수가 먼저 들어왔다. 선조는 거의 울상이 되어 가슴을 두드리며 말했다.

"일이 이렇게까지 되었으니 내가 어디로 가야 하겠소? 꺼리거나 숨기지 말고 속에 있는 생각을 털어놓고 말해 보시오."

"……."

윤두수에게 또 물었다.

"내가 어디로 가는 게 좋겠소?"

윤두수가 대답을 못한 채 엎드려 통곡하자, 모인 대신들이 모두 부복한 채 소리죽여 울었다.

임금은 잠시 후 이항복을 쳐다보며 말했다.

"도승지는 어떻게 생각하오?"

"우선 거가(車駕)가 의주로 행하심이 좋을 듯합니다. 만약 8도가 모두 함락되면 바로 명나라로 가서 호소할 수 있지 않겠습니까?"

그러자 윤두수가 입을 열었다.

"재를 넘어 북쪽으로 가는 것이 좋습니다. 북도(함경도)는 군사와 말이 날래고 굳세며 함흥과 경성은 모두 천연 요새로 안전합니다."

선조는 그 말은 들리지 않았다.

"명나라로 가자는 승지의 말이 어떻소?"

"신이 말씀드린 것은 곧장 명나라로 가자는 것이 아니라 극단의 경우를 두고 한 말입니다."

이항복이 자신의 진의를 밝혔다.

"이제 하는 수 없소. 내부(內附: 명나라에 망명하여 사는 일)를 생각하고 있소."

선조는 드디어 속내를 털어놓았다. 그러자 유성룡이 나섰다.

"절대 아니 되옵니다. 대가(大駕)가 우리 국토 밖으로 한 걸음만 나가면 그때부터 조선은 우리땅 우리나라가 아니옵니다."

"……."

선조는 눈살을 찌푸렸다.

"지금 관동(강원도)과 관북(함경도)이 그대로 있고, 호남에서 충의로운 인사들이 벌떼처럼 일어날 텐데, 어떻게 이런 일을 갑자기 논할 수가 있겠습니까?"

유성룡이 다시 말했다.

"알겠소. 그 일은 그만두고 어서 떠나도록 합시다."

나라는 망해도 자신의 살길만 찾는 임금이었다. 그런 선조의 뜻에 동조하듯 이항복이 경솔하게 입을 열었다. 유성룡은 깜짝 놀랐다.

선조는 더 이상 말하지 못하고 피란길을 서둘렀다.

"승지는 떠날 차비를 하시오."

출발을 위해 이항복이 밖으로 나왔다. 유성룡도 밖으로 나왔다.

"소인이 경솔했습니다."

이항복이 유성룡에게 사과했다. 이항복은 서인이요 유성룡은 동인이었다. 당파적으로 적대시되던 시절이었다.

"승지의 진심은 내 잘 알지. 허나 이럴 때일수록 말을 조심해야 하네."

사과하는 이항복이 유성룡은 고마웠다. 그들은 그 시절 당파를 초월한 몇 안 되는 인걸이었다.

이항복은 이 집 저 집 관원들이 묵는 곳을 찾아보았으나 떠날 형편이 못되었다. 병정들이고 아전들이고 어느새 다 도망쳐 버렸다. 교꾼도 경마잡이도 없으니 움직일 수가 없었다.

이항복이 말을 몰고 나갔다. 어디든 가서 사람을 구해 와야 했다. 산모퉁이를 돌다 보니 멀리 수백 명의 대열이 이쪽으로 다가오고 있었다.

대열이 가까워지자 앞서 오던 사람이 말에서 내렸다. 서흥(瑞興) 부사 남의(南嶷)였다.

"이렇게 만날 수도 있군요. 전하께서 여기 계시오."

황해감사 조인득(趙仁得)의 선발대로 서울 방어를 위해 가는 길이라 했다. 기병 60여 명, 보병 300여 명이었다.

병사들로부터 그들이 소지한 양식을 조금씩 갈라내 쌀 두어 말을 확보했다. 이 쌀을 이항복은 남녀 할 것 없이 골고루 나누어 주었다. 밥을 지어 먹어야 길을 갈 수 있지 않으냐며 몇이 모여 밥 지을 준비를 하려 했다.

"왜놈들이 오고 있소."

이항복이 한마디 하자 모두들 출발을 서둘렀다.

경기감사 권징을 후방 연락으로 남겼다.

"생쌀도 먹을 만합니다."

이항복은 자신의 옛일을 생각하며 한마디 보탰다. 길을 가며 대개가 입을 오물거렸다. 사람들은 생쌀 한입에 차츰 생기가 돌았다.

정오쯤 초현참(招賢站)에 이르렀다. 황해감사 조인득이 풍덕(豊德) 군수 이수형(李隨亨)과 함께 장막을 설치하고 음식을 장만하여 기다리고 있었다.

임금 내외를 빼고는 꼬박 하루 반 굶으며 왔던 일행은 피란길에서 처음으로 밥맛을 보았다.

"이 군수의 공덕이 하늘 같소이다."

상하가 다 치하해 마지않았다. 이수형은 호위군사들까지도 배불리 먹을 수 있도록 준비했다.

저녁 무렵 개성(開城) 유수(留守) 홍인서(洪仁恕)의 마중을 받으며 성내로 들어와 임금은 유수부(留守府)에 좌정했다.

임금 이하 모두들 고단한 몸으로도 제대로 잠을 잘 수가 없었다.

임금의 처소에 돌을 던지며 욕설을 퍼붓는 백성들도 있었고, 왜적이 쳐들어온다고 소리치며 달리는 백성들도 있었다. 이항복, 유성룡, 윤두수 등이 횃불을 들고 나가 수습하느라 밤새 뛰어다녔다.

다음날, 5월 2일.

영상은 궁인(宮人)과 결탁하여 국사를 그르쳤으니 파직하소서.

그날부터 이틀 대간(大諫)에서 번갈아 글을 올렸다. 영상 이산해가 파직되고 유성룡이 영상이 되었다. 동시에 최흥원이 좌상, 윤두수가 우상이 되었다. 황해도 순찰사로 가 있는 최흥원을 부르라 했다.

임금은 또 건의에 따라 함경병사로 가 있는 신할(申硈: 신립의 아우)을 불러 한강을 지키도록 하고, 강계에 귀양가 있는 정철(鄭澈)을 방면하여 오도록 했다.

영상 유성룡은 나라를 그르친 죄가 크니 파직하소서.

저녁에 대간의 건의에 따라 유성룡이 영상의 자리에서 쫓겨났다. 최흥원이 영상, 윤두수가 좌상, 유홍(兪泓)이 우상이 되었다. 아침에 영상에 임명되었다가 저녁에 파직된 유성룡은 아무런 내색을 하지 않고 그대로 호종에 임했다.

김공량(金公諒)의 목을 쳐 효시(梟示)하소서.

대간들에 이어 홍문관도 나섰다.

안사(安史)의 난을 상고(相考)하소서.
〔안사의 난: 중국 당나라 현종 때 안녹산(安祿山)과 사사명(史思明)이 주동
한 반란. 양귀비(楊貴妃)와 그의 육촌 오라비 양국충(楊國忠)이 나라를 그
르쳐 변란이 일어나고 임금이 파천하게 되었다 하여 그들을 죽이도록 함.〕

인빈과 그 오라비 김공량 때문에 나라가 잘못되었다는 이야기였다.
김공량을 죽이면 인빈도 죽이라고 떠들 참이었다.
"김공량이 언제 정사를 어지럽혔더냐? 왜란이 어찌 그 사람 때문에
일어났느냐? 모두들 답답하구나. 우선 그를 옥에 가두어라."
그리고 임금은 또 이항복을 불렀다.
"밤이면 경기를 하느라 잠을 제대로 못자니 큰일이오. 신성군과 정
원군 말이오. 좀 조용한 곳에 보내려 하오. 아이들을 데리고 우상을
따라 우선 평양으로 가시오."
이항복에게 이조참의를 제수하고 이충원(李忠元)을 도승지로 임명
했다.
그날 밤 인빈 김씨를 위시해 20여 명이 유수부의 뒷문을 빠져나갔
다. 그들은 우상 유홍과 이조참의 이항복의 보살핌을 받으며 평양으로
향했다.
3일 저녁나절에 동파역에서 소식이 왔다. 도성에 왜적이 들어왔다
는 기막힌 소식이었다.

"어서 떠납시다."

어제까지도 개성을 떠나지 않겠다고 백성들을 안심시키던 임금이 먼저 서둘렀다.

"내일 백성들에게 알리고 체모를 갖추어 떠나셔야 합니다."

윤두수의 진언이었다.

"지금 나서면 밤길을 가야 합니다. 민심이 흉흉하니 내일 아침에 떠나셔야 합니다."

"금교역(金郊驛)쯤 가서 자면 될 것이오. 당장 떠날 차비를 하시오."

임금이 앉았다 섰다 하며 겁에 떨고 있었다.

'임금이야말로 크나큰 우환덩어리로구나.'

윤두수가 고개를 숙이며 머리를 짚었다. 하는 수 없었다. 신시(申時: 오후 4시)에 일행은 개성을 떠났다.

옥문이 열리는 바람에 풀려난 김공량은 강원도 쪽으로 바람같이 달렸다.

임금 일행은 행선지를 평양으로 잡고 매우 서둘러 움직였다. 개성을 나와 송악산(松嶽山)을 지날 때 군관 하나가 뒤따라 달려왔다. 한강을 지키던 도원수 김명원의 급사였다.

중과부적으로 한강을 버리고 임진강까지 후퇴하여 대죄하고 있사옵니다. 죄당만사이옵니다.

한강을 지키러 내려가던 신할도 임진강에 머물러 김명원과 함께 있다고 했다.

5월 2일, 왜적의 선발 소서행장의 부대와 가등청정의 부대는 도성 가까이 다가와 있었다.

소서행장의 부대는 용진(龍津: 남양주시 조안면 송촌리)에서 북한강을 건넌 다음 팔당을 지나 망우리 고개를 넘었다. 고개를 넘으며 보니 성안 여기저기 아직도 연기가 솟아오르고 있었다.

가등청정은 과천에서 남태령을 넘고 한강가 동작진에 이르러 도강 준비를 했다.

한강 북안 제천정(濟川亭)에 군영을 세운 김명원은 강 건너 적세를 바라보았다. 군병들과 깃발들의 수가 도대체 얼마인지 끝이 보이지 않았다. 강변을 뒤덮고 남아 산에도 가득했다. 병사랍시고 어중이떠중이 긁어모은 오합지졸 겨우 1천여 명 데리고 있는 김명원으로서는 가슴만 꽉 막힐 뿐 도무지 무슨 방도가 서지 않았다.

문과 장원급제한 수재였다. 59세의 나이가 되도록 칼 한 번 활 한 번 잡아본 적이 없는 도원수였다.

부원수 신각(申恪)에게 물으니 싸우자고 했다.

"저것들이 한꺼번에 건너오지는 못합니다. 몇십 명씩 뗏목을 타고 건너올 것이니 건너오는 족족 무찌르면 됩니다."

"일제히 뗏목을 만들어 타고 한꺼번에 몰려올 수도 있소."

김명원은 명령을 내렸다.

"병장기를 강 속에 던지고 각자 갈 데로 가거라."

병정들도 뛰고 장수들도 뛰어 달아났다. 도성 안에 남아 사세를 보던 유도대장 이양원도 뛰었다.

부원수 신각은 임진강으로 가는 김명원과 함께 가지 않았다. 도성으로 들어가 이양원과 함께 싸우려 했으나 그도 없었다. 신각은 부하 10여 명을 데리고 이양원이 가 있다는 양주로 향했다.

그날 밤 초경(初更: 오후 8시) 소서행장은 동대문 밖에, 가등청정은 남대문 밖에 포진하고 숙영에 들어갔다. 그들은 밤새도록 척후들을 교대로 성내에 들여보내 정탐을 계속했다. 그러나 빈 성임에 틀림없었다.

다음날 1592년 5월 3일.

날이 새기 무섭게 그들은 조선의 서울 도성으로 쏟아져 들어갔다.

바로 그날 임금 일행이 개성을 떠나기 직전 서울을 지키지 못했다는 김명원의 장계가 도착했던 것이다.

부득이한 일이로다. 김명원은 도원수 그대로 임진강을 지키고 신할은 수어사(守禦使)로 도원수를 도와라.

급사를 돌려보내고 북행하여 그날은 금교역(金郊驛)에 머물렀다.

4일에는 의흥(義興), 금암(金巖), 평산부(平山府)를 지나 보산역(寶山驛)에 들어왔다.

"아이고, 신주를 두고 떠났사옵니다."

종실 한 사람이 임금 앞에 와 울먹였다. 서울을 떠날 때 종묘의 신주들을 자루에 챙겨 넣어 줄곧 잘 모시고 왔었다. 생각해 보니 개성의 목청전(穆淸殿: 조선 태조의 옛집)에 두고 그냥 떠나왔다. 조용히 한 사람을 보내 밤을 새워 찾아오도록 했다.

5일에 안성(安城), 용천(龍泉), 검수역(劍水驛)을 지나 봉산군(鳳山郡)에 당도했다. 6일에는 황주(黃州)에서 자고, 7일에는 중화(中和)에 머물고, 5월 8일 오후 마침내 평양에 당도했다.

일행들의 몰골은 말이 아니었다. 피란길에 가장 힘든 것은 굶주림이었다. 가는 곳 어디에도 갑자기 들이닥친 그 많은 사람들을 먹일 양식은 없었다. 어쩌다 밥 한 그릇이 생기면 임금부터 대접했으나 임금도 허다히 굶었다. 나머지야 더 말할 나위가 없었다. 허기진 채 움직이자니 휘청거리고 흐느적거릴 수밖에 없었다.

숙소도 말이 아니었다. 임금 일가는 역관 같은데 모셨지만 신하들은 대개 노천 풀밭에서 그냥 오그리고 잤다. 어쩌다 민가에 드는 때도 있었지만 빈대, 벼룩, 모기 같은 물것 때문에 잠을 제대로 이룰 수가 없었다.

입성 역시 말이 아니었다. 대개 입고 온 옷 한 벌 그대로가 입성의 전부였다. 구겨지고 해어지고 때 끼고 흙먼지 뒤집어써 더러워진 모양새는, 장바닥 장돌뱅이나 지게꾼 못지 않아, 정승이고 판서고 구별이 없었다.

평양에 들어서서야 겨우 생기가 솟고 살 것 같은 마음이 되었다. 멍한 눈으로 구부정하게 숙이고 흐느적거리던 임금도 눈을 치켜들고 허리를 폈다.

오로지 평안감사 송언신(宋言愼) 덕분이었다. 기병 3천을 거느리고 달려 나와 창검을 번뜩이며 전후좌우로 호위해 맞아들였다. 뿐만 아니라 일행에 소용되는 의식주와 각종 비품들의 준비에 빈틈이 없었다.

임금은 먼저 와 있는 두 아들의 마중을 받으며 감영으로 들어가 쉬고, 3정승 이하 관원들은 미리 치워 놓은 민가에 들어가 고단한 몸을 부렸다. 옷도 준비해 놓아 새 옷으로 갈아입고 배불리 먹고 편안한 침구에 잠을 청하니 모두들 살아난 것 같았다.

평양에 들어와 조금 기운을 차린 조정은 임진강 남안에서 적을 몰아내기로 작정했다. 임진강 북쪽 동파(東坡)에서 적정을 탐지하던 경기 감사 권징이 장계를 올렸다.

멀리 올라오느라 적들은 발이 부르트고 기운이 빠져 이미 그 기세가 꺾였습니다. 이 기회를 놓치지 말고 적을 공격케 하옵소서.

적은 화의를 하려고 편지를 보내고, 스스로 은근슬쩍 물러나기도 했다. 평양 조정은 적들이 과연 기운이 빠진 게 틀림없다고 판단했다.

그래서 김명원에게 지시했다.

"임진강의 적을 치라."

여러 번 조정에서 지시했으나 김명원은 공격하지 않았다.

임금은 명에 사신으로 갔다가 마침 돌아와 있는 한응인을 내보내고 싶었다. 한응인을 제도도순어사(諸道都巡御使: 전군의 총감찰)에 임명하고, 김명원의 절제를 받지 말고 독자적으로 공을 세우라 했다.

임금은 한응인의 능력과 충성을 깊이 신뢰했다. 정여립의 역모를 적발한 공으로 승승장구하여 38세에 이미 판서를 지냈다.

또한 우의정 유홍을 도체찰사로 임명해, 전선에 나가 임금 대신 긴급 사안을 처리하도록 했다. 유홍은 얼마 전 인빈 김씨와 그 소생 두 왕자를 평양으로 감쪽같이 옮긴 사람이었다.

5월 11일 한응인은 평안도의 날랜 병사 3천을 거느리고 임진강으로 달려갔다. 그러나 유홍은 떠나지 않고 한응인을 전송만 하고 주저앉았다.

"발바닥에 종기가 나 아직 떠나지 못했습니다."

임금 앞에서 유홍이 물러가고 조금 있자니 소식 없어 몹시 궁금했던 이덕형이 들어와 뵈었다. 그는 폐포파립(弊袍破笠)에 피골상접(皮骨相接)이었다.

"이게 어찌된 일이오?"

임금은 깜짝 놀랐다.

소서행장을 만나러 충주로 내려가던 이덕형은 용인에서 죽산(竹山)으로 향했다. 적은 이미 죽산에 들어와 있었다. 죽산에 이르러 이덕형은 성 밖에 대기하고 연락차 일어통역 경응순을 먼저 성안으로 들여보냈다. 얼마 후 성안에서 역졸이 나왔다.

"여기 대장이 아까 들어온 통역을 베어 죽였습니다."

역졸은 편지 한 장을 건네주고 성안으로 들어갔다.

이덕형은 편지를 읽자마자 말 위에 뛰어올라 정신없이 채찍을 퍼부으며 북으로 달렸다.

화평이 다 무엇이냐. 명나라에 갈 때까지 길을 가로막는 자는 다 죽인다.

그 편지는 소서행장의 것이 아니라 가등청정의 것이었다.

이덕형이 죽기 살기로 달려 도성에 들어왔으나 임금과 조정은 이미 떠나고 왜군의 세상이었다. 숨어가면서 북으로 달려 임진강에 이르렀으나 물은 불고 배는 없었다. 상류로 올라가 여울을 건넜다. 산에서 길을 잃고 헤매다 이제야 겨우 당도했던 것이다.

"하마터면 조선의 인물을 잃을 뻔하였소. 어서 가서 쉬기부터 해야겠소."

장군 신각(申恪)

부산 함락으로부터 겨우 19일 만에 일본군은 조선의 서울에 입성하였다.

"조선은 군대라는 게 아예 없다. 조선이 정신 차리기 전에 질풍같이 북상해서 도성을 점령하라."

풍신수길의 지시였다. 과연 무인지경을 달린 거와 같았다.

소서행장과 가등청정은 거의 같은 시각에 서울(도성)에 들어왔다. 텅 빈 폐허였다. 거리는 불탄 흔적들로 어질러지고, 어쩌다 멀쩡한 빈 집에서는 가끔 비렁뱅이들이 새까만 얼굴을 내밀 뿐, 그 밖에 사람의 자취는 찾기 어려웠다. 일본군들에게는 너무나 실망스럽고 도무지 알 수 없는 광경이었다.

일본 내 전쟁에서는 적의 도성이 점령되면 적장은 항복하거나 할복하고 그것으로 싸움은 끝났다. 그리고 그 밖의 모든 것은 그대로 남았다. 백성들이 피란을 가지도 않았다.

조선에서도 수도가 점령되면 싸움은 끝나는 것으로 생각했다. 그래서 한양을 점령하고 나면 얼마간 휴식을 취하고 나서, 명나라를 치러가면 될 것이라 여겼다.

그런데 조선은 달랐다. 수도가 점령되었는데 왕은 항복도 하지 않고 할복도 하지 않았다. 왕은 평양으로 달아났다. 평양으로 쫓아가면 의주로 달아날 것이고 의주로 쫓아가면 명나라로 달아날 게 아닌가? 명나라까지 다 점령해야 싸움이 끝난다는 이야기였다.

"예상치 못한 일이 벌어지면 현지 장수들이 의논해서 결정하고 나에게 보고하라."

풍신수길의 지시였다.

앞서 들어온 두 사람은 후속부대를 기다리기로 했다. 기다리면서 현지 인심을 우선 안정시켜보기로 했다. 일본에서처럼 휼민(恤民)과 선무(宣撫)에 힘썼다.

"일본군은 사람을 해치지 않는다. 먹을 것도 주고 입을 것도 준다. 더 잘사는 세상을 만들어 준다."

비렁뱅이들에게 옷과 음식을 주고 통행증을 주어 사람들을 부르게 했다.

"굶어죽는 것보다야 낫겠지."

조선사람들이 조금씩 모여들었고 그들의 심부름을 해주기도 했다.

5월 7일, 흑전장정(黑田長政)의 제3군, 도진의홍(島津義弘)의 제4군이 서울에 들어왔다. 8일에는 총사령관의 제8군이 들어왔다.

도성 안팎으로는 7만 명이 넘는 일본군들이 들끓어 이제 일본세상인 듯했다. 수도를 이렇게 완전 장악했으니 전쟁의 승리는 이제 확정적이었다.

종묘에 본영을 설치한 총사령관 우희다수가는 점령정책을 발표하고 앞으로의 진로를 의논하기 위해서 회의를 소집했다.

풍신수길이 지시한 점령정책은 다음과 같았다.

- 백성이 굶주리지 않도록 합당한 조치를 취할 것.
- 피란에서 돌아온 백성들의 양식이나 금품을 빼앗지 말 것.
- 돌아오지 않은 백성은 그 신분을 확인해 둘 것.
- 방화를 엄금할 것.
- 무고한 사람을 체포했을 때는 이유 불문하고 본래 살던 곳으로 돌려보낼 것.
- 이상의 명을 어기는 자는 태합으로부터 총수의 권한을 위임받은 우희다수가에게 즉시 보고할 것.

이 점령정책은 풍신수길이 일본의 점령지에서 시행하여 점령지의 안정과 지배에 큰 효과를 본 시책이었다. 점령정책을 발표한 다음 바로 토론에 들어갔다.

"시간을 끌지 말고 진격을 계속하여 조선왕을 잡고 명나라까지 들이쳐야 하오."

가등청정의 의견이었다.

"조선도 굴복시키지 못한 터에 명나라까지 친다는 것은 무모한 짓이오. 아직 우리의 후방은 불안하오. 우선 조선부터 굴복시켜서 평정한 다음에 명을 쳐야 하오."

소서행장의 주장이었다. 그의 주장에 동조하는 쪽이 많았다. 토론

끝에 조선 8도를 각 군이 하나씩 맡아 점령하고 뒤탈이 없을 정도로 평정한 다음 명나라를 친다는 데 합의를 보았다.

소서행장은 생각하는 바가 있어 선수를 쳤다. 8도를 점령할 각 군의 안배계획을 총사령관 우희다수가에게 제출했다.

무지막지한 가등청정이 평안도를 맡지 못하도록 하고 자기가 맡아 점령하기 위해서였다. 조선왕이 쫓기다 보면 강화를 제의할 수도 있는데 그때는 반드시 자기가 주선하지 않으면 안 된다고 판단했다.

"아니, 왜 내가 함경도요. 나에게 평안도를 주시오. 태합께서 나에게 선봉을 맡겼으니 명나라 칠 때는 내가 선두에 서야 하오."

가등청정의 항의였다.

"이것은 하나의 복안일 뿐이오. 방침은 중의에 따라 결정된다는 것을 알지 않소?"

소서행장의 설명이었다.

"그렇소. 태합전하의 지시도 있소. 모두의 의견을 들어 결정할 것이오."

우희다수가의 결론이었다. 20대 청년인 그는 연상의 장군들 앞에 권위를 세우기 위해 일부러 목소리를 낮추어 말했다.

늦게 상륙한 부대는 뒤떨어져 서울과 부산 사이에서 북상중이었다. 이들 군부대에도 사람을 보내 의견을 물어 최종결정을 내리기로 했다.

먼저 올라온 일본군은 이 일로 해서 20여 일 동안 진격을 멈췄다. 그러는 사이 7만이 넘는 일본군은 도성 안팎에서만 복작거리지 않았다. 점점 멀리 퍼져나가 갖은 행패를 다 부리고 다녔다.

휼민(恤民)과 선무(宣撫)의 점령정책을 발표는 했지만 병사들은 상관의 눈을 피해 여전히 행패를 부렸다. 집을 뒤져 재물을 챙기고 산속을 뒤져 피란 백성들을 족치고 잡아갔다. 강도, 강간, 살인 등 잔혹한 습성의 서슴없는 자행은 밤낮이 없었다.

한편 한강에서 도원수 김명원과 헤어져 양주로 온 부원수 신각(申恪)은 어느 산속 오두막에서 유도대장 이양원을 만났다. 그는 한 사람의 휘하도 없이 홀로 곤드레가 돼 소주만 홀짝거리고 있었다. 신각이 나타나자 고개를 갸우뚱거리며 그를 빤히 쳐다보다 한마디 뱉었다.

"다 틀린 것 같소이다."

"아닙니다. 좋은 방책이 있습니다. 저와 함께 가시지요."

이양원을 부축하며 신각은 부하들과 함께 해유령(蟹蹂嶺: 게넘이고개 : 양주시 백석읍)으로 향했다. 도중에서 서울을 지키러 오던 함경도 남병사 이혼(李渾)도 만났다. 그는 수백의 병사들을 이끌고 있었다.

"서울은 벌써 함락되었소."

이혼도 신각을 따라갔다. 신각은 이 지역 지리를 잘 알고 있었다. 그의 선산이 근처 천천(泉川: 샘내골)에 있어서 이 고장을 자주 들락거렸기 때문이었다.

신각은 무인이었다. 영흥부사(永興府使), 연안부사(延安府使) 등 문관직을 거치기도 했지만, 그는 어딜 가나 항상 무관의 안목으로 지역을 관찰하는 버릇이 있었다.

연안부사 시절에는 무관의 눈으로는 아무래도 불안한 연안성을 그냥 둘 수 없었다. 성을 견고히 수축하고 참호를 더 깊게 팠다. 병장기를 충분하게 준비시키고 관속들을 가르쳐 백성들의 옹호자로 만들었다. 신각은 그래서 임란중 이정암(李廷馣)이 연안성을 지켜 보전할 수 있는 기틀을 마련해 놓았던 것이다.

해유령은 큰길에서 20리쯤 떨어져 있었다. 고개에 오르면 큰길을 내왕하는 모습이 잘 보였고, 고개 주위에는 숲이 많아 유격전에 아주 좋은 장소였다.

신각은 병사들을 모두 모아 놓고 유격전으로 일본군을 무찌르는 방법을 가르쳤다.

"싸움에서는 어느 쪽이 이기는가?"

"그거야 강한 쪽이 이기는 것이죠."

"바로 그것이다."

"바로 그것이요?"

"그러니까 우리가 적보다 강할 때는 서슴없이 치고, 적보다 약할 때는 서슴없이 숨는 것이다."

"하아, 아주 간단하네요."

"그러니까 적이 만만하게 보일 때는 망설일 필요가 없다는 것이다."

"왜놈들 어디 보자."

"그리고 또 적을 무찌르고 죽는 것도 장한 일이지만 무찌르고 사는 것이 더욱 장한 일이다. 끝까지 더 무찌를 수 있기 때문이다."

신각은 병사들을 10명이나 20명의 작은 부대로 편성했다. 그리고 잠복하고 공격하고 퇴각하는 방법을 가르쳤다.

"번개같이 치고 바람같이 사라진다. 따라서 해봐."

"번개같이 치고 바람같이 사라진다."

"절대로 흔적을 남기지 않는다."

"절대로 흔적을 남기지 않는다."

"만만할 때 치고 버거울 때 숨는다."

"만만할 때 치고 버거울 때 숨는다."

"알았느냐?"

"알았느냐?"

"허허, 이제 그만 따라서 하고⋯. 이 3가지를 지키면 백전백승(百戰百勝)이다."

이혼도 20명쯤의 부하들과 함께 작전에 들어갔다.

왜적이 상륙해 북상하는 동안 조선군은 어디서나 밀리고 패퇴했다. 그래서 왜적은 늘 대적할 수 없는 두려움의 대상이었다. 그런데 그런 두려움에도 불구하고 신각의 기습작전은 신통하게도 잘 들어맞았다. 몇 놈씩 어울려 행패를 부리고 다니는 놈들은 해유령 조선군의 기습에 여지없이 격살되었다.

피란민 집을 털어 뭔가 챙기는 놈들, 빈집에 모여 술판을 벌이는 놈들, 부녀자를 덮치는 놈들, 산속 백성을 찾아 어슬렁거리는 놈들, 미성년 남녀를 묶어 끌고 가는 놈들, 여하간 이 근방으로 퍼져나와 행패를 부리는 왜놈들은 거의 다 참살되었다.

조선군의 사기가 오르면서 전과도 올랐다. 신각 자신도 휘하 20여 명을 이끌고 번개처럼 나타나 무찌르고 바람같이 사라졌다.

근처 산속에는 서울에서 피신한 백성들도 많았다. 저항할 수 없는 노약자 부녀자들이 대부분이었다. 몇 놈씩 무리 진 왜적들은 이들을 찾아 산속으로도 기어들었다. 신각은 산속에서 더욱 신출귀몰했다. 신각을 만나면 왜병은 거의 몰살되었다.

어느 날 산골을 탐색하던 중이었다.

"저기 보십시오. 왜놈들이 한 사람을 둘러싸고 있습니다."

병사의 손짓에 신각이 보니 위기일발이었다.

"멈춰라. 이놈들."

천둥 같은 소리에 멈칫하며 이쪽을 보는 왜놈들을 향해 신각은 번개 같이 말을 달려 칼을 휘둘렀다. 두 놈이 쓰러지면서 나머지는 달아났으나 이들도 뒤따라오던 신각의 휘하들에게 몰살당했다.

"장군님이 아니었으면 다 죽을 뻔했습니다. 승정원(承政院) 가주서(假注書) 이정구(李廷龜: 인조 때에 정승이 됨. 대문장가)라 합니다."

칼을 들고 왜적들과 대치하고 있었지만 죽음을 각오했던 선비였다.

"아니, 이 한림(翰林: 사관의 별칭)이 아니십니까? 전하 곁에 계셔야 할 분이 어찌 여기 계십니까?"

신각은 그를 알아보고 더욱 놀랐다.

"여기 굴속에 사람들이 많이 숨어 있는데 장군 덕택에 살아났소."

이정구는 이덕형이 적장을 만나러 떠나던 날 쓰러져 숨진 예조판서 권극지의 사위였다. 임금을 따라 북행해야 했으나 장인이 별세하는 바람에 서울에 남았다. 장인을 울안에 대충 묻고 장모와 아내를 데리고 서울을 빠져나왔다. 겨우 여기까지 와 산속에 숨었다가 왜놈들을 만났던 것이다.

근처에서 왜병들의 피해가 커지자 왜적은 큰 부대를 내보내 조선군을 찾았다. 그러나 조선군은 흔적도 없었다. 조선군은 작전대로 큰 부대가 나오면 일찌감치 달아나 숨어 버렸다.

왜병들의 준동이 차츰 줄어들었다. 적이 주춤하는 사이 신각은 그동안의 전과를 정리했다. 왜적의 머리 70여 개를 말과 나귀의 등에 얹어 매달았다. 전과 보고서와 함께 평양의 임금에게 올려 보냈다. 전쟁 발발 후 이런 대단한 승리는 신각이 처음이었다.

한편 한강에서 도망쳤다 다시 임진강 수비 임무를 맡은 도원수 김명원은, 부원수인 주제에 자신을 따르지 않고 제멋대로 움직인 신각이 매우 괘씸했다.

부원수 신각은 소신 도원수의 명을 거역하고 자의로 양주로 달아났습니다. 이래 가지고야 어찌 군율을 세울 수 있겠습니까?

"각자 갈 데로 가라."

분명히 제 입으로 이렇게 명령했던 김명원은 평양 조정에는 엉뚱한 보고서를 올렸다.

"이런 자는 용서할 수 없습니다. 결단코 군율로 다스려야 합니다."

발바닥 종기 핑계로 떠나지 않은 유홍은 평양에 주저앉은 도체찰사였다. 보고서를 접수한 유홍이 임금을 충동였다.

"이런 고얀 놈. 밤낮을 가리지 말고 달려가 촌각을 지체치 말고 목을 치도록 하라."

유홍이나 임금이나 보고서에 쓰인 글자만 보고 성깔이 뻗쳤다.

어명을 받들고 선전관 일행이 양주 해유령을 향해 달려나갔다.

바로 그날 신각의 전승 보고서가 왜적의 머리 70여 개와 함께 평양에 당도했다. 참형을 받든 선전관이 떠나고 채 한나절이 되지 않아서였다.

신각의 보고는 왜란 이후 처음으로 이룬 대승이었다. 참으로 엄청나고 속 시원한 승전 보고였다. 평양은 환희와 흥분으로 들떴다.

"선전관은 더 빨리 달려가거라. 신각을 죽이지 말라 일러라."

임금은 가슴을 쳤다. 또 하나 선전관이 급히 말에 올라 채찍을 퍼부었다. 해유령에 선전관 일행이 도착하자 어명을 받잡기 위해 장병들이 모여 정렬했다.

"벌써 임금님의 칭찬이 도착하셨구먼."

"큰상이 내려질 걸세."

병사들이 모인 가운데 신각이 앞에 나가 숙이고 앉자 선전관이 어명을 전해 읽었다.

"정 2품 자헌대부 부원수 신각은 주장의 명을 거역하고 자의로 적전에서 도주했으므로 이에 관작을 삭탈하고 서인(庶人)으로 강등하여 참형에 처할 것을 명하노라."

선전관의 졸개들이 밧줄을 꺼내 신각을 뒷짐으로 묶어 꿇렸다.

"모두 저만큼 물러서시오."

선전관이 신각의 목을 칠 준비를 했다.

장병들은 새파랗게 질렸다. 너무나도 어이없고 갑작스런 일이었다.

"조정에 한번 알아나 봅시다."

이양원은 애가 탔다.

"그렇게 해주시지요. 죽이는 거야 뭐 그리 급할 게 있소?"

이혼이 사정했다.

"시각을 지체치 말라는 어명이시오."

신각은 거구에 힘이 과인한 장사였다. 밧줄에 묶였다 하나 적이 덤빈다면 그대로 몇 놈쯤 넉넉히 때려눕힐 무예 고수였다. 그러나 효순한 어린애처럼 다소곳이 꿇어앉아 있었다.

"노모를 제대로 모시지 못해 늘 불효를 저질렀소이다. 왜적들을 다 무찌르고 나면 봉양할 기회가 있으리라 기대했습니다만…. 그 밖에 여한은 없소이다. 두 분의 호의 고마웠습니다."

신각은 고향에 90세의 늙은 어머니가 살아 계셨다. 그는 이양원, 이혼 두 사람에게 목례를 드리고 나서 얌전하게 목을 늘어뜨렸다.

북소리가 울리자 졸개 둘이 다가서 칼을 내리쳤다. 60고개 노장군의 목은 피를 쏟고 머리는 땅에 떨어졌다. 백발인 채 땅에 떨어져 노장군은 안온하게 웃고 있었다. 오랜 격전에서 마침내 이기고 돌아와 흐뭇한 평안을 맞은 그런 안도의 미소였다.

"멈추시오. 죽이지 말라는 어명이오."

바로 그때 해유령으로 달려오며 외치는 사람이 있었다. 뒤따라 달려온 또 하나의 선전관이었다.

"신각 장군을 죽이지 말라는 어명이오."

다가와 말에서 내리는 선전관은 땀을 뻘뻘 흘렸다. 병사들은 기운이 빠져 땅에 주저앉았다.

"조정이란 데서 무슨 일을 이따위로 한단 말이오?"

남병사 이혼은 자기 부하들을 집합시켰다. 그리고 함경도로 떠났다. 이양원은 퍼질러 앉아 넋 나간 사람처럼 하늘을 바라보았다.

신각의 부하들은 땅을 치고 통곡했다.

임진강(臨津江) 전투

5월 17일 저녁 때 임진강에 도착한 제도도순어사 한응인은 잠깐의 휴식도 없이 장수들을 동파역관(東坡驛館)으로 소집했다.

경기감사 권징, 도원수 김명원과 그 휘하 이빈(李薲), 이천(李薦), 변기(邊璣), 수어사 신할(申硈)과 그 휘하 유극량(劉克良) 등이 모였다. 이들이 거느린 병력이 약 7천이었다. 그리고 임진강 상류 대탄에는 이양원이 있었고 그의 휘하에 충주에서 도망온 이일과 김우고(金友皐)가 있었다. 그쪽 병력 약 5천 명. 한응인이 데리고 온 3천 병력을 합하면 1만 5천이었다.

조선군으로선 상당한 대군이었다. 이 1만 5천 대군의 승패와 생사는 여기서도 지휘하는 장수에게 달려 있었다.

"전하의 당부를 전하겠소. 이 나라가 다시 일어서고 못 서고는 이 임진강 싸움에 달렸으니 부디 공을 세워 후세에 그 이름을 전하라 하셨소. 평양에서부터 그동안 적세에 관한 보고를 받아왔소. 오늘 밤 안으로 강을 건너 적을 칠까 하오."

한응인은 당장 진격할 것을 제안하고 자기가 들은 적정을 요약해 설명했다.

"그런즉 의견들을 말씀해 보시오."

이 작전회의는 도원수 김명원이 주관하는 것이 위계상 정상이었으나 감독으로 나온 한응인은 김명원을 같잖게 여기고 자기가 주장인 것처럼 행세했다.

10여 일 전 임진강 남안에 적 대군이 갑자기 나타나 강을 건너려 했었다. 그러나 강을 건너기가 쉽지 않았다. 강을 사이에 두고 대치하며 산발적 사격이 오갈 뿐이었다. 그러다 적들은 어찌된 일인지 강가에 설치한 군막을 불사르고 무기와 장비를 거두어 수레에 싣고 파주 쪽으로 물러가 버렸다. 이것은 왜군의 작전이었다.

"좋소. 칩시다."

경기감사 권징이었다. 그는 일본 군대가 별 준비도 없이 우리 땅 깊숙이 들어와 기진맥진했으니 이때가 적을 공격할 기회라고 조정에 글을 올렸었다.

"좋소이다. 지금이 공격할 기회인 것 같소이다."

"칩시다. 적은 지쳐 있습니다."

거의 모두가 찬성이었다. 그런데 아무런 기색 없이 입을 꾹 다물고 있는 사람이 있었다. 백발의 장수 유극량이었다.

"그쪽은 왜 의견을 내지 않소?"

한응인이 그를 쳐다보았다.

"때가 아닌 것 같소."

아들뻘인 한응인을 향해 유극량은 차갑게 한마디 던졌다.

"왜 아니오?"

"적이 비록 지쳤다하나 우리 힘이 더 약할 수도 있소."

"우리가 약하다 해도 지쳐 쓰러진 것들을 못 이기겠소?"

"지쳤어도 저들은 군대요, 기운차도 우리는 농군이오."

유극량은 조방장으로 죽령을 지키고 있었다. 신립이 충주에서 패하는 바람에 적진을 뚫고 올라왔다. 그사이 그는 적의 형편을 사실대로 파악할 수 있었다.

"우리를 너무 우습게보는 게 아니오?"

한응인의 대꾸에 노기가 묻어났다.

"병사들을 더 모집하여 훈련시키고 군량과 무기를 비축하고, 그래서 힘을 충분히 기른 다음에 강을 건너가는 것이 만전지책인가 하오."

"염려가 너무 많소그려."

가소롭다는 한응인의 반응이었다.

"천것이라 역시 겁이 많군."

권징이 중얼거렸다.

유극량은 눈을 감고 어금니를 물었다. 평생 그렇게 참아낸 그만의 표정이었다. 그에게 그의 태생은 평생의 한이었다.

임진강 전투에 임한 모든 장수들 가운데 진정 총수의 자질이 있는 장수는 오직 유극량뿐이었다. 유성룡은 1년 전쯤 전라좌수사에 유극량의 임명이 관철되기를 바랐었다. 그러나 그는 대간의 천출 거론 한마디에 바로 파직되고 말았었다.

유극량의 어머니는 선조 이전 세 임금의 치세 동안 재상을 지낸 홍언필(洪彦弼)의 집 여종이었다. 어느 날 부엌일을 하다가 실수로 옥잔을 깨뜨리고 말았다. 옥잔은 보물인지라 큰 벌을 받을 판이었다. 겁을 먹고 달아났다. 여러 곳을 헤매고 다니다 착실한 농부를 만나 정착한 곳이 배천(白川) 고을이었다. 극량을 낳고 단란하게 살다 남편을 여의었다.

극량은 편모슬하에서 자랐으나 성실하고 늠름했다. 열심히 공부하여 선조 초에 무과에 급제했다. 홀로 고생하며 자신을 길러온 어머니에게 이 기쁜 소식을 전하러 부리나케 고향 배천으로 달려갔다. 그러나 어머니는 웃음 대신 눈물을 흘리며 자기의 과거를 말해 주었다. 천출은 과거를 볼 수 없고 급제해도 무효가 되는 세상이었다.

유극량은 다시 서울로 올라왔다. 홍언필의 집을 찾았다. 홍언필은 이미 죽고 아들 홍섬(洪暹)을 만났는데 시임(時任: 현직) 이조판서였다. 유극량은 어머니가 노쇠하였으므로 대신 자기가 종살이를 하겠으니 전죄를 용서하고 받아달라고 했다.

유극량도 대장부였지만 홍섬 또한 대장부였다. 홍섬은 그를 손님으로 선비로 대접해 주었고 양인(良人)의 신분이 되도록 면천(免賤)을 주선했다. 홍섬은 선조 초기에 영의정을 3번이나 지낸 당대의 명사였다.

유극량은 이미 7년 전 세상을 떠난 홍섬의 모습을 떠올렸다. 유극량은 홍섬이 살아 있을 때 그를 하늘같이 떠받들었다.

유극량은 무장으로서 보기 드문 장재였으나 항상 그 신분의 벽 때문에 늘 변방으로 돌고 승진도 늘 뒤처졌다.

"화평을 하자고 사람을 보내도 안 되니까 모든 것을 포기하고 철수해 가는데 그런 적이 무섭단 말이오?"

권징이 조롱조로 말하니 다른 장수들이 키득거렸다. 그래도 유극량은 팔짱을 낀 채 눈을 감고 있었다.

"당신 죽는 게 두려운 게지?"

칼을 집어 들고 신할이 다가섰다.

유극량은 그제야 눈을 뜨고 이 경망스런 상관을 쳐다보았다.

"나는 무인으로 살면서 일찍이 죽음을 두려워한 적이 없소. 더구나 이제 다 늙은 몸이 새삼 죽음이 두렵겠소? 경적은 필패라 했는데 혹시라도 실수가 있으면 우리 죽는 게 문제가 아니라 나라가 큰일이라 그걸 두려워하는 거요."

"주제에 나라 걱정을 한다? 이게 건방지게 누구 앞에서 … ."

신할이 칼을 빼어들고 내려치려 했다. 깜짝 놀라 주위에서 가로막아 말렸다.

"정히 공격하겠다면 선봉은 내가 맡겠소."

유극량은 일어나 자기 진영으로 말을 몰았다.

다음날 5월 18일 새벽, 도강공격이 시작됐다. 평안도에서 쉬지 않고 어제 저녁때까지 천리 길을 달려온 병사들이 한응인에게 애걸했다.

"오늘 하루만이라도 쉬고 나서 공격하게 해주십시오."

"사기를 떨어뜨리는 놈들."

한응인은 사정하는 두 놈의 목을 쳤다.

어둑한 새벽 유극량이 지휘하는 선봉군이 조용히 임진강을 건넜다. 건너편 몇 군데 남아 있던 초소들을 덮쳐 초병들을 무찔렀다. 몇 사람 도망치는 적병들을 추격하며 계속 남진했다. 뒤따라 신할의 부대가 강을 건너오고 이어서 한응인을 수행한 검찰사(檢察使) 박충간(朴忠

侃), 독군(督軍) 홍봉상(洪鳳祥)도 강을 건넜다.

공격군이 거침없이 전진하는 모습을 보고 권징도 강을 건너 공격군의 뒤를 따랐다. 강을 건너지 않고 북쪽 언덕에서 강 건너 공격군을 바라보던 한응인이 김명원을 바라보며 득의의 미소를 지었다.

"오늘 안으로 서울까지 밀어붙여야겠소."

한응인은 서울 탈환의 공로로 대신의 반열에 오르는 자신의 모습이 눈앞에 어른거렸다.

그러나 대신의 환상도 잠깐이었다. 해가 뜨면서 사정은 뒤집히기 시작했다. 파주로 물러갔던 적들이 일제히 산을 넘어 쏟아져 내려왔다. 기다리고 있다 출동하는 질서 정연한 반격이었다. 조선군 병사들은 여지없이 밀리고 도망가기 바빴다. 신할과 유극량은 적이 아니라 도망가는 아군과 싸웠다. 이리저리 정신없이 말을 달려 막고 위협해도 소용이 없었다. 신할과 유극량의 뒤를 따라오던 권징과 박충간은 병사들보다 먼저 달아났다. 말을 달려 달아났으므로 훨씬 더 빨리 적진을 빠져나갔다.

걷잡을 수 없이 무너져 쫓기는 조선군은 총탄에 나뒹굴며 임진강으로 뛰어들었다. 뛰어든 조선군은 겨우 몇 사람 건너편 북쪽 언덕으로 건너갔을 뿐 대부분은 강물 속으로 사라졌다.

신할은 밀려드는 적에게 포위되어 비장하게 싸웠다. 유극량이 구하러 달려갔으나 밀집되어 밀려드는 적들에 가로막혀 나아갈 수가 없었다. 화살로 포위를 뚫고자 연속 화살을 쏘았다. 화살은 금방 떨어지고 유극량 자신도 포위되었다. 칼을 빼어들고 몸을 날려 휘둘렀다. 재빠르게 몇 번 칼날이 햇살에 번쩍였으나 그것으로 그만이었다.

신할, 유극량, 홍봉상은 적중에서 분사(憤死)하고 권징, 박충간은 미리 말을 달려 도망간 기민함으로 해서 살아났다. 임진강 북쪽 언덕에서 새까맣게 쫓아오는 적세를 바라보던 한응인과 김명원은 겁에 질려 살아남은 부하들과 함께 무작정 북쪽으로 달렸다.

왜적들은 임진강 작전에 성공하자 다음날 5월 19일부터는 후속 부대들도 안심하고 임진강 쪽으로 모여들었다.

제1군, 제2군, 제3군의 약 5만여 명이 남안 일대 산과 들에 아득히 펴져, 색색의 깃발을 펄럭이며 꿈틀거렸다. 흡사 지옥세상의 한 층에 펼쳐진 이매망량(魑魅魍魎: 온갖 도깨비 귀신들)의 바다였다. 그들이 꿈틀거리는 동안 강도, 강간, 살인, 약탈, 방화 등 그들의 일상 또한 여전히 꿈틀거렸다.

그들은 임진강의 상, 하류의 적당한 장소를 찾아 천천히 강을 건너 개성으로 향했다. 대탄(大灘)을 지키던 이양원 등은 싸울 엄두를 내지 못하고 피신할 수밖에 없었다.

달아나던 한응인은 개성을 지나면서 조정에 글을 올렸다.

장수들이 하나같이 용렬하여 좋은 계책을 내주었으나 허사가 되고 말았습니다.

조정이 평양에 온 이후 압록강 건너 요동지역에서는 또다시 이상한 소문이 퍼져나갔다. 조선과 일본이 정말로 결탁해서 명나라를 들이치려 한다는 소문이었다.

어느 날 압록강 건너편 관전보(寬奠堡)의 참장(參將)인 동양정(佟

養正)이란 사람이 의주목사 황진(黃璡)을 찾아왔다.

"조선이 왜적의 침범으로 고통을 겪는다니 우리도 도울 것이오. 내가 곧 군사를 이끌고 강을 건너올 터이니 조선조정에 알려주시오."

조선에 지원군을 보내겠다는 뜻이었다.

"갑작스레 왜적이 쳐들어와 경황이 없소만 조선의 힘만으로도 능히 대처할 수 있소. 굳이 이웃에 폐를 끼칠 것까지야 없소."

황진이 즉시 거절하자 동양정은 별말 없이 돌아갔다. 요양에 위치한 요동총병관(遼東總兵官) 양소훈(楊紹勳)이 소문의 진위를 알아보고자 동양정을 의주로 보냈던 것이다.

"소문이 사실입니다. 의주목사가 딱 거절했습니다."

소문처럼 조선이 매우 의심스럽다는 뜻이었다. 총병관은 북경 조정에 보고를 올렸다.

조선과 일본이 사실은 서로 결탁하고 겉으로는 일본이 조선을 침략한 것처럼 꾸미고 있습니다. 조선의 진짜 왕은 함경도로 들어가고 가짜 왕을 내세워 왜적의 침략을 받았다고 허풍을 떨고 있습니다. 목적은 일본군과 합세하여 명나라를 치는 것입니다. 조선의 뜻은 그리하여 옛 강토(고구려)를 차지하려는 것입니다.

명 조정은 들끓었다.

"표리부동한 조선을 쳐야 한다."

"고약한 조선을 그냥 둘 수 없다."

조선이 일본보다도 더 나쁘니 응징해야 한다는 게 대세였다. 그러나 병부상서 석성(石星)은 전혀 달랐다.

'조선사람들은 그런 짓을 할 사람들이 아니다.'

석성은 이미 조선사람들의 사람됨에 감명을 받은 사람이었다.

'그렇지, 그 사람의 의견을 한번 들어 보자.'

석성은 조선에서 사은사로 북경에 와 있는 신점(申點)을 집으로 초대했다. 신점은 백발이 성성한 60대의 노인이었다. 그는 인품으로 해서 북경 조정 사람들로부터 존경받고 있었다.

신점은 북경에 와서 왜적 침입 소식을 알았고 그 심각성을 짐작하고 명 조정에 원군을 요청했다.

"총병관 양소훈이 이런 보고를 해 왔습니다. 한번 보십시오."

신점은 보고서를 다 읽고 나서 의견을 말했다.

"일은 공명정대해야 신뢰를 얻을 수 있지요. 양소훈 총병관에게 일러 사람을 직접 조선조정에 보내보라 하십시오. 진위를 확인한 다음 다시 보고서를 올리라 하시지요."

"옳은 말씀이오."

다음날 석성은 양소훈에게 군관을 내려보냈다.

조선조정은 한때 평양에서 적을 막아낼 준비를 하고 있었다. 산속으로 피란갔던 사람들을 불러들였다. 1만여 명의 장정들을 뽑아 군사훈련을 시켰다. 고을의 양곡을 징발하여 평양 성내에 10만 섬의 군량미를 비축했다.

고구려 시대에는 연개소문(淵蓋蘇文)의 지휘하에 평양을 방어하고 사수(蛇水)의 대첩을 이루어 당나라 군사 30만을 물리쳤다.

"우리라고 그와 같이 항전하지 못할 이유가 없다."

새로 병조판서가 된 이항복 등은 어떤 경우에도 평양은 사수해야 한다고 주장했다. 적들을 임진강에서 막아낼 수도 있다는 희망과, 남에서 전라감사 이광, 충청감사 윤선각, 경상감사 김수 등이 6만여의 근왕병을 이끌고 북상중이라는 소식은, 평양 조정의 사기를 한껏 높여주었다.

　"평양에서 내려가 치고 3도 근왕병이 올라와 치면 일거에 한양을 수복하고 왜적을 아예 나라 밖으로 몰아낼 수도 있다."

　왕과 조정은 기대에 한껏 부풀어 있었다. 그러나 한응인의 무모한 작전으로 임진강이 무너지고 왜적이 대거 북상중이라는 소식이 전해지자 평양 천지는 온통 두려움에 휩싸였다.

　"더 이상 물러설 데가 없다. 군사도 있고 군량도 있다. 임금을 모시고 싸우면 된다. 30만 당군도 물리쳤는데 왜놈 몇만쯤 못 물리칠 게 뭐냐?"

　임진강 패전에도 불구하고 조정에서는 평양에서 결사항전하기 위한 차비를 착실히 해나갔다.

　그런데 정작 문제는 임금이었다. 임금은 자신의 말과는 다르게 또 어떻게든 도망갈 궁리만 하고 있었다.

　"임금이 또 도망간단 말이냐?"

　임금이 어찌할지 알 수 없으니 조정 또한 어찌할지 알 수가 없었다. 백성들도 마찬가지였다. 일부는 핏대를 올리고 임금을 보자고 난리고, 일부는 통곡하며 다시 피란을 가자고 난리였다.

외로운 함대

그런데 5월 23일, 난리가 터진 이래 아직 한 번도 들어보지 못한 엄청난 승리의 희소식이 평양에 도착했다.

玉浦破倭兵狀(옥포파왜병장)
옥포에서 왜군을 격파한 보고서

남쪽 바다 옥포에서 왜적 수군을 대파했다는 이순신의 장계였다.

왜선 44척을 격파했고, 왜병 1천여 명을 죽였고, 노획한 물품이 다량이요, 붙잡혀 있던 조선사람 여러 명을 구해냈다는 내용이었다.

참으로 놀랍기 이를 데 없는 승리요 전과였다. 그리고 더욱 놀라운 사실이 있었다. 조선 장병은 겨우 1명이 경미한 부상을 입었을 뿐 단 한 사람도 희생자가 없다는 것이었다.

장장 3천 5백 자의 방대한 분량의 장계였다. 그런데 읽는 사람이 전혀 지루하지 않았다. 지루하기는커녕 읽을거리가 좀더 이어지지 않고 끝나는 게 아쉬울 지경이었다.

조정에서는 임금이나 신하들이나 읽는 사람이나 듣는 사람이나 너무나 기쁜 감격에 가슴이 벅차서 눈물을 흘리며 탄성을 질렀다.

승리의 소식에만 감격한 게 아니었다. 마치 베틀에 앉아 수의(壽衣) 마름할 삼베를 짜듯 정실하고 조신하게 장계는 기록되어 있었다.

싸움터의 일선에서 보내오는 어느 장계에서도 보이는 과장이나 허위, 황겁(惶怯)이나 전가(轉嫁) 따위는 기미도 보이지 않았다.

생사가 갈리는 긴장과 불안 속의 전쟁터에서 한 올 흐트러짐 없이, 더구나 무장(武將)으로서 어찌 이렇게도 쓸 수 있는지 그 차분한 문장에 또한 감격했다.

서로 돌아가면서 읽었다. 그리고 기회를 놓칠세라 서로 읽으려 했다. 읽으면 읽을수록 더 깊은 감명 속으로 빠져들었다. 그것은 그냥 장계가 아니었다. 가히 무장류(武將類)의 명문이요 명필이었다.

"대감, 참으로 나라의 동량이 나타났소이다. 대감이 추천한 인재가 아니오?"

"이 기쁜 승첩의 절반 이상은 대감의 공이오."

"수사의 소임에 지극히 합당한 인물임을 알아본 대감의 지인지감(知人之鑑)이 대단합니다."

이순신을 추천한 유성룡에게도 관심이 집중되었다. 여러 사람이 공공연하게 칭송의 뜻을 나타냈다. 유성룡은 마음속으로 누구보다도 기뻤다. 그래서 가슴이 벅찼다.

유성룡은, 이순신이 수사의 직위에서뿐만 아니라 다른 어느 직위에서도, 그리고 직위가 높으면 높을수록, 재량권이 크면 클수록, 더욱 뚜렷하고 훌륭한 업적을 반드시 이루어낼 인걸이라는 확신에 일찍부터 변함이 없었다. 그러나 당시 조정의 인맥으로 이루어지는 고루하고 부패한 인사제도 속에서 이순신의 승진은 참으로 지지부진했었다. 그러다 전운이 짙어진 이유로 가까스로 수사가 되었다. 대견하게도 인물값을 훌륭하게 증명해냈다. 유성룡의 기쁨은 그렇기에 더욱 컸다.

승첩의 소식이 전해졌을 때 유성룡은 솔직히 환호성을 지르며 춤을 추고 싶었다. 그러나 유성룡은 조정의 그런 공공연한 극찬의 대세에 가슴이 내려앉았다. 우선은 임금의 심사에 신경이 쓰였다. 임금이 처음 소식을 접할 때와는 다르게 차차 시무룩해지고 있었다. 또한 반대 당원들의 심사에도 신경이 쓰였다.

유성룡은 더욱 몸을 낮추고 더욱 엎드렸다.

"제가 무슨 사람을 알아보겠습니까? 그저 소싯적 인연으로 추천해 본 것뿐이지요. 오로지 성상께서 지인지감이 계셨습니다. 이순신을 파격적으로 발탁하시었고, 대간들의 누차에 걸친 반대를 누르고 수사 임명을 관철시키신 분은 바로 성상이 아니십니까?"

어찌되었든 이순신의 전라좌수사 임명을 끝내 관철시킨 주인공이 임금이라는 사실은 다 알고 있었다. 유성룡은 변명 겸해서 이 점을 상기시켰다.

"과연 그렇소이다. 전하의 영특하심이 증명된 것이지요. 전하께서 야말로 지인지감이 계십니다."

동인도 아닌 서인 쪽의 이항복이 맞장구를 쳐주어서 분위기는 어색하지 않았다.

비변사에서 이순신의 표창을 주청했다. 관직을 올려주고 어주(御酒)를 하사하고 상사(賞賜: 상을 내림)하는 것이 마땅하다고 했다.

임금은 가자(加資: 정3품 당상관 이상의 품계를 올리는 일)하라고만 했다. 조정에서는 이순신을 종2품(從二品) 가선대부(嘉善大夫)로 한 위계를 올려주는 데 그치고 말았다.

선조는 애초 승첩 소식을 접했을 때는 함께 기뻐했다. 그러나 시간이 갈수록 침울해졌다. 한응인 때문이었다. 선조는 임금에 대한 충성이 남다른 한응인을 대단한 인물로 착각하고 있었다. 총애하는 인물인 그를 임진강의 승리를 확신하며 내려보냈었는데, 그래서 그 승리를 축하하고 자신의 능력을 과시하고 싶었는데, 한응인은 패전했던 것이다.

이순신이 왜적 침입의 놀라운 소식을 접한 것은 동래성이 함락되던 4월 15일이었다. 그날 해질 무렵이었다. 경상우수사 원균이 급파한 기병 전령이 숨을 헐떡거리면서 긴급한 공문을 전했다.

가덕첨사(加德僉使) 전응린(田應麟)과 천성보만호(天成堡萬戶) 황정(黃珽)의 보고에 의하면 4월 13일 신시(申時: 오후 4시경)에 대략 90여 척되는 왜선들이 축이도(丑伊島)를 지나 부산포(釜山浦)로 연속 나가고 있다 합니다.

우수영에서도 군선을 정비하고 일제히 바다 어귀에 나아가 사변에 대비하고 있습니다. 경상좌수사가 보낸 공문에서는 왜선 150여 척이 해운포(海雲浦)와 부산포로 향해 간다고 했습니다.

시간 관계상 우선 대강만 적고 또 차차 기별할 것입니다. 사변에 대비하기 바랍니다.

이순신은 공문을 읽으며 봉수대(烽燧臺) 쪽을 바라보았다.

'전면전(全面戰)이 틀림없다. 그런데 봉화(烽火)가 왜 오르지 않았을까?'

원균의 공문을 읽고 나자 경상좌수사 박홍(朴泓)의 급보가 도착했다. 350여 척의 왜적선이 부산포 건너편에 도착했다는 내용이었다.

이순신은 가슴이 터질 듯 짓누르는 압박감에 큰 한숨을 토해내고 마음을 가다듬었다.

'드디어 시작이다!'

이순신은 즉각 여수 본영과 소속 기지 5관 5포에 명령을 내렸다.

"별도의 지시가 있을 때까지 각자 기지를 철통같이 지키라."

그리고 즉시 봉화를 올리라 명령했다.

이미 밤이 되었다. 무장한 장병들이 사방으로 내닫고, 전함들은 실전태세로 들어갔으며, 봉수대에서는 전쟁을 알리는 시뻘건 불꽃이 하늘 높이 솟아올랐다.

백성들이 몰려나와 웅성거렸다. 봉수대에 빨갛게 너울거리는 불길한 춤사위가 턱이 떨리는 공포를 막무가내로 퍼트리고 있었다.

아이들의 의젓한 아비들과, 아낙네들의 듬직한 남정네들과, 늙은이들의 효순한 아들들이, 야차 같은 왜놈들과의 무지막지한 싸움터에, 다들 끌려 나갈 것이 아닌가? 죽어서도 돌아오지 못할 사람들은 또 얼마나 많을 것인가? 사람들은 소름 끼치는 몸을 옹송크리며 떨었고 흐르는 눈물을 맨손으로 훔쳐냈다.

이순신은 안으로 들어가 아무 일도 없는 듯 조용히 붓을 들어 글을 써내려갔다. 먼저 조정에 올릴 장계를 쓰고 나서, 전라감사(겸 순찰사) 이광과 전라병사 최원(崔遠), 전라우수사 이억기(李億祺)에게 보내는 공문을 썼다. 그리고 장계와 공문을 봉한 후 즉시 전령을 띄웠다.

다음날 4월 16일, 경상우수사 원균의 공문으로 부산이 함락된 것을 알았다. 경상도 관찰사 김수(金睟)의 공문으로 400여 척이 넘는 대규모 선단이 쳐들어왔다는 것을 알게 되었다.

이순신은 조정에 다시 장계를 보냈다. 소식은 매일 들어왔다. 들어오는 소식은 하루가 다르게 더욱더 놀랍고 한탄스럽고 울화가 치미는 소식이었다. 동래가 무너져 부사 송상현이 전사했다는 소식이 들어왔고, 이각과 박홍이 도주했다는 소식도 들어왔다.

이순신은 수시로 장계를 올렸다. 자신의 소관 전라좌도 수군의 태세를 보고하고, 전쟁 수행을 위한 조정의 조처를 기다렸다.

4월 20일, 경상감사 김수가 공문을 보내 도와줄 것을 요청했다.

적의 형세가 크게 벌어져 부산, 동래, 양산이 벌써 함락되고 적은 육지 안쪽으로 향하고 있습니다. 본도 우수사 원균에게 수군을 이끌고 바다로 나가 적을 막도록 이미 명령했기 때문에, 경상도 여러 진에는 전함이 한 척도 남아 있지 않습니다. 전라도에서 즉시 와서 구원할 수 있도록 조치해 주기를 조정에 요청했고, 그에 대한 하명이 있기를 기다리는 중이니 그리 알아주십시오.

이순신은 관할지역만 방어하고 있을 수 없음을 알았다. 경상도는 물론이요 때에 따라서는 조선의 바다 어디든지 나가 싸울 것임을 간파했다.

이순신은 전면전 양상으로 발전되는 사태에 바로바로 대처해야만 했다. 우선 활동영역을 전라도에서 경상도로 옮겨야 했다. 이순신은 경상도 땅을 한 번도 밟아 본 적이 없었다. 또한 수비 위주에서 공격 위주로 전투태세도 바꿔야 했다.

전라도 지리와 물길에 맞게 그리고 방어퇴치에 능숙토록 단련된 병사들에게, 하루라도 빨리 경상도 지리와 물길을 일러 주어야 했고, 공격 격멸에 능숙토록 전환훈련을 시켜야 했다.

사태가 급박해지자 훌륭한 장수로서의 자질은 이순신에게서 더욱 두드러졌다. 이순신은 인근지역 관아의 공적 협조를 구하는 외에 따로 자신의 유능한 군관들을 여러 곳에 급파했다. 그래서 필요한 정보를 서둘러 수집하기 시작했다.

적이 어디 있는지, 수는 얼마인지, 무기와 장비는 무엇인지, 작전의 방향과 방법은 어떠한지 등의 적정을 착실하게 파악해 나갔다.

적정을 모르고 적을 대적해 싸운다는 것은 장님이 맹수의 소굴에서 사냥하는 것이나 진배없는 일임을 이순신은 잘 알고 있었다.

이순신에게 왜란을 처음 통보해 준 원균은 장수로서 장님이긴 이일이나 신립과 마찬가지였다. 오히려 그들보다 더 깜깜한 장님이었다.

원균이 조정의 배경을 이용해 마침내 경상우수영의 수사로 부임했을 때 그는 매우 흡족했다. 경상우수영 관할구역은 조선의 어느 수영보다도 많은 무려 8관 26포였다. 이순신의 관할 5관 5포에 비하면 3배도 더 되었다.

경상우수영은 전임 수사들(경상감사 김수 등)의 노력으로 8관 26포의 인력과 물자는 전란대비에 결코 부족한 형편이 아니었다. 수영 관할에는 각 지역 관포 진영의 판옥선만 해도 평균 3척이고 척당 병력이 평균 130명이었으니, 경상우수영 관할에는 주력 전함인 판옥선만 해도 102척이요 판옥선의 병력만 해도 13,260명이었다.

전란 겨우 2개월여 전에야 부임했지만 원균은 참으로 행운아였다. 이순신처럼 1년여에 걸친 불철주야 각고한 노력도 없이 인력과 물자가 이미 다 갖추어진 최대의 수영에 대장으로 부임했던 것이다.

전쟁 운운 소문으로 수상쩍은 세태를 염려할 필요도 없었다. 왜놈들 쳐들어와 보았자 지난 세월 돌이켜보면 배 몇 척에 기껏 수백 명이었다. 그러니 또 쳐들어온다 해도 그 많은 변두리 장수들이 처리하고도 남을 일이었다. 웬만한 난리가 난다 해도 여기 경상우수영에서라면 그 대처에 염려할 일은 없었다.

그러나 원균이 흡족해한 점은 결코 그런 것이 아니었다. 부정과 강권으로 수탈해 착복할 바탕자원이 넉넉한 것 오로지 그것뿐이었다. 실컷 누리고 실컷 바칠 수 있는 실속이 꽉 차 있다는 점이 탐스러울 뿐이었다.

그런데 이번의 난리는 전혀 뜻밖의 것이었고 겁나는 것이었다. 우수영도 아닌 멀리 좌수영의 부산에 엄청난 수의 왜적이 나타났다는 소식에 접하자마자, 원균이 우선 취한 대처작전은 좌우간 도망가는 것이었다. 그리고 그것도 자기 혼자만 도망가는 것이었다.

"이번 왜적은 대적할 수 없다. 후일을 기약하는 수밖에 없다."

우후(虞侯) 우응진(禹應辰)에게 관고를 모두 불태우라 지시했다.

"그렇지, 왜놈들이 우리 것을 써서는 안 되지."

기함 판옥선에 오르다 말고 군졸들에게 배와 무기를 모두 물속에 침몰시키라고 지시했다.

그리고 다시 기함 판옥선에 올라 격군들을 재촉했다. 마침 본영(오아포 가배량진: 거제시 동부면 가배리)에 와 있던 옥포 만호 이운룡(李雲龍)과 영등포 만호 우치적(禹致績)에게조차 일언반구의 말도 없이, 남해 쪽으로 뱃머리를 돌려 달아나기 시작했다.

이운룡과 우치적은 이운룡이 타고 왔던 배에 올라타고 어이없이 달아나는 원균의 배를 쫓아갔다. 원균의 배는 한산도와 당포를 지나 소비포(所非浦: 경남 고성군 하일면 춘암리)에 들어가 닻을 내렸다. 날이 저물어 거기서 밤을 보낼 요량이었다. 이운룡과 우치적도 소비포에 내렸다. 소비포 권관(權管) 이영남(李英男)이 일행을 맞아들였다.

우수영 관할의 그 많은 예하지역에 아무런 지시도 없이 그냥 내팽개쳐 버리고 도망 나온 주제였다. 그런데 상관이 왕림하셨다고 이영남이 잘 차려낸 저녁을 원균은 술까지 곁들여 게걸스레 먹고 나서 배를 문질렀다.

"어찌하실 작정이시오?"

이운룡이 물었다.

"적세가 매우 강대하니 대적할 도리가 없소. 우선 예봉을 피해서 후일을 기약해야 하지 않겠소? 각자 알아서 피하시오."

별수 없는 자의 대답이었다. 이운룡이 다그쳤다.

"장군이 나라의 중책을 맡았으니 의리상으로도 관할 경내에서 죽는 것이 마땅합니다. 이렇게 피하는 것을 조정에서 안다면 장군이 어찌 무사할 수 있겠소? 장군은 틀림없이 참형의 중죄를 면치 못할 것이오. 이곳은 바로 양호(兩湖: 전라도와 충청도)의 요해처로서 이곳을 잃으면 양호가 위태로워집니다. 지금 우리 군사가 창졸간에 흩어지긴 했지만 곧 다시 모을 수 있습니다. 호남의 수군에게 구원을 요청할 수도 있습니다."

원균은 육지로 피해 달아날 작정이었다. 그런데 이운룡의 말을 듣고 보니 그랬다가는 신상에 큰일이 날 것 같았다. 지금의 처신은 아무래도 참형의 중죄였다.

'아차, 큰일 날 뻔했구나.'

그는 목숨을 부지하기 위해 움직이지 않을 수 없었다. 그는 날이 새자마자 조정에 또 거짓 장계를 보내고, 소비포 권관 이영남을 전라좌수영 이순신에게 보냈다. 죽음을 면해 볼 그 나름의 재주를 부려야만 했다.

"적세가 너무 강대하니 와서 도와달라고 하게."

이영남은 일찍이 19세에 무과에 급제하고 무관직을 지낸 바 있는 27세의 청년장교였다. 그는 상관 원균의 명에 충실하여 이순신을 여러 번 찾아갔고, 이순신이 바로 원군을 보내주지 않자, 이순신이 조정의 명을 기다리는 중인 줄도 모르고, 좌수영 문 밖에서 3일 동안이나 버틴 적도 있었다.

원균이 그렇게 달아났다는 소문이 퍼지자 관할지역 백성들은 겁에 질려 모두 난을 피해 흩어져 버렸다. 각 관포의 장수(수령)들도 어찌할 바를 몰랐다. 일부는 육군으로 참전하기도 했지만 대부분은 도망가거나 사태를 관망하며 숨어 다니는 신세가 되었다.

원균이 이순신에게 처음 보낸 공문에서처럼 원균이 거짓말이 아니라 정말로, "우수영에서도 군선을 정비하고 일제히 바다 어귀에 나아가 사변에 대비하고 있습니다"라고 쓴 그대로 했다면, 이순신이 그의 장계에서 토로한 바와 같이, 임진 왜적은 초장에 물리칠 수도 있었고, 아니더라도 왜적의 내륙 진출은 매우 힘들었을 터였다.

당시에는 비록 전시라 해도 적과 직접 맞닿은 전투지역이 아닌 이상 조정의 승낙 없이는 병력을 집결시키는 일도 병력을 이동시키는 일도 금지되어 있었다. 허락 없는 집결이나 이동은 반란을 의미했다.

이순신은 절차에 입각하여 차분하게 장계를 올렸던 것이다.

4월 26일 마침내 선전관이 내려와 왕명을 전했다. 왕의 비서실인 승정원에서 군사를 담당한 좌부승지 민준(閔濬)이 보낸 공문이었다.

물길을 따라 적선을 습격해서, 육지의 적들이 겁나서 계속 뒤를 돌아보게 하는 것, 그것이 제일 좋은 방책이다.

군사상 나가거나 물러서는 일들은 모두 기회에 맞춰서 해야만 실수가 없을 것이다. 그러나 조정이 멀리 떨어져 있어 직접 지휘할 수 없으므로 그곳 도에 있는 대장의 지휘에 맡길 뿐이다. 그런데 그곳 도에서는 이미 서로 의논을 끝냈다고 하니, 경상도와 더불어 서로 상의하고 기회를 보아 결정하라.

전쟁수행을 위해 출동해도 좋다는 조정의 명령이었다.

"4월 29일까지 본영에 집결하라."

이순신은 즉시 명령을 내렸다. 경상도로 출정하기 위해서였다.

그리고 조정에 장계를 올렸다.

신은 일개 장수에 불과하므로 관찰사(겸 순찰사) 이광, 방어사 곽영 (郭嶸), 전라병사 최원, 경상도순변사 이일, 경상도관찰사 김수, 경 상우수사 원균 등에게, 그 도의 물길 형편, 두 도의 함대가 함께 모일 위치, 적선의 수효, 적선의 현재 위치, 그밖에도 전략에 대한 제반사 등을 급히 알려주도록 통고하였습니다.

　보성과 녹도 등의 수군은 왕복에 3일이나 걸리는 먼 거리에 있으므 로 필경 집결할 시기에 맞춰 오지 못할 것이나, 다른 곳의 수군은 이 달 29일 본영 앞바다에 모아놓고 거듭 약속을 밝힐 것입니다. 그런 다음 바로 경상도로 나갈 계획입니다.

　공식적으로도 적지와 적정에 관한 상황을 우선적으로 파악하고자 했다. 이순신이 이 장계를 올린 4월 27일 또 다른 선전관이 내려와 두 번째로 왕명을 전했다.

　적들은 이미 부산과 동래를 점령하고 밀양까지 들어왔다고 한다. 원 균의 장계를 보니 여러 포구의 수군을 거느리고 바다로 나가 무력을 과시하고 적을 격멸할 계획을 세워놓고 있다 한다. 이는 참으로 중요 한 기회가 아닐 수 없으니 그대도 뒤따라 나가지 않을 수 없다.

　그대가 원균과 합세해 적을 격파하기만 한다면 적은 더 이상 평정 할 존재도 못될 것이다. 고로 선전관을 보내 이르는 바이니 그대는 각 포구의 병선들을 이끌고 즉시 나아가 기회를 잃지 않도록 하라.

　허나 천리 밖의 일인바 뜻밖의 일이 생길지도 모르니 그런 경우에 는 굳이 이 명령에 구애되지 않아도 된다.

　이순신은 이제 구체적으로 타도 출정의 허락을 받은 데다 재량권까 지 부여받았다.

여기서도 원균이 또 거짓 내용으로 장계를 올린 사실이 드러났다. 무력을 과시하고 적을 격멸할 계획을 세워 놓기는커녕, 당시 조선 최강이던 경상우수영의 모든 전력을 초장에 이미 제 손으로 망쳐놓고 숨어 다니는 중이었다.

전라좌수영 앞바다로 관할 각 기지의 함대들이 속속 들어오던 날 원균으로부터 회답이 왔다.

왜적의 배 500여 척이 부산, 김해, 양산강(梁山江), 명지도(鳴旨島) 등지에 정박하고 제 맘대로 상륙하여, 연해의 각 관포와 병영 및 수영을 거의 다 점령했으며, 봉홧불마저 끊어졌으니 매우 통분합니다. 본도의 수군을 뽑아내 적선을 추격하여 10척을 쳐부수었으나, 나날이 적세는 더욱 성해지고 우리는 수가 적어 중과부적으로 본영도 이미 함락되었습니다.

그러나 두 도의 수군이 합세해 적을 친다면 육지에 오른 왜적들도 뒤를 돌아보는 걱정거리가 생길 것이니, 귀도의 군사와 전함을 남김없이 거느리고, 당포(唐浦: 통영시 산양읍 삼덕리) 앞바다로 급히 나와 주시면 좋겠습니다.

적선을 추격해 10척을 쳐부수었으나 결국 중과부적으로 본영도 이미 함락되었다는, 엄청난 거짓말을 원균은 또 하고 있었다. 경상도로 출정하고 나서야 이순신은 전란 초기부터 원균이 어떻게 처신했는지 알게 되지만, 그 당시는 공직자의 공문이므로 그 내용들을 다 사실로 믿었다.

이순신은 좌수영에 모여든 관할 함대를 이끌고 기동훈련을 실시했다. 바다 위에 가로세로 가상의 줄을 그어 놓고, 함정들이 대장선의 명령신호(깃발, 징, 북, 화살 등)에 따라 정확하게 정열하고, 이동하고, 회전하는 훈련을 반복 실시했다. 이미 많은 훈련을 통해서 고도의 기량을 체득한 병사들이지만 각종 총통을 쏘아 가상의 적함을 명중시켜 격침시키는 훈련도 또한 재삼 반복 실시했다.

앞으로 출격할 경상도 지역의 해로(海路) 안내 등을 위하여 경상우도 소속이자 전라좌수영과 이웃하고 있는 남해현(南海縣)의 미조항(彌助項), 상주포(尙州浦), 곡포(曲浦), 평산포(平山浦) 네 곳을 규정에 따라 첩입군(疊入軍: 공동관할 구역의 군대. 유사시 작전권을 행사할 수 있는 구역의 군대)에 편입시키고, 그곳의 현령, 첨사, 만호 등에게 좌수영 진무 이언호(李彦浩)를 전령으로 급파했다.

군선을 정비하여 중간 어디까지 나와서 기다리라는 비밀 공문을 보냈다. 29일 이른 새벽에 떠났던 이언호가 미시(未時: 오후 2시)에 돌아왔다.

"남해현의 관아와 민가들이 모조리 텅 비었고, 창고의 문들은 이미 다 열려서 곡식들이 전부 없어졌고, 무기고의 병기들 역시 전부 없어졌습니다. 무기고 밖 행랑채에 한 사람이 있어서 물어보았더니, 왜적들이 가까이 쳐들어왔다는 소문을 듣고는 모두 도망쳐 버렸고, 현령 첨사까지도 따라서 도망갔는데 어디로 갔는지는 모른다고 했습니다. 지나다 보니 어떤 사람이 쌀을 지고 장전(長箭: 화살)을 들고 오다가 하나 주었습니다."

이순신이 그 화살을 보니 곡포(曲浦)라고 새겨져 있었다. 곡포 기지에서 쓰는 화살이었다. 너무나 한심스러운, 그래서 더욱 믿기 어려운 소식이었다. 이순신은 다시 한 번 확인해 보고자 군관 송한련(宋漢連)

을 내보냈다. 돌아온 송한련의 보고 또한 마찬가지였다.

4월 30일에 오기로 한 전라우수영의 이억기 함대는 그날 나타나지 않았다. 이순신은 착잡한 마음을 가다듬고 관할 수군을 훈련시키며 좀 더 기다려보기로 했다. 그러나 달이 5월로 바뀌고 2일이 되도록 이억기 함대는 나타나지 않았다.

이순신은 더 이상 출동을 미룰 수가 없었다. 미적거리는 사이 그나마 남아 있는 (사실은 함대라는 게 전혀 없었지만) 원균의 경상우도 수군마저 전멸된다면 더욱 큰일이었다.

이순신은 휘하 장수들과 의논했다. 비록 외로운 수군(水軍)이지만 좌수영 함대만으로라도 출정하자고 부하 장수들이 먼저 의기를 보여줘 이순신은 고맙고 든든했다.

경상도 해역의 지리와 물길을 잘 알지 못하는 판에 경상우수영의 안내도 기대할 수 없어 이순신은 불안했다. 하는 수 없었다. 이순신이 파견한 정보원들의 보고를 참고할 수밖에 없었다.

다행인 것은 광양(光陽) 현감 어영담(魚泳潭)의 존재였다. 그는 광양 태생으로 61세의 노인이었다. 몸이 건장하고 담력이 있으며 부지런하고 진실했다.

바다가 좋아서 남해안 일대를 섭렵했고 수군에 들어가 앞장서 싸우기도 했다. 공부도 열심히 해서 33세에 무과에 급제했고 여러 수군영을 거친 다음 여기 오기 직전엔 경상도 고령(高靈) 현감이었다.

노모를 봉양하고자 조정에 청하여 고향의 현감으로 내려와 있는 사이 이순신을 만났고 전쟁을 만났다. 그동안 궂은일은 도맡아 하면서도 싫은 내색 한 번 보이지 않았음을 이순신은 잘 알고 있었다.

"물길 안내는 소인에게 맡겨 주십시오. 좌수영에서 소인 이상 적격자는 없을 것입니다."

전쟁터에 앞장서는 어려움을 노인에게 부과할 수 없어, 달리 궁리하는 이순신에게 어영담이 찾아와 자청했다.

"연만하신 터에 고생이 클 것이오. 괜찮겠소?"

"소인은 바다를 떠도는 게 가장 좋습니다. 좋아하는 일을 하는데 무슨 고생이 되겠소이까?"

"고맙습니다."

이순신은 그의 청을 들어주었다. 그리고 참으로 고마웠다.

그다음 걱정은 적정(敵情)이었다. 적군이 어디쯤 와 있는지, 기동함대의 규모는 몇 척인지, 군병의 수는 얼마인지, 군선의 모양과 능력은 어떤지, 주로 쓰는 함대 전술은 무엇인지 등이었다.

이런 적정 역시 그동안 애써 수집한 지식을 참고할 수밖에 없었다.

- 적은 20~30척 규모로 이동한다.
- 주무기인 철포(조총)를 쏘면서 배에 접근한 다음 재빠르게 상대의 배에 올라가 주특기인 칼싸움으로 결판을 낸다(등선접전).
- 왜적의 배에는 충루가 있고 휘장을 두르기도 하고, 수없이 많은 깃발을 꽂았다.

다음 걱정은 500여 척의 적선이 장악하고 있다는 경상도 해안으로, 전혀 안내도 지원도 없이, 좌수영의 초라한 단독 함대만으로, 출전한다는 사실이었다.

이순신 자신은 물론 좌수영의 어느 장병도 바다로 나가 왜적의 함대와 싸워본 일이 없다는 것도 또한 걱정이었다. 그러나 이순신은 왜적에 대항해 조선수군이 이길 수 있는 나름대로의 비책을 마련해 놓았다. 그런 비책대로 만반의 준비를 했기 때문에, 비록 작은 규모의 함대로 출정하면서도, 두렵지 않았을 뿐만 아니라 상당한 자신감도 있었다.

이순신은 처음 좌수사가 되었을 때 우선 좌수영 정리부터 했다. 정리가 끝나자 다음으로 분명히 다가올 왜적과의 전쟁에서 어떻게 이길 수 있을까를 고민하기 시작했다.

노심초사의 궁구(窮究) 끝에 이순신은 놀라운 사실을 발견했다. 조선에는 왜국보다 월등히 우수한 무기가 있음을 알게 되었다. 이런 무기를 적절한 방법으로 활용하기만 하면 왜군을 제압하는 것은 틀림없으리라고 확신했다.

그것은 바로 화약 무기였다. 왜군의 무기보다 훨씬 강력한 화포(火砲: 총통, 대포)였다. 이순신은 좌수사 부임 후 1년여 동안 이 화포를 주무기로 한 전술 전략을 연구했고, 그에 따라 철저한 준비와 고도의 단련에 최선을 다해왔다.

이순신이 궁구하여 알아낸 백전백승의 전술은 크게 두 가지였다.

첫째는 왜군으로 하여금 그들의 장기인 등선접전을 불가능하게 하는 것이었다. 둘째는 왜군의 조총보다도 사거리가 훨씬 길고 파괴력이 훨씬 큰 조선의 화포를 활용하여 그들의 조총을 무력화시키는 것이었다.

최초의 철갑선인 거북선도 바로 이런 두 가지 전술의 복안으로부터 시작되었다. 그는 조선 태종 때의 거북선에 관한 기록자료를 찾아냈다. 그래서 조선(造船)에 천재적인 재능을 가진 군관 나대용(羅大用)

에게 거북선을 만들도록 지시했다. 거북선이 완성된 역사적인 4월 12 일은 왜적 대란의 참변이 시작되기 바로 전날이었다.

그날 전라좌수영 앞바다는 구름 한 점 없는 쾌청한 날씨였다. 인류 역사상 최초인 철갑선(鐵甲船)이 정식으로 등장하는 날이었다.

좌수영에서 멀지 않은 오동도(梧桐島) 앞바다에는 수십 척의 전함 들이 좌우로 도열하듯 떠 있었고, 그 가운데에 색다른 전함 한 척이 눈 에 띄었다. 바로 거북선이었다. 그동안 건조해오던 3척의 거북선들 중 먼저 건조된 한 척이었다.

좌선(사령선)의 중앙에 서 있던 이순신이 그 옆에 서 있는 나대용을 쳐다보았다.

"시작하게."

나대용이 영기(令旗)를 쳐들었다 내렸다. 거북선이 천천히 오동도 로 가다가 중간에서 멈춰 섰다. 나대용이 다시 깃발을 들어 올리자 선 수(이물) 용머리에서 대포 한 발이 발사되었다. 그리고 선체를 우로 돌리더니 좌현에서 차례로 여섯 발을 쏘았다. 그리고 다시 좌로 돌더 니 우현에서 또 여섯 발을 쏘았다. 그리고 좌로 돌더니 선미(고물)에 서 또 한 발을 발사했다. 모두 14발을 쏘았다.

오동도 바닷가에 세워놓은 허수아비 14개 중 8개를 명중시켰다. 움 직이는 배에서 발사하여 반 이상 명중시키면 성공이었다.

"참으로 신묘합니다. 과연 놀랍습니다. 전하께서 기뻐하실 겁니다."

전라감사 이광이 확인 참관하도록 보낸 군관 남한(南侃)이 이순신 옆에서 지켜보고 있다가 탄성을 질렀다.

이순신이야말로 참으로 기뻤다. 이 거북선은 이순신이 착안한 대로 나대용에게 지시해서 그냥 그대로 이루어진 게 아니었다. 당시 법으로는 지방 수영에서 제멋대로 군선을 건조할 수 없었다. 중앙에 있는 선장(船匠: 배 만드는 명장 10명이 있었다) 이 표준형을 만들어 지방 수영에 보내면 지방 수영은 그 형태대로 만들어야 했다. 그러므로 조선 8도 어디서나 같은 종류의 군선은 그 모양과 규모와 장비가 모두 동일했다.

거북선은 오래전에 폐지된 군선이었다. 그 군선을 다시 만들자면 조정의 지시에 의하여 중앙의 선장이 모형을 만들어 지방에 내려보내는 절차를 밟아야 했다.

이순신은 나대용에 시켜 만든 설계도와 함께 청원의 글을 조정에 올렸다. 조정에서는 날벼락 같은 회답이 왔다.

> 섬나라 오랑캐는 물에 익숙하다. 우리가 아무리 애써도 수전(水戰)으로는 저들을 당할 수가 없다. 우리는 육전에 능하므로 육군에 주력해야 한다. 그런즉 거북선은 논할 필요도 없고 그대도 장차 군선을 버리고 육전에 힘쓰도록 하라.

'군선을 버리라니 ….'

이순신은 깜짝 놀랐다. 거북선이 문제가 아니고 이제는 수군 자체가 문제였다. 이순신으로서는 아무리 생각해도 바다의 적은 바다에서 막아내는 게 올바른 이치였다.

이순신은 조정에 글을 올리고 또한 이런 이치를 잘 이해하는 유성룡에게도 사람을 보내 간곡한 편지를 전했다.

바다의 적을 막는 데는 수군만한 게 없습니다. 수전이나 육전이나 어느 쪽도 폐지해서는 아니 되옵니다.

다행히 수군의 폐지는 더 이상 거론되지 않았지만, 전쟁 대비를 위한 조정의 모든 노력은 육지에만 쏠렸다. 그것도 얼마가지 않아 흐지부지되고 말았다. 일본은 쳐들어오지 않는다는 믿음이 퍼져나간 때문이었다.

이순신은 궁리 끝에 꾀를 내기로 했다. 전라감사 이광에게 편지를 써서 알리고 동의를 구했다. 적이 뛰어오르지도 못하고 적의 화공도 막을 수 있는 철갑선(鐵甲船)을 만들어 임금께 진상하겠다는 내용이었다. 진상품이라는데 이광이 반대할 리가 없었다.

그렇게 해서 만들어낸 거북선이었다. 이순신은 수십 척 만들고 싶었으나 좌수영의 재정적 능력을 넘을 수는 없었다. 3척을 시작해서 우선 한 척이 완성되었던 것이다.

"나 군관, 참으로 수고가 많았어."

남보다 키가 큰 이순신인지라〔8척(八尺: 180cm)의 신장. 당시 1척은 중국 한대(漢代) 이래의 척도로 22.5cm〕 허리를 깊이 꺾으며 나대용의 손을 덥석 잡았다. 그리고 활짝 웃었다. 평소 이순신은 웃는 일이 별로 없었고 말수도 적었다.

그날 동헌 마당에 베푼 축하잔치에서 이순신은 손수 술을 따라 나대용에게 권했고 자기 허리에 차고 있던 장검을 풀어 그에게 주었다. 북쪽 변방에서 오랑캐들과 싸울 때부터 늘 지니고 다니던 칼이었다.

"내 마음의 정표일세."

나대용은 이순신의 진정에 감읍했다. 이순신에게라면 목숨이 아깝지 않다고 생각했다.

이순신은 그날 그동안 수고한 사람들에게, 보조 목수에 이르기까지 일일이 그들이 앉은 자리를 찾아가 술을 따라 권했다.

한마당 가득 모인 좌중에 우뚝 솟은 이순신의 모습은, 불빛에 반사되어 자못 신비스런 영결의 인상으로, 모두의 가슴속에 지울 수 없는 각인이 되었다.

그 거북선을 이번 최초의 출정에서는 제외시키기로 했다. 우선은 조정의 허가를 받아야 했다. 그리고 거북선은 시야가 좁았다. 적어도 2척 이상이 함께 움직여야 피차의 사각(死角)을 보완할 수 있었다.

5월 3일에도 전라우수영 함대는 보이지 않았다. 내일 새벽 출진하기로 확정하여 참모장인 중위장(中衛將) 이순신(李純信)에게 지시하고 이순신은 장계를 썼다.

판옥선(板屋船: 큰 배) 24척, 협선(挾船: 중간 배) 15척, 포작선(鮑作船: 작은 배) 46척, 도합 85척의 배가 좌수영 군항에 모였다.

5월 3일은 다음날의 출진으로 긴장된 무거운 하루였다. 그날을 더욱 무겁게 한 것은 출진에 앞선 제물의 효시(梟示)였다.

전쟁이 일어나 출전이 현실로 다가오자 여도(呂島)의 수군 황옥천(黃玉千)이 밤중에 살짝 배 위에서 물속으로 뛰어들어 도망쳤다. 가족들을 데리고 제주도쯤 도망가 살려 했으나, 점고에서 탈영이 확인되어 곧바로 잡혀오고 말았다.

"군율 적용은 어떻소?"

장수들의 회의에서 이순신이 물었다.

"참형입니다."

우후(虞候) 이몽구(李夢龜)가 대답했다.

황옥천은 갇혔다가 출진에 앞서 끌려 나왔다. 참형도(斬刑刀) 아래 목이 잘리고 머리는 군문에 매달리게 되었다. 매달린 황옥천의 소름 끼치는 모습이, 특히 혀가 다 보이도록 크게 벌린 입이, 출정에 나서는 병사들에게 묵언으로써 비장한 훈시를 하고 있었다.

좌선(사령선)에 올라 이순신은 부연 남녘 바다를 쳐다보았다. 이억기 함대는 여전히 기미가 없었다.

하는 수 없었다. 이제 좌수영 함대로써만 나가 싸울 수밖에 없었다. 85척의 함대라지만 정작 전함은 24척밖에 안 되는 초라한 함대였다. 얼마나 많은 적선과 만날지, 얼마나 강포한 적과 싸울지, 알 수 없는 불안을 안은 채 떠나는 외로운 함대였다.

첫 출동

"진발(進發)!"

이순신은 조용히 명령을 내렸다.

5월 4일 이른 새벽 축시(丑時: 오전 2시), 마침내 출격이었다. 북소리와 함께 군악이 울리고 깃발이 나부꼈다. 좌수영 군항(전남 여수시 군자동)을 가로지른 쇠사슬이 무겁게 내려가며 길이 열렸다.

방패를 빽빽하게 세운 군선들이 정해진 순서대로 군항을 빠져나가 장사진(長蛇陣)을 이루었다. 참퇴장(斬退將: 명령 없이 후퇴하는 자를 베는 임무를 맡은 장수)의 전함이 맨 뒤에 붙어서자 전 함대는 드디어 동쪽 바다를 향해 움직이고 판옥선들은 황포 쌍돛을 올렸다.

24척의 판옥선이 길게 늘어선 사이사이 15척의 협선이 끼이고 포작선 46척이 뒤쪽을 따랐다. 수백 척에 이른다는 왜적과 싸우러 떠나는 선단치고는 가련할 정도였다.

장사진의 함대가 몸을 비틀며 움직이자 유진장(留鎭將: 남아서 진을 지키는 장수) 우후 이몽구가 쇠사슬을 올려 군항 입구를 차단했다.

해안가에는 어둠을 젖히고 달려 나온 흰 베옷의 인파가 솜구름처럼 모여 있었다. 아비이며 아들이며 남정네가 떠나고 있었다. 살아서 돌아온다는 기약이 없는, 대개는 많은 수가 비참한 불귀객이 되기 십상인, 전장(戰場)의 길이었다. 끅끅거리며 울음을 참았고 꺼이꺼이 목메어 울었다.

떠나는 배 위의 장병들도 눈시울이 뜨거워졌다. 더러는 주르르 눈물을 흘렸다. 갑판 아래 격군들도 마찬가지였다. 더러는 주저앉아 울다 매를 맞고, 더러는 울면서 노를 저었다.

이순신 함대의 진용(선단)과 그 편제는 다른 함대와 비슷했으나, 특히 공과(功過)의 책임소재가 분명하도록 짜는데 주력했다. 각 기지 출신 장병과 후원하는 후방 백성들의 노고까지 고려한 매우 향관적(鄕關的: 출신지역을 위주로 한)인 것이었다.

그러므로 모든 기지에서 고르게 출전했고 각 기지 선단은 장병의 유대가 끈끈했으며 공을 세우고자 하는 의욕이 넘쳤다.

순천부사 권준(權俊)은 업무차 전주의 전라감영에 가 있었기에, 순천 기지 선단은 임시로 대장(代將)이 맡도록 했다.

이번 출동에는 총 병력 1만 5천 중 5천 명이 선발되었고, 나머지 병력은 여수 본영과 각 기지의 방비를 위해 잔류토록 했다.

이순신 함대는 이윽고 남해도 아래쪽 경상도 해역으로 들어섰다.

"장수들을 부르지."

이순신은 호위군관 변존서(卞存緖)에게 일렀다. 그는 이순신의 외사촌 아우였다. 훈련원 봉사로 근무하는 그를 이순신이 특청해서 여수로 데려와 함께 근무하고 있었다.

장수들이 모이자 이순신은 함대를 둘로 나누어 탐색 겸 기동훈련을 실시하도록 지시했다.

우척후장 등 함대의 절반은 후방에 있을지도 모르는 적을 찾아 치기 위해서, 멀리 개이도(介伊島: 여수시 화정면 개도) 쪽으로 돌아서 미조항(彌助項) 앞으로 나왔다.

나머지는 평산포(平山浦), 곡포(曲浦), 상주포(尙州浦)를 지나서 미조항 앞으로 나왔다. 거기서 다시 하나로 합류해 전진했다.

함대가 고성(固城) 남단 소비포(所非浦)에 이르자 어느덧 해가 저물었다. 전에 이순신에게 원군을 청하러 찾아왔던 소비포 권관 이영남(李英男)의 환영을 받으며 함대는 포구에 정박하고 휴식에 들어갔다.

다음날 5월 5일 일찍 출발하여 사량도(蛇梁島)를 지나 당포(唐浦)에 닿았다. 여기는 경상우수사 원균과 만나기로 약속한 곳인데 어찌된 일인지 먼저 와 있어야 할 원균은 보이지 않았다. 이순신은 빠른 척후선 여럿을 사방으로 급파해서 원균 이하 경상수군 모두가 당포로 모이도록 했다.

남해현령 기효근(奇孝謹), 미조항 첨사 김승룡(金勝龍), 평산포 권관 김축(金軸)이 판옥선 한 척에 같이 타고 찾아왔다. 사량만호 이여념(李汝恬), 소비포 권관 이영남(李英男)은 각자 협선 한 척씩 타고 도착했다.

원균은 다음날 6일 아침 진시(오전 8시)가 돼서야 한산도 쪽에서 판옥선 1척을 타고 나타났다. 그런데 병사는 한 사람도 없고 격군들만 있었다.

"이억기 함대는 왜 오지 않았소?"

원균의 당돌한 첫마디에 이순신은 어이가 없었다.

"적정이나 말해 보시오."

한심을 참아내는 이순신이었다.

"어디쯤 물러갔는지 아직은…, 아마도 가덕도의 천성, 가덕에 있을 것 같은데…."

원균이 우물쭈물하는 사이 영등포(永登浦) 만호 우치적(禹致績), 지세포(地世浦) 만호 한백록(韓百祿), 옥포(玉浦) 만호 이운룡(李雲龍) 등이 판옥선 2척을 이끌고 찾아왔다.

이순신은 "모든 고을이 텅 비어 있다"는 보고를 받고 '참으로 그런 것인지' 의아하게 생각했었는데, 이제 그 말의 뜻을 실감할 수 있었다.

8관 26포의 관할을 거느린 경상우도 수군에서 다 모인 함대는 판옥선 4척과 협선 2척뿐이었다. 그 함대나마 병사와 군관, 무기와 화약, 기타 군량과 장비 등은 거의 전무했다. 조선 최대 수영의 수군인 경상우도 수군의 이 기막히게 가련한 실상을 이제 한탄한들 무슨 소용이 있으랴.

'경상우수영이 이렇게 한심할 줄을 누가 상상이나 하겠는가? 임금이나 조정도 이런 기막힌 사실을 어찌 믿을 수 있겠는가?'

이순신은 난감했으나 별 도리가 없었다. 함께 싸워야 할 판인데 원균 함대를 그대로 둘 수도 없었다.

원균 함대는 격군이 모자라 판옥선은 3척만 부릴 수밖에 없었다. 이순신은 판옥선 3척과 협선 2척에 적정한 무장을, 잠시 빌려주는 형식으로 돌봐주었다. 비교적 가벼운 현자포, 황자포와 거기 필요한 화살탄(화살 형태의 포탄) 등을 빌려주었고, 훈련교관 형식으로 우수한 포수들까지 빌려주어, 경상우수영 함대를 우선 적정한 전력을 갖춘 전함들로 만들어 주었다.

규정상으로는 전함이나 병력이나 무기 등은 장수 임의대로 빌려줄 수가 없었지만, 전투현장에서의 장수 재량권으로 돌보아준 것이었다. 이순신의 이런 배려로 해서, 원균은 대란의 시초에 실전에 참가한 경력이 입증되었고, 시초에 우도수군 전체를 망치고 달아났던 '참형의 중죄'를 면하게 되었다.

이순신은 양쪽 함대의 장수들을 모아 함께 의논하여 작전을 짜고 전투에서 차질이 없도록 몇 번이고 다짐을 두었다. 그런 다음 이순신과 원균의 연합함대는 6일 당포를 떠나 거제도 남단 송미포(松未浦)에 와서 닻을 내리고 밤을 보냈다.

5월 7일 새벽에 함대는 송미포를 출발하여 적이 있을 것으로 예견되는 천성(天城), 가덕(加德)을 향해 나아갔다.

'인자 곧 야차, 구신 같은 왜놈들과 마주칠 것인디 ….'

병사들의 눈에는 핏발이 섰다. 두려움으로 잠을 설쳤다. 어디서 맹수가 튀어나올지 모르는 숲속을 가듯 극도로 긴장하며 거제도 오른쪽을 샅샅이 훑으며 올라갔다.

옥포 앞바다에 이를 즈음이었다. 느닷없이 긴 꼬리를 요동치는 백사(白蛇) 한 마리가 눈부신 한낮 햇살을 가르며 까마득히 하늘로 솟구쳤다.

"어헉."

"윽."

병사들이 놀라서 입을 벌리는 사이 연거푸 몇 마리 백사들이 뒤따라 솟구쳤다. 솟구친 백사들은 이윽고 가파른 사선을 그으며 바다로 곤두박질쳐 들어갔다.

앞서 가던 척후장 사도첨사 김완(金浣)과 여도 권관 김인영(金仁英)이 발사한 신기전(神機箭)이었다. 적을 발견했다는 신호였다.

병사들은 침을 꼴깍거리면서 웅성거렸다. 이순신도 순간 가슴이 서늘했다.

이순신은 길게 한숨을 한 번 내쉬고 옆에선 호위군관 송희립(宋希立)에게 눈짓을 했다. 송희립이 기라졸(綺羅卒)들에게 한마디 하자 사령선에는 거대한 깃발이 세워졌다.

勿令妄動 靜重如山 (물령망동 정중여산)
가벼이 움직이지 말라. 산처럼 무겁게 행동하라.

수십 명의 기라졸들이 합창하듯 손나팔을 불며 크게 외쳤다. 기라졸들의 외침은 격려가 되고 용기가 되었다. 사령선 전후좌우의 전함들이 안정을 되찾으며 전투준비에 들어갔다.

이순신 함대는 옥포만(玉浦灣)으로 향했다. 만에 들어서면서 경계와 척후 임무를 맡은 협선들을 만 입구와 주위 바다에 남겨놓고, 곧장 만 안으로 들어갔다.

옥포만은 왜군들의 약탈과 방화로 시커먼 연기가 하늘 높이 치솟으며 만 전체로 퍼져나가고 있었다.

선창에 정박해 있는 30여 척의 왜선들은 전함이라고는 전혀 느껴지지 않을 정도로 외관이 화려했다. 누각을 감아 두른 오색의 휘장과 갑판에 꽂은 크고 작은 깃발들이 해풍을 즐기며 휘날리고 있었다. 정보통으로 들은 그들의 층루선〔層樓船: 안택선(安宅船)〕인 것 같았다.

층루선은 당시 그들의 주력 전함이었고 가장 큰 배였다. 연락과 정탐 등을 위한 중형과 소형 배들을 함께 운용했다. 왜적 배의 크기와 정원은 대략 3가지로 나눌 수 있었다.

- **대형선**〔층루선, 안택선, 아타케부네〕: 정원 약 200명
- **중형선**〔관선(關船), 세키부네〕: 정원 약 100명
- **소형선**〔소조선(小早船), 고바야부네〕: 정원 약 20명

옥포의 이 왜적 수군은 수군 제 2함대 사령관 등당고호(藤堂高虎, 도도 다카토라)의 부대였다. 그들은 지금 분탕질이 아니라 말하자면 일본으로 실어 나를 전리품 내지는 군수물자 확보를 위한 전방작전을 수행하는 중이었다.

조선의 바다에 들어온 이래 일본수군은 조선의 수군을 만나본 적이 없었다(원균과 박홍이 다 도망간 탓이었다). 일본수군으로선 참으로 싱거운 일이었다. 전투가 없는 수군에게는 구차한 약탈행위가 공을 세우는 일이었다. 일부 수군대장들은 총사령관 우희다수가의 허락을 받고 육지에 올라 육상전투에 참가하고 있었다.

그중 대표적인 수군대장이 제 3함대 사령관 협판안치(脅坂安治)였다. 당시 일본 수군장수들은 원래 해적두목이었던 자들이었지만 필요에 의해 육군장수가 수군장수로 된 자들도 여럿 있었다.

협판안치는 육군장수 출신이었다. 육지에 오른 협판안치는 6만여 조선 근왕병(勤王兵)을 맞아 싸웠다.

"임금의 몽진은 백성의 불충이다. 한양을 수복하고 임금님을 모셔와야 한다."

비분강개하여 가슴을 치고 눈물을 흘리며 근왕병으로 모여들었으나 그들은 그저 마음뿐인 농민들이었다. 전라도순찰사 이광 휘하에 5만여, 충청도순찰사 윤선각 휘하에 1만 여 명이 모였다. 경상도순찰사 김수도 1백여 명을 인솔하고 합세했다.

근왕병이 6월 4일 용인까지 올라와 행군하다 길가에서 점심을 먹고 있었다. 이때 근왕병의 북상을 노리던 협판안치는 1천 5백여 왜병들로 기습공격을 감행했다. 순식간에 수천의 근왕병들이 피를 토하고 쓰러졌다. 그러자 대부대는 무너져 도망하기 시작해서 썰물처럼 수원 방면으로 빠져나가고 말았다.

수원방면으로 후퇴는 했으나 근왕병은 대열의 정비나 반격의 전열이나 어찌해볼 틈도 없었다. 그런 틈을 주지 않고 쫓아온 어제의 왜병들에게 가련한 사상자만 셀 수 없이 남기고 완전히 흩어지고 말았다.

왜병들은 백전에 단련된 강병들이었다. 그저 마음만으로 달려온 순박한 농민들이 숫자만으로 어찌 감당이 되랴. 55세의 연만한 나이에 광주목사로 참전했던 권율(權慄)도 하여튼 다행히 살아서 돌아갔다.

용인전투에서 크게 승리한 협판안치는 이순신의 등장이 알려진 후에야 용약하여 자신의 무대인 바다로 나아갔다.

옥포만 안으로 들어서자 이순신의 명령이 떨어졌다.

"함대, 전투 속력으로!"

기라졸들이 명령대로 움직이자 조선함대는 위용을 갖추고 우렁차게 군악을 울리며 왜 선단을 향해 돌진해 들어갔다. 분탕질에 여념이 없던 왜군들은 전혀 뜻밖의 사태에 잠시 넋이 나가 자신들의 이목을 의심할 지경이었다.

"저게 도대체 누구의 함대냐?"

서둘러 사령선의 누각에 오른 등당고호는 머리를 갸우뚱거렸다. 일본수군의 다른 함대인 줄 알았는데 아무래도 모양새가 달랐다.

'조선함대는 모두 도망갔지 않은가?'

척후를 시켜 경상도 근해를 다 탐색해 보았지만 조선수군은 없었다. 군악소리와 병선의 모양으로 보아서 분명 일본함대는 아니었다.

'그렇다면 조선수군? 흥, 일본수군의 맛을 좀 보아야지.'

등당고호의 명령일하 왜군들은 고둥을 불고 징을 치며 서둘렀다. 한편으로는 멀리 마을에 나가 있는 왜군들을 불러들이면서, 한편으로는 선창에 묶어 둔 배에 올라 전투준비에 들어갔다.

등당고호는 빙긋이 웃으며 한 손으로 칼자루를 쓰다듬었다.

'싸우기도 전에 스스로 망치는 조선수군 놈들이 … 어딘가 숨어 있던 놈들이 얼결에 덤벼드는 모양인데 … 좋다. 내 최초로 조선수군을 격파한 일본 수군대장이 되어주지. 이제 조선수군 머리통을 최소 천 급(級)은 히데요시(秀吉) 합하께 보낼 수 있겠구나.'

등당고호는 자신만만했다.

뱃전에 빽빽하게 세운 방패 뒤에서 조총병들은 탄약을 장전했고, 백전 승리의 노련한 창검병들은 사다리 방패(앞면은 방패요 뒷면은 사다리인 방패)를 세워 놓고, 조선배로 건너갈 때만 기다렸다.

이순신 함대는 오와 열을 맞춰 질서정연하게 다가들었다. 군악소리를 높여가며 왜 선단과의 거리를 좁혀가던 조선함대는 왜 선단 전방 250보(약 300m: 1보는 1.25m)에 이르자, 대포소리와 함께 양편으로 쫙 갈라졌다.

왜 선단을 포위하는 진형으로 바뀌며 다시 전진했다. 포위형 학익진 (鶴翼陣)이었다. 1열 횡대로 둥그렇게 에워싸면서 포위망을 좁혀가던 조선함대가 상거(相距) 60보(75m)에 다다른 때였다.

징~.

커다란 징소리와 함께 군악이 뚝 멈췄다. 동시에 조선의 전 함선은 전진하던 모습 그대로 일제히 뚝 멈춰 섰다. 적의 주 무기인 조총의 사거리를 재고 멈춘 것이었다. 이순신은 조총의 유효사거리가 40보 (50m)라는 것을 여러 방면으로 확인해서 이미 알고 있었다.

'흥, 우리에게 철포(조총)가 있다는 것을 아는 모양이지. 이제 공격할 때가 온 거다.'

이렇게 생각하면서 등당고호가 외쳤다.

"돌격!"

선창의 앞쪽에 있는 배들이 움직이기 시작했다. 갑자기 총소리가 요란했다. 철포(조총)를 쏘며 활을 당기며 기세 좋게 나왔다. 더러는 그들의 자랑거리인 대통(大筒)을 쏘고 나왔다. 1kg 정도의 납덩이를 쏘는 좀 큰 철포였다. 대통은 수속이 복잡해서 잘 쏘지 않는 대포였다. 허나 그 소리와 탄환의 크기로 해서 개전 초장에 적의 기를 꺾는 데는 그런대로 효과가 있었다. 그러나 적의 배는 막 움직이다 그만이었다.

쾅! 쾅!

갑자기 천지를 뒤흔드는 포성이 조선함대 쪽에서 터졌다. 판옥선의 이물에 장착한 2문씩의 천자총통이 일제히 천둥소리와 함께 불덩이를 토해냈다. 불덩이를 타고 치솟아 날아간 근 50발의 대장군전(大將軍箭)에 왜적함대는 순식간에 아수라장이 되어버렸다. 왜군함선은 함교가 부서져나가고, 옆구리가 터지고, 두 동강으로 깨지기도 했다.

불덩이를 토한 조선함대는 하얀 연기구름을 선체에 두르면서 직각으로 돌아섰다. 동시에 수천 발의 대, 중, 소의 발화탄(發火彈)과 장군전(將軍箭), 차대전(次大箭), 피령전(皮翎箭) 등의 화살탄이 옥포만 하늘을 새까맣게 날며 쇄도했다.

한꺼번에 천자, 지자, 현자, 황자 등의 대포들이 천둥 같은 소리를 내며 엄청난 수의 포탄을 무진장 쏟아냈다.

도대체 정신을 차릴 수가 없었다. 뱃전에서 사다리방패를 세우고 일본도를 뽑아들고 등선접전(登船接戰)을 기대하며 조선함선을 노리던 왜병들은 그만 넋을 잃고 말았다.

이렇듯 무시무시한 폭음과 화력을 그들은 듣지도 보지도 상상도 못했다. 일시에 터진 조선함대의 사격은 참으로 엄청나고 지독하고 가공한 것이었다.

왜군들은 무슨 짓으로든 대적할 틈을 찾을 수가 없었다. 배를 저을 수도 총을 쏠 수도 없었다.

발화탄이 터지면서 일으키는 화염폭풍에 왜병들은 공중제비로 곤두박질로 뱃바닥으로 바다 물로 무더기로 떨어졌다. 왜병들은 피투성이가 된 채 비명을 지르며 버둥거렸다. 불붙지 않은 배를 찾아 기를 쓰고 헤맸다. 빨리 도망치기 위해서 배에 실은 것들을 바다로 마구 던졌다. 좌우간 우선은 어디로든 도망가야 했다.

개전 발사에 이어서 사이사이 가끔씩 천둥소리를 내며 날아가는 서까래같이 거대한 대장군전은, 왜군들의 주력 전함에, 누각에서부터 밑바닥 격군 칸까지 관통하는, 커다란 구멍을 내주었다. 그런 전함은 위로는 불이 타고 아래로는 물이 솟아 오로지 잠기는 길밖에 없었다.

중간 배인 관선(세끼부네)은 옆구리가 터져나가고, 소선인 소조선(고바야부네)은 아예 깨어져 산산조각이 나 버렸다.

조선함선들은 신호에 따라 순차적으로 제자리에서 방향을 바꾸어가며 연속적으로 포탄을 발사했다. 조선의 주력 전함인 판옥선은 밑바닥이 평평하여 속도는 빠르지 않았으나 제자리 방향전환은 매우 자유로웠다.

"좌현 발사!"

전함들은 일제히 좌현을 왜적 쪽으로 향하고 쏘았다.

"우현 발사!"

제자리에서 빙그르르 반 바퀴 돌아 우현을 대고 쏘았다.

조선함대 포격의 명중률은 매우 높았다. 포격의 목표가 함선이었고 또한 장병들이 거의 다 기량이 높은 포격의 명수들이었다.

의식을 치르듯 질서정연한 좌현 우현 교대발사는 포신의 열을 식히고 화약과 포탄을 온전하게 장전하면서도 사격은 계속하는, 이순신 해전 방식의 하나였다.

등당고호는 기가 질리고 말았다. 어떻게라도 공격해 볼 엄두를 낼 수가 없었다. 할복(割腹)으로 지켜오는 그들 자존심조차 돌볼 겨를이 없었다. 목숨 걸고 자신을 호위하는 부하들 덕분에 배 몇 척 이끌고 기슭을 돌아 재빨리 달아날 수 있었던 것을 천행으로 알아야 했다.

일본의 함선들은 밑바닥이 뾰족한 첨저선(尖底船)이었다. 방향전환은 불편했지만 속도는 빨랐다. 등당고호는 속도 빠른 그들 함선의 덕을 본 셈이었다.

좌선에서 전투들 지켜보던 이순신이 옆을 보고 고개를 끄덕였다.

징~!

징소리와 함께 기라졸의 깃발 신호가 올랐다. 사격이 멈췄다. 왜군 함대 쪽은 불길과 연기 속에 함선들이 그냥 떠 있을 뿐 조용했다. 일방적으로 이긴 완전한 대승이었다.

이번 대승을 이룬 해전법은 학익진에 의한 일시집중타법(一時集中打法)이었다〔훗날 일본함대 사령관 도고(東鄕平八郎, 도고헤이하치로)가 이순신의 이 타법을 연구하여 청국함대와 러시아함대를 격파했다〕. 이 해전법의 놀라운 특징은 '단시간 제압'이었다. 옥포해전은 오시 정중(午時正中: 낮 12시)으로부터 미시 초(未時 初: 오후 1시)까지 겨우 반 시진(半 時辰: 한 시간)에 끝낸 전투였다.

이순신이 누구도 따를 수 없는 뛰어난 명장이란 사실은 첫 전투에서부터 여실히 증명되었다〔임진년(1592년)의 시점에서 본다면 이순신 함대와 같은 전투능력을 가진 해군은 동양에는 물론 서양에도 없었다〕.

"인자 이겼지라 잉."

"와, 우리가 이겼다."

"왜놈들, 아무것도 아니구먼 잉."

"그려, 박살나 뿌렀당께."

"우리 장군은 구신(귀신)이여."

기쁨의 함성과 포효가 터졌다. 1년여, 좌수영 장병들은 혹독한 훈련에 고달팠다. 그러나 이순신을 믿고 의지하며 피땀을 흘렸다. 그리고 마침내 결실을 거두었다.

목이 터져라 환호했다. 꼼짝없이 죽을 줄만 알았다가 멀쩡하게 살아 대승을 거둔 이 감격을 어찌 다 말로 할 수 있으랴. 갑판 위 병사들은 얼싸안고 펄쩍펄쩍 뛰었다. 갑판 아래 격군들은 서로 끌어안고 펑펑 울었다.

"너희들이 배를 잘 부려 주어서 크게 이겼다. 고맙다."

이순신은 먼저 격군들을 찾아 노고를 치하했다. 사람으로도 인정받지 못하는 천민들로 이루어진 격군들이었다. 그들의 기쁨은 몇 배나 더 컸다. 사람으로 대접받고 칭찬까지 받은 격군들은 격군 노릇에 크나큰 보람을 느꼈다. 격군이 된 게 참으로 자랑스러웠다.

"이제 수습하고 수급도 확보해야 하지 않겠습니까?"

이제 결판이 난 전투는 그 수습단계에 와 있었다. 좌선 호위군관의 지당한 건의였다.

전투의 실적은 적군의 수급(首級)으로 증명되었다. 이번 전투에서 적은 천여 명이나 되는 희생자를 남겼다. 천여 개의 수급은 엄청난 실적이었다.

일본의 함대에는 아직 달아나지 못한 부상병도 있었고 살아서 바다를 허우적거리는 낙오병도 있었다. 빨리만 쫓아가면 그들도 다 실적에 오르는 수급으로 베어 올 수가 있었다.

"좀 기다리세."

그러나 이순신은 좀더 기다렸다. 반 시진쯤 지나자 수습(收拾) 지시가 내렸다.

"뭍으로 오르는 적은 뒤쫓지 말고 신속하게 함선만 확인하라."

이순신의 목표는 구차한 수급의 수가 아니었다. 당시 수급을 확보하는 일은 장수의 당연한 그리고 아주 중요한 소관사이긴 했으나, 그것은 때때로 작전에 차질을 가져오거나, 부하들을 희생시키는 불행한 결과도 초래했다. 이순신으로서는 수급의 숫자에 매달리는 것은 참으로 구차한 일이었다.

이순신에게는 적 함대의 격파와 적군의 궤멸이 중대할 뿐이었다. 격파와 궤멸이 수급의 숫자만으로 판단될 수도 없었다. 이순신은 전과와 공로를 '베어 온 적군의 수급'으로 평정하는 제도의 개선을 조정에 건의하기도 했고, 자신의 휘하에는 수급에만 몰두하는 일이 없도록 가르쳤다.

이순신은 또한 모든 전과를 부하들과 기지(관포)들의 공로가 제대로 드러나도록 매우 자세하게 기록하고 보고했다. 이순신이 휘하 장병들뿐만 아니라 후방 기지 백성들로부터도 전적인 신뢰와 존경을 받는, 보기 드물게 훌륭한 장수라는 사실도, 첫 전투에서부터 여실히 증명되었다.

이순신은 부하들의 전과를 항상 자세히 기록해서 장계에 올려 조정의 상찬을 받게 했다. 그의 성실한 전과기록은 붓 잡을 시간이 전혀 여의치 않은 전쟁 마당의 기록이기에 더욱 소중한 것이었다.

사후에 올린 장계에서 이순신은 이때의 전과를 다음과 같이 기록했고, 이후에도 전투가 끝나면 이렇게 장계에 기록하여 보고했다.

- 중위장 방답첨사 이순신(李純信) : 대선 1척 격파
- 좌부장 낙안군수 신호(申浩) : 대선 1척 격파,
  수급 1급, 칼, 갑옷, 의관 등 노획
- 우부장 보성군수 김득광(金得光) : 대선 1척 격파,
  조선백성 1명 구조
- 중부장 광양현감 어영담(魚泳潭) : 중선 2척 격파, 소선 2척 격파
- 전부장 흥양현감 배흥립(裵興立) : 대선 2척 격파
- 후부장 녹도 만호 정운(鄭運) : 중선 2척 격파
- 유군장(遊軍將) 발포가장(假將) 군관 나대용(羅大用) :
  대선 2척 격파
- 좌척후장(左斥候將) 여도 권관 김인영(金仁英) : 중선 1척 격파
- 우척후장 사도첨사 김완(金浣) : 대선 1척 격파
- 좌부 기전통장(左部 騎戰統將) 순천대장(代將) 전 봉사 유섭(兪慴) :
  소선 1척 격파, 조선소녀 1명 구조
- 우부 기전통장 군관 보인(保人) 이춘 (李春) : 중선 1척 격파
- 한후장(捍後將) 군관 급제(及第) 최대성(崔大成) : 대선 1척 격파
- 참퇴장(斬退將) 군관 급제 배응록(裵應祿) : 대선 1척 격파
- 돌격장 군관 이언량(李彦良) : 대선 1척 격파
- 좌선 호위군 군관 봉사(奉事) 변존서와 전 봉사 김효성(金孝誠) 등:
  대선 1척 격파

신속한 이동을 위해서 조선함대는 미시 말(오후 3시)에 옥포만 앞에 나와 순서대로 함선을 세우고 대기했다. 척후선들은 이미 영등포(永登浦) 쪽으로 나가 있었다.

원균 함대를 기다리는 사이 이순신은 장수들로부터 사후 점고 보고

를 받았다. 적선 20여 척의 격파와 함께 적병 천여 명을 죽인 이 해전에서 조선함대 측은 함선 단 한 척도, 장병 단 한 사람도 희생되지 않았다. 참으로 환상적인 해전(海戰)이었다.

다만 세 사람의 경상자가 있었는데 좀 괴이한 점이 있었다. 사부 한 사람이 적 화살에 얕게 맞았는데 그것은 개전 초였으니 전투중의 부상이었다. 그러나 사부 한 사람과 격군 한 사람은 전투가 끝난 후 적선 수습과정에서 화살을 맞은 부상이었다.

"자기들이 포격해서 잡은 배라고 우겼땅게요."

부상병의 말이었다.

화살은 적군이 쏜 것이 아니고 우군인 원균 함대에서 쏜 것이었다. 함대는 떠나야 하는데 원균은 아직도 뒤처져 있었다. 이순신의 좌선 호위군관이 재촉하러 쫓아갔을 때 그들은 목 베기를 위하여 아직도 적함 근처에서 바다에 빠져 죽은 적병들을 찾고 있었다.

뒤늦게 원균이 합류한 연합함대는 거제도 북동쪽으로 이동하여 영등포로 들어갔다. 밤을 지낼 예정이었다. 병사들은 뭍에 올라 나무를 자르고 물을 길어 밥 지을 준비를 했다.

그런데 척후선으로부터 적함 발견의 신호가 왔다. 이순신 함대는 즉시 추격에 나섰다. 까마득하게 보이는 적선들은 전속력으로 달아나고 있었다. 조선함대도 전속력으로 쫓아갔다.

술시 초(오후 7시), 마침내 합포(合浦)에서 적 함선 5척을 따라잡았다. 적은 전혀 싸울 뜻이 없었다. 배를 버리고 서둘러 뭍으로 달아났다.

"구신 같은 병정들이라고 하더니 오늘 봉께로 아무것도 아니랑께."

달아나는 적병은 쫓지 않았다. 왜선 5척이 완전히 불타 사라지는 모습을 보고는 바로 빠져나왔다. 남포(藍浦)까지 내려왔다. 그러나 포구로 들어가지 않고 앞바다에 진을 쳤다. 그렇게 바다 위에서 밤을 보냈다.

산으로 달아났던 왜적들이 새벽에 기어나와 조심조심 합포만을 기웃거렸다. 조선함대는 흔적도 없이 사라지고 불타 부서져 내린 자신들의 함선 조각들만 떠다니고 있었다.

"출몰이 번개 같구나."

왜병들은 감탄했다. 이순신 함대의 움직임은 거의 신출귀몰이었다.

새벽 선잠 속에서 이순신은 적함 발견의 보고를 들었다. 즉시 출동하여 고성 땅 적진포(赤珍浦)로 향했다. 이순신은 항해중 다시 깃발을 올렸다.

勿令妄動 靜重如山 (물령망동 정중여산)
이겼다고 자만하지 말고 이길수록 더 자중하라.

적진포에는 적선 13척이 정박해 있었다. 포구 하늘로는 시커먼 연기가 여러 줄로 치솟고 있었다. 왜병들 일부는 배에 남아 지키고 일부는 뭍에 올라 분탕질을 치고 있었다.

"어, 황포돛대가 아닌가?"

그들도 척후를 두고 있었다. 그런데 척후도 모르게 느닷없이 나타난 대규모 함대를 보는 그들로서는 이게 딱 귀신 곡할 노릇이었다.

조선함대가 다가오는 것을 발견하자 배에 있던 왜병들이 고둥을 불고 손나팔로 외치며 날뛰기 시작했다. 일부는 뭍으로 내빼고 일부는 배를 몰고 내뺐다. 조선함대가 포구에 이르기 전 2척의 왜선이 재빠르게 만 밖으로 도망쳐 사라졌다.

포구에 들어서자 조선함대는 옥포에서처럼 함포사격을 가했다. 전투는 일방적으로 싱겁게 끝났다. 적함을 태우는 불길이 가라앉은 다음 보니 남았던 11척 모두가 격파되었다.

수습 도중이었다. 조선백성 하나가 등에 어린애를 업고 울부짖으며 산을 내려오고 있었다. 협선이 얼른 쫓아가 그를 태우고 좌선에 옮겼다. 그는 적진포 근처에 살던 백성이었다. 적의 포로로 잡혔다 도망쳐 숨어 지내고 있었는데 조선함대를 보고 달려 나왔던 것이다.

이순신에게 왜적의 소행을 털어놓았다. 왜적들은 어제 이 포구에 들어와 민가에서 재물을 약탈하고 소와 말에 지워서 자기들 배에 나누어 실었다. 저녁에는 배를 바다에 띄우고 소를 잡아 술을 마시고 노래하고 피리 불며 밤새도록 놀았다.

그 백성은 왜적이 쳐들어와 피신해 숨을 때 노모와 처자와 그만 헤어지게 되었다. 그 백성이 불쌍하고 염려되어 이순신이 데려가려 했다. 그러나 그는 사양했다.

"노모와 처자를 찾아봐야 하겠심니더."

적진포 해전의 수습을 마치고 바다에 나와 배 위에서 늦은 조반을 먹었다. 그때 작은 범선이 다가왔다. 전라감영의 군관이었다.

전라도사(都事) 최철견(崔鐵堅)의 통첩(通牒: 통지문)을 전했다. 감사 이광은 도성 수복을 위한 근왕병을 이끌고 출정중이었다.

신립의 충주 방어선이 무너지고, 임금께서는 북으로 파천(播遷) 하시고 ….

142

모두가 눈물을 흘렸다. 임금은 하늘이며 어버이였다. 어버이가 200년을 지켜온 수도를 버리고 피란을 떠났다는 것은, 바로 부모 잃은 자식들의 애통이었고 불충을 저지른 백성들의 격통이었다.

이순신은 어금니를 물었다.

'왜적은 전국에 창궐하겠구나. 왜적은 쉽게 물러가지 않겠구나.'

향후의 대책은 좀더 깊이 숙고할 필요가 있었다. 이순신은 귀항을 결정했다. 원균과 헤어져 곧바로 여수로 향했다.

순풍에 항해는 순조로웠다. 날이 새면서 미조항, 평산포를 지나자 어느새 여수가 가물거리며 다가왔다. 5월 4일 출항 이후 엿새, 그동안이 몇 년의 세월보다도 더 길었다. 목이 메고 눈시울이 뜨거워 차마 부르지도 떠올리지도 못했던 그리운 얼굴들, 그 얼굴들이 가슴을 뚫고 터지도록 밀려들었다.

다시 돌아올 수 있을까, 목숨을 걸고 떠났던 전쟁터였다. 크게 이기고 멀쩡하게 살아서 돌아오는 이 기쁨을 어찌 다 나타낼 수 있으랴.

전라감영의 통첩으로 침통했던 분위기는 어느새 사라지고 배가 떠나갈 듯 커다란 함성이 터져 나왔다. 쾌속 협선이 앞서 나가 귀항 소식을 전했다. 여수항은 순식간에 달려 나온 사람들로 가득 메워졌다. 북소리가 들리고 군악소리가 들리더니 함대의 모습이 보이기 시작했다. 발뒤꿈치를 들고 손을 얹고 눈을 좁혀 몇 번이고 쳐다보았다. 오매불망 축원하며 그리던, 틀림없는 좌수영 함대였다.

조선의 이름난 장수들이 연거푸 대패했고 나라님인 임금마저 도성의 대궐을 버리고 멀리 피란을 떠났다는 소식이 좍 퍼진 때였다. 이런 판국에 그 무서운 적의 소굴로 스스로 찾아 들어간 외로운 함대가 무사했으리라고는 아무도 생각하지 못했다.

함대가 도착하고 쾌속선의 소식대로 배 한 척, 사람 하나 빠짐없는, 기적 같은 귀항을 확인하자, 백성들은 일제히 환호성을 질렀고 울면서 얼싸안았고 덩실거리며 돌아갔다. 바닷가에는 여수의 오늘까지 일찍이 없었던 푸짐하게 넘치고 기뻐서 요란한 잔치가 밤이 깊도록 그칠 줄을 몰랐다.

이순신은 일찍 들어와 목욕재계하고 임금께 올리는 장계를 썼다. 이순신은 출정중 선상일지(船上日誌)를 기록했다. 때문에 그의 장계는 매우 적실하고 상세했다.

다음날 이순신은 이번 전투에서 충용한 기백을 보인 군관 송한련(宋漢連)과 진무 김대수(金大壽)를 불렀다.

"행재소를 찾아 실수 없이 전하께 올리고 오게. 바로 출발하게."

장계를 가슴에 품은 다음 무장한 협선 2척에 전리품 등을 싣고 수하 일행들을 재촉하여 둘은 즉시 출발했다.

서해안의 해로를 타고 북상했다. 전라, 충청 해역을 지나 경기 해역에 들어서자 해안 마을에는 내지에서 나온 많은 사람들이 모여 피란살이를 하고 있었다.

강화도 연안에 들어서자 한강과 임진강, 예성강 등을 타고 피란 내려온 배들이 수백 척이 모여 있었다. 전라좌수영 깃발을 달고 해안에 정박하자 사람들이 몰려들었다.

"대첩 소식이오. 기뻐하시오."

사람들은 감격에 겨워 눈물을 흘리며 환성을 질렀다. 일행을 극진히 대접했다. 왜적을 박살낸 수군의 전투이야기를 밤새도록 되풀이해 듣고 또 들으며 가슴이 벅차올랐다.

"왜놈들 별것이 아니다. 우리도 나가 싸우자."

피란민들은 언제 들이닥쳐 만행을 저지를지 모르는 왜놈들 생각에 늘 가슴을 졸이고 두려움에 떨었었다. 그러나 좌수영의 무용담(武勇談)을 들으며 그들은 가슴이 펴지고 두려움이 가시는 자신들을 느낄 수 있었다.

황해도 해안을 오르며 조정 소식을 들었다. 임금은 평양에 와 계신다고 했다. 일행은 대동강을 거슬러 배를 몰고 평양성 가까이에서 뭍으로 올랐다. 그리고 마침내 5월 23일 조정에 장계를 올릴 수 있었다.

임금도 울고 조정도 울었다.

서해안을 타고 장계를 가지고 올라가면서, 또 장계를 올리고 다시 서해안을 타고 여수로 내려가면서, 좌수영의 두 군관 일행은 수백 아니 수천 사람들을 만나 왜군 쳐부순 이야기를 들려주었다.

그리고 이야기는 전국으로 퍼져나갔고, 바다 건너 일본으로 퍼져나갔고, 북쪽 대륙 명나라로 퍼져나갔다. 그냥 퍼져나간 것이 아니었다. 이야기는 새로운 사단을 일으켰다.

조선에서는 왜적을 내손으로 때려잡겠다고, 의병(義兵)들이 각지에서 본격적으로 일어났다.

일본에서는 일사천리로 올라가 조선 도성을 점령했다는 소식을 들은 풍신수길이, 친히 조선으로 건너갈 테니 맞을 준비를 하라 명령해 놓고 있었는데, 그런 일을 슬그머니 취소해 버렸다.

조선이 일본과 짜고 명나라를 침공하려는 수작을 부린다는 의심을 다시 품어가던 명나라는 그 의심을 다시 풀기 시작했다.

평양 탈주

이순신 승첩의 기쁨으로 잠시나마 부풀어 오르던 희망은, 패잔병을 이끌고 한응인과 김명원이 들어오면서 다시 절망으로 바뀌었다.

왜군들은 그들을 뒤따라오기나 한 것처럼 금방 대동강 건너편에 모습을 드러냈다.

"내가 어디로 피해야 할지 당장 의논해서 결정하시오."

임금이 또 겁에 질려 서둘렀다.

"온 성안 사람들이 성상을 모시고 성을 사수하려는 결의를 보이고 있습니다. 한양 때와는 완전히 다릅니다. 하오니 전하께서는 여기 계시기만 하면 됩니다. 그러면 왜적을 반드시 막아낼 것입니다. 이 평양성 말고는 의주에 이르도록 왜적을 막을 만한 성은 다시는 없습니다. 성절사도 들어가고 요동도사(遼東都司)에게 공문도 보냈으니 곧 구원병도 올 것입니다."

유성룡이 임금을 달랬다.

명 황제의 생신을 축하하러 가는 성절사로 며칠 전 유몽정(柳夢鼎)이 떠났다. 가는 길에, 그간의 경위를 알리고 원조를 요청하는 공문을 요동도사에게 전하도록 했다.

"허어, 이 무슨 답답한 소리요? 왜적이 턱밑에 닥쳤는데 뭘 믿고 여기 있으란 말이오? 꼭 군신이 함께 어육이 돼야 속이 후련하겠소?"

임금은 역정을 냈다. 신하들은 별수 없이 논의에 들어갔다. 임금의 피란처로는 함흥이 좋다는 게 대세였다.

"조종의 땅이니 더욱 좋소."

임금이 결정을 내렸다. 함흥은 태조 이성계의 고향이어서 심정적으로 친근한 곳이었다.

암암리 함흥으로 떠날 준비를 하고 있는데 명나라의 요동 진무사(鎮撫使) 임세록(林世祿)이 수행원을 거느리고 평양에 들어왔다. 요동총병 양소훈(楊紹勳)이 보낸 사자였다.

유성룡이 그를 안내했다. 명나라의 원조를 받아야 한다는 의론이 일면서 유성룡은 서용(敍用: 죄로 인해 면관된 사람을 다시 기용함) 되어 우선 풍원부원군으로 6월부터 국사를 돌보게 되었다.

임세록은 임금을 보고 나와서 대동강 건너편에 있다는 적진을 살펴보러 나가자고 했다.

"당신네 임금은 진짜 임금이오?"

임세록은 가면서 유성룡에게 물었다. 유성룡은 임세록이 유명한 관상가라는 소문을 듣긴 했다.

"무슨 말씀을 그렇게 하시오? 우리 임금을 직접 뵈었으니 아실 게 아니오?"

"그렇긴 하오만⋯ 그래 왜놈들이 얼마나 강성해서 일사천리로 여기까지 도망쳤단 말이오?"

"오죽 다급했으면 그랬겠소?"

임세록은 유성룡을 따라 대동강변의 연광정 (練光亭) 에 올라가 적진을 바라보았다.

강 건너 동편 숲속에서 왜병 한 명이 나왔다 들어가더니 잠시 후 두세 명이 잇달아 나와서 앉기도 하고 서기도 했다. 그 모습이 전쟁터에 나온 병사 같지가 않고 길 가다가 쉬는 사람 같았다.

"왜병이 어찌 저렇게 적을 수가 있단 말이오?"

"저것은 정탐병이오. 저놈들은 간교한 술수를 씁니다. 저 뒤 안 보이는 곳에 대군을 두고 있소. 만약 저 적은 수효만 믿고 저들을 얕보았다가는 반드시 저들의 술수에 빠지게 됩니다."

"그럴 수도 있겠습니다."

임세록이 고개를 끄덕이고 앞장서 내려갔다.

"당신네 임금은 진짜가 맞소?"

임세록은 그 사실이 더 궁금한 듯했으나 대답도 듣지 않고 서둘렀다.

"공문을 빨리 주시오."

왜적을 본 탓인가? 임세록은 도망치듯 평양을 떠났다.

임금의 임시 행궁인 평양감영에서는 밤새도록 불을 켜 놓고 짐을 꾸렸다. 왜적이 당장이라도 대동강을 건너올 것 같아서 임금은 마음이 급했다.

임금의 행선지가 함흥으로 정해지자 임금보다도 먼저 평양성의 동문을 나와 함경도 쪽으로 길을 서두르는 사람들이 있었다. 일부 고관들의 가족들이었다.

동지중추부사 이희득(李希得)을 함경도 순검사(咸鏡道巡檢使)에 임명했다. 전에 영흥(永興) 부사로 있을 때 어진 정사를 베풀어 민심을 얻었기 때문이었다. 병조정랑 김의원(金義元)을 종사관으로 함께 먼저 북도로 떠나보냈다. 함흥으로 가서 미리 임금 맞을 준비를 하라는 것이었다. 이런 소문이 금방 퍼졌다.

"속았구나. 피란가 있는 사람들을 싸우자고 들어오라 해놓고 저희들은 도망가겠다고? 요절을 내자."

장정들이 도끼, 괭이, 몽둥이 등 닥치는 대로 들고 나왔다. 장정들뿐이 아니었다. 노인과 부녀자들도 무언가 하나씩 들고 뛰쳐나왔다.

종묘의 신주를 흰 보자기에 싸안고 승지 노직(盧稷) 일행이 말을 타고 미리 가다가 군중들에게 가로막혔다.

"비켜라. 종묘의 신주를 모셨다. 비키지 못할까?"

그러나 흥분한 청년들이 보자기를 낚아채 땅바닥에 내동댕이쳤다. 노직 일행을 끌어내려 멱살을 잡아 흔들고 발길로 걷어찼다.

"이놈들, 이 무슨 행패인고?"

관복을 입은 사나이가 말을 달려오며 외쳤다. 호조판서 홍여순(洪汝諄)이었다.

"웬 놈이 큰소리냐?"

청년들이 그를 말에서 끌어내리고 사지를 비틀다 허리를 꺾어 내던졌다. 그는 비명도 지르지 못하고 숨을 몰아쉬었다.

성난 군중들이 동헌 쪽으로 몰려들었다.

"상감 나오기오!"

돌팔매가 담을 넘어 비 오듯 쏟아졌다. 성난 군중들은 동헌으로 밀고 들어갈 기세였다. 담장을 기어오르는 난민들과 병사들 사이에 난투극이 벌어졌다.

평안감사 송언신이 뛰어오자 유성룡이 일렀다.

"일단 북을 치시오. 요란하게 치시오."

갑자기 북소리가 울리자 군중들이 주춤했다. 그사이 유성룡이 섬돌 위에 올라섰다. 군중들을 한 바퀴 둘러보다가 풍채가 그럴 듯한 사람을 손짓하여 나오게 했다. 그 지방의 관리라 했다.

"이렇게 평양 사람들이 힘을 다하여 성을 지키고자 나서니 참으로 충성스럽소. 성상께서도 여기 계셔 여러분과 함께하시기를 바라시오. 그런데 난동을 일으켜 궁문을 소란케 하는 것은 대단히 불충스런 일이오. 우리는 여러분의 의기에 감격해서 성상께 아뢰었고, 성상께서도 생사 간에 이곳을 굳게 지킬 것을 윤허하시었소. 그대는 식견이 있는 사람이니 이런 뜻을 여러 사람들에게 일러주어서, 난동을 그치고 물러가 성을 지키는 일에 힘쓰도록 해주시오. 그렇지 않으면 장차 중죄를 면치 못할 것이니 그때는 용서받지 못할 것이오."

평양사람들은 유성룡에게는 호의적이었다. 유성룡이 평양 사수를 주장한 사실을 알고 있었다.

"그럼 신주는 왜 내보내셨는지요?"

"그거야 당연하지요. 싸움이 시작되면 신주가 불타거나 짓밟혀 부서질 수도 있지 않소? 싸우기 위해서 신주를 안전한 곳으로 내보낸 것이오."

"그래요? 그럼 잠시 기다려 보시기오."

그는 돌아서 군중들 속으로 들어갔다가 잠시 후 젊은이 대여섯 명과 함께 다시 나타났다. 그들이 난동의 주동자인 듯했다.

"상감 말을 직접 들어야 하갔시오."

한 젊은이가 나섰다.

"그런 법은 없소. 그건 황공한 일이오."

젊은이들끼리 옥신각신 말이 오갔다.

"말로는 못 믿갔으니 글로 써 붙여 주시라요."

"알겠소."

잠시 후 글을 써 붙인 커다란 판때기가 군중들 앞에 세워졌다.

停行(정행)

"그게 무슨 뜻이오?"

군중 속에서 물었다.

"여기에 멈춘다. 여기를 떠나지 않는다. 그런 뜻이오."

판때기를 들고 나온 교리 이유징(李幼澄)이 큰 소리로 설명해 주었다. 그러자 군중들은 수군대며 돌아서 흩어지기 시작했다.

임금과 조정 대신들은 참으로 난감한 고비를 겨우 넘기자 맥이 빠져 주저앉아 버렸다.

애초 평양으로 왜적들이 다가온다는 말을 들었을 때 3사(三司: 언관의 기능을 가진 사헌부, 사간원, 홍문관)에서 날마다 궁문 앞에 엎드려 피란하기를 청했다. 유배에서 풀려나온 정철도 이 주장에 앞장섰다.

성을 지키자는 유성룡의 주장에 뜻을 같이한 좌의정 윤두수가 문산

〔文山: 남송 말기의 충신 문천상(文天祥)의 아호〕의 시 한 구절을 정철 앞에서 천천히 읊었다.

我欲借劒斬佞臣 (아욕차검참영신)
내가 칼을 빌려 영신(佞臣: 간사하고 아첨하는 신하)**의 목을 베려 한다.**

정철이 몹시 화가 나서 옷소매를 뿌리치고 나가 버렸다.

이런 소문도 평양사람들에게 퍼져 있었기에 유성룡의 말이 잘 먹힌 셈이었다.

저녁 무렵 조정에서 감사 송언신에게 따졌다.

"저 역적들을 그냥 놔둘 거요?"

"아니, 성을 지키자고 나선 사람들이 어찌 역적이란 말이오?"

송언신은 어이가 없었다.

"난동을 부렸으니 역적이지."

"타일러 물러갔으니 된 거 아니오?"

그러나 임금이 화를 냈다.

"몇 놈 목을 쳐서 본때를 보이시오."

송언신은 따를 수밖에 없었다.

포졸들, 병사들이 성내에 퍼져 수백 명을 잡아들였다. 난동에 앞장섰던 젊은이 몇의 머리가 잘리고 거리에 효수되었다.

다음날 6월 11일, 왕비 박씨와 후궁들이 예정대로 함흥으로 가고자 자산(慈山)으로 떠났다. 이때 적병은 이미 함경도에 들어와 있었다. 길이 통하지 않았고, 변고를 보고하는 사람도 없어 전혀 모르고 있었다.

"조용해졌소. 이제 평양을 떠나야겠소."

충혈된 두 눈을 굴리며 임금이 서둘렀다.

"떠나시더라도 백성들에게 한 말씀 하신 후에 떠나셔야 합니다."

좌의정 윤두수였다.

"또 난동을 부릴 수도 있지 않소?"

"목이 달아나는 것을 보았으니 조용할 것입니다."

"구차하게 무슨 말을 한단 말이오. 그냥 떠납시다."

"군왕의 거취는 광명정대해야 합니다."

임금은 마지못해 형식을 취하기로 했다. 한동네 한 사람씩 나이 많은 어른들을 감영 옆 대동관(大同館)에 모이도록 했다. 어른들이 모이자 임금이 신하들을 거느리고 나와 문루에 좌정했다. 응교(應敎) 심희수(沈喜壽)가 교서를 쉽게 풀이하여 읽었다.

평양에는 지금 군사가 1만 5천여 명이 모여 있고, 10만 섬의 군량미가 쌓여 있다. 무엇이 두려워 평양을 버릴 것인가?

허나 만사는 튼튼함이 제일이니 내가 잠시 여길 떠나 명나라에 청병하고자 한다. 이 어려운 난국에 명나라가 우리를 돕는다면 더 빨리 평온을 되찾지 않겠는가?

내 친히 가서 청병하지 않고서야 구원병을 기대할 수가 있겠는가? 이런 뜻을 모르고 난동을 부려 군부를 위협하고, 관장을 구타하고, 종묘의 신주를 땅바닥에 내던지는, 그런 지경에까지 이르렀으니, 내 장차 무슨 낯으로 구천지하 조종을 뵈올 것인가?

심희수가 목이 메어 흐느끼면서 읽어가자, 임금도 신하도 그리고 앞에 쪼그리고 앉아 있는 부로(父老)들도 따라서 흐느끼게 되었다.

부로 한 사람이 앞으로 나와 엎드렸다.

"우리 피양 사람들, 잘 몰라서 큰 죄를 저질렀시오. 그저 너그러이 용서하시라요."

영광스럽게도 부로들은 어사주(御賜酒) 한 병씩 받아들고 돌아갔다. 이제 임금도 함흥으로 떠날 차비를 서둘렀다. 그런데 유성룡이 임금 앞에 엎드렸다.

"전하, 함흥 쪽은 재고하시옵소서."

"모두 함흥이 좋다고 하지 않았소?"

"함흥이 조종의 땅이라 조종의 가호를 받을 수도 있어 좋은 것은 틀림없습니다. 하오나 애초에 어가가 이 서쪽으로 거동한 것은 명나라의 원조를 염두에 둔 것이었습니다. 이제 이미 청병을 해놓은 처지입니다. 함흥은 동으로는 바다고 북으로는 오랑캐 땅입니다. 만에 하나 왜적이 쫓아오면 더는 나갈 길이 없고, 동시에 명나라와의 연락마저 끊기게 됩니다."

"그럼 왜 모두들 함흥으로 가자 했소?"

"지금 조신들의 가속들이 북도에 많이 피란하고 있으므로, 개인 사정도 생각하고 북도로 가자고 했을 것입니다. 소신에게도 늙은 어미가 있어 성상께서 윤허하신대로〔임란이 일어날 당시 유성룡의 노모는 서울에 와 있었다. 유성룡의 형 겸암(謙唵) 유운룡(柳雲龍)이 그때 사복시(司僕寺) 첨정(僉正)으로 있었는데 그 벼슬을 사임하고 어머니를 모시고 피란할 수 있도록 유성룡이 임금께 청하여 윤허를 받았었다.〕가형과 함께 동쪽으로 피란하였습니다. 지금쯤 북도 어디로 흘러들어갔을 것이니, 소신

154

의 사정으로도 어찌 북쪽으로 갈 마음이 없겠습니까? 하오나 국가의 대계를 생각하면 그럴 수 없어 감히 반대하는 것이옵니다."

유성룡은 목이 메었다.

"경의 어머니는 어느 곳에 계시는가? 나의 탓이로다."

임금도 목멘 소리였다.

"하오니 …."

"알겠소. 그럼 어디로 가는 게 좋겠소?"

"영변(寧邊)이 좋습니다. 영변은 지세가 철옹성 같아 안전합니다. 잠시 거기 계시다가 형세를 보아 의주로 가시면 됩니다. 바로 명나라와 접해 있으니 명나라에 청병하기도 편할 것이옵니다."

"그리합시다."

이때 왜적은 대동강에 도착한 지 이미 사흘이 지나고 있었다.

연광정 건너편 강가 모래바닥으로 왜병 한 명이 나오더니 종이를 매단 막대기 하나를 꽂아 놓았다. 내려와 보라는 듯 손짓을 하고 가는 게 보였다.

화포장(火砲匠) 김생려(金生麗)를 시켜 배를 타고 가 그것을 가져오게 했다. 김생려가 그곳에 이르자 무기 없는 왜병이 나와 김생려와 악수를 하고 등을 두드리고 매우 친절하게 굴며 서신을 건네주었다.

김생려가 가져온 서신을 유성룡이 열어 보았다.

평조신과 현소가 이덕형에게 보낸 것으로, 강 중간에서 만나 강화를 논의하자는 내용이었다. 이덕형이 작은 배를 타고 강 중간에 나가 평조신과 현소를 만나 평상시처럼 인사를 나누었다.

"우리의 뜻은 전에 전한 바와 같습니다. 지금이라도 한 가닥 길을 빌려주어 일본이 중국과 통하도록 해주신다면 아무 일도 없을 겁니다."

당초의 주장 그대로였다.

"지난번에는 왜 약속을 어겼습니까? 그리고 강화를 의논하려면 군사를 물려야 하지요."

이덕형으로선 나무랄 수밖에 없었다.

"그때야 사정이 그렇게 되었지 않습니까?"

"강화를 의논하려면 군대를 물리친 후에 해야 하니까 군대부터 물리고 나서 다시 만납시다."

"아직도 이해를 못하시면 어찌합니까?"

"아무튼 군대부터 물리고 이야기합시다."

이덕형이 돌아섰다. 하는 수 없이 그들도 돌아섰다.

6월 11일, 임금 일행은 아침 일찍 서문으로 향했다.

뒤에 남아 평양을 지킬 사람들은 서문 밖에서 임금께 하직인사를 드렸다.

좌의정 윤두수, 도원수 김명원, 순찰사 이원익, 평안감사 송언신, 평안병사 이윤덕(李潤德) 등이 남았고, 유성룡도 남았다. 그러다 유성룡은 명 군대가 나올 경우에 대비한 군량을 준비하라는 임금의 명을 받고 곧바로 평양을 나왔다.

영의정 최홍원 이하 그 밖의 신하들이 모신 임금 행차는 길을 재촉하여 석양 무렵 숙천(肅川) 객관에 들었다.

다음날 안주(安州)에 묵고, 13일 늦은 저녁에 영변(寧邊)에 도착했다. 성내에 들어서니 비는 내리는데 맞이하는 사람은 고사하고 강아지

한 마리 보이지 않았다. 민관을 막론하고 모두 산속으로 피란갔기 때문이었다. 부사의 처소를 찾아들어 좌정은 했으나 저녁끼니를 마련할 길이 없었다.

임금이고 신하고 모두 고단하고 허기져서 되는 대로 쓰러진 듯 누워 있는데 평양에서 보낸 윤두수의 장계가 도착했다.

성상께서 떠나신 후 크고 작은 전투가 벌어졌는데 일부 방어선이 무너졌습니다. 많은 일들이 뜻대로 되지 않아 앞으로 닥칠 일을 수습치 못할까 두렵습니다.

잠을 잘 수가 없었다. 평양도 곧 무너진다는 뜻이었다. 모두 일어나 밤늦게까지 의논했으나 결국 임금의 못난 고집을 꺾을 수가 없었다.

"의주로 갔다가 요동땅으로 들어가겠소. 이것은 단지 피란이 아니오. 만일의 경우 중국의 군사를 빌려와 나라를 회복하고자 함이오. 일찍이 안남(安南: 월남) 왕도 그렇게 한 적이 있소."

"요동은 인심이 몹시 험악합니다."

영상 최흥원의 은근한 저지였다.

임금은 그 말에 눈살을 찌푸렸다. 임금 생각으로는 조선백성들의 인심도 험악하기는 마찬가지였다. 그렇더라도 임금은 참으로 같잖은 말을 하고 말았다.

"천자의 나라에서 죽는 것은 그래도 괜찮겠으나 왜적의 손에 죽을 수는 없소."

임금의 이 말 이후, 많은 신하들이 임금을 더욱 같잖게 여기기 시작했다.

다음날 6월 14일, 임금은 영변을 떠나 박천(博川)에 와 하룻밤 쉬었다. 다음날 6월 15일, 저녁때쯤 순찰사 이원익과 종사관 이호민(李好閔)이 평양에서 달려와 왜적이 대동강을 건너온 상황을 보고했다. 평양성이 떨어졌다는 말은 없었으나 임금은 펄쩍 뛰었다.

"어서 떠납시다."

북도로 가다 연락을 받고 되돌아선 왕비 일행이 밤낮으로 길을 재촉해 박천에 막 당도한 때였다. 그들은 몹시 지친 데다 끼니마저 굶었다.

"전하, 내일 떠나시지요."

병조판서 이항복이 권했으나 임금은 역정을 냈다.

"그대는 정신이 있는 거요?"

그리고 세자 광해군을 불렀다.

"세자는 묘사(廟祠)의 신주를 모시고 강계(江界)에 가서 분조(分朝)를 설치하고 나 대신 나랏일을 처결하라. 그리고 최홍원 영상 이하 여러분들은 세자를 보필해 다시 나라를 일으켜 세우도록 애써 주시오."

임금은 18세의 미숙한 세자를 떼어 팽개치면서 겉으로는 따스한 척했다.

"만일에 대비하는 것이니라. 훗날을 기약하도록 하자."

세자는 소리 없이 눈물을 주르르 흘렸다.

임금 일행이 먼저 떠났다. 좌상 윤두수가 아직 평양에 있으므로 우상 유홍(兪泓)이 임금 일행을 따라나서야 했다. 그러나 유홍은 땅바닥에 엎드린 채 임금을 배웅하고 있었다. 내관이 되돌아와 유홍에게 임금이 따라오라 하신다는 말을 전했다.

"황공하오나 여든 살 노모가 계시기로 소신은 압록강을 건널 수가 없다고 아뢰시오."

유홍은 기어이 임금을 따라가지 않았다. 임금에게는 대신이라고는 예전 정승의 신분인 정철뿐이었다.

세자도 떠나야 했다. 유홍은 세자를 따라나섰다.

왕비 일행과 함께 임금은 비오는 밤길을 재촉하여 6월 16일 새벽 오경(五更: 오전 4시경)에 가산(嘉山)에 도착했다.

여기 와서 처음으로 임금은 인빈 김씨와 신성군, 정원군의 소식을 들었다. 그들은 정원군의 장인 구사맹(具思孟)이 호위해서 일찌감치 평양을 빠져나갔었다. 강원도 영월이 피란의 길지라 하여 그리로 가다가 길이 막혀 영변까지 되돌아왔다고 했다. 그사이 시중들던 남녀들이 모두 달아났고 먹을 것도 제대로 못 먹어 죽을 지경이라고 했다.

"이런 변이 있나. 빨리 가서 데려오라."

임금은 매부인 안황(安滉)을 즉시 보냈다. 임금은 요동으로 망명하게 되는 경우 인빈과 두 아들은 꼭 데리고 갈 심산이었다.

임금이 평양을 떠난 후 대동강에서는 강을 사이에 두고 서로 세력을 시험해 보는 사격전이 여러 번 벌어졌다.

왜적들은 조총을 쏘았다. 조총의 탄환은 성안에도 떨어졌고 부벽루까지 날아와 부딪치기도 했다. 한때는 윤두수, 김명원 등이 지키는 대동문(大東門) 쪽에 집중사격을 퍼부어 연광정(鍊光亭) 위로 탄환이 비오듯 쏟아지기도 했다. 강을 건너온 거리로 보면 조총의 사거리는 예상보다 훨씬 길어서 조선군은 더 조심해야 했다.

조선군은 거리가 멀어 활은 쓸 수가 없었다. 가끔 대포를 쏘아 위세를 과시할 뿐이었다

그런데 강 건너 사격이 문제가 아니었다. 조선군에게는 큰 걱정거리가 하나 있었다. 비가 오지 않아 날마다 강물이 줄어드는 것이었다.

능라도(綾羅島) 아래 반월도(半月島) 옆으로 흐르는 왕성탄(王城灘) 여울은 아녀자도 건너다닐 수 있을 만큼 물이 줄어 버렸다. 이대로 며칠만 더 가면 대동강 어느 곳으로든 왜적은 배 없이도 건너올 판이었다.

왜적은 매일 강 상류를 오르내리며 정찰했다. 왜군 정찰병이 조선백성들을 데리고 다니는 모습도 보였다. 왜적들은 이제 배 없이 건널 수 있는 얕은 여울을 다 파악한 것 같았다. 그러나 아직 공격의 기미는 없었다.

조선은 다급해졌다.

"앉아서 당하지 말고 먼저 공격해서 저들의 기를 꺾어버립시다."

도원수 김명원의 제의였다. 윤두수가 동의했다. 방어군으로 온 영원(寧遠) 군수 고언백(高彦伯)이 난색을 표했다.

"적들은 비록 나태해진 듯하지만 대군이오. 일이 잘못되면 적에게 배를 갖다 주는 결과가 될 수도 있고, 내가 보기엔 저들이 얕은 곳을 다 알고 있으면서도 건너지 않고, 우리를 유인하는 것 같소. 신중해야 할 것이오."

고언백은 지략과 담력이 있는 무장이었다. 그는 원래 강화 교동도(喬桐島) 아전 집안의 태생이었다. 배 부리는 일, 헤엄치는 일에는 거의 도사였다. 무과에 급제했으나 태생이 미천하여 변방을 전전하며 갖은 고생을 다하다 나이 오십 줄에 겨우 벽지 영원의 군수가 되었던

것이다.

"걱정이 그리 많아서 무얼 하겠소. 출기불의(出其不意: 상대방 모르게 갑자기 행동함)로 무찌르고 돌아오면 그만 아니오?"

무식해서 용감하다더니 전투를 모르는 문관 대장들이 오히려 더 용감하게 나왔다. 결국 한번 공격해 보기로 합의를 보았다.

전군에서 정예병사 400여 명을 뽑고, 그들을 고언백이 지휘하여, 6월 14일 밤 삼경에, 강을 건너 일제히 적진으로 쳐들어갔다가, 날이 새기 전에 강을 건너 돌아오는 것으로 작전을 짰다.

고언백은 그날 은밀히 부벽루에 집결한 병사들을 이끌고 삼경에 나루로 내려왔다. 그런데 준비된 20여 척의 배 중에는 물이 새는 게 여러 척 있었다. 사공도 모자랐다. 임시로 배를 수리하고 성내에 수소문하여 사공들을 찾아 보충하다 보니 사경(四更: 새벽 2시경)이 되었다.

"자, 출발이다. 기척 없이 움직여라."

기척 없이 배들은 대안에 닿았고 400여 정병들은 풀밭을 기어 적진에 이르렀다. 어찌된 일인지 초병마저 자고 있었다.

고언백의 신호가 떨어지자 조선 정병들은 질풍같이 돌진하여 적진을 휩쓸었다. 적 제 1진이 무너지는 사이 제 2진이 잠을 깨 백병전이 벌어졌다. 조선 정병들은 대개 평안도 출신으로 참으로 잘 싸웠다.

이 전투로 해서 후세까지 전설적 영웅으로 추앙받게 되는 세 사람, 민여호(閔汝虎), 이선(李宣), 임욱경(任旭景)은 각기 몇십 명씩 적군을 무찌르고 기진하여 쓰러졌다. 적은 제 2진까지 피해를 입었다.

조선 정병들은 내친 김에 제 3진까지 밀고 들어가 아수라장을 만들고 싶었으나 돌아가야 했다. 날이 새고 있었다. 재빨리 강가로 달려와 배에 올랐으나 미처 다 오르기 전에 제3진 수천 명이 말을 몰고 쫓아와 조총을 쏘았다.

"빨리빨리 저어라."

배를 타고 화살로 응사하면서, 총 맞아 강물로 떨어지면서, 건너갔던 배는 모두 대안으로 돌아왔다. 그러나 배를 못타고 건너편 수풀 속에 남아 있는 병사도 있었다. 고언백은 물속으로 헤엄쳐 적진 쪽으로 다시 갔다. 배를 타지 못한 병사 2명을 구해 다시 물속으로 헤엄쳐 돌아왔다.

동녘으로 해가 솟으며 날은 완전히 밝았다. 많은 병사들이 서안으로 돌아왔지만 또한 많은 사상자를 냈고 아직 건너오지 못한 병사들도 많았다. 그래도 아무튼 조선군의 승리였다. 비록 겨우 돌아온 전투이기는 했으나 육상의 조선군으로선 처음 맛본 승리의 전투였다.

그러나 승리도 잠깐이었다. 뒤처졌던 조선병사들이 능라도 쪽으로, 반월도 쪽으로 걸어서 건너오고 있었다. 왜병들이 강가로 몰려나왔지만 그들을 추격하지 않았다. 그들은 각 부대를 정돈하고 있었다. 결국 적 대군에게 평양의 신속한 점령을 일깨운 전투가 되고 말았다.

왜적들은 정돈을 마치더니 엄호부대를 세워놓고 몇 군데 얕은 여울을 일부는 걸어서 일부는 말 타고 건너기 시작했다.

왕성탄을 지키던 순찰사 이원익, 마탄강(馬灘江)을 지키던 조방장 김응서(金應瑞), 영귀루(詠歸樓) 아래를 지키던 순변사 이일 등은 하는 수 없이 부벽루 쪽으로 후퇴했다.

부벽루 쪽을 지키던 평안병사 이윤덕(李潤德)은 적이 당장 쳐들어오는 줄 알고 놀라 말을 박차더니 그냥 도망치고 말았다. 그러자 장경

문(長慶門)을 지키던 자산군수(慈山郡守) 윤유후(尹裕後)의 병사들이 도망치고, 잇달아 대동문을 지키던 도원수 김명원의 병사들도 다 도망치고 말았다.

아무런 저항 없이 대동강을 건넌 왜적들은 모란봉(牡丹峯)에 모여 숙영준비에 들어갔다.

남은 장수들, 김명원, 윤두수, 송언신, 윤유후, 이원익, 김응서, 이일, 고언백 등은 남은 병사들과 함께 그 밤 서둘러 성내 백성들을 성 밖으로 피란시켰다. 병기와 화포 등을 풍월루(風月樓)의 연못에 가라앉힌 다음 보통문을 나와 순안(順安)으로 후퇴했다.

국경의 강

다음날 6월 16일, 아침 모란봉에서 성내를 굽어보던 적들은 환성을 질렀다. 성은 텅 비었고 성문은 활짝 열려 있었다. 적들은 성내로 마음 놓고 몰려들었다.

서울과는 완전히 달랐다. 창고마다 천장까지 쌓인 곡식 가마니들, 쌀, 보리, 수수, 조 등이 10만 섬이었다. 군량을 얌전히 넘겨준 셈이었다. 곡식뿐이랴. 무명, 삼베, 명주 등이 창고마다 가득했다.

또 그뿐이랴. 평안감영을 비롯해서 원래대로 멀쩡한 관가와 민가도 부지기수였다.

평안도는 제1군사령관 소서행장의 구역이었다. 여기까지 함께 온 제3군사령관 흑전장정에게 소서행장은 거판하게 송별연을 베풀어 주었다. 이제 그는 자기 구역으로 떠나야 했다.

다음날 평양을 부러워하는 부하들을 이끌고 흑전장정은 길을 되돌아 남쪽으로 떠났다.

"황해도에는 해주가 있다. 어서 가자."

서울에서 왜적 대장들은 점령 통치할 지역을 합의를 통해 다음과 같이 결정했다. 그리고 장기 주둔 통치를 위해서 현지 생산 가능한 식량의 예상 석(石: 섬, 열 말) 수량도 파악해 두었다.

- **서 울** 8군사령관 우희다수가, 다른 곳에서 보급받음
- **경기도** 8군사령관 우희다수가, 77만 석
- **충청도** 5군사령관 복도정칙, 99만 석
- **전라도** 6군사령관 소조천융경, 227만 석
- **경상도** 7군사령관 모리휘원, 289만 석
- **황해도** 3군사령관 흑전장정, 73만 석
- **강원도** 4군사령관 도진의홍, 40만 석
- **평안도** 1군사령관 소서행장, 179만 석
- **함경도** 2군사령관 가등청정, 207만 석
- **부 산** 9군사령관 우시수승, 다른 곳에서 보급받음

임금 일행은 북으로 계속 길을 재촉했다. 영변 이후 임금의 북행길은 자고 나면 사라진 신하들이 늘어가는 길이었다.

대사성 임국로(任國老)와 그의 아들 수찬 임몽정(任蒙正)이 일찍 사라졌다. 승지 민준(閔濬), 판서 한준(韓準), 참판 윤우신(尹又新), 좌랑 허성(許筬), 정언 정사신(鄭士信), 지평 남근(南瑾) 등이 뒤따라 사라졌다.

매우 충격적인 일은 서울에서부터 늘 곁을 지키며 호종하여 선조가 굳게 신임했던 좌우 사관들, 검열(檢閱) 조존세(趙存世), 김선여(金

善餘), 주서(注書) 임취정(任就正), 박정현(朴鼎賢) 등이 사라져 버린 일이었다. 더욱 놀라운 것은 그들이 사초책(史草冊)들을 다 불태워 없애고 달아난 일이었다.

선조가 요동으로 들어가고 싶어하는 마음을 알고 나자 그들은 실망했다. 이제 나라는 망하는 것으로 치부하고 낙심해서 저지른 일이었다.

임금 일행은 6월 17일 정주(定州)에 머물렀다. 이때 호종하는 문무 관원은 채 20명도 되지 않았다. 그래도 어의 허준(許浚)과 액정원(掖庭員: 임금이 쓰는 문방구 등을 관리하는 관원) 몇 사람, 사복원(司僕員: 궁중의 말을 관리하는 관원) 몇 사람, 그리고 내관 수십 명이 끝까지 곁을 지켜주어 다행이었다.

임금 일행은 6월 18일 선천(宣川)에 들어섰다. 임반역(林畔驛)에 이르자 1천여 명의 명나라 군대가 기다리고 있었다.

유격장군(遊擊將軍) 사유(史儒)와 참장(參將) 대모(戴某)의 부대였다. 요동 부총병(遼東副總兵) 조승훈(祖承訓)이 수천 명의 부대를 이끌고 조선 원조군으로 나오는데 그 선발대라 했다. 선발대는 평양으로 가다가 평양이 이미 함락됐다는 소식을 듣고 멈춰선 길이라 했다.

당시 명 조정의 의론은 두 갈래였다. 조선이 적군을 인도하고 있다는 의심을 여전히 풀지 못하는 한편이 있었고, 병부상서 석성이 중심이 된, 조선의 진심은 의심할 바 없으니 구원병을 보내자는 한편이 있었다.

조선이 원조를 바란다는 요동총병의 보고도 받고, 병부상서의 건의도 받은 명 황제 신종(神宗)은 아직 어느 의론도 지지하지 않고 한 번 더 확실한 실상을 알아보기를 원했다.

166

구체적으로는, 가짜 조선왕이 일본군과 조선군을 엮어서 명나라를 치려고 밀고 올라오고 있다고 하는데, 그것이 사실인지 확실히 확인해 보라는 것이었다.

병부상서 석성의 건의에 따라 명 황제는 이시자(李時孳)를 요동순어사(遼東巡御使)에 임명하여 조선의 실상을 알아보도록 했고, 요동 총병에게는 지원부대를 내보내 역시 조선의 실상을 알아보도록 했다.

압록강을 건너온 명나라 부대는 명목상으로는 지원부대였지만 사실상은 정찰부대였다.

이런 사실을 알 리 없는 임금은 사유(史儒)의 부대를 만나자 몹시 반가웠다. 조선을 구원하기 위해서 출병한 고마운 부대였다.

임금은 정장을 하고 역관에서 사유를 정중하게 맞아들였다.

"원로에 이렇게 와 주시니 정말 고맙습니다. 황제의 은혜가 하해 같습니다."

그러나 사유의 태도는 너무 뜻밖이었다. 그는 고개도 숙이지 않았다.

"당신들 정신 똑바로 차리시오. 우리가 가만 놔둘 줄 아시오?"

사유는 눈망울을 한 번 굴리더니 그냥 나가 버렸다. 그리고 그길로 부대를 이끌고 북으로 달렸다.

물론 궁색한 처지에 있었다. 그러나 일국의 임금으로서는 참으로 어이없는 수모였다. 신하들로서는 더욱 머리털이 치솟는 분노였다. 그러나 참고 갈 수밖에 없었다. 선천 동헌에 이르자 이번에는 요동에서 온 사자(使者)가 객관에서 기다리고 있었다.

이항복이 객관에 가서 그를 만났다. 그는 병부상서 석성의 추천으로 요동순어사 이시자를 따라온 송국신(宋國信)이란 사람이었다.

지난번 조선에 왔다간 관상쟁이 임세록의 안목으로는 조선왕의 진위를 알 수가 없었다. 고심하던 석성은 다행히 조선왕을 본 적이 있고 조선말도 할 줄 아는 적임자를 찾아냈다. 그가 송국신이었다.

'이렇게 쉬운 일을…. 조선왕의 얼굴을 아는 자가 조선왕을 만나 보면 그만이 아닌가?'

석성은 무릎을 치고 송국신을 순어사에 딸려 보냈다. 송국신은 서툰 조선말로 잔뜩 겁을 주었다.

"조선이 망하고 싶어 환장을 했다 이거. 왜놈을 끌어들여 우리 대명을 치러 왔다 이거. 가짜 왕이 앞장섰다 이거. 왜놈이고 조선놈이고 다 죽는다 이거."

그리고 요동 순어사 이시자가 보낸 공문을 전했다.

이항복은 공문을 받아 가지고 오면서 머리를 좌우로 꼬아보았다. 송국신이 어디선가 보았던 사람 같아서였다. 사자로 온 중국사람이 통역을 시키지 않고 자신이 직접 조선말을 한다는 것도 특이했다.

임금이 공문을 읽는 동안에도 이항복은 송국신에 대해 골똘히 생각하고 있었다.

너희 나라는 불궤(不軌: 모반을 도모함)를 저지르고 있다.

조선 8도의 군현에서 어찌 한 사람도 대의를 부르짖는 자가 없는가? 언제 어떤 도가 함락 당했고, 어떤 사람이 왜적에게 죽었고, 어떤 사람이 왜적에게 붙었고, 왜적의 장수는 몇이고, 군사는 몇만 명인가?

우리 명나라에는 개산대포(開山大砲), 대장군포, 신화표창(神火鏢槍) 등이 있고, 맹장정병이 안개같이 늘어서 구름같이 달리니 왜병

백만쯤이야 문제도 안 된다. 문무 지략지사들이 즐비하여 간사한 모의와 음흉한 시도를 다 간파하고 있다.

옛날의 소진(蘇秦), 장의(張儀), 상앙(商昻), 범저(范雎) 같은 무리들이 다시 태어난다 한들 어찌 우리 명나라의 깊은 속을 헤아릴 수 있을 것인가?

공문의 내용을 간단히 말하자면,

조선의 이 못난 것들아, 너희가 종주국을 속이고 왜적을 끌어들여 반역을 꾀하고 있으나, 우리는 다 알고 있고, 당장 너희들을 쳐 없앨 수도 있다. 반성하고 회개하라.

일종의 협박이었다.

공문을 읽던 임금은 얼굴이 창백해지며 허리가 구부러졌다. 왜적에게 쫓겨 여기까지 피신해 오느라 진이 다 빠진 신세였다. 그런데 명나라는 우리가 불궤를 저지르고 있다고 하지 않는가? 왜적을 끌어들인 간사한 모의와 음흉한 시도를 다 간파하고 있다고 하지 않는가? 만일 명나라가 그렇게 알고서 쳐내려오면 조선은 다 죽고 다 망하는 길뿐이었다.

'그래 맞다. 그 친구가 틀림없다.'

병조판서 이항복은 빙긋이 미소를 지으며 조용히 어전을 빠져나왔다. 그는 객관으로 돌아와 송국신을 위한 특별 연회를 베풀었다.

기분이 고조된 송국신이 따르는 술잔을 연방 받아 마시며 기생들과 희롱하는 동안 이항복은 송국신을 가만히 쳐다보기만 했다. 말 한마디 없음을 알아챘는지 송국신이 이항복을 향해 갑자기 소리를 높였다.

"이 사람 벙어리다 이거? 사람구경 처음 한다 이거?"

그리고 취기 어린 눈으로 이항복을 노려보았다.

"송 대인, 참으로 오랜만이올시다."

꽤 오래전 명나라 사신 왕경민(王敬民)이 서울에 온 적이 있었다. 태평관의 환영연에서 이항복은 임금을 모시며, 송국신은 사신을 배석하며 서로 눈이 마주친 적이 몇 번 있었다.

"나를 알아 했소?"

송국신의 태도가 갑자기 부드러워졌다.

"왕경민 대인께서 사신으로 오실 때 함께 오셨지요? 사신을 환대하는 자리에 이 사람도 우리 전하를 모시고 있었으니 송 대인을 어찌 모르겠습니까? 이렇게 다시 뵈오니 참으로 반갑소이다."

이항복은 조선의 통역과 명나라 통역을 데려다 놓고 송국신에게 이렇게 나오게 된 동기 등을 차분하게 물었다. 술이 참 좋은 촉매제가 되었다. 송국신은 알고 있는 대로 이것저것 다 털어놓았다.

송국신의 주 임무는 역시 조선왕의 진위를 확인하는 일이었다.

이항복은 송국신의 팔을 움켜잡아 일으켜 세웠다. 그가 비틀거리자 아예 어깨에 들쳐 메었다. 왕년에 서울거리를 휩쓸던 솜씨의 한 가닥을 뽑은 셈이었다.

"이왕 오셨으니 우리 전하를 뵈어야지요. 매우 반가워하실 겁니다."

이항복은 버둥거리는 송국신을 그대로 메고 선천 관아로 들어갔다. 임금 이하 여러 신하들이 놀라 눈이 휘둥그레졌다.

이항복은 송국신을 임금 앞에 조용히 내려서 앉혀 놓았다.

"전하, 명나라에서 오신 송 대인입니다."

송국신은 엉겁결에도 임금에게 인사를 드리고 옆에 앉은 이항복을 쳐다보았다.

"우리 전하를 뵈니 어떻소? 그전에 뵌 그 임금님이 맞소?"

이항복이 다그쳤다.

"맞아 했소."

"어떻게 맞아 했소?"

"그때 임금 지금 임금, 같은 임금 맞아 했소."

좌중에 웃음이 터졌다. 임금이 송국신의 손을 잡으며 위로의 말을 건넸다.

"이거 대접이 소홀해서 미안하오. 피란중이긴 하나 그래도 함께 술 한잔 해야지요?"

"전하, 송 대인은 급히 돌아가야 한답니다."

이항복이 송국신의 팔을 잡아 일으켰다. 송국신을 끌고 객관으로 돌아온 이항복은 통역들이 있는 자리에서 한 번 더 그의 대답을 들었다.

"우리 임금이 진짜 임금이오, 가짜 임금이오?"

"진짜 임금 맞아 했소."

"잘 보셨소. 보신 대로 여기다 써 주시지요."

이항복이 지필묵을 내밀었다. 송국신이 붓을 들어 썼다.

조선왕은 진왕(眞王)이다. 가왕(假王)이라 함은 낭설이다.

종이를 접어 소매에 넣은 이항복은 송국신 일행을 재촉하여 말을 태웠다.

"여기 있는 줄 알면 몽둥이에 맞아 죽어요. 가짜 임금 어쩌고 하는 바람에 여기 백성들 뿔이 나 있소."

6월 19일 일찍 임금 일행은 선천을 떠나 차련관(車輦館)에서 묵었다. 다음날 20일, 일행은 용천(龍川)에 닿았다. 21일 떠나려 했으나 비빈(妃嬪)들이 꼼짝을 못하는 바람에 하는 수 없이 하루를 늦췄다.

평양에 들어간 왜적이 아직은 움직이지 않고 있다는 소문에 마음이 좀 가벼웠는데, 이윽고 절망적인 소식이 조정에 전해지면서, 마음은 다시 나락으로 빠져들었다.

전라감사 이광, 충청감사 윤선각 등이 이끄는 3도 근왕병 6만여 명이, 왜장 협판안치(脇坂安治)의 부대에 의해서 6월 6일 완전히 무너져 버렸다는 소식이었다. 소식은 길이 막혀 보름이 지난 뒤에야 조정에 닿았다. 누구도 말을 잊은 채 기운이 빠져 늘어져 있었다.

그런데 그때 이순신의 어마어마한 2차 승전 보고가 도착했다. 사천, 당포, 당항포에서의 승첩 장계였다.

슬픔과 절망으로 암울했던 분위기는 순식간에 기쁨과 희망의 활기찬 분위기로 변했다. 임금이나 신하들이나 가슴 뿌듯한 소생감으로 한때나마 살맛이 나고 힘이 솟았다.

다음날 6월 22일, 일행은 아침 일찍 용천을 떠나 그날로 마침내 의주(義州)에 도착했다. 4월 30일 서울을 떠난 이후 근 두 달 동안 이루 다 말할 수 없는 악전고투를 겪어온 대장정이었다. 그러나 종착지 의주에도 지친 심신을 녹여줄 평온은 없었다.

의주목사 황진(黃璡) 과 판관(判官) 권탁(權晫) 이 관노까지 합해 겨우 7, 8명 대동하고 나와 맞아 주었을 뿐, 끝끝내 찾아온 의주는 백성 한 사람 심지어 강아지 한 마리 볼 수 없는 황막한 고장이었다.

목사로서 민망하기 짝이 없었으나 임금이 좌정한 목사의 처소는 그런대로 성한 편이었다. 신하들이 여기저기 배정받아 들어간 민가는 단 한 채도 성한 집이 없었다. 문짝이 부서지고, 벽이 뚫리고, 심지어는 온돌이 다 파헤쳐져 있었다.

지난 6월 17일 요동 부총병 조승훈(祖承訓) 이 1천 8백여 기병을 이끌고 압록강을 건너왔다. 왜적을 물리치러 온 고마운 군대라는 소문에 남녀노소가 강가에 나와 기쁜 마음으로 손을 흔들며 환호했다.

1천여 선발대는 유격장군 사유(史儒) 가 이끌고 평양을 향해 내려가고 조승훈 등 나머지는 의주에 주둔했다.

의주목사의 가장 큰 임무는 접대였다. 중국 쪽에서 오가는 사신, 조선쪽에서 나드는 사신을 접대하는 일이었다. 그래서 1년 열두 달 술만 빚는 전주국(典酒局) 이라는 관청이 의주에만 있었다.

명나라 군대도 물론 푸짐한 대접을 받았다. 장수들은 성안 객관인 용만관(龍灣館) 에서, 병사들은 성 밖 역관인 의순관(義順館) 에서 혀가 꼬부라지게 술도 마셨다. 거나하게 취기가 돌자 특히 성 밖 의순관에서 난리가 났다.

"왜 여자는 안 내놔 해?"

시중들던 역졸들을 걷어차고 짓밟았다. 말에 올라타더니 성안으로 몰려 들어갔다. 닥치는 대로 민가를 들쑤시고 다녔다. 남자들은 칼로 치고 여자들은 덮쳐눌렀고 살림살이는 쓸어 담았다. 수저와 밥그릇은 상등품이요, 이부자리와 곡식자루는 물론 헌 누더기 옷까지도 깨끗이 쓸어갔다. 가져갈 게 없는 집은 문을 부수고 벽을 뚫고 온돌을 팠다.

갑자기 닥친 이 불한당들에 놀라 심약한 어린아이들과 여자들이 기겁해서 죽기도 하고, 분에 못 이겨 작대기를 들고 덤비던 남자들이 칼을 맞아 피를 토하기도 했다.

황진이 조승훈에게 따졌으나 소용이 없었다. 백성들은 느닷없이 당한 상처를 안고 참으며 성을 나와 다들 산속으로 깊이 숨어 버렸다.

이들은 3일 밤낮을 이렇게 성 안팎을 들쑤시고 다니다 사유의 부대가 도착하자 강을 건너갔다.

"조선사람, 단 한 사람도 명나라로 피란올 생각은 하지 않는 게 좋소. 강을 건너오면 조건 없이 목을 칠 것이오."

조승훈이 떠나면서 황진에게 이른 말이었다.

떠나는 조승훈은 유격장군 사유와 참장 대조변(戴朝弁)을 기병 1천과 함께 의주에 주둔시켰다. 명목은 조선왕을 호위하는 것이었으나 사실은 조선왕과 조정의 동태를 감시하는 것이었다.

그런데도 돌아가는 물새를 좀 생각해 보지도 않고 임금이란 사람은 자기만 살 궁리로 마음이 급했다.

"기회가 있을 때 요동으로 건너가겠다는 뜻을 미리 요동장수에게 말해 두는 게 어떻겠소?"

아, 이 임금을 도대체 어찌하랴. 우선은 어떻게든 달래야 했다.

"미리 알리면 중간에서 차단하는 일이 생길 수도 있습니다. 때를 보아 제대로 알려야 합니다."

"다급해지면 건너가지 못할 수도….."

임금은 혼자 중얼거리다 말았다.

국경의 첫 밤이었다. 임금 이하 그 누구도 잠들 수가 없었다. 잠시 졸다가도 악몽에 놀라 번쩍 깨나곤 했다.

거의 뜬눈으로 샌 다음날 군신은 초췌한 몰골로 조회에 모였다.

"이 꼴이 참으로…, 이 모두가 다 내 탓이오."

핏발 선 임금의 눈에 눈물이 그렁그렁했다. 신하들이 소리를 죽여 울기 시작했다. 저마다 참아온 설움이 터지는 모양이었다.

"전하, 강바람이 시원하옵니다."

침울한 분위기를 바꾸고자 목사 황진이 임금을 압록강변의 통군정(統軍亭)으로 안내했다. 통군정은 관서 팔경의 하나로 강변 고대에 위치해 경치가 매우 좋았다.

통군정에 좌정하고 보니 압록강은 예상보다 더 넓고 푸른, 자못 도도한 강이었다. 온전히 낯선 아득한 황야를 제치고 아름답게 굽이치며 나라와 역사를 감싸 안고 대견하게 흐르는 국경의 강이었다.

그러나 임금은 압록강이고 팔경이고는 별 관심이 없었다. 강 건너 멀리 요동 벌판을 바라보고 있었다. 그의 내심을 바라보고 있는 셈이었다.

"바로 저기가 황제의 땅이구나."

강 건너 누런 먼지로 뒤덮인 황량한 벌판에 임금은 애틋한 감회를 두는 것 같았다.

'살아서 죽을 바에야 죽어서 사는 것이 백번 낫지. 조선의 어버이요 책임자인 군왕으로서 전란의 와중에 빠진 나라와 백성을 내팽개치고 명나라에 구차하게 빌붙어 살러 가느니, 끝까지 싸우다 안 되면 차라리 이 도도한 강을 멱라수(汨羅水: 중국 초나라의 충신 삼려대부 굴원이 빠져 죽은 것으로 유명한, 호남성 상음현의 북쪽에 있는 강)로 삼는 것이 백 번 지당한 일이 아닌가? 그렇게 하는 것이 나라를 세우고 지켜온 조종에 대해서도, 혈성을 다해 나라를 지키고자 피를 토하며 버둥대는 백성들에 대해서도 떳떳한 도리가 아닌가?'

의식 있는 신하들은 가슴이 더 답답해졌다.

國事蒼黃日 誰能李郭忠 去邠存大計 恢復仗諸公
(국사 창황일   수능 이 곽 충   거 빈 존 대 계   회 복 장 제 공)
痛哭關山月 傷心鴨水風 朝臣今日後 尚可更東西
(통 곡 관 산 월   상 심 압 수 풍   조 신 금 일 후   상 가 갱 동 서)

나라가 위급해진 오늘날 이, 곽의 충성을 누가 다할까
큰 뜻이 있어 나라를 떠나니 회복은 그대들에 달렸네
국경의 달빛에 통곡하니 압록강 바람결 가슴을 가르네
조정의 신하들, 오늘 지나고도 동인, 서인 다시 또 다툴 건가

〔이, 곽: 중국 당나라 현종 때 안록산의 난리로 거의 망해가던 나라를 회복한 명장 이광필(李光弼)과 곽자의(郭子儀)〕

임금은 대단한 시인(詩人)이었다. 참담한 감개가 가슴을 때리는 절창이었다. 그렇더라도 무책임하고 비겁한 그의 내심 또한 절규하고 있었다.

'이 황막한 변경까지 쫓겨 온 비극은 다 너희 신하들 탓이다. 나는 떠나 살 테니 앞으로는 다투지 말고 너희들이 나라를 회복시켜 봐라.'

그날 저녁 임금은 이 시를 신하들에게 내밀며 자신의 망명 이야기를 또 꺼냈다.

"여기서 여러분과 작별하고 명나라에 들어가면 다시 못 올 수도 있소. 내 뜻은 여기 다 적혀 있으니 ···. 그리고 내가 요동으로 건너가는 일은 갑작스럽게 행할 수는 없소. 미리 충분히 예비해야 할 것이오."

"전하, 건너가시는 것만은 불가하십니다."

예조판서 윤근수가 딱 잘라 반대하고 나섰다. 분위기가 이전과는 달랐다. 윤두수도 말렸고, 애초에 이 방안을 제안했던 이항복마저도 반대했다.

유성룡이 나섰다. 유성룡은 평양 함락 이전에 명나라 원군을 대비한 군량 조달 등을 위해 미리 나와 있었다. 임금의 파천(播遷) 길을 잠시 따르기도 했지만 정주에서부터는 뒤처져 일을 보았는데 지금은 경과 보고차 임금을 좇아서 의주까지 와 있었다.

"전하, 전하께서 한 발자국이라도 이 조선 땅을 나가시면, 조선은 결코 우리 땅 우리 소유가 아닙니다."

유성룡은 피란길 동파역에서 했던 말을 다시 한 번 강조했다. 유성룡의 강조는 차분했으나 비장했고 비정했다.

"······."

임금도 놀랐을까? 조선이 누구의 소유가 될 것인가는 빤한 일이었고 그 상상은 무서운 공포였다. 유성룡은 다시 한 번 강조했다.

"전하, 전하께서 한 발자국이라도 여기를 나가시면 백성들의 마음이 모조리 무너져 궤멸됩니다. 백성이 무너지고서야 어찌 나라가 있겠습니까?"

과연 그랬다. 임금이 국내에서 달아날 때도 그때마다 인심은 무너졌다. 서울을 떠난 후에도 그랬고, 평양을 나온 후에도 그랬다.

의주에 와서 임금이 요동으로 건너가려 한다는 소문이 서관(西關: 평안도, 황해도)에 퍼진다면 민심이 극도로 흉흉해져 무슨 일이 벌어질지 알 수 없었다.

"알아들었소."

임금은 마지못해 물러섰다.

"어찌되어 가나요?"

인빈 김씨도 어서 떠나고 싶었다.

"허락만 있으면 누가 말려도 떠나겠소. 성절사가 들어갈 때도, 청원사가 들어갈 때도 일러 놓았으니 곧 기별이 있을 것이오."

평양에서 성절사(聖節使) 유몽정을 명나라로 보냈고, 숙천에서 청원사(請援使: 요동도사에게 정식으로 원병을 청하러 가는 사신) 이덕형을 요양(遼陽)으로 보냈다.

얼마 가지 않아 과연 소식이 왔다. 중국식 소식이었다. 그들은 입장이 난처한 회답은 직접 전하지 않고 소문으로 퍼뜨려 보냈다. 알아보니 사실이었다.

"조선왕은 받아들인다. 관전보(寬奠堡)의 빈 건물에 수용하며, 수용 인원은 100명으로 제한한다."

관전보는 명나라의 변방 주둔군 진지였다. 압록강 건너 만주벌, 의주에서 동북으로 200여 리 떨어져 있는 벌판 가운데의 벽촌이었다.

'누가 뭐라 해도 북경에 들어가 호사스럽게 살리라.'

인빈 김씨는 그런 욕심을 품었다. 그러나 꿈은 사라지고 잠은 뒤척였다. 토라진 인빈 김씨를 위해 임금은 의주에 새 집을 지으라 명했다.

의심은 풀리고

　근왕병을 모집하러 함경도와 강원도로 들어간 왕자들, 임해군과 순화군은 함께 북도(함경도)로 쫓겨 들어가고 있었다.

　황해도 보산(寶山)에서 소서행장과 갈라진 가등청정은 안성(安城: 황해도)에 이르러 조선사람 둘을 사로잡았다.

　"북도 길을 안내하라."

　"이곳 사람이라 북도는 생판 모르는데요."

　"길을 알지 못하는데 어떻게 안내를 할 수 있겠소?"

　가등청정은 앞에 선 백성을 칼로 후려쳤다. 피를 쏟고 움찔거리다 죽었다.

　"아이고머니나, 안내하지요."

　백성은 재주껏 안내할 수밖에 없었다. 가등청정의 부대는 형세가 질풍노도(疾風怒濤)였다. 하루에 수백 리를 거뜬히 달렸다. 동으로 곡산(谷山)을 지나서 노리현(老里峴)을 넘고 철령(鐵嶺) 북쪽으로 나와 안변(安邊)에 들어 북으로 길을 잡았다.

6월 19일, 영흥(永興)에 이르렀다. 성문 옆 벽에 커다랗게 써 붙인 게 있었다. 가등청정이 잠깐 멈춰 섰다.

"저기 써 붙인 게 있는데…, 무엇이오?"

종군승 일진(日眞)이 다가와 읽었다. 그것은 영흥부 관원들이 써 붙인 격문(檄文)이었다.

임금께서는 지원군을 부탁하러 명나라에 들어가시고, 임해군, 순화군 두 왕자께서는 근왕병을 모집하러 북도로 가셨다. 백성들은 모두 일치단결하여 무기를 들고 일어나 왜적을 무찔러야 한다.

한문 문장을 쉬운 말로 풀이해 읽어 주었다.

"엉? 운수 대통이 아닌가? 왕자를 둘씩이나 붙잡게 되었으니 복이 터진 거요. 어서 갑시다."

기대에 부푼 미소로 비뚤어진 입을 실룩거리며 가등청정은 말에 가볍게 박차를 가했다.

함흥(咸興)에 이르러 부사령관 과도직무(鍋島直茂)에게 병사 1만여 명을 맡겨 지역을 다지도록 하고, 가등청정은 나머지 1만여 명을 이끌고 계속 북상했다.

경성(鏡城)에 본영을 둔 북병사(北兵使) 한극함(韓克諴)은 가등청정의 북상소식을 듣고 육진(六鎭)의 기병 1천 명을 인솔, 남하하여 해정창(海汀倉: 성진) 근처에 숨어 있었다.

가등청정이 마천령(摩天嶺)을 넘어 해정창에 도착하자 한극함이 공격을 시작했다. 북도의 병사들은 말타기와 활쏘기에 매우 능숙했고 또한 용감했다. 거기다 해정창은 바닷가 개활지여서 말달리기가 매우 편리했다. 쉼 없이 좌우로 번갈아 나와 말을 달리며 활을 쏘아대자, 왜군이 견디지 못하고 창고 속으로 다 쫓겨 들어갔다. 항구인 해정창에는 세곡을 쌓아둔 창고가 즐비했다.

7월 18일의 하루해가 어느새 저물고 있었다.

"말과 병사들도 좀 쉬어야 하고, 적들이 기어 나와야 쏠 수 있으니, 밝은 날 다시 싸웁시다."

부령부사(富寧府使) 원희(元喜)의 건의였다.

"무슨 소리요? 몰아붙일 때 끝장을 내야지요."

한극함은 건의를 묵살하고 병사들을 지휘하여 적을 포위했다.

그러자 적군은 창고 안에서 곡식 섬을 보루처럼 쌓아 올리고 그 속에서 조총을 쏘았다. 창고 사이 좁은 통로로 들어와 싸워야 하는 조선병사들은 빗살처럼 촘촘히 늘어서고 또는 볏단처럼 겹겹이 늘어설 수밖에 없었다. 조선병사들은 어둠 속에서 빗발처럼 쏟아지는 총탄에 푹푹 쓰러져 갔다. 총알 한 알에 서너 명이 관통되어 쓰러지기도 했다.

한극함은 하는 수 없이 후퇴하여 남은 군사로 고개 위에 진을 치고 날이 밝기를 기다렸다.

적군은 밤사이 몰래 나와서 조선군사를 포위하고 풀숲에 매복했다. 자욱한 안개 속에서 날이 밝았다. 적군이 여전히 산 밑에 있을 것으로 착각한 사이 조총소리가 요란하게 터지면서 사면에서 적군이 달려들었다.

조선군은 무너져 내렸다. 장수도 병사도 적군이 없는 곳을 찾아 도망치다 보니 대부분 진흙 밭에 빠져버렸다. 적군의 창칼에 속절없이 당하고 말았다.

부령부사 원희를 비롯해 300여 명의 희생자를 내고 한극함은 후퇴했다. 그는 달아나다 두만강 하구에 있는 오랑캐 부락 서수라(西水羅)로 들어갔으나 거기 사람들에게 잡혀 갇혔다가 왜적에게 넘겨졌다.

이때 두 왕자는 두만강 지역까지 올라가 회령부(會寧府)에 와 있었다. 처음 순화군은 강원도로 갔으나 적세에 쫓겨 북도로 들어왔고 임해군을 만나 함께 북상했다.

당시 두만강 지역은 조선에서 가장 편벽된 오지로서 죄지은 자, 벌받은 자들의 유배지였다. 그래서 그런 자들과 그들의 혈연들, 그들의 후손들이 많이 살고 있었다.

회령부의 아전 국경인(鞠景仁)도 그런 사람 중 하나였다. 국경인의 숙부 국세필(鞠世弼)도 같은 처지로 경성부(鏡城府)의 아전으로 있다가 적에 쫓겨 회령으로 왔다.

"여기까지 쫓겼으니 이미 조선은 망한 것이지요. 새 세상이 오는데 이때 공을 세워야 앞으로 잘살게 됩니다."

국경인이 숙부를 꼬드겼다. 숙부가 고개를 끄덕이자 국경인은 거사에 들어갔다. 회령에 모여든 각처의 건달들을 포섭해 도끼, 농기구, 작대기 등을 들고 회령부로 쳐들어갔다.

회령부사 문몽헌(文夢軒), 함경감사 유영립(柳永立), 두 왕자, 수행하여 온 황정욱, 황혁 등 20여 명을 결박해 가둬 놓았다.

7월 24일 가등청정이 회령에 이르자 국경인 일행이 쫓아가 맞아들였다. 환영을 받으며 성내로 들어온 가등청정이 묶여 있는 왕자들을 보자 입이 가로 찢어졌다.

"아주 잘했소."

가등청정은 국경인의 어깨를 두드려 주고 부하들에게 왕자 일행의 결박을 풀어주라 했다.

가등청정은 왕자 일행을 잘 모시는 척했으나 온전한 인질로 군영에 가두어 철저히 감시하며 군영 이동과 함께 끌고 다녔다.

한편 평안도는 인심이 다 무너져 내리고 있었다. 6월 11일 임금의 행차가 평양을 떠나면서부터였다.

명나라 원군의 군량을 맡은 유성룡은 고민이 이만저만이 아니었다. 그들이 오기 전에 군량을 마련해 두어야 하는데 나라의 곡물을 보관하는 창고가 난민들에 의해 몽땅 털려나갔다. 순안, 숙천, 안주, 영변, 박천이 차례로 털렸다. 고을 수령들이 난동을 막을 재간이 없자 너도 나도 달아나 숨어버렸다.

6월 18일 임금이 정주(定州)를 떠나 선천(宣川)으로 가면서 유성룡에게 일렀다.

"명군이 곧 나올지도 모르는데 군량 준비가 안 되면 큰일이오. 정주에 머물면서 군량 일을 보도록 하시오."

임금이 떠난 후 유성룡은 정주 객사인 연훈루(延薰樓) 아래에 앉아 나라의 오늘을 생각해 보았다.

'백성들은 난동을 일으키고 고을 수령들은 도망가고 나라의 창고는 다 털리고…. 그리고 명나라 원군이 들어오면…? 나라꼴이 어쩌다 이렇게 되었단 말인가? 도대체 어떻게 해야 바로잡을 수 있단 말인가?'

저도 모르게 눈물이 주르르 흘렀다. 유성룡은 고개를 숙이고 한참동안 흐느꼈다. 군관들도 떠나지 않고 섬돌 아래 있었는데 그들도 울었는지 몇 사람이 주먹으로 눈을 문질렀다. 병사들도 길가 버드나무에 말을 매고 말없이 고개를 숙이고 앉아 있었다. 6명의 군관과 20여 명의 병사들이 유성룡을 따르고 있었다.

저녁 무렵이 되자 몽둥이를 가진 사람들이 남문으로 연달아 들어와 관고가 있는 곳으로 갔다. 곧 여기 관고도 부서지고 털릴 것 같았다. 남문 앞에는 몽둥이 든 사람들이 계속 모여들었다. 무슨 수를 써야만 했다.

군관들로 하여금 병사들을 데리고 가서 몽둥이 든 사람들을 붙잡아 오게 했다. 달아나는 사람들을 쫓아가 아홉 사람을 잡아왔다. 그들의 머리를 풀어 내리고 옷을 벗기고 손을 뒤로 묶은 다음 창고 옆으로 데리고 가 조리돌리게 했다.

"창고를 터는 도적은 목을 베어 매달 것이다."

병사들로 하여금 큰 소리로 외치게 했다. 난동꾼들은 슬금슬금 뒷걸음치더니 모두 성 밖으로 달아나 버렸다.

이런 일로 해서 정주의 관고가 무사했을 뿐만 아니라 소문이 퍼져 용천, 철산, 선천 등의 창고도 무사할 수 있었다. 그러나 이 무사함이 언제까지 계속될지는 알 수 없었다.

의주와 평양을 잇는 길의 연도에 있는 고을 식량만으로는 부족했다. 멀리 있는 고을의 식량도 운반해 와야 했으나 관원도 백성도 거의 다 달아나고 없으니 명군 군량 조달의 어려움은 끝이 보이지 않았다.

평양에 들어온 왜적은 어쩐 일인지 시간이 지나도 성 밖으로는 나오지 않았다. 순안(順安), 영유(永柔) 등 가까운 고을조차 침범치 않았다. 그로 인해 인심이 차츰 안정되고 흩어진 군사들을 수습할 수 있어 조선으로서는 참으로 다행이었다.

평양에 들어온 소서행장은 현소와 상의한 다음 우선 평양에 눌러앉아 이후 돌아가는 상황을 지켜보기로 했다.

더 이상 서쪽으로 쳐 올라가 의주까지 간다 해도 만일 명군이 압록강을 건너온다면, 평양만큼 적에 대항하여 싸우기 좋은 요충지는 없었다. 그것이 첫째 이유였다.

또한 개전 초와는 달리 조선군의 저항이 매우 완강해졌기 때문에, 서울에서 합의한 대로 담당 점령지역을 다지는 것이 우선 더 중요하다고 여긴 것이 둘째 이유였다.

명군이 만일 나온다면 분명 대군일 터였다. 왜군도 병력 손실이 많아 보강 없는 이대로는 조명(朝明) 연합군을 이길 수 없을 것 같았다. 소서행장은 보충병력을 고려하지 않을 수 없었다. 이것이 셋째 이유였다.

"일단 여기서 대비하는 게 좋겠소. 좀 쉬기도 하고 …."

소서행장은 평양 동남쪽 중화(中和)의 옛 성터인 어랑선성(於郎山城)을 점령했다. 평양과 호각지세(互角之勢)를 이루기 위해서 중화 지역에 또 하나의 진을 구축한 셈이었다.

소서행장에게는 누구에게도 발설하지 않은 내심의 이유도 하나 있었다. 처음부터 전쟁을 막아보려 노력했던 그 노력을 여기 평양에서 다시 한 번 시도해 보려는 뜻이 있었다. 이것이 그가 전진을 멈춘 넷째 이유였다.

한편 조선사신으로 북경에 와 있던 신점의 건의에 따라 두 번씩이나 조선에 사신을 보내 실상을 알아본 병부상서 석성은 아직도 동병(動兵) 여부를 결정지을 수가 없었다.

석성은 조선을 의심치 않았다. 그러나 중국조정은 임세록이나 송국신의 의견만으로는 의심을 아직 다 풀 수 없었다.

"표리가 부동한 조선을 왜 옹호하는가?"

명나라 조정 일각에는 병부상서 석성까지 믿을 수 없다는 분위기마저 감돌았다.

명 조정은 승상(丞相: 수상) 제도가 없기 때문에 담당상서(尙書: 장관)가 직접 황제의 허락을 받아 일을 처리하면 그만이었다. 병부상서 석성은 누가 뭐라 해도 황제의 허락을 받아 조선에 파병하면 그만이었다. 그러나 조정의 공론을 무시할 수도 없어 석성은 아직 단안을 내리지 못하고 있었다.

북경에서 하루라도 빨리 원군을 파견하고자 진력하는 신점이 이런 분위기를 의주 행재소에 알려왔다.

누가 보아도 틀림없는 증거가 필요합니다. 곧 사신이 또 갈 겁니다.

7월 1일 명나라의 참지정사(參知政事) 황응양(黃應暘)이 세 번째 사신으로 의주에 왔다. 그는 부사격인 지휘(指揮) 서일관(徐一貫)과 유격(遊擊) 하시(夏時)를 대동했다.

업무상 예조판서 윤근수(尹根壽)가 접대했다. 윤근수는 신점의 연락 후 고심해서 얻은 결론을 임금에게 말했다.

"왜적들이 보낸 편지가 우리에게 두 통이 있습니다. 이것을 중국사신에게 보이고자 합니다."

두 통의 편지를 임금에게 보였다.

"허어 저런. 더욱 의심받을 수도 있소."

임금은 불안을 감추지 못했다.

"소신의 생각으로는 그 길밖에 없습니다. 그 편지 사연 중에 우리가 중국을 배신한 대목은 한 군데도 없습니다."

"그렇긴 하오만 … ."

임금은 두 통의 편지를 다시 한 번 읽었다.

"이 길밖에 없다면 할 수 없소."

임금은 편지를 윤근수에게 내주었다.

윤근수는 사신들이 묵는 객관으로 갔다. 마침 세 사람이 함께 차를 마시고 있었다. 잘된 일이었다. 그들이 함께 편지를 보면 그것은 후에 각자가 딴소리를 할 수 없는, 상호증거가 되는 일이었다.

윤근수는 편지 한 통을 세 사람 앞에 내놓았다. 왜군이 대동강 남안에서 6월 11일 보낸 편지였다.

일본국 선봉 풍신행장(소서행장)과 의지(종의지)가 한음(漢陰: 이덕형) 대인 각하께 아뢰옵니다.

일본은 귀국에 티끌만한 원한도 없고 다만 중국을 침범하고자 하는 것입니다. 이 사실은 작년에 우리 전하(풍신수길)께서 사신들을 보낼 때 그 뜻을 전한 바 있습니다. 그런데 이에 대한 답서에서 귀국은 중국의 번진(藩鎭: 내지를 방어해 주는 울타리 지역) 운운했고, 금년에 우리 전하께서 또다시 글을 보내 일본에 동조할 것을 요청했으나 부산사람들이 이것을 받지도 않았습니다. 이 때문에 전쟁이 일어난 것이지요.

어쩔 수 없이 먼저 번진을 부수고 중국에 들어가자는 것이 우리 장수들의 뜻입니다. 만약 귀국이 우리에게 중국으로 쳐들어가는 길만 빌려주셨다면 어찌 이런 재앙을 당하게 되었겠습니까?

만약 귀국이 화친을 바란다면 왕족과 권좌에 있는 사람들을 볼모로 일본에 보내십시오. 그러면 임금을 모시고 서울로 돌아갈 수 있을 것이오. 그렇지 않으면 평양에 머물 수밖에 없을 것입니다. 어느 편이든 각하의 생각에 달려 있습니다.

일본의 여러 장수들이 중국으로 쳐들어간다면 서울이고 평양이고 무사하겠습니까?

8도 중에 임금을 모실 곳이 어디 마땅한 곳이 있습니까? 만약 일본에 동조한다면 볼모만 보내면 끝납니다. 우리 장수들을 8도에 파견한바 참고로 그 성명을 적사오니 참조하시기 바랍니다.

휘원(輝元: 모리휘원)은 경상도에, 융경(隆景: 소조천융경)은 전라도에, 청정은 영안도(永安道: 함경도)에, 장정(長政: 흑전장정)은 황해도에, 정칙(正則: 복도정칙)은 충청도에… . 행장과 의지가 자청하여 평안도에 온 이유는 앞서 편지에 다 말하였으므로 다시 말하지 않겠습니다.

임금을 바닷가에 모시려 하십니까? 이 또한 어려운 일입니다. 수만 척의 우리 배가 바다에 떠 있고, 오늘 내일 아니면 수십 일 후에라도 이 서남 해안에 우리 배가 또 당도할 것입니다. 잘 생각하십시오. 나머지는 평조신, 현소 등이 구두로 말씀드릴 것입니다. 황공하오나 이만 줄입니다.

세 사람은 읽다가 표정이 굳어졌다. 적이 놀란 모양이었다. 다 읽자 서로 마주 보며 말없이 고개를 끄덕였다.

윤근수는 또 하나의 편지를 그들에게 내주었다. 개성에서 6월 1일 보낸 편지였다.

일본국 선봉 풍신행장과 의지가 조선의 3정승 대인 각하께 아룁니다. 일본의 목적은 상주에서 사로잡은 역관 편에 보낸 편지에 다 적었으므로 되풀이하지 않겠습니다.

귀국 사람들은 온 힘을 다해 결판을 낼 것입니까? 아니면 일본에 동조하여 서로 의논하면서 대명(大明)을 칠 것입니까? 화친하고 임금을 서울로 돌아가시게 할 것입니까? 아니면 평안도에 그대로 머물게 할 것입니까?

이럴 때 조정의 은혜에 보답하지 않고 어느 때에 할 것입니까? 어차피 일본과 손을 잡을 바에는 행장, 의지 외에 더 좋은 중재자가 어디 있겠습니까? 이제 8도를 맡아 점령할 장수들은 조선에 알려지지 않은 자들입니다. 우리가 평안도로 가기를 자청한 것은 오로지 이 일을 아뢰고자 한 것입니다. 만약 각하께서 의심한다면 장수 한 사람을 볼모로 보내겠습니다. 급히 회답해 주시기 바랍니다.

다 읽고 나자 황응양은 감개 어린 목소리로 미안하다는 뜻을 전했다.

"이런 줄도 모르고 우리는 오해를 했습니다. 참 죄송합니다. 조선은 우리 중국을 위해서, 많은 인명을 잃고 힘들게 싸우며 나라 한구석으로 피하는 어려움을 겪고 있습니다. 이제 잘 알았습니다. 돌아가는 대로 석 상서에게 이런 사정을 말씀드리고, 이 편지는 황제폐하께 올리겠습니다. 그러면 우리 명에서는 당연히 지원군을 보내 조선을 도울 것입니다."

"북경에 들어가시고 폐하께 말씀드리고 윤허를 받으시고…, 여기서 북경이 머나먼 거리인데 실제로 군사가 올 때까지는 시일이 얼마나 걸릴지 모르겠군요."

윤근수는 그것이 걱정이었다.

'비록 백만 대군이 나온들 나라가 망한 뒤에 오면 무슨 소용이 있단 말인가?'

윤근수는 지원병이 실제로 오는 때를 알고 싶었다. 그래야 거기 맞춰 대비할 게 아닌가?

"언제쯤 지원병이 조선에 당도할까요?"

걱정과는 달리 황응양은 너무 쉽게 시원스런 대답을 했다.

"며칠이면 됩니다. 곧 들어오게 하지요."

"네에? 어떻게 그렇게 빨리 올 수 있습니까?"

'이미 보내기로 결정해 놓고 나서 사신으로 온 게 아닌가?'

과연 그랬다. 황응양은 거침없이 나왔다. 이제 조선을 완전히 신뢰하고 돕고자 했다. 물론 조선이 예뻐서라기보다는 왜군이 중국땅으로 침공하지 못하도록 조선땅을 지키기 위한 것이었다.

명나라는 당시 국방에 어려움을 겪고 있었다. 가장 큰 원인은 서북면 영하(寧夏) 지역을 휩쓸고 있는 발배(哱拜: 보바이)의 반란세력이었다. 당시 명나라 전체 병력은 50만 명 정도였다. 그 병력으로는 광대한 국가 전역의 평상적 치안과 국방을 해결하는 데에도 벅찼다.

보바이의 반란을 단시간에 진압할 만큼 대군을 영하에 투입하지 못하니 반란도 장기화되었다. 그런데 조선에 일이 생겼다. 조선에 일본군이 쳐들어왔다는데 부산에서 한양까지 근 천리 길을 겨우 18일 만에 밀고 올라왔다.

하루 평균 55리. 싸우면서 전진하는 그런 속도는 아니었다. 조선의 안내를 받으며 전혀 애로사항 없이 올라오는 그런 속도였다.

"조선이 왜란을 가장하여 흉계를 꾸미는 게 틀림없다."

"조선의 배신이다."

명 조정은 당초 그렇게 여겼다. 시간이 가면서 조선의 흉계와 배신이 아니라는 것이 차차 밝혀졌으나 괴롭기는 마찬가지였다.

그것은 아직 영하의 대란도 해결치 못하고 있는 터라 조선을 챙겨볼 겨를이 없어서였다. 명 조정은 가능하면 조선의 전쟁에 끼어들고 싶지 않았다.

그러나 조선조정은 의주까지 쫓기고 여차하면 왜군이 압록강을 건너 명나라에 쳐들어올 상황에까지 이르지 않았는가? 어차피 치러야 할 전쟁이라면 조선땅에서 치러야 했다.

가장 노심초사한 사람은 병부상서 석성이었다. 그는 처음부터 조선의 흉계나 배신은 아니라고 믿었다. 그러나 조정의 여론 때문에 파병 여부는 여전히 결정짓지 못했다.

"척계광(戚繼光) 장군의 군사(軍師)였던 황응양이란 사람이 지금 항주(杭州)에 살고 있다 합니다."

석성에게 귀띔해 주는 사람이 있었다.

척계광은 명나라 제일의 명장이었다. 그는 남쪽으로는 절강(浙江) 복건(福建) 등 지역에 들어와 극성을 부리던 왜구들을 토벌하여 평온을 찾아주었고, 북쪽으로는 끊임없는 몽골족의 발호를 제압하여 그들로 하여금 감히 중국을 넘보지 못하게 했다.

그가 지은 병법서 《기효신서》(紀效新書)는 《손자병법》(孫子兵法)과 《오자병법》(吳子兵法)과 함께 병법의 3대 성전으로 인정되었다. 그런 명장이요 영웅인 척계광을 오랫동안 보좌하여 그의 공로를 더욱 빛나게 했던 군사가 바로 황응양이었다.

척계광은 세상을 떠나 없었지만 황응양은 연로하나 살아 있었다.

석성은 황응양을 모셔왔다. 그리고 그와 그 일행에게 임시로 관직을 주어 조선의 일을 부탁했다.

석성은 황응양 일행이 떠날 때 밀서 한 통을 품고 가게 했다.

"이 속에 요동 총병 양소훈에게 가는 조명(詔命: 황제의 명령서)이 들어 있소. 요동군을 동원해서 조선에 들어온 일본군을 치라는 폐하의 명령이오. 그런데 동병(動兵) 여하는 황 참정의 판단에 따르라 했소."

조선 현지에 가서 일본의 침략이 확실한가, 또 일본이 중국을 침범할 염려가 있는가를 황응양이 판단하여 양소훈에게 일러주라는 것이었다.

"혹시라도 소문처럼 왜란을 가장한 조선의 흉계라면 어찌하실 겁니까?"

황응양의 물음에 석성은 단호했다.

"바로 조선을 쳐야지요. 의주에 가면 사유(史儒)라는 장수가 있으니 그도 만나보시오."

"일본의 침략이 틀림없다면 대군의 동원이 필요한데 그런 여력이 있겠습니까?"

황응양도 보바이의 난으로 인해서 대군의 조선 이동은 어렵다고 여겼다.

"대군은 필요 없소. 내가 양소훈에게 미리 연락을 해보았지요. 조선군이고 일본군이고 명령만 내리면 요동군만으로도 대번에 다 쓸어버릴 것이니 맡겨 달라 했소."

"요동군만으로 치겠다는 것입니까?"

황응양은 고개를 약간 꼬았다. 요동군은 기천 명에 불과했다.

"그렇다니까 우선 맡겨야지요."

"알겠습니다. 그럼 다녀오겠습니다."

의주에 들어온 다음날 7월 2일 황응양은 선조임금을 만나보고 바로 압록강을 건너갔다. 그는 떠나면서 윤근수에게 한마디 했다.

"군량과 향도(嚮導: 길 안내)를 부탁하오."

평양 패전

며칠 지나자 소식이 전해졌다. 요동 부총병 조승훈(祖承訓)이 군사를 거느리고 조선을 구하러 온다는 것이었다. 의주에 있는 사유의 군대 1천여 명을 합해 약 5천의 기병이라 했다.

조승훈이라면 임금이 의주에 도착하기 바로 전 의주에서 온갖 행패를 부려 의주를 폐허로 만들어 놓은 바로 그 장본인이었다. 그런 고약한 사람이 온다니 더욱 신경을 쓸 수밖에 없었다.

제일 먼저 서둘러야 할 일은 5천 기병이 매일 소비할 마량과 군량을 준비하는 일이었다. 그런데 그 일을 맡은 유성룡이 마침 치질이 심해서 숙소에 누워 있었다.

"아무래도 좌상이 나가봐야 할 것 같소."

임금이 좌상 윤두수에게 맡으라 했다.

유성룡이 그 소식을 듣고 엉금엉금 기어 들어가 임금을 뵈었다.

"전하 곁에 대신이라고는 좌상밖에 없습니다. 곁을 떠나서는 아니

됩니다. 하옵고 명군 접대준비는 소신이 이미 맡아온 바라 그에 관한 사정은 소신이 더 잘 알고 있습니다. 병은 견딜 만하오니 소신이 나가 보겠습니다."

"그렇긴 하오만…. 준비는 어느 정도 되었소?"

"소곶(小串)에서부터 정주(定州), 가산(嘉山)에 이르기까지는 5천 명이 지나는 동안 하루 이틀 먹을 것은 준비됩니다. 그러나 안주(安州), 숙천(肅川), 순안(順安)의 세 고을은 양식이 전혀 없습니다. 그러니까 명군이 지나기 전에 소신이 미리 가서 한 3일 정도 먹을 양식을 준비해야 합니다. 평양을 공격하여 곧바로 수복할 경우에는 성안에는 곡식이 많으므로 양식 걱정은 없을 것입니다. 만일 성을 포위하고 여러 날이 지날 경우에는 서쪽 고을 강서(江西), 용강(龍岡), 함종(咸從)의 곡식을 운반하여 오면 부족함이 없을 것입니다. 이런 사정을 신하들에게 알려주어, 명나라 장수들과 상의하며 융통성 있게 시행할 수 있도록 해야 할 것입니다."

유성룡은 임금을 하직하고 나왔다. 임금께서 내린 웅담(熊膽)과 납약[臘藥: 납월(음력 섣달)에 내의원에서 만든 소합원(蘇合元), 안신원(安神元), 청심원(淸心元) 같은 약]을 내의원의 하인이 가지고 왔다. 그 잘생긴 얼굴이 반쪽으로 찌그러지도록 쇠약해진 유성룡의 모습이 안되어 보였던지 하인은 성 밖까지 따라오며 울음을 그치지 않았다.

유성룡이 소곶역에 와 보니 역에 소속된 이속(관아에 딸린 구실아치들), 군졸들이 다 달아나 한 사람도 없었다.

"어찌할꼬?"

유성룡은 고심하다 좋은 생각이 떠올랐다.

군관들을 고을에 내보냈다. 몇 사람 잡아왔다. 유성룡은 공책 한 권을 꺼내들어 그들에게 보이고 타이르듯 말했다.

"곧 명나라 군사가 도착할 것이다. 할 일이 참으로 많다. 이렇게 매우 급할 때 너희들을 쓰고자 평소 나라에서 너희들을 돌보아 왔느니라. 그런데 이런 때 도망쳐서야 되겠느냐? 너희들은 참 잘 왔다. 여기에다 너희들의 주소 성명을 적을 것이다. 훗날 이것으로 공로의 등급을 매겨서 임금께 아뢰고 상을 줄 것이다. 여기에 적히지 않은 사람들은 난리가 평정된 뒤에 일일이 조사해서 벌을 줄 것이다."

그리고 잡혀온 사람들의 주소 성명을 그 공책에 일일이 다 적었다. 이 조처가 금방 소문으로 퍼졌다. 반 시진도 안되어 사람들이 연달아 모여들었다.

"소인들도 적어 주십시오. 볼일이 있어 잠시 나갔다 왔습니다."

유성룡은 모두 기록해 주면서 미소를 지었다.

'이야말로 인심을 능히 수습할 수 있는 좋은 방책이구나.'

유성룡은 즉시 여러 지역에 공문을 보냈다. 이런 고공책(考功冊: 공로를 기록하여 심사하는 장부책)을 비치하여 공로의 다소를 기록하고 서로 알려서 참여시키는 방법을 쓰라 했다.

참으로 다행스럽게도 일은 순조롭게 진척됐다. 사람들은 앞다퉈 참여하고 분발했다. 군량과 마량을 운반하고, 집을 세우고 가마솥 거는 일 등 모든 준비가 며칠 새 이루어졌다. 백성들의 사역에 늘 써오던 매질 같은 벌이 필요 없음도 알게 되어 유성룡은 마음이 가벼워졌다.

다른 데는 예상대로 되어갔으나 안주 이남의 준비가 여전히 걱정이었다. 아무래도 먼 곳의 곡식을 운반해 와야 할 것 같은데 그건 또 시간이 문제였다.

'제때에 도착하지 못하면 … ?'

유성룡은 노심초사로 잠을 이룰 수가 없었다. 그런데 마침 충청도 아산창(牙山倉)의 세미 1천 2백 석이 행재소로 가기 위해 배에 실려 정주 입암(立嵒)에 정박중이라 했다.

'하늘이 돕는구나. 조선은 반드시 중흥하리라.'

유성룡은 즉시 임금께 고하여 윤허를 받았다. 수문장 강사웅(姜士雄)을 즉시 입암으로 보냈다. 그의 주선으로 쌀 200석은 정주로, 200석은 가산으로, 800석은 안주로 운반되었다.

배들을 동원해서 부교도 만들었다. 대정강(大定江) 부교는 선사포 첨사(宣沙浦僉使) 장우성(張佑成)이 맡았고, 청천강(淸川江) 부교는 노강첨사(老江僉使) 민계중(閔繼仲)이 맡아 설치했다.

7월 10일 조승훈이 약 4천의 기병을 거느리고 압록강을 건너왔다. 지난 일이야 어떻든 요동 부총병 정도의 고관이 원군으로 오는데 환영을 소홀히 할 수는 없었다. 조정대신 이하 대소관원은 물론 피란온 백성들까지 모두 강가에 나가 명군을 환영했다.

조승훈은 의주에서 융숭한 대접을 받으며 하루를 지내더니 다음날 일찍 의주에 있던 사유의 기병대를 앞세우고 남으로 출발했다.

"17일이 길일이다. 그날 평양을 쳐야 한다."

조승훈은 점을 좋아했다. 그래서 그는 전장에 나갈 때 군사(軍師)가 아니라 복사(卜師: 점쟁이)를 대동했다. 이번에도 왕만자(王蠻子)라는 점쟁이를 데리고 왔다.

조선에서는 평안도 병마우후 김성보(金星報)가 1백 기병으로 안내를 맡았고, 순안에서부터는 평안병사 이빈(李賓)이 보병 1천 5백, 기병 5백을 거느려 합세하기로 했다.

조승훈은 선천, 정주를 지나 가산(嘉山)에 도착했다. 가산은 의주와 평양의 중간지점이었다. 환대하는 관원들로부터 융숭한 점심대접을 받다가 조승훈이 물었다.

"평양에 있는 왜적들, 벌써 도망가지 않았소?"

"아직 물러가지 않았습니다만 … ."

그러자 조승훈은 술잔을 들고 하늘을 쳐다보며 축원을 드리듯 혼잣말을 했다.

"왜적이 아직 그대로 있다 하니 하늘의 도우심이라. 나로 하여금 큰 공을 세우도록 하심이로다."

그는 기쁨에 상기된 듯 금방 말에 올라 남행을 재촉했다. 이제 한 번만 큰 공을 세우면 자기는 총병이 되는 것이었다. 평양의 왜적을 쳐 없애는 것은 그에게는 일거리도 아니었다. 공은 이미 세운 거나 마찬가지였다.

'싫어도 작위는 오르고 영화는 대를 이을 것이다.'

안주에서 유성룡의 대접을 받고 숙천에서 도원수 김명원의 환대를 받았다.

7월 15일 순안에 이르자 조선의 보병, 기병 2천이 도열한 가운데 평안도 순찰사 이원익, 평안병사 이빈이 맞아들였다.

"이 보병을 어디 쓰자는 거요?"

조승훈이 상을 찌푸렸다.

"시가지 전투에는 보병도 좋지 않겠습니까?"

덩치 큰 이빈이 공손히 허리를 굽히며 대답했다.

이빈은 백발이 희끗거리는 56세의 노장이었다. 편모슬하에 어렵게 자라 30이 넘어서야 무과에 급제했다. 그는 노련하고도 용감했지만 은인자중하는 장수였다.

"보병은 필요 없소. 짐만 된단 말이오. 나는 보병 한 사람 쓰지 않고 요동벌판이며 몽골사막을 휩쓴 사람이오."

"알겠습니다. 보병은 빼겠습니다."

"조선 기병을 이끌고 앞장서 안내하시오. 이번에 내 이 왜놈들 아주 밟아 뭉개버릴 것이오."

조승훈은 기고만장했다. 그럴 만도했다. 그는 지금껏 수많은 전투에 참가해 단 한 번도 진 적이 없었다. 그는 요동의 명장 이성량(李成梁)의 휘하에서 성장했고 이성량 못지않게 이름난 그의 아들 이여송이 인정하는 출중한 장수였다.

조승훈은 그의 기병 5천을 5초(哨: 부대단위)로 나누어 사유(史儒), 대조변(戴朝弁), 장국충(張國忠), 마세융(馬世隆), 양득공(楊得功) 등 다섯 장수에게 지휘를 맡겼다.

조승훈의 요청에 따라 이빈의 조선 기병 5백도 1백씩 갈라져 명군 각초의 선봉으로 배속되었다. 이빈 자신도 지휘권을 잃고 선봉의 선봉에 섰다.

7월 16일, 아침부터 비가 내렸다. 다음날이 길일이요 결전의 날이었다. 빗속에서 결전을 위한 준비를 서둘렀다. 칼을 갈고 화살을 챙기고 말을 돌보고 마구를 손보고….

비는 그칠 기미가 보이지 않았다.

"비가 갠 뒤로 작전을 연기하는 것이 어떻겠습니까?"

이빈의 생각으로는 작전은 연기해야 했다. 조승훈을 찾아가 작전연기를 깨우쳐주었다.

"왕만자, 어떤가?"

조승훈은 그의 복사에게 물었다.

"17일은 필승지일입니다. 이런 길일은 금년에는 다시없습니다."

"연기할 수 없소."

조승훈은 이빈을 돌려보냈다.

전군은 밤 3경(자정 전후)에 출발했다. 모든 말에 재갈을 물리고 차츰 더 기승을 부리는 비바람 속을 남으로 달렸다. 첫새벽 평양성 외곽에 이르면서 병사들의 몸은 흥건히 젖었다. 새벽 한기에 치를 떨어야 했다.

희미하게 보이는 평양성 성벽에는 지키는 병사 하나 보이지 않았다. 비바람이 적을 더욱 방심하게 만든 것 같았다.

"하늘의 도우심이라."

조승훈은 기분이 좋아 가슴을 폈다.

이빈은 날쌘 병사 10명을 선발했다. 그들과 함께 자신이 성벽을 넘을 준비를 했다. 바퀴 달린 운제(雲梯)를 이끌고 모란봉 남쪽 을밀대(乙密臺) 아래쪽 내성(內城)의 북문인 칠성문(七星門) 쪽으로 다가갔다. 숲속에 말을 매고 운제를 밀어 성벽에 걸쳤다.

살금살금 기어올라 성벽 위에 엎드렸다. 사방을 둘러보았으나 성안은 죽은 듯 조용하고 비바람 소리만 여전했다.

이빈 일행은 칠성문 다락으로 기어갔다. 초병 대여섯이 조총을 품에 안은 채 허리를 꼬부리고 잠들어 있었다. 이빈의 눈짓으로 번개같이 달려들어 순식간에 다 베었다. 비명 한마디 나지 않았다. 뛰어내려 칠성문을 활짝 열어젖혔다. 그리고 다락에서 깃발 대신 가져온 흰 천을 몇 번 흔들었다.

사유의 제1초를 선두로 성내로 들어온 기병대는 이빈의 지시를 받은 조선군 선봉을 따라 각 초별로 평양성 각 거리로 퍼져 달렸다.

조승훈은 맨 마지막으로 들어온 제5초 장국충과 함께 칠성문을 들어오며 입이 옆으로 찢어졌다.

"하늘이 돕지 않고서야 이렇게 잘될 수가 있소?"

그는 칠성문 옆에 서 있는 이빈을 보며 한마디 던지고는 쏜살같이 성내로 달려갔다.

여기저기서 왜적들의 다급한 고함소리가 들려오기 시작했다. 총성이 드문드문 울리더니 이윽고 콩 볶듯 요란한 총성이 온 시가지를 진동시켰다. 적은 전혀 모르고 있다 허를 찔렸으나 이제 반격에 나선 게 분명했다.

이빈은 10명의 부하들과 함께 다시 말에 올라 성내 중심부에 있는 대동관으로 달렸다. 거기 소서행장의 본영이 있었다.

"소서행장의 목부터 치자."

일행은 달리며 더 세차게 채찍을 가했다.

이빈은 시내 중심가로 다가가다 깜짝 놀랐다. 전혀 상상치도 못한 광경이 벌어지고 있었다.

평양 시가지의 길들은 오래전부터 집들이 들어서면서 저절로 생긴 길들이었다. 이리저리 굽은 길들이 아무렇게나 뒤엉키고 여기저기 막다른 골목도 많았다. 더구나 골목길은 양쪽의 집들이 바싹 당겨서 지어진 탓에 길의 폭이 두 사람이 엇갈려 지나가면 어깨가 맞닿을 정도로 좁은 곳이 수두룩했다.

평양에서 오래 지낸 사람들이야 눈을 감고도 잘 찾아다닐 수 있겠지만, 처음 온 외지인들은 길을 잃고 한나절쯤 헤매기 일쑤였다. 평양 시가지 길은 그래서 외지인들에겐 가히 미로였다.

적들이 정신을 차리기 전에 다 짓밟아 버릴 작정으로 조승훈의 기병들은 함성을 지르며 시가지 골목길로 벼락같이 쳐들어갔다.

그러나 어찌 알았으랴. 길은 멋대로 갈라지고 구부러져 종잡을 수 없고, 말 한 마리 달리기도 좁은 길에서 서로 맞닥뜨려 비켜가느라 한참씩 부대끼고, 막다른 골목에 몰려 뒤엉킨 채 오도 가도 못하고…. 이빈이 보니 명군들은 왜군을 찾아 짓밟기는커녕 자중지난으로 다투는 사이 조총의 밥이 되고 있었다.

왜군은, 칠성문이 열리고 5천여 기병이 함성을 지르며 골목으로 뛰어들 때까지 까맣게 모르고 단잠에 빠져 있었다. 잠자리에서 엉겁결에 총을 들고 쫓아 나갔으나 장수고 병졸이고 정신도 차리기 전에 짓밟히고 베이고 찔려 죽었다.

그들은 반사적으로 집안으로 기어들어가 숨었다. 집안에 숨어 숨을 돌리며 밖을 내다보니 계책은 바로 눈앞에 있었다. 말 탄 기병들이 거기 창밖에서 우왕좌왕 웅성거리고 있었다. 집안에 숨어 벽에 기대어 조총을 쏘기만 하면 그만이었다. 왜군은 명군을 볼 수 있고 명군은 왜군을 볼 수 없었다. 더구나 명군은 말 탄 채로는 집안으로 들어올 수도 없었다. 왜군은 느긋하고 찬찬하게 좁은 골목 흙탕길에 몰려 바글거리는 명군을 지근거리에서 쏘아대기 시작했다.

쏘면 맞았다. 한 방에 두세 명이 나가떨어지기도 했다. 말도 다쳐 허우적거리기 일쑤였다. 이건 전투가 아니었다. 골목길에 몰아넣고 총으로 쏘아 죽이는 도살이었다. 작전도 전술도 아니었다. 저절로 그렇게 된 것이었다.

이빈은 성내의 야산 만수산(萬壽山)으로 달렸다. 산 위에 있는 정자 열무정(閱武亭)으로 올라가 시내를 바라보았다. 열무정에서는 온 시내가 한눈에 들어왔다.

보이는 곳은 어디에나 명군의 인마가 허다하게 쓰러져 있고 살아남은 자들은 어딘지도 모르고 좌우간 달리고 있었다. 이제는 왜군들이 밖으로 나와 명군을 쫓고 있었다.

내성의 서문 쪽에 총성이 요란했다. 조승훈이 그쪽으로 후퇴하고 있었다. 이를 쫓아온 소서행장이 바싹 추격하고 있었다. 이빈은 열무정에서 내려와 조승훈 쪽으로 달렸다. 좁은 서문으로 빠져나가는 명군들이 서로 짓밟고 짓밟히고 있었다. 천총(千摠) 양득공(楊得功)이 채찍을 후려치며 차례를 잡아주고 있었고, 조승훈과 사유는 서문 안쪽에 있는 향교와 군기고 일대의 건물 뒤에서 100여 명의 병사들과 함께 서문의 후퇴를 기다리며 덤벼오는 소서행장의 공격을 활로 막아내고 있었다.

서문에서 복작거리던 명군이 다 빠지고 길이 열리자 사유가 조승훈을 재촉했다.

"소서행장을 공격하는 사이 빨리 빠져나가시오."

동시에 사유를 선두로 일제히 쫓아 나와 소서행장 쪽으로 질풍같이 달려들었다. 그사이를 타서 조승훈은 서문을 빠져나오고 다시 외성의 서문 보통문(普通門)으로 빠져나와 북쪽으로 벌판을 달렸다.

　돌격하던 사유의 일대는 불행히도 사유를 포함해 반나마 조총에 쓰러지면서 겨우 퇴각해 도망쳤다.

　소서행장이 직접 추격에 나섰다. 50여 기와 함께 나선 소서행장은 재빨리 내성 외성의 서문을 빠지더니 조승훈을 곧장 쫓았다. 이빈은 10여 기와 함께 즉시 소서행장의 뒤를 쫓았다. 평양성 밖 북으로 향하는 벌판에서는 조승훈, 소서행장, 이빈이 달리며 쫓고 쫓기고 있었다.

　소서행장은 앞으로 쏘고 뒤로 쏘았다. 이빈도 활을 쏘며 쫓았다. 소서행장은 부하들이 활에 맞아 굴러떨어져도 달렸다. 조승훈을 기어이 잡을 모양이었다. 이빈의 병사들도 총에 맞아 굴러떨어졌다. 이빈이 화살이 다 떨어져 추격을 그만두려 할 때 소서행장도 추격을 멈추더니 제자리를 빙글거렸다. 행장 옆에서 추격하던 그의 아우가 살에 맞아 떨어진 때문이었다. 행장 일행은 살 맞은 아우를 말에 올려 데리고 평양성으로 되돌아갔다. 이빈은 조승훈을 쫓아 달렸다.

　쏟아지는 빗속에서 벌어진 평양성 전투는 이로써 한나절도 못되어 명군의 대패로 끝나고 말았다. 왜군도 기백 명 죽거나 다쳤으나 명군은 죽은 자만 2천 3백여 명이었고, 특히나 5초를 지휘하던 장수들이 양득공 하나 남고 다 죽었다.

　순안에서 조승훈을 따라잡은 이빈은 위로의 말 한마디라도 전해주고 싶었다.

　"조선놈은 꼴도 보기 싫다."

소리를 꽥 지르며 조승훈은 말에 채찍을 가했다. 어이없는 일이었다. 사라져가는 그들의 꽁무니를 쳐다보다 이빈은 돌아섰다.

패잔병 조선기병들이 오고 있었다. 각 초마다 선봉을 달렸던 5백의 조선기병은 겨우 40, 50명 정도 살아남았다. 열에 아홉은 전사하고 말았다. 잘난 대국의 장수 조승훈의 주먹구구 작전 탓이었다.

날이 저물고 있었다. 순안 성내로 돌아서며 이빈은 하늘을 쳐다보고 눈을 껌벅거렸다. 고이는 눈물을 부하들에게 보이고 싶지 않아서였다.

조승훈은 쉬지 않고 달려 안주에 도착했다. 밤중이었다. 어느새 170리를 달려왔다. 안주에는 조선조정을 대표해서 자기들의 접대를 맡은 유성룡이 머물고 있었다.

그는 유성룡을 만나볼 염치가 없었다. 성 밖에 잠시 말을 세운 채 마상에서 역관 박의검(朴義儉)을 불러 유성룡에게 보내는 전갈을 일러 주었다.

"오늘 싸움에서 적병을 많이 죽였으나, 불행히도 사유격이 상처를 입고 죽었으며, 천시 또한 좋지 않아 큰비가 내렸고 땅바닥은 진흙투성이가 되어 적을 다 섬멸하지 못했다. 허나 우리는 군사를 보충해서 다시 올 것이다. 그러니 너희 재상에게 일러 동요하지 말라 하고 부교도 철거하지 말라 해라."

조승훈은 다시 말에 채찍을 가하며 청천강(淸川江), 대령강(大寧江)을 건넜다. 그는 두 강을 건너서야 비로소 말에서 내렸다.

왜적이 쫓아오는 것만 같은 겁에 질려 200리도 넘게 달렸지만 그래도 두 강을 건너고서야 마음이 놓였다. 그는 강가의 공강정(控江亭)으로 들어갔다. 비로소 휴식을 취하였다. 불을 피우고 옷도 말렸다. 유성룡은 종사관 신경진(辛慶晉)을 시켜 술과 음식물을 넉넉히 보내주었다.

조승훈은 여기서 술을 많이 마셨다. 떠날 생각이 없는 것 같았다. 또다시 큰비가 내렸다. 한데서 지내야 하는 부하들은 불평이 많았다. 그런데도 그는 떠나지 않고 이틀을 뭉갰다.

'이 여지없는 참패를 어찌해야 하는가?'

그는 지금껏 승전 보고만 써 보았지 패전 보고는 써 본 일이 없었다. 그것 때문이었다. 그는 패전 원인을 잘 알았다. 우중의 좁은 골목길에 기병대를 몰아넣은 것은 참으로 경솔하기 짝이 없는 실수였고 그것이 패인이었다. 그러나 그것을 그대로 보고할 수는 없었다. 다른 원인을 찾아야 했다. 그는 이틀을 뭉개며 마침내 원인을 찾아냈다.

원인은 조선군이었다. 그는 서사를 불렀다. 그리고 조목조목 적어서 보고서를 만들라 했다.

- 조선군이 왜적의 실상에 대하여 엉터리 정보를 제공했다.
- 조선군은 힘써 싸우지 않고 슬슬 꽁무니만 뺐다.
- 조선의 한 부대가 일본에 투항하여 갑자기 명군을 뒤에서 기습 공격했다.
- 다 이겨가던 싸움을 그래서 망치고 말았다.

이런 내용의 보고서를 작성해 지닌 다음 조승훈은 일어나 말에 올랐다. 7월 20일 한낮쯤 되어 패잔병 수십 명과 함께 조승훈은 의주 성 밖에 나타났다. 마중 나간 예조판서 윤근수, 병조판서 이항복이 정성껏 권유했으나 그는 성내로 들어오지 않았다.

"이번에 내가 패한 것은 너희 조선놈들 때문이다. 조선놈들 용서치 않겠다."

그는 욕설을 퍼붓고 나서 압록강을 건너갔다.

압록강 건너 30리에 구련성(九連城)이 있었다. 요동총병 양소훈은 조선으로 건너가는 조승훈을 압록강에서 전송한 다음 그동안 여기에 머물면서 조승훈의 전투소식을 기다리고 있었다.

그런데 조승훈이 건너간 뒤 참으로 엉뚱한 소문이 의주에 전해졌다.

"배은망덕도 유분수지, 내 이 조선놈들을 당장 깔아뭉개야 하겠다."

요동총병 양소훈이 이를 갈고 있다는 소식이었다.

조선조정에서는 그 이유를 찾고자 논의를 거듭했으나 알 길이 없었다. 어찌하여 조선놈들을 당장 깔아뭉개겠다고, 요동방면군 사령관이 이를 가는지, 알아보기 위해서는 직접 그를 만나보는 수밖에 없었다.

병조참판 심희수(沈喜壽)가 구련성으로 가서 양소훈을 만났다. 양소훈은 의례적 인사도 없이 언성을 높여 꾸짖기 시작했다.

"우리가 너희 나라를 구하기 위해서 그렇게 많은 병마를 그 먼 거리까지 출동시켰는데, 그 은혜에 보답하기는커녕 오히려 배신하다니, 그러고도 무사하기를 바란단 말이냐?"

무례하고 무식해서 멋쩍고 화도 났지만 뭔가 알아내기 위해서 심희수는 애써 공손하게 굴었다.

"무슨 오해가 있는지는 모르겠습니다만 조선이 어찌 배신을 하겠습니까? 우리가 전혀 모르고 있으니 잘못된 사례를 좀 말씀해 주시지요."

"그래, 말해 주지. 너희는 처음부터 우리를 속였다. 왜놈들은 활을 쏘지 않는다고 했는데 활을 쏘는 자가 엄청나게 많아 우리 피해가 커진 것도 그렇고, 조선 장병들은 슬슬 뒤로 피해 버려서 우리 군사들만 적 앞에 내몰려 피해가 커진 것도 그렇고 ….."

그러다 양소훈은 탁자에서 글 쓴 종이를 들더니 심희수 앞에 내밀었다. 그것은 조승훈이 올린 보고서였다.

"여기 다 적혀 있으니 자세히 보란 말이야. 조선군은 거짓 투항하여 왜적과 한통속이 되어 오히려 우리를 공격했단 말이다."

양소훈은 주먹으로 탁자를 치며 더욱 언성을 높였다.

보고서 내용 중 그런 구절을 훑어보며 심희수는 내심 깜짝 놀랐다. 이건 심상한 일이 아니었다. 애초부터 조선이 일본과 내통하여 중국을 치러 온다고 의심하던 터였다.

"절대로 그럴 리가 없습니다. 무슨 오해가 생긴 것입니다."

양소훈은 보고서를 걷어가며 심희수를 내쫓았다.

"내 좀더 알아볼 게 있으니 너는 돌아가라."

심희수는 그날로 압록강을 건너 의주로 돌아왔다. 한밤중이었다.

다음날 보고를 받은 임금은 땅이 꺼지게 한숨을 내쉬었다. 틀림없이 평양의 왜적을 몰아내 남쪽으로 밀고 내려갈 것이라 기대했던 조승훈이 참패를 당해 쫓겨올 때부터 임금은 맥이 풀어져 있었다.

"일본에 짓밟혀 이 지경인데 또 중국에 짓밟히게 생겼소. 이게 무슨 변이란 말이오? 모두들 머리를 짜내서 방책을 마련해 보시오."

임금은 말하며 좌의정 윤두수를 쳐다보았다.

윤두수 이하 모모한 신하들이 모여 종일 머리를 맞댔다.

"일이 더 커지기 전에 대신이 가서 해명하는 수밖에 없다."

결정된 방책이었다. 영의정이 친히 양소훈을 찾아가 성의를 보이는 게 마땅한 도리였으나 영의정 최흥원은 광해군의 분조(分朝)를 따라 갔기에 의주에 없었다.

좌의정이 가는 수밖에 없었다. 다음날 윤두수가 통사 홍수언(洪秀彦)을 대동하고, 평안병사 이빈이 올린 평양전투의 보고서를 품에 간직하고 압록강을 건너 구련성으로 갔다.

"조선조정의 좌의정 윤두수라 합니다. 궁금한 게 있어 몇 말씀드리러 왔습니다."

60세의 노 정승이 온 때문인지 양소훈의 태도는 전날 심희수 때와는 완전히 달랐다. 그는 일어서서 공손한 태도로 자리를 권했다.

"자리에 앉으시지요."

"조선을 구원하기 위해서 수천 병마를 멀리까지 보내주신 일, 우리 조선은 조야가 다 고맙게 여기고 있습니다. 더구나 전투중 사유격 등 소중한 분들이 전사하셨으니 저희 또한 애통한 마음 금할 길이 없습니다. 하오나 전날에 심희수가 뜻밖의 말씀을 들었다 하니 조선으로서는 전혀 이해가 되지 않는 바이니, 이 점 자세히 설명해 주시면 참으로 고맙겠습니다."

양소훈은 여전히 공손한 태도로 다 듣고 나더니 전과는 달리 매우 안온한 목소리로 말을 이어갔다.

"사유격에 대해서 말씀해 주시니 고맙습니다. 전장에 나와 전사하는 일은 흔히 있는 일이니 너무 상심 마시기 바랍니다. 그리고 몇 가지 지적해 보겠습니다."

그는 조승훈의 보고서를 꺼내들고 말을 이었다.

"병법에서 말하는 천시, 지리, 인화를 그날은 모두 얻지 못했으니 필패에 이르렀다고 봅니다. 이를 어떻게 보십니까?"

윤두수는 이빈의 보고서를 보았기에 상황은 이미 알고 있었다.

"비가 유난히 쏟아졌으니 천시는 얻지 못했고, 시가지 길이 좁고 진창이어서 기마병이 움직이기 어려웠으니 지리를 얻지 못했음은 짐작이 갑니다만, 인화를 얻지 못했다 함은 이해가 되지 않습니다."

양소훈은 조승훈의 보고서를 힐끗 보고 나서 대답했다.

"조선병사들은 싸우려 들지 않고 뒤로 꽁무니를 빼다 도망쳤단 말이오. 이래서야 되겠습니까?"

윤두수도 이빈의 보고서를 꺼내 들고 말을 이었다.

"여기 우리 평안병사의 보고서가 있습니다. 전 부대를 5초로 나누어 진격했는데, 각 초마다 100명씩 조선기병이 맨 앞에서 선봉이 되어 싸웠는데 무슨 말씀입니까?"

"그리고 처음에 조선에서 말하기를 왜놈들은 총과 칼을 주로 쓰고 다른 것은 별것이 없다 했소. 그런데 우리 병사들 가운데 총알이 아닌 화살에 맞아 죽은 자가 허다히 많았소. 이는 어찌된 일이오?"

"조선 전사자들은 살에 맞아 죽은 자가 하나도 없습니다. 명군만 허다히 살에 맞아 죽었다니 그럴 리가 있겠습니까? 도대체 납득이 되지 않습니다. 여기 이 보고서를 한 번 보시지요."

양소훈은 윤두수가 건네준 보고서를 읽으며 고개를 끄덕이더니 보고서를 다시 윤두수에게 건네주었다.

"잘 알겠소만 또 한 가지, 조선의 어느 부대가 왜적에게 투항하여 적과 함께 아군을 습격했습니다. 이것은 어찌된 일이오?"

윤두수는 양소훈을 바로 쳐다보며 반문했다.

"장군께서는 그것이 진실로 믿어지십니까?"

양소훈은 확신하지 못하는 것 같았다.

"자세한 실상을 내가 계속 알아보고 있는 중이오. 천총 양득공은 내 가까운 친척이오. 그가 돌아오기를 기다리고 있소. 그가 오면 사실을 소상히 알 수 있을 것이오."

"말씀 감사합니다."

윤두수는 조용히 일어섰다. 곧바로 압록강을 건너 돌아왔다. 내쫓긴 거지꼴의 초췌하고 불쌍한 몰골로 명나라 패잔병들이 잇달아 압록강을 건너가고 있었다.

윤두수가 돌아온 뒤 구련성으로부터는 아무런 소식도 소문도 없었다. 그게 더 불안하기도 했다.

그런데 그때 신점(申點)이 돌아왔다. 지난겨울 사신으로 북경에 들어갔다가 거기서 왜란 소식을 듣고 명의 구원병을 얻고자 거기서 많은 노력을 기울이고 있었다.

신점은 그동안 노자를 아껴 화약원료인 염초(焰硝)와 활의 재료인 각재(角材)를 사 가지고 왔다. 이런 군수물자를 구하느라 적지 않은 나이에 그동안 반이나 굶어 지낸 사연을 알게 되자 조정은 상하가 큰 감동을 받아 마음들을 새삼스레 가다듬었다.

"명에서는 조승훈의 패전을 어떻게 보고 있었습니까?"

우선 궁금한 것은 그것이었다.

"어제 구련성에 들렀을 때 양소훈이 이런 말을 합디다. '교병필패(驕兵必敗)지요. 조승훈이 적을 얕잡아 보다가 패한 거요.' 조승훈의 교만이 패전의 원인이라 본 거지요."

강 너머 의주에 금방 소문이 퍼졌다.

조승훈을 꿇어앉히고 양소훈이 발길로 닥치는 대로 걷어차고,

"왕바단(王八蛋: 쌍놈의 자식)! 훈단(渾蛋: 머저리 같은 자식)!"

욕을 하며 한참 동안이나 분풀이를 했다는 소문이었다.

이름 없는 이순신의 이름

조선사람들에게도 분풀이가 되었다. 패전이 조선의 책임이라고 한 억울한 누명도 온전히 벗었다. 그동안 조선조정을 짓누르던 답답하고 조마조마하던 불안감도 사라졌다.

그러나 왜란의 상황은 다시 제자리로 돌아왔을 뿐 나아진 건 아무것도 없었다. 임금이 또 먼저 불안해했다. 명의 원조군 조승훈의 꼴값을 톡톡히 치르고도 또 원조군 타령이었다.

"아무래도 누가 북경에 들어가야 되겠소. 회복의 길은 명군뿐이오."

임금을 따라 의주의 조정은 명의 원조군에만 희망의 목을 매달고 있었지만, 전체 조선은 조정과는 달리 점령지 안팎에서 그리고 민관을 막론하고 점차 저항의 열기로 달아오르고 있었다.

이는 아버지 임금과는 달리 적진에 뛰어들어 점령지 관민을 보살피고 격려하는 어린 세자 광해군에게 감동한 바가 컸고, 남쪽 바다를 누비며 왜 수군을 닥치는 대로 격멸시키는 이순신에 고무된 바가 컸다.

강계에 들어가서 분조(分朝)를 세우라는 어명을 받은 18세의 광해군은 강계로 가다가 발길을 돌렸다.

"도망만 다녀서야 나라를 회복할 수 있겠느냐?"

그는 영의정 최흥원을 깨우쳐 길을 바꾸라 했다. 희천(熙川)에서 발길을 남으로 돌렸다.

임금이 분조에 떠넘긴 신주들을 모시고 이동하다 보니 신하들이 어려움을 호소했다. 신주는 숫자도 많았고 무겁기도 했다.

"안전한 곳에 잠시 모셔 두시지요. 아니면 절간에 좀 맡겨 놓으시든지 … ."

신하들의 의견을 광해는 일거에 거절했다.

"신주 없이는 나라도 없소."

남으로 가는 길은 온전히 모험의 길이었다. 적의 점령지를 뚫고 가야 했다. 깊은 산속 험한 길로 가자니 고생이 이만저만이 아니었다.

"위험을 무릅쓰고 이렇게 내려가실 필요가 있습니까?"

신하들이 사실상 반대하고 나섰다. 그러나 세자는 완강했다.

"싫은 자는 떠나도 좋소."

실제로 하직하고 떠나는 신하도 있고 몰래 달아나는 하인도 있었다.

6월 15일 박천에서 임금과 헤어진 세자 일행이 신산한 강행군을 감행하여 강원도 이천(伊川)에 당도한 것은 7월 9일이었다. 이천쯤이면 동서남북으로 전국에 걸쳐 분조의 지시가 하달될 수 있고 지역의 사정이 상달될 수 있는 중심지였다.

세자는 이천에, 다시 말해 적 점령지 한복판에 분조를 설치했다. 그리고 각도의 장수들과 수령들에게 사람을 보내 격서를 전달했다. 그리고 각지의 지방관을 임면하고 상을 주고 격려하며 사기를 진작시켰다. 각지의 선비들을 위시한 백성들에게 의병으로 뭉쳐 떨치고 일어날 것을 호소했다.

"세자께서 적진으로까지 들어오시어 우리를 돌보아 주신다."

온 나라의 기풍이 달라지기 시작했다. 전에 없던 감격의 파동이 출렁거리기 시작했다.

"세자가 몸소 적진에 뛰어드는데 우리가 몸을 사릴 수는 없다."

달아나고 숨어서 피해 다니던 문무관원들이 돌아와 열성을 다했고, 사대부들이 앞장서 백성들을 이끌고 결전에 나섰다.

한편 일생 초유의 해전에서 완벽한 승리를 이루고 돌아온 이순신은 그러나 기쁨보다는 슬픔이 훨씬 더 컸다. 40여 척의 적함을 격침시키고 숱한 적병들을 수장시켰으되 아군은 함선이고 사람이고 희생이 전무한, 놀랍게도 역사상 전례가 없는 완승을 거두고 돌아오고도, 이순신은 노심초사로 밤잠을 이루지 못했다.

단 한 차례 방어전도 없이 나라의 도성은 무너지고, 임금은 쫓겨 정처 없이 떠나서 어디 있는지 알 길이 없었다. 임금이 어디 있든지 이 땅에 살아 있다면 조정과 나라와 백성이 그대로 살아 있는 것이었다. 그런데 소식은 두절되고 소문은 참담했다. 왜군의 포로가 되었다고도 했고 압록강을 건너 명나라로 피란갔다고도 했다.

물론 이순신은 본래부터 가만히 앉아 소식을 기다리는 사람은 아니었다. 그의 방식대로 그는 우선 사태파악에 나섰다.

피란민, 거지, 중 등으로 위장한 이순신의 정보원들이 사방으로 잠입해 들어갔다. 이들은 모두 자기가 원해서 이순신의 수족이 된 사람들이었다.

이들 중에는 50대의 선비로 허내만(許乃萬)이란 여수사람도 있었다. 그는 이순신의 소망에 따라 여차하면 잡혀 죽기 딱 좋은, 왜적들의 소굴인 부산에 목숨 걸고 들어갔다. 그리고 거기 붙박이로 살며 7년의 왜란 내내 알토란같이 소중한 정보를 보내왔다.

정보원들을 내보낸 지 얼마 되지 않아 소상한 정보들이 속속 들어왔다. 첫째로 알고 싶은 소식이 들어왔다. 임금이 관서지방에 건재하다는 소식이었다. 비록 서울을 버리고 달아나긴 했어도 섣불리 싸우다 잡혔거나 죽은 것보다는 훨씬 나았다.

둘째로 적들은 그들의 선전과는 달리 조선사람은 무조건 죽이고 본다는 소식이었다. 부산에서부터 계속 북상하는 동안 그들은 남녀노소를 불문하고 닥치는 대로 도살했고 노예로 끌어갔으며 산으로 피한 사람들을 쫓아 들어가 짐승 사냥하듯 잡아 죽이고 또는 끌어간다는 것이었다. 그렇다면 적들은 주민이 없는 땅만 차지한 꼴이었다. 농사를 지어야 하는 주민이 없다면 식량의 현지 조달은 불가능했다. 군량과 군수물자는 일본에서 가져와야 한다는 얘기였다.

셋째로 백성들이 스스로 살길을 찾기 시작했다는 소식이었다. 의병들이 일어섰고, 일어설 차비를 한다고 했다. 경상도 의령(宜寧)에서는 곽재우(郭再祐)가 이미 일어섰고, 적침이 없는 전라도 담양(潭陽)에서도 고경명(高敬命)이 일어선다는 소식이었다.

넷째로 왜적들이 군량과 군수물자를 배로 실어 육지로 보급한다는 사실이었다. 부산에 도착한 그들의 배가 계속 낙동강을 타고 오르내렸고 남해바다에서는 점점 더 깊이 서쪽의 포구를 찾아든다는 것이었다. 예상했던 대로 풍신수길의 수륙병진책(水陸竝進策)이 증명되고 있다는 사실이었다.

조선에서는 세곡(稅穀)이나 물자를 남, 서로 흐르는 여러 강을 이용해서 내륙 거의 어디나 배로 나를 수 있었다. 낙동강을 타면 대구는 물론이요 문경(聞慶)까지, 한강을 오르면 서울을 거쳐 강원도 정선(旌善)까지, 대동강으로 들어서면 평양을 거쳐 양덕(陽德)까지 갈 수 있었다. 조선에는 이밖에도 섬진강, 영산강, 금강 등 큰 강들과 작은 강들이 많았다.

일본은 남해와 서해를 확보해야만 했다. 그렇지 않으면 일본은 전쟁을 결코 수행할 수 없다는 사실이 자명해졌다. 이제 이순신은 앞으로 왜적들이 어떻게 나올 것인가를 예견할 수 있었다. 남해와 서해로 진출하기 위해서 그들의 모든 재주를 다하리라는 것은 빤한 일이었다.

'수군이야말로 존망의 관건(關鍵)이로구나.'

조선이 다시 사느냐 아니면 죽느냐 하는 것이 이제 진실로 수군에 달렸다는 사실을 이순신은 새삼스럽게 절감했다.

이순신은 이제 노심초사를 떨치고 2차 출동을 위하여 일어섰다. 이순신이 여수로 돌아간 후 왜적 수군들이 거제도 동쪽을 점령하고 서쪽으로 진출한다는 소식도 들어왔다.

1차 출동 때와는 달리 이번부터는 조선함대의 존재가 알려진 싸움이었다. 많은 수의 왜군함대를 상대하는 전면전도 예상해야 했다. 전면전은 자칫 백병전, 즉 등선접전(登船接戰)으로 이어질 공산이 컸다. 그것은 일본군들이 바라는 바이며 또한 그들이 우세한 바였다.

일본군은 거의 모두가 오랜 전란에 단련된 노련한 무사들이었다. 반면에 조선군은 이 전란으로 갑자기 소집된, 무술에 미숙한 농민군이 대부분이었다.

'저놈들이 젖은 가마니로 선체를 덮고 일제히 돌격해 달려든다면 어찌될까? 몸을 맞대고 싸워야 하는 백병전이 될 것이고, 그렇게 되면 우리 수군은 단 한 차례의 전투도 이겨내지 못할 것이다.'

이순신은 머리를 흔들었다. 상상조차 하기 싫었다. 어떤 경우에도 그런 상황이 벌어지면 결단코 안 되는 일이었다.

이순신은 판옥선의 구조를 변형 개조시켰다. 갑판 가장자리 네 구석의 기둥을 더 튼튼하게 세우고 거기에 잇대어 두꺼운 송판을 더 높이 둘러쳤다. 판옥선의 높이를 종전보다도 거의 두 배나 늘린 다음 거기에 맞춰 선상 활동을 할 수 있도록 갑판도 개조했다.

이순신은 그밖에도 이런저런 상황을 예상해보고 어떤 경우에도 반드시 이길 수 있는 전술을 구상해 놓았다.

거기에는 이번에 처음으로 출전하는 2척의 거북선이 포함되어 있었다. 거북선이 적진 속에 들어가 좌충우돌하는 작전을 수행하기 위해서는 기동력이 첫째였다. 거북선에는 특별히 힘세고 끈기 있는 격군들이 차출되었다. 또한 근접한 적을 재빨리 제압하려면 일발필살의 명중률이 필수였다. 최고의 대포사수들이 선발되었다.

출전을 위한 함대의 훈련이 연일 이어졌다. 하루에도 수차례 계속되었다.

"공격선에 정렬!"

"돌격 속도로 전진!"

"특공조 앞으로!"

"군악에 맞춰 전진!"

"학익진으로 전개!"

"좌현 발사!"

"우현 발사!"

깃발과 북, 징과 나팔 등을 이용한 다양한 신호로 전달되는 이순신의 허다한 명령에 즉각 반응하여 옳게 움직여야 했다.

이순신 부임 이후 좌수영에서는 그간 숱한 훈련이 있어 왔다. 하지만 이번엔 그 어느 때보다도 가혹한, 강도 높은 훈련이었다. 그러나 기피하거나 요령을 피우는 병사들은 없었다. 이순신의 지시대로 해서 첫 전투에서 과연 대승을 거둔 바였다. 기꺼운 마음으로 훈련에 열성을 다했다.

이순신을 신뢰하고 존경하기 때문만은 아니었다. 그 길이 자신이 살고 이기는 길이라는 점을 각자 체득했기 때문이었다.

6월 3일을 기해서 전라우수사 이억기와 여수에서 만나기로 했다. 연합하여 거제도 주위의 적을 격멸할 작정이었다.

그런데 원균의 전령이 공문을 가지고 달려왔다.

　　적선 10여 척이 이미 사천포(泗川浦), 곤양(昆陽)에 쳐들어왔기로 수사(원균)는 남해 땅 노량(露梁)으로 옮겨왔소.

이것은 심상한 일이 아니었다. 노량이면 바로 섬진강 하구 쪽이었다. 전라도 접경이었다. 부산에서 노량까지 조선수군은 전혀 없고 왜

220

적은 전라도를 노린다는 이야기였다.

이순신의 짐작으로 이것은 일본군의 새로운 동태였다. 과연 그랬다. 이때 풍신수길은 조선 출병군 총사령관 우희다수가에게 특명을 내려놓고 있었다.

풍신수길은 이번 전쟁을 지휘하기 위해서 전진기지인 나고야(名護屋)에 와 있었다. 나고야는 한반도와 지리적으로 가장 가까운 곳이었다. 옛날 백제, 신라 사람들이 많은 교류를 가졌던 지역이었다.

조선에 건너간 군대가 승승장구하여 완벽한 성공을 거두었다는 보고에 늘 희열의 미소를 짓던 풍신수길에게 실로 난데없는 패전보고가 들어왔다.

참으로 황당하고 해괴하고 창피한 보고였다. 그것은 첫 번째 출동한 이순신의 조선수군에게 낯을 들 수 없는 참패를 당한 패전 보고였다. 풍신수길로서는 도저히 이해가 안 가는 사실들뿐이었다.

- 바다의 나라인 일본의 해군이 조선의 해군에게 참패를 당했다.
- 목숨을 버려서라도 지켜야 할 전함들을 버리고 일본군 장병들이 줄행랑을 쳤고 그래서 대부분의 전함을 잃고 말았다.
- 할복해서라도 일본군의 자존심을 지켜야 할 판에 살아서 돌아온 자들이 이를 천우신조로 여기고 있다.
- 조선의 이름난 장수 신립, 이일도 여지없이 무찔렀는데 이름도 없는 이순신에게 참패를 당했다.
- 다 도망가고 하나도 없다던 조선해군이 100여 척이나 되는 함대로 갑자기 나타났다.

풍신수길은 화가 치밀었다. 그는 부산 주둔군 사령부에 지시했다.

"그간의 해전 상황을 빠짐없이, 상세히 조사해 신속히 보고하라."

얼마 후 올라온 보고는 이전과 별로 다르지 않았다. 이전 보고는 그대로 사실이었다. 새로운 사실은 이번의 함대는 전라도 지역에 근거를 둔 해군인 듯하고, 작전상 진퇴가 어찌나 빠른지 그 규모와 세력을 알 수 없고, 적장에 관한 정보도 없다는 사실 정도였다.

풍신수길은 급히 그의 군사(軍師)와 핵심 참모들을 불렀다.

"긴장이 풀어진 군대로는 아무것도 할 수 없다. 조선으로 건너간 대장들이 내 지시를 충심으로 이행하는지 알 수가 없다. 내 앞에 잡아 꿇리라는 조선왕은 놓쳐 버리고, 천하의 일본해군이 무명의 조선해군에게 조롱을 당하다니 말이 되는가? 이것은 일본군의 기강이 해이해진 탓이다. 분명히 여러분의 책임도 있다."

풍신수길은 새로운 특명을 내렸다. 그래서 그 명령서는 즉시 조선출병군 총사령관 우희다수가에게 전달되었다.

- 지체 없이 조선왕을 사로잡을 것.
- 속히 전라도를 점령해 원정군 군량을 현지에서 조달하도록 할 것.
- 남해안 일대를 거점화하고 성을 쌓을 것.
- 이름도 없는 이순신을 찾아내 철저히 섬멸할 것.
- 서해안 돌파를 서두를 것.

왜군의 새로운 동태를 감지하자 날카로운 전율이 이순신의 가슴을 갈랐다.

'곤양에서 왜적육군과 수군이 일거에 전라도로 밀고 들면 여수가 위태로워진다. 전라수군의 거점이 무너지면 바다는 왜적의 독무대로 변할 것이다. 그것은 조선이 파멸로 가는 길이다.'

이순신은 6월 3일까지 기다릴 수가 없었다.

이순신은 먼저 떠나니 곧이어 와주기를 바란다는 공문을 이억기에게 보내고, 5월 29일 새벽 여수를 떠났다.

이번에는 거북선 2척을 포함해 전함이 23척이었다. 꼭 필요한 협선과 포작선은 각 전함이 필요한 만큼 매달고 떠나도록 했다.

여수 본영을 지키는 유진장(留鎭將)으로는 군관 전 만호 윤사공(尹思恭)을 남겼고, 또한 주력 함대가 떠나 있는 동안 관내에 일어날지도 모르는 만약의 사태에 대비토록 조방장(助防將) 정걸(丁傑)을 흥양(興陽)에 주둔시켰다. 정걸은 78세의 고령이었으나 믿을 만한 백전노장이었다.

1차 출동 때 전라감사 이광에게 갔던 순천부사 권준이 이번에는 이순신 수군의 중위장(참모장)으로 참전했다. 지난번 중위장이었던 이순신은 이번에는 전부장을 맡았다. 지난번 여수 본영을 지켰던 우후 이몽구도 이번에는 좌별도장으로 참전했다.

이순신 함대는 한낮에 노량에 도착해 원균 함대와 합류했다. 원균은 3척의 판옥선을 거느리고 하동 선창으로 들어가 숨어 있다가 이순신 함대를 확인하고 서둘러 쫓아왔다.

원균의 전선 3척에는 부하 장수들이 나누어 타고 있었으나 무기로는 칼과 활이 있을 뿐 화약무기는 전혀 없었다. 그리고 따르는 병사들이 거의 없는 무군지장(無軍之將)들 뿐이었다. 그렇다 해도 관할구역인 경상도 연안의 해로를 안내하는 것만으로도 도움은 되었다.

연합함대는 예정대로 사천(泗川) 쪽으로 항진해 나갔다. 가다 보니 왜선 한 척이 곤양 쪽에서 나와 사천 쪽으로 가고 있었다. 원균 함대 소속 남해현령 기효근(奇孝謹)이 앞서 쫓으며 뱃길을 안내하고 이순신 함대 전부장 방답첨사 이순신(李純信)이 뒤따라 쫓아갔다. 왜선은 잡힐 듯하자 산기슭에 배를 대고 뭍으로 달아나 버렸다. 전부장 이순신이 화포를 발사하여 빈 배를 불태워 버렸다.

연합함대는 사천포로 진입하기 시작했다. 앞서 가던 중부장 어영담이 가리키는 선창 쪽으로 눈을 돌리던 이순신은 참으로 특이한 광경을 보았다. 선창 뒤쪽 좀 먼 산비탈 험준한 곳에 400여 명의 왜적들이 장사결진(長蛇結陣: 긴 뱀이 똬리를 튼 것 같은 진)을 치고, 붉은 깃발, 흰 깃발을 어지럽게 꽂아 놓고, 무언가 분주하게 작업을 하고 있었다. 가장 높은 산꼭대기에는 따로 장막이 쳐져 있었고 적들이 그곳을 분주히 드나들고 있었다.

이순신은 짐작했다.

'그렇구나. 왜성이라는 것을 쌓고 있는 게 틀림없구나.'

서둘러 출동하기를 참으로 잘했다. 왜성은 이루어지면 난공불락이라 했다.

선창에는 층루선 12척이 정박해 있었다. 이 배는 안에 누각 같은 건물을 2층 또는 3층으로 세운 배로 누각은 판옥선보다도 높아 보였다. 눈에 띈 왜병은 400여 명이었지만, 실제로는 최소 3천여 명의 왜병이 사천에 들어와 무언가 하고 있다는 뜻이었다.

마침 썰물 때였다. 조선함대는 아직 근접할 수가 없었다. 이순신 함대는 돌아서 물러나왔다. 한 마장쯤 물러나왔을 때 보니 왜군들 일부가 함성을 지르며 선창 쪽으로 내려왔다.

내려온 왜군들은 배에 오르고 일부는 바닷가에서 웅성거렸다. 그러면서 일부는 사격을 가했고 일부는 칼을 뽑아들고 목을 치는 시늉을 하며 야유를 퍼부었다. 그러나 배를 타고 따라오지는 않았다.

얼마 후 조수가 밀물로 바뀌었다. 바닷물이 얼마쯤 차올랐을 때 이순신은 신호를 보냈다. 조선함대는 방향을 바꾸어 포구 쪽을 향해 전진할 태세를 취했다.

기함에서 북소리 신호가 울리자 선단 뒤편에 있던 두 척의 거북선이 선단 앞으로 나와 자세를 취했다. 다시 기함에서 북소리가 울리자 각 전함들이 북을 치고 군악을 울리면서 학익진(鶴翼陣) 대형을 갖췄다. 대형이 갖추어지자 각 함선에서 수기로 (공격태세 완료를) 보고했다.

보고가 끝나자 곧이어 기함에서 (전함대 전진) 명령이 떨어졌다.

거북선을 선두로 전함대는 북을 치며 군악을 울리며 일사불란하게 환상적일 만큼 멋진 모습으로 포구의 왜적 층루선단을 향하여 전진해 들어갔다.

조선함대는 왜 선단 60보(약 70m) 전방에 이르자 일제히 멈춰 섰다. 그리고 잠시 후 거북선 두 척만 계속 전진했다. 거북선들은 각각 돌격장 이기남(李奇男)과 이언량(李彦良)이 지휘하는 대로 움직이고 있었다.

"돌격 속도로!"

거북선은 북소리가 빨라지면서 속도를 높였다. 멀리 다가오는 조선함대를 바라보면서 왜군들은 몇 척의 배에 올라 조선함대를 향해 돌격할 태세를 취했다. 조총을 쏘며 달려들다가 조선전함과 밀착되면 뛰어올라 백병전을 치를 작정이었다. 그들의 표준전술이었다.

"어어, 저 두 놈은 미쳤구먼. 제 발로 기어들다니 …."

조총의 유효사거리 안으로 거침없이 다가오는 두 거북선을 본 왜군들은 이 뜻밖의 상황을 오히려 기뻐하며 사격명령을 기다렸다.

"흠, 이거 우리를 유인하려는 미끼 배로구나. 아무튼 좋다. 벌집을 만들어 주마."

미끼 배라면 가까이 오다 달아나야 하건만 달아나기는커녕 더 빨리 달려들고 있었다. 그런데 가까워지는 미끼 배는 참으로 이상한 배였다. 배 앞에는 괴기한 모양의 머리통이 두 개나 달려 있고 (위쪽의 것은 포탑용 용머리, 아래쪽의 것은 충돌용 귀신머리), 선체 위쪽은 온통 거적으로 덮여 있었다.

"옳지, 겁을 주며 달려들고, 거적을 헤치고 튀어나오겠다 이거구나."

거북선이 왜군 돌격선의 코앞까지 다가왔다.

"발사!"

왜군의 총수들은 거북선을 향해 사격을 퍼부었고 창검수들은 거적을 헤치고 쏟아져 나올 조선병사들과의 대결을 위해 뱃전으로 모이고 있었다. 그러나 괴상하게 생긴 배는 아무리 총을 쏘아도 끄떡도 하지 않고 다가오고, 거적 밑 조선군은 아직 나올 기미가 없었다.

이제 바짝 다가온 거북선은 왜군 돌격대장이 탄 층루선의 함교를 향해 용머리의 아가리를 들이대고 있었다.

"흥, 아가리로 튀어나오겠단 말인가?"

돌격대장은 칼을 뽑아 쥐고 방패를 집어 들었다.

"어서 나오너라. 단칼에 모가지를 날려주마."

그러나 다음 순간 나오라는 조선병사는 나오지 않고 시커먼 포신이 스윽 미끄러져 나왔다. 왜장은 순간 기겁했다. 반사적으로 방패를 들어 자신의 몸을 가리며 외쳤다.

"대포다. 피하라."

그러나 외침과 동시에 대포는 발사되었다. 방패는 산산조각이 나고 왜장의 몸은 날아가 바다로 떨어지고 말았다.

거북선의 이 포격은 조선함대 사격의 신호탄이었다.

조선함대 맨 앞에 포진한 특공조 판옥선들이 왜선들을 향해 질서정연하게 사격을 퍼붓기 시작했다. 또한 거의 동시에 학익진의 판옥선들이 왜선들을 향해 사격을 개시했다.

철익전(鐵翼箭), 피령전(皮翎箭), 화전(火箭) 등 온갖 포탄들이 천지를 진동시키는 폭음과 함께 비바람 몰아치듯 왜 선단으로 날아들었다. 왜군들은 배 위에서, 언덕 아래에서 조총으로 응수했다. 응수하는 왜군들 사이에 조선사람들도 보였다.

"배에 올라 쏘아라. 쉬지 말고 쏘아라. 괴물부터 쏘아라."

왜장들이 병사들을 다그쳤다. 언덕에 있던 병사들이 배 위로 몰려들었다. 그리고 여기저기서 마구 쏘아댔다. 그러나 아무런 소용이 없었다. 판옥선에는 총탄이 닿지 않고, 거북선은 맞아도 끄떡도 하지 않았다. 왜군 진영은 점점 아수라장이 되어갔다. 방패 뒤로 기둥 뒤로 숨기 바빴고 배 뒤편으로 배 바닥으로 숨기 바빴다.

각 층루선의 왜장들은 판옥선보다는 바로 눈앞의 거북선의 처치가 더 급했다.

"괴물만 쏘아라."

거북선은 집중사격을 받아도 끄떡없었다. 사격을 받으면서도 거북선은 돌진해 들어와 층루선의 옆구리를 들이받았다. 층루선은 옆구리에 커다란 구멍이 났다. 그리로 바닷물이 거세게 쏟아져 들어왔다.

"사다리를 걸어라. 괴물 배부터 처치하라."

왜군 대장이 이를 부드득 갈았다. 일단의 무사들이 긴 사다리를 들고 와 기다렸다. 거북선이 가까이 오자 층각 2층에서 거북선으로 사다리를 걸쳤다. 왜군들은 사다리를 타고 우르르 거북선 등판으로 뛰어내렸다. 그러나 뛰어내리기 무섭게 그들은 피를 쏟으며 비명을 질렀다. 거적 속에 감추어진 8치가량(약 25㎝)의 붙박이 쇠창들에 찍혔던 것이다. 다리, 엉덩이, 등, 가슴 등 뛰어내리는 대로 찔리고 박혀서 움직일 수가 없었다.

거북선은 비명을 지르며 죽어가는 왜병들을 등에 매단 채 종횡무진 왜선을 들이받고 몰고 다니며 앞뒤 옆구리로 포탄을 연방 토해냈다.

왜군들은 겁에 질려서 아무것도 할 수가 없었다. 이건 싸우는 전장이 아니라 그냥 분멸되고 도륙되는 생지옥이었다. 왜군들로서는 거북선을 당해낼 방도가 없었다.

"괴물의 눈을 찾아라. 대장을 찾아라."

악에 받친 왜장이 고래고래 소리를 지르며 거북선의 용머리를 가리켰다. 함교를 찾아 지휘자를 쏘아 죽이라는 뜻이었다. 그러나 거북선의 함교는 어디 있는지 알 길이 없었다. 왜병들은 좌우간 거북선 쪽으로 조총사격을 집중시켰으나 거북선은 역시 아랑곳하지 않고 층루선을 찾아 차례로 들이받고 불을 토했다.

'등당고호(藤堂高虎) 함대도 옥포에서 이렇게 당했구나.'

왜장은 소름이 끼쳐 몸을 떨었다.

참으로 천운이다

왜장은 바다로든 육지로든 후퇴할 길을 찾고자 상황을 주시했다.

그런데 그때 놀랄 만한 조선배가 눈에 띄었다. 조선함대의 기함이 선창 바로 앞까지 들어와 있는 게 아닌가. 눈을 끔뻑이고 다시 보아도 틀림없었다. 함교에는 사령관이 보였고 그 주위에 여러 사람들이 서 있었다. 사령관은 거북선 쪽을 바라보는 것도 같았다.

왜장은 순간 조총의 사거리를 가늠해 보았다. 유효사거리쯤 됐다.

'참으로 천운이다.'

왜장은 미친 듯이 외쳤다.

"조선의 대장선이다. 대장을 쏘아라. 대장을 맞혀라."

왜군들은 불타는 배 뒤쪽에 숨어 조총을 마구 쏘았다. 함교에 우뚝 서서 활을 쏘고 있는 대장은 잘 보였다. 조총은 그쪽으로 집중되었다.

이순신은 명궁이었다. 그날도 둘러보며 저격해야 할 적이 눈에 띄면 활을 들어 쏘았다. 일발필살이었다.

이순신의 시야에 또 쏘아야 할 적이 들어왔다. 다시 활을 들어 당기는 순간이었다. 가슴을 찢는 격통에 비틀거리며 활을 떨어뜨렸다. 그에게 집중된 총탄 하나가 갑옷을 뚫고 들어와 어깨에 깊이 박혔다. 피가 쏟아져 발꿈치까지 흘러내렸다.

옆에 있던 변존서가 급히 부축했다. 함교 아래로 급히 모시고 군관 송희립(宋希立)이 갑옷을 헤치고 상처를 살폈다. 상처는 어깨뼈가 다칠 정도로 깊었다. 그러나 치료만 하면 활동엔 지장이 없을 것 같았다.

'참으로 천운이다.'

송희립이 천 조각을 매달아 바닷물에 적신 다음 들어 올려 그 천으로 상처를 씻었다. 그리고 자기 옷자락을 찢어 상처를 동여맸다.

이순신은 동여맨 상처를 가만히 눌러보았다. 예리하게 찌르는 통증이 참기 힘들었다. 뼈까지 다친 게 틀림없었다.

"잠깐 쉬시지요."

송희립이 권했으나 이순신은 일어섰다.

"화전으로 끝내지."

마지막 남은 적선도 화공(火攻)에 의해 다 타버렸다.

충루선 12척은 물속이나 불속에서 모두 사라져 갔다. 왜군전함은 물론 다 파괴되었지만 왜군병사들도 태반이 목숨을 잃었다. 겨우 살아난 병사들은 통곡하며 부상자들을 이끌고 산으로 도망쳤다. 조선병사들은 쫓아가 모조리 목을 베고자 했다.

"쫓지 마라. 적의 소형선박 몇 척은 태우지 말고 놓아두어라."

움직이는 적이 다 달아났을 때에야 이순신은 수습을 지시했다.

육지로 적을 쫓는다면 미숙한 아군병사들이 다칠 게 분명했고, 배를 다 태우면 육지로 쫓기는 적이 어딘가 숨어 있을지도 모르는 조선사람들을 해칠 수도 있었다.

남겨둔 미끼 배를 만일 적들이 몰래 타고 달아나면 일거에 섬멸하기도 좋았다.

원균 함대는 화포 무기가 없어 이순신 함대 뒤에 있다가 수습 때에만 참가했다. 밤이 되면서 이순신 함대는 남으로 이동했다.

그날 전투에서 전사자는 한 명도 없었으나 부상자가 3명 생겼다. 이순신 자신과 군관 나대용(羅大用)이 총탄에 맞았고, 전 봉사 종군 장수 이설(李渫)이 화살에 맞았다. 모두 다 기함에 승선했던 지휘관들이었다.

이순신은 1차 해전 당시 완승은 거두었으나 전투중 달아난 왜선들이 늘 마음에 걸렸었다.

'무고한 집안에 쳐들어와 살육을 자행하는 이 불한당들은 한 놈도 살려 보내서는 안 된다.'

이순신은 왜선들을 좀더 완벽하게 쳐부수고 왜적들을 좀더 철저히 소탕하고 싶은 마음이 간절했다.

한편으로는 그 마음 때문에, 또 다른 한편으로는 첫 출전한 거북선의 실전상황을 더 자세히 살펴보고 싶은 마음 때문에, 그는 스스로 정한 '조총의 유효사거리 안으로는 절대 들어가지 말라'는 금기를 자신도 모르게 깨면서 그 안으로 들어섰던 것이다.

자신의 부상에도 불구하고 이순신이 이번 전투에서 가장 기뻐한 일은 따로 있었다. 빗발치는 적의 총탄을 무릅쓰고 적 함대의 중심으로 들어가 총탄 소나기를 맞으며 이리저리 들이받고 헤집고 다닌 거북선에서 사상자가 하나도 없었다는 사실이었다. 거북선은 이 전투를 통해서 백전백승을 보장해 주는 최첨단 전함이 되었음을 증명했던 것이다.

함대는 모자랑포(毛自郎浦: 사천만 입구)에 이르러 탐색선을 배치하고 진을 쳤다.

이순신은 어깨에 박힌 총알을 끄집어내게 했다. 불에 달군 비수가 생살을 헤집고 들어갔다. 칼끝이 뼈를 긁으며 서걱거리는 소리가 났다. 옆에서 보던 장수들이 진저리를 쳤다. 총알을 파낼 때까지 그러나 이순신은 이를 악물었을 뿐 신음소리 하나 없이 끝내 잘 참아냈다. 총알 빼낸 자리를 바닷물로 헹구고 나서 뽕나무 삶은 물로 다시 헹구고 무명헝겊으로 동여맸다.

다음날 6월 1일 새벽 일찍 원균이 어제의 싸움터를 확인하고 오겠다며 사천포로 갔다가 진시(오전 8시경)에 돌아왔다.

"남은 왜적들은 뭍으로 멀리 도망갔기에 남겨둔 빈 배 두 척은 불살라 버리고 왜적의 수급 몇을 베어왔소."

왜적의 수급을 위해서 다녀온 원균이었다.

함대는 정오쯤 사량도(蛇梁島)에 들어왔다. 원균과 동행한 사량만호 이여념(李汝恬)이 길을 안내했다. 원균과 함께 피해 다니느라 그동안 이여념 역시 자기 관할을 떠나 있었다. 그러는 동안 사량도 주민들은 밤에는 산속에 숨고 낮에는 망보아가며 조심조심 고기를 잡고 농사를 지으며 살아왔다.

자기들을 지켜 주어야 할 경상우수영 함대는 어디로 피했는지 알 수 없고, 왜적이 언제 들이닥칠지 몰라 전전긍긍하며 살아가던 백성들은 갑자기 나타난 조선함대를 보며 어리둥절했다. 그러다 기뻐서 날뛰며 만호영 선창으로 모여들었다.

"하늘이 돌보신기라."

"이제 살았고마. 살았어."

천지간에 의지할 데 없던 백성들은 조선함대라고는 믿기지 않을 만큼 너무나 의젓하고 당당한 함대의 모습에 감격하여 눈물을 흘리기도 했다.

백성들은 장병들을 위해서 부지런히 서둘렀다. 나무를 해오고 물을 길어오고 음식을 장만하고 술독을 내왔다.

노인 몇 사람이 이순신을 찾아왔다.

"소인들은 무서운 소문만 들려오고 해서 내일쯤 섬을 떠나고 싶습니다. 떠나야 할지 남아야 할지 모르겠십니다."

이순신은 온화한 미소를 머금고 안심시켜 주었다.

"떠나실 필요 없습니다. 마음 편히 남아 계십시오."

"대장어른 고맙십니다."

그들은 머리가 땅 닿게 엎드려 절하고 돌아갔다.

노인들이 돌아가자 이순신이 변존서에게 일렀다.

"모아온 것을 좀 넉넉히 내주지. 떡도 만들고 술도 내고 … , 병사들 대접을 좀 하세."

쌀과 술, 왜선에서 전리품으로 얻은 것도 많았다. 장병들과 백성들이 어울려 저녁을 먹었다. 백성들도 장병들도 참으로 오랜만에 살맛이 났다.

"그란디, 장군님 부상은 어떠신고?"

"큰 부상은 아니라고 허든디 … ."

"이순신 장군님은 예, 하늘이 낸 장군이라카데예. 그라믄 마, 하늘이 돌보지 않겠십니꺼?"

백성들도 병사들도 이순신의 부상, 그게 걱정이었다. 저녁을 먹는 동안 이순신은 일부러 진중을 한 바퀴 돌았다. 병사들과 백성들에게 자신의 건재를 보여주기 위함이었다.

"전하께서는 피란 떠나 계시고 백성들은 흩어져 의지할 곳이 없소. 지금까지 잘 싸워왔듯이 우리 모두는 앞으로도 잘 싸워 나라의 욕됨을 기필코 되갚아야 할 것이오."

뜻밖의 부상에도 불구하고 이순신의 기상은 여전했고 서늘했다. 진중엔 활기가 돌고 사기가 솟았다.

별다른 적정이 없었다. 이억기 함대를 기다리며 이순신은 하루를 조용히 사량에서 보냈다.

다음날 이순신은 진시(辰時: 오전 8시)쯤 눈을 떴다. 옆에 서 있는 변존서의 모습이 불안해 보였다.

"무슨 일이 있는가?"

"당포(唐浦: 통영시 산양면 삼덕리)에 적이 있다 합니다."

"그럼 출동해야지."

이순신은 즉시 함교에 올랐다. 서서 주먹밥을 먹으며 함대를 지휘해 당포로 나갔다. 역풍이었다. 돛을 내리고 노를 저어 갔다. 한 시진쯤 지나 당포항 어귀에 도착했다.

바라보니 대형전함(층루선)이 9척, 중소함정이 12척, 도합 21척의 왜선이 정박해 있었다. 그 한가운데에 붉은 비단장막을 두른, 높이가 서너 길(장: 10척)이 됨직한 층루선이 있었다. 장막 사면에는 황(黃)

이란 글자를 큼지막하게 써 놓았고 그 위에는 화려하게 치장된 붉은색의 커다란 일산(日傘)이 세워져 있었다. 그 아래에 적장이 위용을 과시하듯 꼼짝 않고 앉아 있었다.

항구는 거의 전체가 가파른 바위벽으로 둘러져 있었고 앞바다는 개펄이 없어 수심이 깊었다. 정박한 배의 수로 보아 병력은 대략 2,500여 명으로 짐작되었다.

조선함대는 당포항으로 들어가면서 일부는 가마섬 쪽으로 돌아 연안을 지켰다. 왜선의 탈출로를 차단하고 거제도 쪽에서 올지도 모르는 왜선단의 공격을 차단하기 위함이었다. 또 일부는 쑥섬 쪽으로 돌아 바다를 지켰다. 이 또한 왜선의 퇴로와 공격을 차단하기 위함이었다. 함대의 주력은 거북선을 앞세우고 왜선들이 정박한 선창으로 곧장 들어갔다.

왜병들은 여기서도 왜성을 쌓고 있었다. 300여 명이 선창에 남아서 지키고 나머지는 성 안팎에서 축성작업을 하며 한편으로는 미륵도(彌勒島) 여기저기 흩어져 필요한 노략질을 하고 있었다.

갑자기 조선함대가 나타나 다가오자 적들은 다급하게 동료들을 불러들였다. 선창에 있는 자들은 언덕에 의지해 조총을 발사하기 시작했다. 기함의 일산 밑에 앉아서 지휘하는 왜장은 이전 옥포나 사천포의 왜장들과는 달리 별로 당황하지 않았다. 오히려 여유를 부리며 조선함대의 출현을 반겼다.

구정자거(龜井玆炬, 가메이 코레노리)라는 이 왜장은 풍신수길이 이순신의 등장 이후 새로이 내보낸 장수였다. 그리고 그는 수길의 특별한 약속에 고무되어 기회를 노리는 중이었다. 풍신수길이 직전신장

(織田信長)의 휘하에 있을 때부터 풍신수길을 도와 공을 세운 장수였기에 그만한 자부심도 있었다.

"나는 그대가 이번에 가면 우리 일본해군의 위용을 천하에 드높일 것이라 믿는다. 내가 그대를 믿는 만큼 그대는 공을 세우면 된다. 이번에 공을 세운다면 나는 약속한 대로 그대에게 오키나와[유구국(琉球國)]를 주겠다."

왜장은 침착하게 그러나 신속하게 작전을 지시했다.

"사격 중지!"

그는 중소형 배들을 내보내 선창으로 들어가는 당포항 입구에 1차 저지선을 구축했다. 그 뒤에 층루선을 정렬시켜 2차 저지선을 구축했다. 저지선 함선에는 많은 총수들과 궁수들을 승선시켰다.

우선은 접근해오는 조선함대를 사격으로 막고, 육지에 오른 왜병들이 돌아와 전력이 보강되면, 조선함대로 돌격하여 백병전으로 승리를 쟁취한다는 작전이었다. 역시 일본해군의 기본 전술이요 필승의 전술이었다.

조선 주력의 선두 거북선은 이미 적의 30보 전방까지 들어가고 있었다. 왜장은 이를 기뻐하는 듯했다.

'이 미련한 먹잇감이 제 발로 찾아드는구나.'

"사격 개시!"

콩 볶듯 요란한 총성이 울리며 사격은 거북선에 집중되었다. 벌집이 되고도 남았으련만 어찌된 일인지 미련한 먹잇감은 별 동요도 없이 그대로 전진했다.

거북선을 지휘하는 돌격장들은 당포항은 수심이 깊고 개펄도 암초도 없는 해역임을 알았다. 거북선의 전투능력을 유감없이 발휘할 수 있는 곳이기에 돌격장들은 사뭇 들떴다.

"목표, 정면의 적함. 전투속도로!"

공격명령을 전하는 북소리가 힘차게 울리면서 거북선은 무서운 속도로 내달렸다.

쿵!

이윽고 둔중한 충돌음이 터지면서 부서져 나가는 소리가 요란하게 이어졌다. 1차 저지선에 막아섰던 왜의 중소함선들이 전속력으로 달려온 거북선과 충돌하자, 앞에 있던 배는 가느다란 노들이 사정없이 부러지면서 뒤집혔고, 그다음 배는 옆구리가 부서지면서 밀려났다.

두 척의 거북선은 여러 겹 막고 서있는 왜선들을 뚫고 들어가며 발화탄(發火彈)과 질려탄(蒺藜彈)을 쏘아 왜선들을 불태우고 병사들을 폭사시켰다.

1차 저지선이 뚫리자 2차 저지를 위한 층루선단이 다가왔다.

꽈당! 쾅! 쾅!

거북선들은 가까이 다가오는 층루선의 함교를 향하여 대포를 발사했다. 함교가 부서지면서 중심을 잃은 층루선들은 이어지는 각종 대포의 우박 같은 공격을 받아야 했다.

왜선으로부터 50보 밖 조총의 사거리에서 조금 떨어져 대기하던 조선의 특공조 판옥선단이 이때 일제사격을 개시했다. 2차 저지에 나선 층루선단은 정신을 차릴 수가 없었다. 그저 아무렇게나 쏘기만 할 뿐이었다.

적이 대항을 포기하고 달아날 수도 있는 이때, 특공 판옥선단 뒤편에 학익진으로 포진해 있던 주력 함대에서도 일시집중타를 날렸다.

조선함대에서 쏘는 사격으로 가끔 거북선이 유탄을 맞기도 했지만 거북선은 끄떡도 하지 않았다.

천자, 지자포로 쏘는 대장군전 같은 대형 화살탄들을 맞아 왜선들은 층각을 떠받친 기둥과 돛대 등 뼈대들이 다 부서져 넘어져 기우뚱했다. 옆구리의 흘수선(吃水線)에 큰 구멍이 뚫려 그리로 바닷물이 콸콸 쏟아져 들었다. 동시에 사이사이 날아드는 발화탄에 왜선들은 연이어 불붙어 탔다. 왜선들은 앞다퉈 불타고 가라앉았다.

함선의 밑바닥으로 피하였던 왜군들도 격군들과 함께 배 위로 나올 수밖에 없었다. 나오면 깔려죽고 타죽지 않더라도 빈틈없이 날아드는 중, 소 화살탄과 피령전, 산탄형 철탄들 때문에 맥을 출 수가 없었다.

무작정 바다에 뛰어들어야 했다. 그러면 조선수군들이 조선 활로장전이나 편전(片箭)을 쏘아 맞혔다. 조선의 활은 왜군의 대궁(大弓)과는 비교도 되지 않을 만큼 위력적이었다. 특히 조선군만이 사용하는 화살인 편전은 그 살상력이 대단했다.

〔편전은 보통의 화살인 장전보다 길이가 짧은 화살(25~38㎝)이었다. 길이가 짧아 활에 그냥 얹어 쏠 수가 없어 통아(筒兒: 길이 86㎝)라는 보조기구를 이용해 쏘았다. 짧은 화살은 똑바로, 빠르게 날았기에 왜군의 갑옷이나 투구를 뚫고 들어갔다. 보통의 화살은 칼이나 방패로 막아낼 수도 있고 화살을 뽑아 되돌려 쏠 수도 있었지만, 편전은 너무 빨라 막을 새도 없고 길이가 짧아 되돌려 쏠 수도 없었다. 그래서 편전 또한 왜군들에게는 화포 못지않게 몹시 두려운 조선병기였다.〕

조총으로 기선을 제압하고 돌격으로 쇄도하여 백병전으로 승리하겠다고 벼르던 왜장의 기대는 완전히 빗나가고, 이미 기울어진 전세는 돌이킬 길이 없었다.

이렇게 되기까지 시간은 불과 1각(刻: 15분 동안)이었다. 조총의 위력도 백병전의 실력도 아무런 소용이 없었다.

왜장 구정자거는 선택의 기로에서 갈등에 빠졌다. 패배는 분명했다. 길은 두 가지였다. 퇴각하여 달아나는 길, 끝까지 싸우다 죽는 길이 그것이었다.

그때 거북선이 기함의 코앞에 다가서고 있었다.

"저 배를 막아라."

기함의 호위병들이 밀집사격의 대형을 갖추고 거북선을 향해 일제히 사격을 개시했다. 그러나 거북선의 진로를 막는 것은 조총으로는 역시 어림도 없는 일이었다.

다가드는 거북선은 용머리 포혈로 어느새 포신을 쑤욱 내밀었다. 기함 전방 3, 4보에 이르자 천둥소리와 함께 포신은 불을 뿜었다. 와지끈 함교가 부서지고 왜장은 비명을 지르며 층루 아래로 굴러떨어졌다. 뒤에 버텨 선 조선함대의 함포도 기함으로 집중되었다.

왜군 기함의 지휘관은 본국의 영주였고 각 함선의 대장은 영주의 가신이었으며 함대의 병사들은 영지의 군사요 백성들이었다. 하늘같은 영주가 굴러떨어지자 병사들은 눈이 뒤집혔다. 영주를 구하고자 몰려들었다. 그러나 영주는 가슴에 박힌 커다란 화살탄을 안은 채 피범벅이 되어 죽어 있었다.

병사들은 시신이라도 거두고자 악착을 떨어보았지만 빗발치듯 쏟아지는 각종 포탄 속에서는 영주를 따라 순사하는 도리밖에 없었다.

기함에는 살아 있는 왜병이 없었다. 영주의 시체를 거두고자 다른 왜선들이 기함에 접근하려 했지만 거북선이 가로막았고 특공 판옥선단이 집중사격을 가했다.

그사이 사도첨사 김완(金浣)의 배가 기함에 다가갔다. 그리고 김완의 군관으로 자진 종군한 홍양의 보인(保人) 진무성(陳武晟)이 재빠르게 왜장의 기함으로 올라갔다. 그리고 화살탄에 맞아 피투성이로 죽은 왜장의 목을 뎅겅 잘라 들었다. 왜장을 죽인 커다란 화살탄은 갑옷을 뚫고 가슴에 박혀 있었는데 '순천'이란 고을이름이 새겨져 있었다.

이번에 중위장으로 참전한 순천부사 권준은 부하 중에서 특히 유능하고 용감한 병사들을 뽑아 거북선에 태우고 임무완수를 각별히 부탁했었다. 그 병사들의 화살탄에 마침내 적 함대사령관이 관통을 당해 꺼꾸러졌음이 틀림없었다.

대장의 목을 베어가는 모습을 멀리 지켜보며 왜병들은 나름대로 살길을 찾아 흩어졌다.

"수색한 다음 태워라."

아직 불타지 않은 왜선들을 수색했다. 약탈해간 것을 찾아오고 죽은 자의 목을 벴다.

대장의 배에서는 풍신수길이 준 금부채(전날 풍신수길이 구정자거에게 유구국을 주겠다는 약속의 증명으로 내려준 부채)도 나왔고, 잡혀 있던 조선의 처자 두 사람도 찾아내 데려왔다.

"달아나는 적은 쫓지 마라."

왜병은 천여 명 이상 죽었으나 얻은 수급은 겨우 6개였다. 이순신은 여전히 수급 베기를 통제했다.

수습을 마치고 점고를 받아 보니 아군은 희생자가 하나도 없었다. 완벽한 승리였다.

"적선 20여 척이 다가오고 있습니다."

점고를 마칠 즈음 남쪽에 나갔던 탐망선이 급히 다가왔다.

이순신은 즉시 남쪽으로 함대를 돌렸다. 5리쯤 왔을 때 적 함대가 보였다. 그러나 적은 싸움을 피하고 달아나기 시작했다. 힘껏 쫓았으나 육중한 조선함정들은 빠른 적함들을 따를 수가 없었다. 해가 지고 있었다.

서쪽으로 방향을 잡아 창선도(昌善島)에 와서 쉬었다.

쉬는 동안 이순신은 잡혀갔던 두 처자를 불러오라 했다. 이순신이 궁금한 여러 가지를 물어보았다. 울산에 살던 17세의 억대(億代)라는 처자와 거제도에 살던 16세의 모리(毛里)라는 처자였다. 이순신은 묻기를 다 마친 다음 변존서에게 일렀다.

"피륙과 쌀을 넉넉히 주고 이곳 어디 민가에 맡기도록 하지."

이순신은 아산에 있는 딸을 떠올렸다. 변존서와 함께 일어서는 처자들에게 이순신은 한마디 덧붙였다.

"지낼 곳이 마땅찮거든 여수로 찾아오너라."

다음날 6월 3일, 어제 놓친 적 함대를 찾아 일찍 창선도를 떠났다. 미륵도 서남 해역을 수색하면서 이제 올 것도 같은 이억기 함대를 기다렸다. 그러나 적군의 소식도 우군의 소식도 없이 하루가 저물었다. 고성(固城)의 고둔포(古屯浦)에 들어가 쉬었다.

6월 4일이 밝았다. 청명한 날씨였다. 적을 찾아 거제도 쪽으로 가는 게 옳았으나 이순신은 나서지 않았다. 완벽한 승리에도 불구하고 병사들에게선 우울하고 시무룩한 표정들이 엿보였다. 그리고 오늘 내일 이억기 함대가 올 것도 같았다. 온다면 찾아들 만한 곳이 당포항이었다. 뭍으로 달아난 왜병들도 궁금했다.

"당포로 항진하라."

함대가 당포에 이르니 항구는 조용했다. 맞은편 산 숲속에 숨어 있던 조선병사 한 사람이 굴러떨어지듯 산을 내려왔다.

강탁(姜卓)이라고 하는 그 고장 토병(土兵)이었다.

"그저께 뭍으로 올라온 패잔병들은 죽은 동료들의 시체를 모아서 화장을 하고 구슬피 울면서 육지로 떠났십니더. 그리고 그날 이쪽으로 오다 달아난 왜선들은 거제도로 갔다 합니더."

이순신의 예상도 그랬다. 어차피 쳐들어가야 할 곳이었다. 그러나 이순신은 먼 길을 처음 오는 이억기 함대를 위해서 당포항 앞바다에 머물기로 했다.

원균에게 바닷길 안내를 부탁했으나 이행되지 않아 무척 고심했던 첫 출동을 생각하며 ⋯ .

마침내 우군 함대

이순신은 우수영 함대가 오는 길목인 추도(楸島)와 사량도 쪽으로 탐망선을 내보냈다. 특히 추도는 왜군의 기동함대가 숨어 있을 가능성이 높은 지역이었다. 이억기 함대가 기습공격을 받을 수도 있었다.

정오쯤, 수평선 위로 날개 단 개미들이 떼지어 기어 나오기 시작했다. 병사들은 상갑판으로 청판(廳板)으로 뛰어오르고 군관들은 뱃전에 박혀 손을 이마에 올렸다.

개미들은 시나브로 돛배들로 변했다. 틀림없는 함대였다.

서쪽에서 오니 우군일 게 분명하나 만에 하나 적군일 수도 있었다.

"우수영 함대가 틀림없다."

다가오는 함대 쪽으로부터 희미하나마 조선병사들에게 익숙한 군악 소리가 들려왔다.

"드디어 오는구나."

"와아, 와아."

병사들은 마구 춤을 추었다.

군악을 울리고 오색 깃발을 날리며 순풍을 타고 미끄러지듯 다가오던 우수영 함대는 좌수영 함대 앞 1리쯤에서 닻을 내렸다.

이억기 함대는 판옥선 25척, 협선과 포작선이 50여 척이었다. 병력은 5천에 가까웠다.

이순신은 사령선에서 내려 거룻배를 타고 이억기의 배로 올라갔다.

"오시느라 고생했소이다."

마중 온 이순신을, "참으로 반갑소이다. 이리 앉으시지요"라며 이억기는 호상으로 안내했다.

둘은 호상에 마주 앉았다. 오래전부터 잘 아는 사이였다.

"지난번에도 참가하지 못했고 이번에도 또 제때를 놓쳤습니다. 마냥 미적거리만 해서 민망하기 그지없소이다."

이억기는 진심으로 죄송해했다.

"별말씀을 다 하십니다. 조정에서는 혹 무슨 소식이 있었는지요?"

좀체 웃음기가 없는 이순신의 얼굴이 전에 없이 밝았다.

"떠나기 전날 유서(諭書: 임금의 명령서)를 받았습니다. 하루빨리 장군을 도와드리라는 말씀이었지요."

"황공하신 말씀입니다."

"성상께서는 아직 정처가 없으신가 합니다. 어찌하여 이런 고초를 겪으시는지 알 수 없습니다."

이억기는 왕손이었다. 조선왕조 제2대 정종(定宗)의 열째아들 덕천군(德泉君)의 현손으로 임금의 조부(祖父) 뻘이었다. 왕실에 대해서는 신하로서의 충성 이상의 충정이 있을 터였다.

이억기는 왕실의 후손인데다 총명 담대한 준재였다. 이미 10대의 나이에 내사복(內司僕: 궁중에서 쓰는 마필과 가마 등을 관리하는 기관)의 내승(內乘) 벼슬에 특채되어 궁중에 들어가 임금을 모시는 기회를 가졌었다. 그는 곧 무과에 장원급제하여 1581년 21세에 종3품 벼슬인 함경도 경원부사(慶源府使)가 되었다.

2년 후 1583년 10월, 경원부 관할의 건원보(乾原堡)에 종9품 권관(權管)으로 이순신이 부임되어 갔다. 건원보는 부사 이억기의 관할로 성내에서 35리 떨어진 국경 마을이었고 권관은 국경 수비를 맡는 30~40명 병사들의 지휘관이었다.

이순신은 이때 처음 이억기를 알게 되었다. 이순신 39세, 이억기 23세, 16세 연하 이억기는 이순신에게는 까마득히 12등급이나 높은 상관이었다.

이억기는 10년 가까이 함경도에서 무공을 쌓은 다음 작년 31세에 순천부사로 왔다가 전운에 대비한 조정의 방침에 따라 전라우수사로 승진되었다. 이제 이억기 32세, 이순신 48세.

이억기의 사령선으로 원균도 찾아왔다. 원균 역시 함경도 부령(富寧), 종성(鐘城) 부사를 지낸 바라 서로 구면이었다.

수인사가 끝나고 작전 논의를 해가던 그들의 환담은 두만강의 추억 속으로도 이어졌다. 어느새 해가 저물고 있었다. 연합함대의 합동작전은 이순신의 선도를 따르기로 한 다음 헤어졌다.

원균 휘하 함대의 안내를 받으며 연합함대는 거제와 고성 사이의 착량(鑿梁: 통영과 미륵도 사이의 해협) 앞바다에 와서 진을 치고 밤을 지냈다.

다음날 6월 5일 아침, 안개가 짙어서 함대는 늦게 출발했다. 한산도를 지나 거제도 서편을 북상하는데 앞쪽에서 쪽배 한 척이 나타나더니 빠르게 노를 저어왔다. 남녀 7, 8명이 타고 있었다.

"누구냐?"

"거제도에 사는 향화인(向化人: 조선에 귀화하여 조선백성이 된 사람) 김모입니다. 피란가는 길인데요, 왜군은 거제도를 지나서 고성땅 당항포(唐項浦: 고성군 회화면)로 들어갔습니다."

"수고했다."

이순신은 변존서에게 일러 그들에게 양식을 내주도록하고 당항포로 향했다. 당항포 어귀에 이르러 정지한 다음 지리를 확인했다.

어귀에서 10여 리 소소강(召所江: 지금의 당항만)이라고 하는 해협을 따라 서쪽으로 들어가야 하는데 해협의 폭이 그리 좁지 않음을 알아냈다.

이순신은 우선 탐색선을 들여보냈다. 조금 후 탐색선에서 쏘아올린 신기전이 하늘에 떴다. 적을 발견했으니 빨리 오라는 신호였다.

어귀에 전선 4척을 잠복시켜놓고 함대는 소소강을 따라 일렬로 줄지어 안쪽으로 들어갔다. 왜적은 소소강의 서쪽 끝 포구의 방파제 안에 정박해 있었다. 판옥선만 한 큰 배(층루선) 9척, 중간 배 4척, 작은 배 13척, 도합 26척이었다.

그들은 숨어 있고자 여기로 들어왔다. 그들은 앞서 간 자기편 함대가 여지없이 섬멸되고 대장은 조선군에 의해 목이 잘렸다는 소식을 들었었다.

기함으로 보이는 가장 큰 배에는 3층으로 된 누각이 있었다. 누각은 흰 벽에 붉은 기둥, 푸른 지붕으로 세워져 마치 절간 같았다. 누각 앞으로는 흰 꽃무늬를 새긴 검은 비단 휘장을 드리워 놓았는데 휘장 사이로 무수한 왜병들이 줄지어 선 모습이 보였다.

조선함대가 다가온 것을 발견하자 층루선 4척이 앞으로 나와 포구 앞에서 밖을 보고 횡대로 늘어섰다. 배들은 모두 일곱 자의 흰 글씨를 쓴 검은 깃발들을 꽂고 있었다.

南無妙法蓮華經 (남무묘법연화경)

거북선이 앞에 늘어선 층루선으로 다가가자 층루선에서 요란하게 조총을 발사했다. 거북선은 앞으로 돌진하던 다른 때와는 달리 여기서는 좌우 옆으로 번갈아 돌면서 좌우현에 탑재된 천자포, 지자포를 요란하게 발사했다. 거북선 뒤 가까이 있던 조선 판옥선도 맹렬하게 각종 포를 발사했다.

한참 포격전이 계속되는 동안 조선함대는 바다 어귀 쪽에 있는 이억기 함대부터 방향을 바꾸어 소소강 밖 큰 바다로 후퇴하기 시작했다. 소소강 밖으로 나온 이억기 함대는 양편으로 갈라져 해안가로 피해 숨었다. 뒤따라 원균 함대를 앞세우고 이순신 함대가 후퇴하여 큰 바다로 나왔다.

왜군함대가 머무는 포구는 입구의 물길이 좁아 거북선이나 판옥선이 마음 놓고 들어가 싸울 수가 없었다. 이순신은 조선의 각 함대에 신호를 보내 작전을 바꿨던 것이다.

물길이 열리자 왜군선단은 기다렸다는 듯 즉시 탈출을 시도했다. 대장선을 양편에서 호위하며 날개 편 새의 대형으로 왜 선단은 큰 바다를 향해서 재빠르게 나아갔다.

적의 큰 배들은 돛을 매달았는데 대장선은 검은색 돛을 두 개나 매달고 있었다. 이는 빨리 달아나려는 다급한 마음의 표시였다. 바다에서 대적할 때는 화공을 염려하여 전함은 돛을 쓰지 않는 게 원칙이었다.

왜선들이 소소강 어귀를 막 빠져나왔을 때, 앞서 가던 조선함대는 갑자기 돌아섰다. 함대는 빠른 속도로 움직이며 왜 선단을 포위하기 시작했다.

"큰일 났다. 돌아서 해안가로 가자."

왜 선단은 황급히 돌아서려 했다. 그러나 첨저선인 왜 함선은 방향 전환이 더뎠다. 돌아서 소소강 쪽으로 향했을 때는 이미 이억기 함대가 둘러싸고 조여오고 있었다.

조선함대는 왜 선단을 중심으로 커다란 원을 그린 다음 원을 조이며 각종 포화로 공격하기 시작했다. 이른바 쌍학익진(雙鶴翼陣)의 전투 대형이었다.

거북선이 왜 선단의 중심으로 돌격하여 대장선의 옆구리를 들이받고 화포를 쏘아 층각을 박살냈다. 적장이 굴러 바다로 떨어졌다. 가신들이 몰려와 주변을 빽빽하게 둘러쌌다. 그러나 대장선으로 집중된 공격에 그들은 차례로 쓰러지고 대장의 가슴엔 조선의 매서운 편전이 깊숙이 박혔다.

대장은 오랜 세월 해적의 두목으로 이름을 날렸던 내도통지(來島通之, 구루시마 미치유키)였다. 왜 수군 제6함대 사령관이었다. 그는 억울한 최후를 직감했지만 어차피 최후까지 분전해야 했다.

"용감하게 대적하라!"

대장은 소리치며 겨우 일어섰다가 쿵하며 쓰러지고 말았다.

왜병들이 몰려와 대장의 시신을 간수해 달아나려 했으나 사방에서 우박같이 쏟아지는 각종 화살탄과 화전(火箭)들 때문에 어찌해 보기 전에 다 쓰러지고 말았다.

대장선뿐만이 아니었다. 어느 배에서든 왜병들은 어떻게든 대항할 엄두를 내지 못했다. 죽지 않은 자는 바다로 뛰어들어 해안으로 헤엄치며 구명도생(苟命徒生)에 몰두하는 도리밖에 없었다.

정신없이 싸우는 사이 어느 틈엔지 4척의 왜선이 돛을 달고 북으로 달아나고 있었다. 조선함대는 쫓아가 앞과 뒤를 가로막았다. 집중타를 퍼부어 모조리 불태워버렸다.

바다는 필사의 탈출을 위해 헤엄치는 왜군들로 넘쳐났다. 조선의 협선들과 포작선들이 사방에서 이들을 쫓아다니며 화살을 쏘고 창을 던졌다.

사방에서 워낙 많은 왜병들이 일시에 탈출을 감행했기에 적지 않은 왜병들이 육지에 닿아 달아날 수 있었다. 달아나는 왜병을 쫓다가 일부 조선병사들이 육지에 오르기도 했다. 그러다 흥양(興陽)의 수병 손장수(孫長水)가 왜적의 칼에 맞아 희생되는 일이 벌어졌다.

"목 베기에 힘쓰지 말라. 오로지 사살하기에 힘쓰라."

이순신은 물에서나 배에서도 안전하게 거둘 수 있는 수급만을 거두라 늘 일렀다. 이순신은 육지로의 추격은 늘 막아왔다.

이날 해전에서는 여름 날씨에 육지도 가까워 일방적인 싸움이었는데도 많은 왜군들이 살아서 달아날 수 있었다. 그래도 이날 전투에서 왜병 수급 43개를 확보했고 그중 장수의 수급도 7개나 되었다.

날이 저물면서 함대는 소소강 어귀 밖으로 나와 진을 치고 숙영에 들어갔다.

바다로 나오기 전 왜선 한 척을 유인선으로 당항포 앞에 남겨놓고, 방답첨사 이순신(李純信) 함대로 하여금 바다 어귀 안쪽에 잠복하도록 했다. 다음날 6월 6일 이른 새벽 예상대로 100여 명의 왜병들이 남겨놓은 배를 타고 해협을 빠져나오고 있었다. 잠복하고 있던 첨사함대가 일제히 화포를 발사하자 왜선은 육지 쪽으로 달아나려고 방향을 바꿨다.

조선함대가 얼른 쫓아가 사조구(四爪鉤) 갈고리를 던졌다. 갈고리가 왜선에 걸리자 이를 바다 가운데로 끌고 나왔다. 그러는 사이 왜병들은 거의 다 바다로 뛰어들었는데, 뛰어들지 않은 몇 명의 병사들에 둘러싸여 건장한 젊은 장수 하나가 배 가운데 칼을 집고 의연하게 서 있었다.

조선함대에서는 빗발치듯 화살을 날렸다. 왜병들은 쓰러져 하나둘 물로 떨어졌다. 조선병사들은 왜장을 첨사 이순신의 몫으로 할애했다. 이순신이 왜장에게 연속 화살을 날리자 왜장은 10여 대의 화살을 맞고 결국은 비명을 지르며 물로 떨어졌다. 군관들이 바다로 뛰어들었다. 가라앉기 전에 대장의 목을 베었다. 수군장수 득거통년(得居通年, 도쿠이 미치토시)으로 제 7함대 사령관이었다.

방답함대는 왜선을 수색한 다음 배를 불사르고 돌아와 이순신에게 보고했다. 왜병의 수급 9개 외에, 각자가 피를 찍어 서명한 왜군의 분군기(分軍記: 부대별 군사들의 명단, 도합 3,040명) 6축(軸)과 갑주,

창, 칼, 활, 총, 표범가죽, 말안장 등 많은 노획품을 가져왔다.

이순신은 방답함대가 가져온 9개의 수급에서 왜장의 수급만은 왼쪽 귀를 베지 말고 수급째 궤짝에 넣게 했다. 그리고 방답첨사 이순신에 게 직접 장계를 써서 조정에 보고하도록 했다.

그날 방답함대가 전투를 마무리할 즈음, 내심을 수급 확보에만 쏟고 있던 원균이 그의 휘하 남해현령 기효근과 함께 그곳에 나타났다. 그 리고 가타부타 말 한마디 없이 물에 빠져 죽은 왜병들을 허겁지겁 건져 목을 베었다. 그 수급이 50여 개나 되었다.

이날은 구름이 짙어 어둑했고 비가 내려 바닷길이 어려웠다. 조선함 대는 당항포 앞바다로 옮겨 진을 치고 병사들을 쉬게 한 다음 저녁에는 고성 땅 말우장(竹乙于場) 앞바다로 옮겨 밤을 새웠다.

다음날 6월 7일, 함대는 웅천(熊川: 진해) 땅 증도(甑島) 앞바다에 진을 치고 대기하면서 사방으로 탐망선을 내보냈다.

원균은 자신이 직접 탐망을 나가보겠다는 통보를 보낸 다음 일부 휘 하들을 데리고 어디론가 먼저 떠났다. 경상우수영의 남은 배를 확인해 보니 소비포 권관 이영남의 작은 배 한 척뿐이었다.

'엊그제의 싸움터로 갔구나.'

이순신은 원균이 수급을 베러 갔음을 감지했다. 물에 빠져 안 보이 는 시체는 이삼일 지나면 떠오른다.

천성(天城)과 가덕(加德) 쪽 적정을 살피러 나갔던 탐망선장 진무 (鎭撫) 이전(李荃)과 토병 오수(吳水)가 탄 배가 왜적의 목 2개를 싣고 사시(巳時: 오전 10시경)에 급히 돌아왔다.

진무 이전이 가덕 앞바다에서 왜병 셋이 탄 배를 발견했는데 그 배는 탐망선을 보자 달아났다. 급히 쫓아가서 다 쏘아 죽이고 목을 베어서 돌아왔다. 그런데 수급은 2개뿐이었다.

"누군지는 모르겠으나 분명 경상우수영 군관이라 했습니다. 우수영 관할이라고 위협하면서 수급 하나를 강제로 빼앗아 갔습니다."

이순신은 그들에게 술을 내려 위로하고 다시 그쪽 방향으로 내보냈다. 그리고 함대는 거제도 쪽으로 움직였다.

정오에 북단의 영등포 앞바다에 이르자 부산 쪽으로 달아나는 왜선들이 보였다. 대선 5척, 중선 2척이었다.

바람이 동남풍으로 역풍이었기에 돛은 달지 못하고 노를 재촉해 쫓아갔다. 율포(栗浦: 거제시 동부면) 앞바다에 이르자 왜선들은 무거운 짐들을 바다로 던지며 율포 쪽으로 달아났다. 육지 탈출의 의도였다. 그러나 근접해온 조선함선들의 포격에 모조리 섬멸되었다. 왜선은 수색 후 다 불태워버렸다.

가덕, 천성을 지나고 낙동강 하구를 거쳐 경상좌도의 몰운대(沒雲臺: 부산의 다대포) 지역까지 와서 적을 수색했다.

적들은 멀리 숨어버리고 흔적이 없었다. 이순신은 이때 여기까지 온 김에 왜적의 소굴인 부산지역을 아주 소탕해 버리고 싶었지만 우선 참기로 마음먹었다. 하류 낙동강의 갈래인 김해강(金海江)과 양산강(梁山江)에는 깊숙이 많은 수의 왜적 수륙군이 주둔해 있었다. 그들은 부산 주둔군과 서로 호응할 것이 분명했고, 조선함대는 앞뒤 양쪽에서 협공을 당할 수도 있었다.

부산공격은 만전지책(萬全之策)을 세운 다음의 일이었다.

거제도의 온천량(溫川梁), 송진포(松津浦)에 와서 그날 밤을 보냈다. 다음날 6월 8일, 창원땅 증도(甑島) 앞바다에 진을 치고, 마산포(馬山浦), 안골포(安骨浦), 제포(薺浦), 웅천(熊川) 등지로 탐망선을 내보냈다. 종적이 없어 송진포로 다시 와 밤을 새웠다.

다음날 6월 9일, 함대는 웅천 앞바다로 나와 대기하며 사방으로 탐색선을 보내 다시 왜적을 찾았다. 흔적이 없었다.

그날 밤은 귀항을 위해 당포에 와서 밤을 보냈다. 다음날 6월 10일 일찍 출발했다. 남해도 미조항에 이르러 세 수사(水使)는 작별을 고했다. 다음을 기약하고 헤어져 각자 본영으로 돌아갔다.

2차 귀항 때도 전라좌수영 여수는 1차 귀항 때와 마찬가지로 환희와 열광의 도가니였다. 그 소문은 더 빨리 더 널리 퍼지면서 또다시 온 조선에 기운을 불어넣었다.

2차 귀항 후 이순신이 맨 먼저 챙긴 일은 사상자를 돌보는 일이었다. 이번에는 희생이 꽤 많았다. 전사 13명, 부상 34명이었다.

소속 관장(해당 지역 장수)의 일이었지만 이순신은 장수들에게 특별히 당부하는 정성을 보였다. 전사자의 시신은 일일이 작은 배에 싣고 고향에 가서 예(禮)에 따라 장사 지내 주도록 했고, 유가족에 대한 구휼을 법에 따라 유루 없이 시행하도록 했다. 부상자들은 그 정도에 따른 충분한 치료와 휴식을 보장해주도록 했다.

다음으로 그는 논공행상을 시행했다. 적의 목을 벤 자를 으뜸으로 하지 않고 힘껏 싸운 자를 으뜸으로 종합평가를 했다. 그 공로를 1, 2, 3등급으로 정해 표창과 시상을 바로 시행했다.

이러한 일은 원래 조정에 보고한 다음 조정의 명령에 따라 시행해야 했다. 이순신은 행재소가 멀고 때 없이 길이 막혔으므로 일일이 보고하고 명령을 받아 시행할 수가 없었다. 그것은 군사들의 사기를 위해 시행을 미룰 수가 없기 때문이었다. 그런 사유도 소상히 적어 올렸다.

이순신은 1차 출동 때와 마찬가지로 목욕재계 후 장계를 썼다.

쓰기를 마친 다음, 황금부채와 분군기 등 중요한 노획품과 적의 수급에서 자른 좌이(左耳 : 왼쪽 귀) 88개와 함께, 군관 이봉수(李鳳壽)에게 장계를 내주고 평안도 어디쯤 가 있을 조정을 찾아가 올리도록 했다.

조정에 보내는 장계는 각 수사가 따로 올렸기에 이억기도, 원균도 귀환 후 각자 장계를 올렸다. 전투에서 벤 적군의 머리 수량은 장수의 전공을 결정하는 가장 중요한 증거자료였다. 보고할 때는 수급의 좌이를 베어 장계와 함께 보냈다.

이번에 이억기는 장계와 함께 좌이 90여 개를 올려 보냈다. 원균은 장계와 함께 좌이 110여 개를 올려 보냈다. 좌이 수량은 원균이 가장 많았다.

이순신은 전장에 임하면 겁이 나서 멀리서 대포만 대충대충 쏘다 기지로 돌아갔습니다. 소신은 끝까지 남아 용감하게 적을 추격하여 수급도 더 많이 얻었습니다.

원균의 장계였다. 원균은 해전이 끝나면, 작은 배를 타고 나가 수급을 거두어 오도록, 휘하 장수들을 늘 닦달했다.

이순신은, 임금과 조정이 상황을 바르게 그리고 쉽게 파악할 수 있도록, 매우 상세하게 그러면서도 매우 간명하게 장계를 써 올렸다.

254

이번 장계는 좀더 길었다. 1차 출전 때에는 없었던 특이사항들을 적었기 때문이었다.

최초로 출전에 나선 거북선의 활동에 대하여 기술했다. 이순신 자신의 부상에 대하여 언급했다. 공로의 평가 방식에 대하여 기술했다. 적의 목을 벤 수를 따지지 않고, 열심히 싸운 것을 따져서 그 공로를 1, 2, 3등급으로 나누어 표창하고 그 공로를 적으로부터 노획한 물품 등으로 시상해 주었음을 기술했다.

연안 해역 백성들이 왜병의 수급을 베어서 이순신에게 가져오는 일이 허다했는데 그에 대하여 언급했다. 그들은 이순신이 싸워서 이긴 덕택에 얻은 것이므로 이순신에게 가져왔다. 그러나 이순신은 그곳이 경상좌수사 관할수역이므로 원균에게 갖다 주라 일렀다. 당시 왜병 수급 하나는 쌀 2가마로 거래되었고 병역면제 조건도 되었다.

이순신은 제 2차 출전을 치르면서 조선 화약무기의 위력과 그 효능의 탁월함에 놀라고 탄복했다. 그 사실을 기술했다.

화약무기는 전즉필승(戰則必勝)의 확고한 보장임에 틀림없었다. 일찍이 세종대왕께서 28년 동안이나 각고 노력한 끝에 조선식 대포를 개량 완성하여 《총통등록》(銃筒謄錄)이란 책까지 발행하고, "훗날 긴히 쓰일 것이니 영구 보관토록 하라" 당부하며 후일에 대비하도록 했었다.

이순신은 그것을 상고(詳考) 하였던바 크게 도움이 되었다.

임란의 전운이 감돌 때 유성룡이 적과 아군이 보유한 화약무기의 차이와 중요성을 명장 신립 등에게 특별히 환기시켜 주기도 했으나 그들은 마이동풍(馬耳東風) 이었다.

임란 직전 유성룡은 《증손전수방략》〔增損戰守方略: 중국 전래의 병법서 전수도(戰守圖)를 기본으로 유성룡이 거기에 다른 병법을 가감 편집한 책)이라는 책을 이순신에게 보내주었다. 이순신은 이를 읽고 감탄하여 그의 일기에 썼다.

수륙전에서 화공으로 싸워 이기는 전술 등이 낱낱이 언급되어 있다. 참으로 만고에 기이한 저술이다.

이순신은 자신의 전술원리를 이 책에서 적잖이 참고했다.

'임란 초 부산, 동래, 그리고 경상좌수영, 우수영에서 조선의 이 우수한 화학무기를 제대로 준비하고 사용했다면, 어찌 왜적들이 단 한 발짝이라도 조선 땅에 발을 들여놓을 수 있었겠는가?'

이순신은 생각할수록 왜란 초장부터 나라가 토붕와해(土崩瓦解)되고 말았음에 통한을 금할 수가 없었다.

이순신의 장계는 6월 21일, 파천중인 임금이 하루 쉬고 있던 용천(龍川)의 행재소에 도착했다. 그날 이광 등 근왕군의 용인 패전소식이 당도해서 상하가 몹시 침울한 때였다.

이순신의 엄청난 승전소식이 전해지자 조정은 감격으로 벅찼고 새로운 희망과 용기로 기운이 솟았다.

그동안 공로를 보고한 것치고 이보다 더한 것이 없습니다. 특별히 표창하소서.

비변사에서 건의했다.

"건의대로 하라. 이순신에게 가자(加資) 하라."

이순신은 가선대부(嘉善大夫: 종 2품)에서 자헌대부(資憲大夫: 정 2품)가 되었다. 그리고 홍양현감 배홍립(裵興立)과 광양현감 어영담(魚泳潭)이 통정대부(通政大夫: 정 3품 당상관)가 되고, 녹도만호 정운(鄭運)과 사량첨사 김완(金浣)이 절충장군(折衝將軍: 정 3품 당상관)이 되는 등 공로대로 승진되었다.

그러나 거북선 등장이라는 가슴 부풀어 오르는 놀라운 사실과 사령관 이순신 부상(負傷)이라는 가슴 내려앉는 놀라운 사실에 대해서는 일언반구도 없었다.

'건방진 놈. 두어 번 이겼다고 제멋대로란 말이지. 적의 수급이 아니라 활로 쏘아 죽인 것으로 군공을 평가했다고? 반고(盤古: 하늘과 땅을 만들었다는 중국 신화상의 거인) 이래 그런 전례가 없었거늘 제 놈이 새로운 전례를 만들었다고?'

그리고 임금은 이때부터 마음속으로 이순신을 시기하기 시작했다.

'뭐, 노획한 베와 쌀을 다 털어 병졸놈들을 포상했다고?'

병사들에 대한 논공행상을 제멋대로 설정하고 제멋대로 시행한 것이 임금의 비위를 특히 거스르게 했다.

임금은 피란중에 자신도 모르는 사이 분수없는 식탐을 보인 적이 여러 번 있었다.

"어선(御膳: 임금의 음식)은 생물(生物)로 할 것이며, 수량도 풍족하게 하라. 동궁 이하도 다 이에 준하도록 하라."

피란길의 선조가 평양에서 내린 전교였다.

'상(上)의 의식이 필부에도 미치지 못하니 ….'

생각 있는 신하들은 오히려 스스로 부끄러워 고개를 들 수가 없었다. 노획한 베와 쌀로 병졸들을 포상하였다는 이순신의 장계를 읽고 비위가 상한 임금의 내심 역시 필부에도 미치지 못하는 그의 의식과 무관하지 않았다.

임금의 탐탁찮은 반응과는 달리 수군의 연승소식은 거대한 판세의 흐름을 이루는 새로운 밀물이 되어가고 있었다.

일본에서는 기고만장하던 풍신수길이 씁쓸한 심기를 더욱 억눌러야 했고, 조선에서는 구석에서 조금씩 지펴던 의병들의 불기가 크게 숫아 들불처럼 온 나라에 번져나갔다.

의병장 곽재우(郭再祐)

전란 초, 수만의 적도(賊徒)들이 해일(海溢)처럼 밀어닥쳐 강토를 휩쓸 때, 태풍 속 푸성귀처럼 백성들은 쓰러지고 날리며 정신이 혼미했다.

그러나 하루 이틀, 한 달 두 달 지나면서 백성들이 조금씩 정신을 차리기 시작했다. 그리고 세상도 조금씩 바뀌기 시작했다.

"나라는 망해가고 있다. 뭐 볼 것 있나? 앙갚음도 하고 실속도 차리는 게 제일이다."

배짱 있는 남정네들은 일본상투(존마게)를 틀고 일본옷(유카타)을 걸치고 나섰다. 나서면 세상은 자기 것이었다.

영감마님의 상투를 잡아 패대기를 치면 보물이 쏟아졌다. 반반한 처자의 머리채를 끌고 가면 각시가 되었다. 큰소리치거나 앙탈을 부리면 부엌칼로 쑤시면 되었다. 속이 후련하고 뒤탈도 없었다.

그림자만 얼씬거려도 다들 산으로 튀는지라 뉘 집이고 들어가, 있는

259

대로 쓸어 담고 우차고 마차고 끌어다 실어내면 그만이었다.

이와 같이 약삭빠르게 정신을 차리는 조선사람들이 생겨났다.

"그래. 천하대세는 기울고 있다. 세상은 바뀌게 마련이지. 왔을 때 잡아야 하는 것이 기회다."

몽골군이 고려를 침공했을 때 그들의 앞잡이가 되어 길을 안내하고 대대로 영화를 누렸던 인주(麟州: 의주 근처 군사요충지)의 도령(都令: 지역사령관) 홍대순(洪大純)처럼 정신을 가다듬고 선수를 치는 사람들도 생겨났다.

경상도 영산(靈山)사람 공위겸(孔撝謙)은 왜군을 안내하여 한양에 입성하고 고향집에 "잘되면 경주부윤(慶州府尹)이고, 못돼도 밀양부사(密陽府使)는 되어 내려갈 것이니라"고 편지를 보냈다.

함경도 함흥(咸興)의 생원 진대유(陳大猷)는 딸을 왜장에게 바치고, 동포들을 의병모의로 밀고하는 일에 앞장서며 대단한 권세가가 되어 떵떵거렸다.

두 왕자를 잡아 가등청정에 바친 함경도 회령(會寧)의 아전 국경인(鞠景仁)도 기회가 왔을 때 일찌감치 붙잡은 사람이었다.

그러나 그와는 전혀 딴 방향으로 정신을 차리는 사람들이 훨씬 더 많았다. 공격군으로 들어온 대단위 적도들이 점령지를 넓히면서 그들은 소단위 활동도 넓혀야 했다.

"저들이 소단위라면 우리의 작은 힘으로도 해볼 수가 있다."

각지에서 의병(義兵)들이 일어섰다. 왜적이 거의 다 장악한 경상도에서는 의병이 일어나지 않은 곳이 거의 없었다.

유교를 국교로 정한 지 어언 200년, 충효를 사상으로 절의를 신념으로 세상을 사는 선비들이 역시 앞장섰다.

선두에 나선 선비는 경상도 의령(宜寧) 세간리(世干里)에 사는 곽재우(郭再祐)였다.

그는 이름 있는 선비집안 출신이었다. 성균사성(成均司成: 국립대 교수)을 지낸 곽지번(郭之藩)이 조부요, 황해감사를 지낸 곽월(郭越)이 부친이었다. 당대의 석학 남명(南冥) 조식(曺植) 문하에서 공부했다. 집에 머슴을 10여 명 둘 정도는 되었지만 큰 부자는 아니었다.

곽재우는 동지사로 가는 아버지 곽월을 따라 명나라에도 다녀왔고, 무관직인 장인 덕택에 병서를 읽고 말타기 활쏘기도 익혔다. 34세 때 서울에 올라와 과거에 합격했으나, 그 과거는 무효란 어명이 내려졌다.

당(唐) 태종(太宗)이 대궐의 정원에서 무술을 가르친 일을 논하라.

당시의 시험문제였다.

군주가 문약(文弱)에 빠지면 나라가 위태로워진다. 군주는 문무를 겸전해야 한다. 당 태종의 일은 매우 훌륭하다.

곽재우의 답안이었다.

"문약이라 한 것은 감히 날 조롱한 것이다. 곽재우를 잡아들여라."

임금 선조가 대노했다. 대신들이 말려서 잡아들이지는 않았다.

곽재우는 돌아와 전원에 묻혔다.

세간리에서 동남으로 30리 남강(南江)과 낙동강(洛東江)이 만나는 대목의 성산리(城山里: 남강 북쪽, 낙동강 서쪽)에 작은 집을 지었다. 그리고 둔지(遯地: 은둔생활 하는 곳)라 불렀다.

둔지 지역은 앞으로는 비단결 같은 두 청강(淸江)이 어울려 유유히 흐르고 둘레로는 짙푸른 산들이 병풍을 세워 절경산수를 이루었다.

손수 텃밭을 가꾸기도 하고, 강을 오르내리며 낚시질도 하고, 하인들과 산에 올라 사냥솜씨도 겨루고, 농한기에는 젊은이들을 모아 글을 가르쳤다. 몇 년 그러다 임진년 왜적의 난리가 일어났다. 41세.

그는 하인과 청년들 중에서 싸울 만한 사람 50여 명을 추려 군병 훈련을 시켰다. 그만큼의 말도 준비해 기마병 훈련도 시켰다.

왜적이 김해성을 노린다 하자 초계(草溪) 군수 이유검(李惟儉)이 대적하러 나가고, 의령(宜寧) 현감 오응창(吳應昌)도 나갔다. 그러나 정작 왜적이 밀려오자 이들은 달아나고 김해성은 무주공산이 되었다.

관고에 있는 무기며 양곡이 적의 수중에 넘어가지 않으면 도둑떼의 차지가 될 판이었다. 곽재우는 서둘러 관고의 무기와 양곡을 세간리로 옮겼다.

"왜적들은 신식무기가 있다. 무언지 아느냐?"

"조총이라카데예"

"맞다. 조총의 총알은 100보를 나간다. 조총에 맞지 않으려면 …?"

"100보 밖에 있다카모 안 맞지예."

"옳다. 명심해라. 그리고 또, 왜적들은 싸움 전문가다. 창칼을 잘 쓴다. 창칼을 들고 쫓아오면 …?"

"그라몬 도망가야지예."

"허어 참, 잘도 맞춘다."

절대로 백병전(白兵戰)을 해서는 안 된다는 것, 곽재우는 그것을 먼저 가르쳤다.

번개같이 나타나 공격하고 감쪽같이 사라지는 기습기술, 활을 쏘는 대로 맞추는 사격기술, 이 두 가지를 열심히 가르쳤다. 근처 예상되는 전투지역을 찾아 돌며 실지훈련을 시켰다.

"왜적들이 배를 타고 이 강을 거슬러 올라갈 거다. 어쩌면 좋겠노?"

"이쪽 숲에 숨어 있다가예, 배가 이 아래로 지나갈 때예 이 언덕에서 내리 쏘면 놈들 다 죽을끼라예. 그라고 쫓아오면 저쪽 바위 뒤로 달아나 산속으로 숨어삐리면 그만 아잉교?"

"짜석아, 놈들 다 쏘아 죽일 긴데 뭐가 쫓아오노?"

"하하하."

왜적은 부산에 오른 후 번쩍번쩍 도성으로 진격하고 있었다. 진격하는 전투부대를 위한 군수품을 내륙 깊숙이 날라 와야 했다. 적들은 교통 요지 여러 곳에 보급기지를 건설했다.

대구(大邱) 북방 40여 리, 육로 수로 교통의 요충이 되는 낙동강 동편 평지(왜관)에 부대를 주둔시키고 막사와 창고를 대량으로 짓고 있었다. 왜적들은 일본서 가져온 군수품을 부산에서 싣고 낙동강을 타고 올라와 여기 창고에 쌓았다. 그 군수물자는 수로를 타고 북쪽으로 가고 육로를 따라 동서로 갔다.

이 군수물자 운반선들이 둔지 앞강을 수시로 오르내렸다. 지난 수년간의 낚시질 덕택에 곽재우는 둔지 앞 합수(合水) 머리와 남강, 낙동강의 위아래 물길과 깊이를 잘 알았다.

그는 5월 초 의병들을 데리고 둔지 앞강을 순찰했다. 바닥이 얕아 배가 겨우 지나가는 물길을 여러 곳 일러 주었다. 그리고 조별로 나누어 임무를 맡겼다.

"각조는 맡은 곳에 이만한 말뚝을 요만한 간격으로 박아 놓아라. 소문나지 않게 몰래 해라."

말뚝 설치를 확인한 후 정탐을 보내 적 수송선의 상황을 살폈다. 60여 척의 대규모 선단이 올라오고 있었다.

"옳다. 첫 전투다. 내일은 각자 숲속에 매복해서 기다려라."

다음날 과연 왜적 선단은 둔지 앞강에 나타났다. 배들은 예닐곱 척씩 돛을 달고 무리지어 올라오고 있었다. 물자를 잔뜩 실은 배에는 알몸에 샅띠〔褌(곤), 훈도시〕만 걸친 왜병 여남은 명이 타고 있었다.

뒤뚱거리기도 했지만 몇 척 배들은 그럭저럭 잘 지나가고 있었다. 그런데 뒤따르던 한 척이 말뚝에 제대로 걸렸는지 꼼짝하지 않았다. 왜병들이 삿대로 저어보고 장대로 밀어보고 했으나 배는 나가지 않았다. 왜병들은 배 밑을 보러 물속으로 들어갔다.

그때였다. 매복해 있던 의병들이 쫓아 나와 화살을 퍼부었다. 가까운 언덕에서 내려 쏘는지라 왜병들은 피를 토하며 쓰러지고 물에 떠내려갔다. 다급하게 외치는 소리 따라 선단 여기저기서 북을 울리고 고둥을 불었다.

앞서 가던 배들이 멈추는 듯하더니 물살에 밀리다 말뚝에 걸려 버둥거리고 그러다 넘어졌다. 그때 또 의병들이 나타나 화살을 쏘아댔다. 왜병들이 조총을 들어 쏠라치면 의병들은 감쪽같이 숨어 버렸다.

뒤따라오던 배들이 구원하러 서둘러 올라오다 또 말뚝에 걸렸다. 왜선들은 빠져나가려 버둥거리다 서로 충돌하기도 하고 강가 바위에 부덮쳐 부서지기도 하고 뒤집히기도 했다. 그럴 때면 의병들이 나타나 빗발처럼 쏘아붙이고 사라졌다. 왜선들은 한 척 한 척 말뚝에 걸린 채 임자를 잃어가고 있었다.

"후퇴하라!"

왜병들은 손을 뒤로 저어 신호를 했다. 뒤따라오던 배들은 뱃머리를 돌려 하류로 달아났다.

그리고 올라가다가 겨우 빠져나온 배 몇 척이 부상병들을 싣고 서둘러 하류로 달아났다. 예상 밖의 대승이었다. 걸려든 배가 30여 척이었고 죽은 왜병 또한 적지 않았다.

"왜선에 올라가서 쓸 만한 것은 다 가져오너라."

여울에 맴도는 시체와 배 바닥에 핏자국을 깔고 죽은 시체를 보면서 의병들은 몸이 떨려 뭘 제대로 끌어낼 수가 없었다. 다 자기들이 죽인 사람들이었다. 사람을 죽이기는커녕 닭 모가지 하나 제대로 비틀어 보지 못한 위인들이었다.

'세상이 이렇게도 되는구나.'

곽재우 자신도 가슴에 한기가 서렸지만 짐짓 태연히 굴고 있었다.

의병들이 곡식, 피복, 칼, 조총 등을 끌어내 강가에 쌓았다.

"말에다 올려 묶어라. 이거 분량이 많아 몇 번 더 실어가야 되겠다."

어느새 해가 지고 있었다.

"이것도 묶어야지요."

마지막 짐을 올려 묶는 참이었다. 돌아보니 한동네 사는 심대승(沈大承: 후에 훈련원 판관, 군자감정)이란 청년이었다. 무과를 준비하다 난리를 만났다. 왜병의 수급 몇 개를 곽재우 앞에 내놓았다. 곽재우는 소름이 끼쳤다.

"조정에 올려야 장군의 공로가 드러나지 않겠십니껴?"

"……."

"그래야 지들도 보람이 있을 끼고요."

"……."

곽재우는 착잡했다.

'목에 목매다가는 목이 위태로워진다.'

미숙한 부하들이 수급에 매달리도록 해서는 안 되는 일이었다. 분명 자기 수급을 바치는 일이 적지 않으리라.

그리고 또 무엇을 탐해서 일으킨 의병도 아니었다.

'탐(貪)이 개재되면 의(義)는 사라지는 것.'

"앞으로도 수급은 버려두게. 내 돌아가서 말함세."

왜란 7년. 곽재우는 숱한 전공을 세웠다. 그러나 한 번도 자신의 공로를 조정에 보고한 적이 없었다. 부하들도 물론 적 수급을 취한 적이 없었다.

마지막으로 강 속에 처박힌 적선들을 다 태운 곽재우 일행은 세간리로 돌아갔다. 마을이 놀라고 이웃마을이 놀랐다. 소문이 경상도에 퍼지면서 고을마다 의병이 일어났다. 바로 이웃고을 삼가(三嘉)에서는 무과에 합격하고 훈련원 봉사를 지낸 윤탁(尹鐸)이 일어났다.

당시 함양(咸陽)에 와 있던 초유사 김성일이 곽재우를 초대하여 감사를 표하고 정식으로 의병활동을 승인해 주었다. 그의 권유로 윤탁이 곽재우의 휘하로 들어왔다. 의병들은 자꾸 불어났다. 어느새 곽재우는 윤탁 이하 17명의 장령(將領: 장수)을 거느리고 2천여 명의 병력을 보유한 의병대장(義兵大將)이 되어 있었다.

그는 백마를 탄 홍의장군(紅衣將軍)으로 왜군들에게까지 소문이 났다. 부친 따라 북경에 갔을 때 명 조정으로부터 받은 붉은 비단으로 장령들의 옷을 짓게 했는데 그들이 사양하고 일반 무관복을 입는 바람에 곽재우만 홍의를 십수 벌 가진 홍의장군이 되었다.

곽재우는 세간리 본영 외에 정암진(鼎岩津: 의령의 남강 서안)에 또 하나 진영을 설치하고, 윤탁이 이끄는 삼가 의병들을 여기에 상주시켰다. 그리고 강 건너 여러 곳에 척후를 내보내 적정을 살폈다.

얼마 되지 않아 척후에게서 온 이상한 문서가 곽재우에게 전달되었다. 일종의 포고문이었다.

나는 일본의 정승 안국사 혜경(安國寺 惠瓊)이다. 일본국 대왕이 선정을 조선에 베풀어 불쌍한 백성을 구하고자 하거늘 어찌하여 바다와 육지의 길을 막고 원수가 되려 하는가? 분수를 모르는 짓이로다. 이를 탓하여 의로운 군사들이 깊이 쳐들어가 모두 다 목을 베고자 했으나 죄의 다소를 따지기 어렵고 부모처자가 가련하고 노천의 기한(飢寒)이 가엾어 목숨을 보전토록 했도다. 그런데도 덤비는 자는 용서 없이 참살할 것이나 무기를 버리고 집으로 돌아가는 자는 용서하리라.
나는 지금 전라감사에 임명되어 부임하는 길이니 나를 막는 자는 중벌을 받을 것이요 나를 마중하는 자는 은혜를 받을 것이로다.

안국사 혜경은 풍신수길의 출세에 특별한 공이 있어 승려로서 제후가 된 인물이었다.

일본군이 조선의 도성(서울)을 점령했다는 소식에 풍신수길은 조선으로 건너가 위세를 보이고자 했다.

"먼저 나가서 나를 맞이할 준비를 하라."

안국사 혜경은 나고야의 축성공사를 맡아 완성한 토건 기술자 사택정성(寺澤正成)을 대동하고 조선으로 건너왔다. 부산에서 서울까지 군데군데 풍신수길을 위한 행궁을 짓고 서울에는 그럴듯한 대궐을 짓기 위함이었다.

그러나 조선으로 건너온 지 얼마 안 되어 새로운 지시를 받았다.

"조선 나가는 일은 내년 봄으로 연기했다. 우선 소조천융경(小早川隆景)을 도와 전라도를 점령하라."

풍신수길이 조선 입국을 망설이게 된 제일의 원인은 이순신에 대한 두려움이었다.

'이순신, 이 이나가쓰뻬이(핫바지, 촌놈)를 때려잡은 다음 건너가지.'

풍신수길은 육지에 올라가 있는 수군장수 협판안치(脇坂安治) 등을 부산으로 불러 내리고 이순신을 타도할 만반의 준비를 갖추라 했다.

제6군사령관 소조천융경은 원래 남해로 바다를 돌아 전라도에 상륙할 작정이었다. 전라도 점령은 나고야 사령부의 최상위 전략이었다. 군량의 현지 조달을 위해서는 필수적인 과제였다.

이순신에 의해 바다가 막히자 경상도 금산(金山: 김천)에 본영을 설치한 소조천융경은 병력을 세 길로 나누어 전주(全州)로 들어갈 계획을 세웠다. 융경에게는 지원군 2천여 명도 배정되었다.

융경은 직할군 1만 7천여를 두 길로 나누어 진군시켰다. 한 길은 추풍령(秋風嶺)을 넘어 영동(永同), 금산(錦山)을 거쳐 전주로 들어가는 길이고, 또 한 길은 무주(茂朱), 진안(鎭安)을 거쳐 전주로 들어가는 길이었다.

별동대 4천여 명을 이끌고 안국사 혜경은 부산에서 함안(咸安), 의령(宜寧), 삼가(三嘉), 운봉(雲峰), 남원(南原)을 거쳐 전주에 들어가는 것으로 진로를 정했다.

혜경이 길을 떠나기 전 미리 뿌린 포고문은 상당한 효험을 보였다. 조선사람들은 달아나지 않았을 뿐만 아니라 대항하지도 않았다. 자청해서 안내자가 된 사람도 여럿 있었다.

혜경의 부대가 함안에 당도했다는 정보가 곽재우에게 들어왔다. 곽재우는 정암진에 1천 명을 남겨 지키게 하고 1천 명을 데리고 밤에 강을 건너 높은 곳의 숲속에 매복했다.

아침 해가 떠오르면서 길안내 앞잡이가 된 조선사람들이 안내용 깃발을 꽂아가며 남강으로 다가오는 모습이 보였다. 안내용 깃발엔 승려 정승의 행차를 알리려는 것인지 만(卍) 자가 쓰여 있었다.

오정쯤 되자 왜병들이 깃발을 따라 전진하여 남강가에 이르렀다. 건너편 강변의 동정을 살피는 듯도 하고 건너기 좋은 곳을 찾아보는 듯도 하더니 모두 산에 올라 나무를 베어 왔다. 그리고 날이 저물도록 그것으로 여러 개의 뗏목을 만들어 강가 여기저기에 배치해 놓았다. 일이 끝나자 왜병들은 그곳에 만(卍) 자 깃발을 꽂아 놓은 다음 다시 함안으로 되돌아갔다.

어두워지자 곽재우 의병대가 활동을 시작했다. 곽재우 모습과 똑같이 백마에 붉은 전복을 입은 10여 명의 가짜 곽재우들이 수십 명씩 부하들을 거느리고 나타났다. 그들은 곽재우의 지시를 받아 부하들을 인솔하고 흩어져 여러 골짜기로 숨어들었다.

그들이 사라진 다음 곽재우는 나머지 부하들을 데리고 강가로 내려왔다. 우선 만(卍) 자 깃발들을 뽑아 다른 곳으로 옮겨 꽂았다. 온몸이 푹 빠질 만큼 진창으로 이뤄진 습지대에 꽂아 놓았다. 그리고 그 습지대 강가로 뗏목 배들을 옮겨 놓았다. 작업을 마치자 모두는 주변 숲속으로 들어가 잠복했다.

다음날 한낮쯤 안심하고 깃발을 따라가던 200여 명의 왜병 선봉부대가 진창에 빠져 허우적거리기 시작했다.

"야, 이거 큰일 났다. 빨리 통나무를 가져오라. 장대라도 가져오라."

뒤따라오던 왜병들이 급히 달려오다 함께 허우적거리며 아수라장이 되었다.

그때 갑자기 주위 숲속 여기저기서 북소리가 울리고 화살이 빗발치듯 날아왔다. 왜병들은 속절없이 쓰러졌다. 안국사 혜경과 함께 수백 명이 쫓아와 살폈으나 어리둥절할 뿐이었다. 적은 보이지 않고 화살만 쏟아졌다.

"저기다. 쏴라. 쏴."

말을 이리저리 몰며 혜경은 칼을 빼 쳐들어 숲속을 가리켰다. 왜병들이 숲속을 향하여 무작정 총을 쏘아댔지만 어찌된 일인지 자기들 사상자만 늘어갔다.

"후퇴하라."

왜병들은 길을 되돌아 엎어지고 자빠지며 달아나기 바빴다.

혜경이 뛰어 달리는 앞에 백마를 탄 홍의장군이 달리고 있었다. 말 탄 겨우 몇 사람이 호위하며 함께 달리고 있었다.

"틀림없는 그놈이다. 쫓아라."

혜경도 곽재우의 소문은 들었으나 별것이 못된다고 여기고 있었다. 총도 쏘고 활도 쏘면서 100여 명의 왜병들이 힘을 다해 쫓아갔으나 곽재우는 쓰러지지 않고 골짜기로 도망쳐 들어갔다.

"아차, 유인술에 걸렸구나. 뒤돌아 빠져나가자."

혜경이 골짜기에 들어온 것을 알아차리고 외쳤으나 때는 이미 늦었다. 골짜기 양편에서 화살이 쏟아졌다. 왜병들은 돌아서 달리며 연달아 꼬꾸라졌다.

겨우 빠져나온 혜경이 함안 쪽으로 달리며 바라보니, 멀리 가까이 도처에 백마를 탄 홍의장군이 앞서 달아나고 그 뒤를 왜병들이 열심히 쫓고 있었다.

"쫓지 말고 나를 따르라."

혜경은 소리치고 말을 박찼다. 홍의장군들의 추격에 숱한 왜병들이 쓰러졌다. 날이 저물어서야 추격은 멈췄다. 함안에 이르러 점고해보니 병사들이 반나마 사라지고 말았다.

풀죽은 혜경은 다음날 패잔병들을 재촉했다. 북으로 길을 찾아 나섰다. 소조천융경의 본대와 합류하기 위함이었다.

둔지 전투에 이어 정암진의 이 전투로 곽재우는 백성들의 영웅이 되었다. 산으로 피란갔던 백성들이 마을로 돌아오면서 낙동강 서편은 한동안 일상의 평화가 회복되었다.

난리가 일어나자 "아무데고 달아나 깊이 숨어라"고 한 경상감사 김수의 명에 따라 산속에 피했던 합천(陝川) 군수 전현룡(田見龍)이 조용한 틈에 나타나 김수에게 보고를 올렸다.

전라, 충청의 근왕군 6만의 꽁무니에 겨우 수십 명 수하를 데리고 경상도 대표로 떠났던 김수가 소식 없이 돌아와 산음(山陰: 산청)에 경상감영을 세운 때였다.

"곽재우 이게 말만 의병이지 불한당 두목이오. 건달들을 모아 관고를 쓸고 민가를 털며 강도짓을 하고 있소. 이런 도둑은 마땅히 잡아 죽여서 나라의 법도를 세워야 하오."

전현룡은 법대로 감사에게 보고했다.

김수는 전현룡의 보고가 매우 반가웠다. 등줄기가 차갑도록 백성들의 지탄을 받는 김수로서도 백성들이 떠받드는 곽재우는 반드시 제거해야 할 대상이었다.

'네가 나를 죽일 놈이라고 했겠다. 오냐, 너 잘 걸렸다.'

곽재우뿐만 아니라 사리를 아는 사람들은 경상도를 망치고 아울러 나라를 망친 김수가 마땅히 제거돼야 한다고 여겼다.

그런데 김수가 즉시 곽재우 체포령을 내렸다. 그러나 2천여 명의 부하들과 함께 있고 고을 백성들의 우상이 된 곽재우를 잡아들이는 일은 그리 만만하지 않았다.

결국은 양편이 서로 상대를 잡아 죽이기 위해서, 잡혀 죽지 않기 위해서, 조선사람들끼리 전쟁 아닌 전쟁을 벌이게 되었고, 상대를 고발하고 자신을 변호하는 글을 임금에게 보내는 지경에까지 이르렀다.

'백면서생이 어디 감히 도백(道伯)을 죽이겠다고? 네가 먼저 죽어야 마땅하지.'

곽재우는 진주 지방으로 내려가 있었다. 여전히 살인, 방화, 약탈을 일삼는 왜적들을 토벌하기에 여념이 없었다. 그런 곽재우를 죽이고자 김수는 여러 명 자객을 보냈다.

"여기 왜적 토벌이 끝나는 대로 김수부터 처치해야겠다."

곽재우는 어금니를 악물었다. 아무래도 큰일이요, 기막힌 일이었다. 초유사 김성일이 나섰다. 곽재우의 결백함과 의로움을 조정에 보고하고 조처를 구했다.

조정에 있는 파당의 덕택으로 잘 버티고 있는 김수가 한성부판윤(漢城府判尹)으로 전임되어 갔다. 멀리, 그리고 산뜻하게 피신하게 됐다.

"이런 역적을 벌할 자, 하늘뿐인가?"

세간리로 돌아온 곽재우는 북쪽 하늘을 쳐다보며 한마디 중얼댔다.

어느새 7월이 가고 있었다. 바람에 한기(寒氣)가 스며 있었다.

"현풍에 왜적이 들끓는다 합니다."

"그래? 우리 할 일을 해야지."

곽재우는 현풍(玄風), 창녕(昌寧), 영산(靈山)의 적도들을 차례로 몰아내고 인근 낙동강 동쪽도 수복했다. 낙동강 동서를 의병이 장악함으로써 낙동강을 오르내리던 적의 보급로는 완전히 끊기고 말았다.

왜적들은 곽재우를 반드시 잡아 죽여야겠다고 펄펄 뛰었지만 아직은 어쩔 도리가 없었다.

의병장 권응수(權應銖)

낙동강 동쪽인 경상좌도에서도 처처에서 의병들이 일어났다. 가장 일찍 일어나 왜란이 끝날 때까지 줄기차게 싸워 많은 공을 세운 사람이 권응수(權應銖)였다.

처음 그는 호응자가 없어 주로 집안 식구들끼리 겨우 12명으로 일어섰다. 권응수는 고향인 영천군(永川郡)의 신녕현(新寧縣) 중리(中里)에서 농사를 지으며 조용히 살고 있었다. 선비 집안이었기에 공부는 했으나 벼슬에는 나가지 않았다.

선조 16년(1583) 여진족이 대거 두만강을 건너 경성(鏡城)까지 쳐내려왔다. 숱한 장정들이 북쪽의 전쟁터로 줄달아 올라가면서 나라가 들끓었다. 비상시였음이리라. 무과의 특별과거가 있었다. 권응수는 여기에 응시하여 합격했다. 39세.

다음 해부터 의주로 올라가 국경수비대의 하급군관으로 3년을 지냈다. 임기를 마친 43세에 다시 보직이 주어지지 않았다.

고향에 내려와 농사를 지었다. 그러기를 3년, 안면이 있던 경상좌수사 박홍(朴泓)에게서 연락이 왔다. 그는 말을 달려 동래 좌수영으로 가서 수사 박홍을 수행하는 대솔군관(帶率軍官)이 되었다. 임진왜란이 일어나기 1년 전 나이 46세 때였다.

갑자기 거대한 해일처럼 밀어닥친 왜적이 부산진을 함락시켰다. 좌수영은 엎드리면 코 닿을 데였다. 박홍의 지시에 따라 권응수도 연락차 밖에 나갔다 왔다. 본영은 불타고 병사들은 흩어져 달아나고 있었다.

"수사 어른이 마님을 데불고 달아났다 카데예."

박홍이 소실을 데리고 달아났다는 병사의 말이었다.

권응수는 즉시 말을 달려 쫓아갔다. 다른 군관 10여 명도 뒤따라 달렸다. 금정산(金井山) 아랫길에서 앞을 가로막자 박홍이 병법을 논하였다.

"병법을 안다면 진퇴를 알 것이오. 저 엄청난 적을 향하여 전진하는 것은 보람 없는 죽음이오. 잠시 후퇴해서 후일의 승기를 잡는 것이 병법이오."

"……."

"후일을 도모할 사람은 날 따르고 생각이 다른 사람은 떠나도 좋소."

박홍은 말을 몰아 북으로 달렸다. 권응수도, 따라온 다른 군관들도 뒤따라 북으로 달렸다. 일행은 밤이면 숲속에 들어 잠시 눈을 붙이고는 또 달렸다.

안동에 들어오자 조금은 안심이 되어 객사로 들어갔다. 밤중에 권응수의 방에 모여든 군관들이 그의 고단한 단잠을 깨웠다.

"내가 뒷간에 갔다 오다 말소리를 들었다 아입니껴."

한 군관이 목소리를 낮춰 말했다.

"무신 소리고?"

"무작정 가기만 할끼요?"

소실의 말이라고 했다.

"어디로든 몰래 가 숨을 작정이었는데 저 눈치도 없는 것들이 따라 올 줄 누가 알았나?"

박홍의 말이라고 했다.

"마, 칵 직입시더."

어금니를 무는 군관이었다.

"묶어가 관가에 끌고 가입시더."

"그럴 새도 엄꼬…. 그냥 칵 찔러삐리지요."

박홍을 죽이자는 쪽이 우세한 것 같았다.

"권 노인 생각은요?"

권응수를 노인이라 불렀다. 46세라면 손자들이 자랄 나이였다.

"내사마 정신이 흐려가…."

잠시 눈을 붙인 이른 새벽 권응수는 혼자 말을 몰아 남으로 달렸다. 왜적은 이미 상주(尙州)를 지나 문경(聞慶)으로 몰려가고 있었다. 신녕 고을에도 4월 23일에 이미 왜적이 들어와 있었다.

권응수가 고향에 닿은 것은 4월 27일이었다. 어느 동네나 집들은 텅 비었고 고샅길에는 강아지 한 마리 보이지 않았다. 멀리 한길을 바라보니 왜병들이 무리지어 오고 갔다.

뒷길을 헤매다 아는 사람을 만났다. 털보라는 별명을 가진 영천군의 관노 희손(希孫)이었다.

"다들 어찌되었느냐?"

"군수, 현감 다 도망쳤다 아이오."

"백성들은 다 어디로 갔느냐?"

"마. 보현사(普賢寺)로 갔지 싶소만 … ."

털보는 턱을 쳐들고 권응수의 얼굴을 빤히 쳐다보며 말했다. 관노의 태도는 전혀 아니었다.

세상이 바뀐 줄 아는 모양이구나 생각하며 돌아서는데, "조심하시이소. 세상이 바꼈다 아이오"하며 털보가 신상에 대한 염려까지 해주었다. 비위가 상했지만 못들은 척 대꾸하지 않고 권응수는 보현사로 달렸다.

그의 고향 중리에서 한 20리, 높고도 깊은 보현산(普賢山)이 있고 그 깊은 곳에 많은 암자가 딸린 보현사가 있었다. 과연 마을사람들과 가족들이 거기 와 있었고 몹시 반가워했다. 권응수는 가족이 묵고 있는 암자로 알 만한 인사들을 모셔오도록 시켰다. 그리고 밤새 그들을 설득했다. 의병을 일으켜 저들을 물리치자고.

그러나 단 한 사람도 호응하는 사람이 없었다.

"몇 마리 양떼 같은 주제로 저 사나운 이리떼를 우째 감당하겠노?"

나이 많은 연장자가 일어서자 모임은 해산되었다.

하는 수 없었다. 권응수는 우선 가족들을 데리고 시작하기로 했다. 아우 응전(應銓), 응평(應平), 응생(應生), 아들 우(遇)와 적(迪), 집안 노복 다섯, 자청해서 찾아온 이웃마을 청년 이온수(李蘊秀), 그리고 자신, 이렇게 12명으로 의병대를 조직했다.

권응수는 이른바 부하 11명에게 우선 활쏘기부터 가르쳤다. 조선의 편전(片箭)은 어떤 경우 일본의 조총보다도 더 위력이 있고 또 더 편리했다. 편전은 보통의 화살인 장전(長箭)보다 짧은 화살로 빠르고 정확해서 살상력이 뛰어났다. 편전은 통아(筒兒)라고 하는 덧살에 끼워 쏘아야 하는 특별한 기술을 알고 익혀야 하기에 이를 집중적으로 훈련시켰다.

싸우는 기술 등을 좀더 가르치고 싶었으나 사태가 허락하지 않았다. 보현산에 피란한 사람들은 식량 구하기에 나섰다. 마을 근처 들밭에는 익어가는 보리가 풍성했다. 젊은이들이 밤중에 들밭으로 보리를 베러 내려갔다. 그런데 몇 사람은 맞아죽고 몇 사람은 피투성이가 되어 산으로 도망쳐 왔다.

보리 베러 내려간 피란민을 몽둥이로 때려죽인 사람들도 조선인들이었다. 영천읍에 살던 아전, 관노들이 건달, 백정, 갖바치, 심마니 등 천직 종사자들을 부추겨 부역자 노릇을 하도록 했다. 건달들은 낮에는 왜군들의 앞잡이 노릇을 하고, 밤에는 작당하여 동네를 휩쓸고 빈집을 털고 사람을 쳤다. 이 무리가 근 200여 명이나 되었다. 그 우두머리가 털보 희손이라고 했다.

권응수가 급히 움직인 것은, 이 무리들이 왜적들을 이끌어 보현산에 들이닥칠 것으로 우려되기 때문이었다. 권응수는 초라하기 짝이 없는 의병대를 이끌고 보현산을 내려왔다. 그리고 소수 병력의 일본군을 수소문했다. 일본군을 괴롭혀 그들이 보현산으로 갈 수 없도록 평지에 묶어놓으려는 심산이었다.

5월 6일 마침내 기회가 왔다. 신녕에 주둔한 일본군 50여 명이 나와서 마을마다 집집을 들쑤셔 뒤지고 불을 지르고 다니는데, 틀림없이 중리 쪽으로도 올 것이라는 정보가 들어왔다.

왜군들이 중리로 들어오려면 남쪽을 흐르는 한천(漢川)을 건너야 했다. 한천에는 다리가 하나 놓여 있었다. 그리고 멀지 않은 곳에 붕어듬이라는 숲이 있었다. 작전계획이 권응수의 머리에 번개같이 떠올랐다. 부하들을 시켜 다리의 바닥에 깔았던 통나무들을 반쯤 걷어내 남쪽 강가에 쌓아 놓게 했다. 그리고 모두는 붕어듬으로 숨어들었다.

신녕 쪽에선 여러 곳에서 희뿌연 연기가 치솟고 있었다. 조선사람들은 연기를 보면 왜적들이 어디에 와 있는지 알고 피란을 나갔다. 왜적들은 뒤지고 난 다음에는 꼭 불을 질렀다. 그들은 아무리 초라한 오두막집이라도 샅샅이 뒤졌다. 주로 그릇 때문이었다.

붕어듬에서 쥐죽은 듯 숨어 기다리던 의병들의 눈에 이쪽으로 길을 잡은 왜적들의 모습이 들어왔다. 50여 명, 말 탄 자가 몇 명 있고 나귀를 탄 자도 몇이 보였다.

"놈들이 옵니다."

의병들은 침을 꼴깍거리며 부스럭거렸다.

"쉿, 조용히. 숨을 때는 소리와 불은 절대 금물이라 했지."

권응수는 한 번 더 다짐을 두었다.

소풍가는 사람들처럼 노닥거리며 다가오던 왜적들이 다리 앞에서 멈췄다. 헐어진 다리를 보더니 손짓을 해가며 뭐라고 떠들어댔다.

대장처럼 보이는 자가 마상에서 뭐라고 외치자 왜병들이 어깨에 멘 도둑 자루를 땅에 내려놓았다. 그리고 무기도 내려놓았다. 어떤 왜병들은 강가에 쌓아 놓은 통나무를 날라다 다리 위에 깔고 또 어떤 왜병들은 칡덩굴을 뜯어와 얽어맸다. 작은 다리를 고치는 데 모두 매달릴 필요가 없다 보니 일부는 옷을 벗고 강물로 뛰어들어 더위를 식혔다.

왜병들 스스로 시행한 완전한 무장해제였다. 순간 권응수가 조용히 손을 쳐들었다. 화살을 시위에 걸고 기다리던 의병들이 일제히 쏘기 시작했다. 비 오듯 쏟아지는 화살에 왜병들은 연방 꼬꾸라지고 강물로 떨어졌다.

어리둥절하며 당하기만 하던 왜병들이 화살의 방향을 알아차리고 총을 들어 덮어놓고 쏘았다. 그러나 조선군은 보이지 않고 왜병들만 연거푸 넘어질 뿐이었다. 그들 대장이 사태를 파악한 것 같았다. 그가 소리치자 살아 있는 왜병들이 다친 자들을 재주껏 끌면서 신녕 쪽으로 달아났다. 최소 절반은 죽은 것 같았다. 이쪽은 하나도 다치지 않았다. 권응수 의병대의 초전 대승이었다.

"쫓아가입시더."

사기가 오른 의병들이 추격하고자 했다.

"어림없는 소리. 저들 물건이나 챙겨라."

적병이 완전히 물러간 다음 의병들은 붕어듬을 나와 노획품을 챙겼다. 총, 칼, 활 등 무기의 노획이 기뻤다. 의병대의 초라한 무장을 보충하게 되었다. 도둑 자루들을 쏟아보았다. 오만 잡동사니가 다 쏟아졌다. 대부분 부엌에서 쓰는 오지그릇, 사기그릇 같은 식기였다.

이날 한천 전투의 소문은 삽시간에 일대사건으로 퍼져나갔다.

"2천 명을 무찔렀다. 내 눈으로 보았다 아이가."

소문이란 부풀려지기 마련이었다. 아무튼 그날 이후 의병 지원자가 늘어났다. 권응수는 이들을 데리고 영천과 신녕 사이에서 유격전을 벌였다. 만만한 소규모 적들만을 상대로 싸우면서 미숙하고 철없는 부하들을 실전으로 단련해나갔다.

권응수의 소문을 들은 영천의 왜장이 권응수를 제거할 묘안을 생각해 냈다. 이른바 이이제이(以夷制夷: 남의 힘을 이용하여 또 다른 남을 제어하는 것)의 방법이었다. 그는 영천의 부역자들을 시켜 권응수를 잡아 죽일 작정이었다.

그는 부역자들의 대장인 털보 희손을 불렀다.

"너를 영천의 판관(判官) 벼슬에 임명하려고 하는데…, 조금만 더 노력해 보겠느냐?"

"내사마 목숨을 걸깁니더."

"곧 처리해야 할 일이 하나 있다. 이 일을 해내면 벼슬은 물론 상금으로 황금 100냥도 내리겠다."

"무슨 일인뎁쇼?"

"내가 처리할까 생각한다만 우선 네게 기회를 주고 싶다."

"하이고마 고맙십니더. 무신 일이든 말씀만 하시이소."

"졸개들 10여 명 데리고 다니며 까부는 권응수 그놈을 처치할 수 있겠나?"

"안 그래도 그놈은 내 손에 죽을 놈입니더. 시간만 쬐매 주시이소."

"그래, 좋다. 그놈 목만 가져오너라."

털보는 이전부터, "권응수는 내 손에 죽을 놈이다" 이렇게 떠벌리고 다녔다.

권응수도 소문은 들었다. 그러나 왜놈들 듣기 좋게 하려는 공연한 허풍이라 여겨 별 관심을 갖지 않았다.

권응수는 의병대를 이끌고 매일 숨어 다니며 싸웠고 때마다 이겼다.

그러나 47세인 자신의 몸도 마음 같지 않고, 또 대원들이 과로에 지칠 수도 있어 좀 쉴 작정으로 모처럼 만에 중리 본가에 들렀다. 그런데 겨우 하루저녁 자고난 아침이었다. 눈은 떴으나 좀더 자고 싶어 일어나지 않고 있을 때였다.

"대장님예, 큰일 났심더."

대문간에 서 있던 보초가 달려왔다.

"무신 일이고?"

"저기 저 아래 좀 보이소."

권응수는 잘 때도 늘 군복을 입은 채였다. 벌떡 일어나 밖으로 나왔다. 저 멀리 마을 입구에 50여 명의 장정들이 모여 대열을 정돈하고 있었다. 자세히 보니 흐트러진 머리에 때 절은 입성을 아무렇게나 걸친 군상들이, 나귀를 탄 털보의 명령에 따라 이리저리 왔다갔다 하고 있었다. 털보 희손이 두목 노릇을 한다는 부역자 집단에 틀림없었다. 잠시 뒤 그들은 나름대로 대오를 갖추고서 나귀를 탄 털보를 뒤따라 북과 꽹과리를 치며 동네를 올라오기 시작했다.

"대장님예, 저눔아들을 어이합니꺼?"

대원들도 모두 앞마당으로 나와 있었다.

"조선사람들끼리 이런 일이 벌어질지는 몰랐다. 허나 걱정할 것 없다. 제풀에 쓰러지도록 만들면 된다. 따라오너라."

권응수는 집 뒤꼍으로 대원들을 데리고 갔다. 이온수에게 몇 가지 지시한 다음 무장을 갖추고 말에 올라 홀로 뒷문으로 나갔다. 권응수는 담 모퉁이를 돌아 동네에서 잘 보이는 언덕길에 멈춰 섰다.

"권응수 니 잘 만났다. 도망가지 말고 이리 내려오너라."

권응수를 발견하고 나귀를 멈춘 털보가 소리쳤다.

권응수가 말을 탄 채 목소리를 가다듬었다.

"지금이라도 정신을 차리고 우리 편으로 돌아오너라. 나와 싸우지 말고 왜놈들과 싸우자. 그러면 나라에서 너에게 상을 내리게 하겠다."

"시끄럽다. 망한 나라에서 상은 무신 상이고?"

"나라는 건재하다. 우리 편에 붙으면 살고 왜놈 편에 붙으면 죽는다."

"니 대가리를 가지러 왔는데 무신 잔소리고?"

"우리 편이 되기 싫으면 돌아가 부역자 노릇만 하지 마라. 조용히 살란 말이다."

"니 대가리를 가지면 조용히 지낼 끼다. 저놈을 쏴라."

털보가 손을 들어 권응수를 가리키자 부역자들 50여 명이 일제히 화살을 쏘기 시작했다.

권응수는 재빨리 달아났다. 마을 밖으로 나와 사정거리를 재가며 천천히 달아났다. 부역자들은 기세가 뻗쳤다. 겨우 한 놈. 끝까지 쫓아가 잡겠다는 기세였다. 연방 활을 쏘며 쫓아갔다. 그런데 화살이 뒤에서 날아들었다. 돌아보니 쫓아오며 화살을 쏘아대는 한 무리가 있었다. 이온수가 앞장선 의병대였다.

"요 쥐새끼들부터 처치하는 기라."

털보가 손을 들어 반대편을 가리키자 부역자 무리들이 이온수 쪽으로 화살을 쏘며 달려갔다. 이번에는 쫓아오던 이온수 쪽이 되돌아 달아나기 시작했다. 얼마를 달렸을까. 부역자 무리 뒤에서 화살이 날아오고 부역자가 하나, 둘 꼬꾸라졌다.

권응수가 말을 달려 쫓아오며 화살을 쏘고 있었다. 부역자 무리는 잠시 멈칫거리다 다시 권응수 쪽으로 화살을 쏘며 쫓아갔다.

권응수는 또 달아났다. 얼마 쫓지 않아 부역자 무리 뒤를 이온수 대원들이 쫓아왔다. 부역자 무리가 다시 방향을 바꾸어 쫓아갔다. 이온수 대원들이 또 도망쳤다.

쫓는 반역자의 무리는 왔다갔다 하는 사이 화살에 맞아 죽고 이리저리 흩어지고 애초의 반수도 못 되는 무리가 달리고 있었다. 그나마 얼마나 달렸을까, 기운이 쇠진해져 보리밭으로 숨어들었다. 두목 털보도 나귀를 버리고 보리밭으로 숨었다. 그러나 주위의 밭두렁에서는 그들이 다 보였다.

권응수가 말을 달려와 주위를 빙빙 돌았다.

"지금이라도 맨손을 들고 나오너라."

그러나 보리밭에서는 맨손은 오르지 않고 화살만 날아왔다.

권응수는 명궁이었다. 달리는 마상에서 활을 들어 한 발 쏘았다. 털보 옆 한 사람이 비명을 지르며 꼬꾸라졌다. 다시 한 번 활을 들어 쏘았다. 이번에는 털보가 외마디 소리를 지르며 꼬꾸라졌다. 털보를 맞춘 화살은 가슴을 뚫고 등 뒤로 나와 있었다.

"나머지는 빨리 돌아가라. 안 가면 다 죽는다."

보리밭에서 살아남은 자들이 슬금슬금 기어 나왔다. 권응수의 화살에 맞아 죽은 두 사람을 잡아끌고 그 자리를 떠났다.

이온수와 대원들이 권응수 앞으로 달려왔다.

"저놈들을 와 돌려보냅니껴?"

"불쌍한 것들이다. 그만두어라."

그러나 반역 무리의 남은 자들이 더욱 악랄해졌다는 후문을 들었다.

잔당 20여 명은 의병대의 동정을 낱낱이 염탐해서 왜적에게 일러주고, 왜적은 요소요소에 복병을 배치해 의병대를 기습했다. 그로 인해 의병대에서 처음으로 사망자가 발생했다.

"내 잘못이다. 이놈들부터 없애야겠다."

권응수는 극도로 조심하면서 때를 기다렸다. 그러다 마침내 기회가 왔다. 영천 외곽의 한 암자에서 죽은 털보 희손을 위하여 일본 중이 천도재(薦度齋)를 올린다는 소식이 들어왔다.

재를 올리는 날 암자의 뒷산으로 숨어든 의병대는 밤중이 되어 산을 내려와 암자로 다가갔다. 암자는 두 칸으로 되어 있었는데 한 칸은 법당이고 한 칸은 승방이었다.

다가와 보니 천도재가 끝나고 모두 승방에 모여 술을 마시고 있었다. 일본 중과 일본사람 몇 명, 그리고 부역자 무리 잔당 20여 명이 모인 듯했다. 승방은 뒤꼍으로 창문이 하나 있고 출입문이 앞쪽에 하나 있을 뿐인데 열어 놓고 있어 방안이 다 들여다보였다.

권응수는 대원 두 사람을 뒤꼍으로 보내고 나머지는 출입문 양쪽의 벽에 붙여 세웠다.

"희손이는 극락으로 간 기라. 인자 우리가 원수를 갚는 기라."

잔당들의 목소리가 들렸다.

권응수는 문 앞으로 걸어가 문턱을 밟고 올라섰다.

"에구머니!"

"누꼬?"

그들이 놀라는 순간 권응수는 문간의 등잔불을 걷어차고 섬돌로 내려서 칼을 휘둘렀다. 캄캄한 방안에서는 아우성이 터지고 비명소리가 찢어졌다. 뒤꼍으로 돌아간 대원들이 땔감 짚다발에 불을 붙여 창문 안으로 연방 쑤셔 넣었다.

방안 사람들은 출입문으로 몰려나왔다. 그러나 권응수와 대원들의 난도질에 한 명도 살아남지 못했다.

이후로 부역자들은 더 이상 나타나지 않았다. 소문은 한층 더 화려하게 채색되어 퍼졌다. 많은 장정들이 모여들었고, 도망쳤던 영천 관군 100여 명이 찾아들어 대원이 되었다.

그리고 영천에서 의병을 일으킨 정대임(鄭大任)이 대원들을 이끌고 찾아와 권응수 휘하에 들어왔다. 권응수의 의병대는 이제 병력 300여 명의 만만찮은 부대가 되었다.

소문은 초유사 김성일에게도 전해졌다. 김성일은 권응수를 경상좌도 의병 총대장으로 정식 임명하고 낙동강 이동의 모든 의병들은 권응수의 지휘를 받도록 했다. 권응수는 군위(軍威)와 영천을 오가는 수백 명 단위의 왜적을 공격해 무찔렀고 조총 등 많은 적 무기를 노획했다.

권응수는 적의 소굴이 된 영천성을 탈환하기로 작심했다. 경상좌도 각 지역 의병장들에게 7월 26일 새벽 영천성 밖에 모이도록 연락했다. 청송(靑松), 군위, 영천, 신녕, 자인(慈仁), 경주(慶州), 의흥(義興), 하양(河陽) 등지에서 모인 의병들이 무려 3천 5백여 명이나 되었다. 영천성의 왜병은 500명.

권응수는 부대를 나누어 각 성문 쪽을 여러 겹 둘러싸도록 했다.

"성안에는 식량이 없소. 저들은 다급하기 때문에 반드시 기어 나올 것이오. 저들이 밀면 우리는 밀리고 저들이 밀리면 우리는 밀고 …."

권응수는 성 밖을 돌며 순시했다.

위기를 직감한 왜적은 일찍 돌파구를 찾고자 서둘렀다. 해가 뜨면서 두 군데 성문을 열고 쏟아져 나왔다. 의병들은 각 성문마다 멀리 둥그렇게 포위하고 1진만 나와서 왜적과 대적했다. 왜적이 1진을 밀고 전진하면 1진은 후퇴했다. 왜적은 어느 정도 전진하면 후미가 두려워 다시 성문 쪽으로 후퇴했다. 그러면 의병 2진이 나와 싸웠다. 왜적이 2진을 밀고 전진하면 2진은 후퇴했다. 그러면 왜적이 또 후퇴했다. 그러면 3진이 나와 싸웠다. 그렇게 해질 무렵까지 7차례 전진 후퇴를 하다 보니 왜적들은 완전히 늘어져 성안으로 도로 들어가기 시작했다.

권응수는 이 기회를 노리고 있었다. 의병들은 성안으로 쫓아 들어갔다. 왜적들은 싸울 기력이 없었다. 아무렇게나 흩어져 울타리 안으로 집 속으로 피신해 들어갔다. 의병들은 집집마다 불을 질렀다. 불타는 집에서 튀어나오는 적은 의병의 칼 밑에 모두 꼬꾸라졌다. 정신 못 차리게 몰아붙이던 의병들은 깜깜해지자 성 밖으로 물러나왔다.

다음날 의병들은 다시 성내로 쳐들어갔다. 적들은 동헌 일대 건물에 의지해 조총을 쏘며 대항했다. 동헌 일대를 포위하고 화공을 퍼부었다. 건물들이 타기 시작하더니 천지가 진동하는 폭음과 함께 건물들이 산산조각나면서 맹렬한 불길에 휩싸여 하늘로 치솟았다. 적의 몸뚱이들도 불길에 휩싸여 하늘로 치솟았다. 적들의 화약고가 폭발한 것이었다.

불길을 피해 튀어나오는 적들도 있었다. 그러나 의병들의 창칼에 모두 참살되었다. 북문으로 빠져 강 속으로 숨어든 한두 명이 살아났을까, 그 밖의 적들은 몰살되고 말았다.

의병들은 갇혔던 조선사람 1천 9백여 명을 찾아내 집으로 돌려보냈다. 200여 필의 말과 조총, 창검 등 무기도 900여 자루를 노획했다.

불행히 의병들도 전사 83명, 부상 238명의 희생은 치렀다. 그러나 전투 전문가 집단인 500명 왜적을 전멸시킨 이번 전투는 참으로 감격스러웠다. 의병들은 새로운 자신감에 벅차 눈물을 흘렸다.

권응수의 다음 작전은 자인의 탈환이었다. 의병대는 더 많은 참가로 인해 병력이 5천 명이나 되었다. 8월 초에 들이칠 작정이었다. 그런데 작전 날짜를 잡기도 전에 자인의 왜적은 소문을 듣고 경주로 달아나고 말았다.

권응수는 의병 5천을 이끌고 경주를 치고자 남쪽으로 내려왔다. 마침 안강(安康)에 있던 경상좌병사 박진(朴晋)이 휘하 5천 병력을 데리고 와 합류했다. 8월 21일 새벽 권응수를 선봉으로 시작된 경주 전투는 피아간 우열을 가리기 어려운 치열하고 처절한 대접전이었다. 그러나 왜적들은 결국 견디지 못하고 서생포(西生浦)로 달아났다.

마침내 경주를 완전히 되찾은 승리 또한 이들과 싸운 조선사람들에게는 눈물을 펑펑 쏟을 만큼 벅찬 기쁨이었다.

이제 경상좌도는 비록 왜적의 점령하에 있긴 해도, 소문만 듣고도 겁먹어 달아나던 왜란 초기와는 완전히 다른 상황으로 변하고 있었다.

산속으로 달아났던 고을수령들이 산에서 내려와 고을 일을 시작했고, 왜적 소리만 들어도 가위 눌리던 백성들이 왜적을 때려잡을 궁리에 열중하게 되었다.

부산, 대구, 문경, 한양, 이렇게 이어지는 큰길 통행에서도 왜적들은 전과 달리 대부대를 편성하지 않고는 움직일 수가 없었다.

이 모두가 집안 식구 12명의 초라한 병력으로 일어선 의병대장 권응수의 공로였다.

의병장 고경명 (高敬命)

전쟁이 한두 달 진행되면서, 왜군이 멀리 있든 가까이 있든 상관없이, 겨울을 밀고 솟아오르는 봄의 새순처럼, 어느 고을에서나 의병들이 솟아나지 않는 곳이 거의 없었다.

왜적이 아직 들어오지 않은 전라도 역시 다르지 않았다.

5월 6일 나주(羅州)에서 가장 먼저 김천일(金千鎰)이 일어섰다. 제2차 진주성 싸움에서 숨질 때까지 전라, 충청, 경기, 경상도의 요충지에서 치열하게 싸웠다.

다음으로 나이 60의 고경명(高敬命)이 담양(潭陽)에서 일어섰다.

고경명은 이름 있는 선비 집안 태생이었다. 식년 문과 장원으로 벼슬길에 올라 여러 요직을 거친 후 고향에 돌아와 있었다.

지난해 여름, 일은 제대로 하지 않고 매일 술만 마신다는 전혀 당치도 않은 모함성 이유로 동래부사(東萊府使)에서 파직되어 낙향했다. 억울하게 쫓겨난 상심은 좀 있었다. 그러나 나이도 들었고 이미 대과

(大科)에 합격한 두 아들의 전도가 있는 터에 벼슬에 미련도 없었다.

고향 압보촌(鴨保村: 광주광역시 남구 압촌동)에서 이제야 제대로 술을 즐기며 유유자적한 나날을 즐기고 있었다.

난리가 터지고 임금이 파천길에 오르자, 의병대장이 되어 달라는 부탁이 여러 곳에서 들어왔다. 어느 날 곡성(谷城)의 선비 유팽로(柳彭老)가 자기 동지들을 데리고 찾아왔다.

"도처에서 의병이 일어난다고 허는디요, 우리도 움직여야 허지 않겄서라우?"

고경명은 물론 옳은 의견인 줄 알았다. 이미 거병한 나주의 김천일과도 상의한 적이 있었다.

"그렇긴 허요만…."

고경명 자기는 의병대장의 재목이 아니라고 여겼기에 대장이 될 만한 몇 사람을 추천해 주었다.

"저희들도 여러 날 생각혀 갖고 찾아왔구먼요. 어르신 말고는 모실 만한 분이 없땅께요. 어르신께서 나서야 쓰겄습니다."

"허어, 왜적과 싸우기 위한 의병인디 기력 떨어진 늙은이가 뭣을 허겄소? 더구나 병법 한 줄 읽은 일 없는 사람인디…."

"아닙니다요. 어른신의 성명 석 자가 바로 의병대구먼요."

"……."

고경명은 눈을 감았다.

'이제 죽을 때가 온 것이다. 값지게 죽는 일이라면 이제 나서도 되지 않겠는가?'

"알겄소. 나가 나서 보겄소."

눈을 뜨면서 고경명은 결심을 토로했다.

5월 29일. 담양의 추성관(秋城館) 앞마당에 제단을 마련하고 정식으로 거병(擧兵) 의식을 거행했다. 유팽로 그리고 인근 지역의 뜻있는 유지들과 백성들이 모여 고경명을 의병대장으로 추대했다.

고경명은 향을 피우고 하늘에 축원하고 북향하여 임금에게 재배했다. 백마를 잡아 그 피를 마셔 맹세하고 창의(倡義: 국난을 당하여 의병을 일으킴)의 깃발을 세웠다.

그는 즉시 격문(의병 지원을 권고하는 글)을 짓고 이를 수백 통 베끼게 했다. 다음날 격문을 든 젊은이들이 말을 달려 전라도의 온 고을로 흩어져 나갔고 제주도에도 나갔다.

유도(儒道)의 나라에서 충효의 도리를 누군들 배우지 않았겠는가? 그러나 미증유의 국난에 처하여 의로움은 사라지고 겁에 질려 떨고만 있을 뿐 용감히 나아가 적과 싸우는 자 없도다.

궁색하게도 처자의 목숨을 보전할 궁리로 쥐새끼같이 앞다투어 도망쳐 숨기만 하는도다. 이는 나라의 은혜를 저버리고 조상을 욕되게 하는 못난 짓이로다.

이달 11일을 기해 군사를 일으켜 전진하고자 하니, 모든 도내의 사람들은 부형은 자제를, 장자(長者)는 소자(少者)를 권면하여 의로운 군대로 규합하기 바라노라.

고경명의 격문이 돌면서 전라도는 온 고을에 큰 감동의 물결이 넘쳐흘렀다. 순식간에 의병들이 수천 명 모였다.

고경명은 이 지역의 큰 어른이요 큰 스승이었다. 민관을 막론하고 체면이 무서워서도 그를 돕지 않을 수 없었다. 고을의 수령들도 최소한 체면치레는 해야 했다. 식량, 의복, 무기 등이 쏟아져 들어왔고, 제주도를 위시해서 여러 지역에서 마필도 보내왔다.

마침내 6월 11일, 수천에 이르는 고경명의 의병 대부대가 깃발을 휘날리고 북을 두드리며 북상 길에 올랐다.

고경명은 사람 수와 물자를 조절하면서 전주(全州), 여산(礪山)을 지나 27일 은진(恩津)에 도착했다. 800이나 되는 기병을 포함해 병력이 총 6천 명이었다.

고경명은 계속 북상하려 했으나 왜적의 동태가 심상치 않음을 알게 되었다.

원래 남해안의 바닷길을 따라 전라도로 진입하려던 왜군 제7군사령관 소조천융경은 이순신의 수군 때문에 바닷길로는 갈 수가 없었다. 그는 풍신수길의 재촉 때문에 이제 육로를 통해서라도 하루빨리 전라도를 점령해야만 했다.

융경은 영동(永同)을 지나고 금강(錦江)을 건너 금산(錦山) 군수 권종(權悰) 이하 지역 방어군 200여 명을 전멸시키고 지금 금산에 들어와 있었다. 전주로 향하는 이 왜군부대를 방어할 육지의 부대로는 은진(恩津) 북쪽 연산(連山)에 있는 방어사 곽영(郭嶸)의 부대 1천 명이 있었고, 진산(珍山) 남쪽 대둔산(大屯山) 자락 배꽃재(梨峙)에 광주목사(光州牧使) 권율(權慄)과 동복현감(同福縣監) 황진(黃進: 통신사의 군관으로 일본에 다녀온 무관)의 부대 1천 5백 명이 있었다.

고경명이 예정대로 서울로 올라간다면, 소조천융경은 파죽지세로 밀고 들어가 전주에 입성할 수 있고 그러면 전라도는 그대로 왜군의 점령지가 될 판이었다. 비록 서울을 수복한다 해도 곡창 전라도를 잃으면 전세는 위기로 기울어지기 십상이었다.

고경명은 연산과 이치에 소식을 전한 다음 우선 전라도를 지키기로 작정했다. 그래서 그는 7월 1일 연산으로 들어가 방어사와 합세했다.

곽영은 그를 반가이 맞이하면서 편지 한 통을 보여주었다.

전주는 왕실의 발상지요 태조대왕의 어진을 모신 곳이오. 어떤 경우에도 적이 들어올 수 없는 곳이오. 그대는 전주로 와서 나와 함께 전주를 지켜야 하오.

전라감사 이광(李洸)이 방어사 곽영에게 보낸 것이었다.

지난밤 고경명에게도 이광이 군관을 보내 이 같은 요구를 했으나 거절했다. 이광은 왜란 발발로 동원령이 내리자 병사들을 이끌고 북상하다가 금강(錦江)에서 서울함락 소식을 들었다. 즉시 병사들을 해산시키고 자신은 고부(古阜) 본가로 도망가 숨어 있었다.

조정에서 근왕군 독려의 사자가 내려오자 슬그머니 나와서 충청감사 윤선각과 함께 6만 명을 이끌고 다시 올라갔다. 그러나 용인(龍仁)에서 왜장 협판안치가 이끄는 2천 미만의 소수 병력에게 대패하여 쫓겨 내려왔다.

"그래 어찌 허기로 혔소?"

"전주로 후퇴하여 함께 지키자 하는 것은, 후퇴하여 함께 전주를 내주자 하는 말과 같은 것이오."

"그렇게 통보했소?"

"아니오. 그런 사람과 무슨 말이 통하겠소?"

"……."

고경명과 곽영은 금산 지도를 펴놓고 작전을 짰다. 싸울 채비를 끝낸 다음 7월 7일 진산(珍山)으로 이동하여 마지막 점검을 했다. 이제 금산 은 거기서 불과 30리 밖이므로 바로 공격에 들어갈 수 있었다.

다음날 7월 8일 왜군 사령관 융경은 전주 입성에 걸림돌이 되는 배 꽃재(이치: 梨峙)의 조선군 부대부터 격파해 버릴 작정으로 공격을 감 행했다. 이치에 주둔한 권율과 황진(黃進)은 1천 5백여 병사들과 함께 후퇴하지 않고 싸우기로 작정하고 대비에 들어갔다.

권율은 문관 출신이었으나 황진은 뛰어난 무략을 가진 장수였다. 그 들은 산 중턱에 목책을 세우고 목책 바깥쪽은 초목을 다 베어내 잘 보 이도록 시야를 확보했다. 그리고 맨바닥에는 여기저기 함정을 파 놓고 달리다 거꾸러질 장애물도 만들어 놓았다.

7월 8일 아침 자욱한 안개 속으로 1만 명의 융경군 대병력이 다가왔 다. 조선군은 목책 안쪽 숲속에 숨어 대기하고 있었다. 해가 뜨고 안 개가 걷히자 맨바닥 위로 개미떼같이 다가오는 적들의 모습이 환히 내 다보였다.

"쏴라!"

황진의 명령과 동시에 징소리가 울리고 화살이 비오듯 쏟아졌다. 적 들은 무더기로 쓰러지고 꼬꾸라졌다. 황진은 명궁이었다. 화살 한 대 에 두세 명씩 나뒹굴었다. 적들은 하는 수없이 쫓겨 내려갔다. 그러나 그들은 수가 많았다. 1진이 물러나고 2진이 덤볐다. 2진이 물러나면 3 진이 덤볐다. 그렇게 그들은 그치지 않고 끈질기게 덤볐다.

오정이 지날 때쯤 황진이 다리에 총탄을 맞고 쓰러져 뒤로 업혀갔다. 그때부터 조선군은 사기가 떨어지더니 동시에 화살도 떨어져가며 주춤거렸다. 적들은 그새를 놓치지 않고 목책을 넘어오기 시작했다. 병사들이 뒤로 물러나 달아나려 했다.

"물러서면 용서치 않는다."

권율의 칼이 번쩍이더니 돌아서 달아나려던 병사가 피를 뿌렸다.

순간 병사들은 돌아서 목책을 넘는 적들에게 덤벼들었다. 칼과 창이 부러지면 돌과 몽둥이로 싸웠다. 신기한 일이었다. 목책을 넘으려던 적들은 다 죽고 나머지는 물러나 달아났다.

황진이 다친 다리를 동여매고 다시 나타났다. 사기는 더욱 높아지고 적들은 더욱 다가갈 수가 없었다.

그때 불길한 소식이 적들에게 전해졌다. 의병대장 고경명이 금산을 공격한다는 소식이었다. 해가 지자 적들은 숱한 시체와 무기들을 그냥 팽개쳐둔 채 썰물처럼 빠져나갔다. 결국 1천 5백 병력과 1만 병력의 차이에도 불구하고 융경은 대패하여 금산성으로 후퇴하고 말았다.

기적은 이렇게도 일어나는 것이었다. 육지에서 적의 대부대와 싸워서 이긴 최초의 승리였다. 참으로 감개무량했다. 그러나 많은 병사들의 죽음에 가슴이 아팠다. 권율은 전사한 장병들을 수습하고 제사를 지냈다. 그는 제문을 지어 읽었다.

… 삼경이 지난 깊은 밤에 등불을 켜들고 그대들의 시신을 찾아 헤매었소. 이미 찾은 시신도 온전히 보전할 처지가 못 되어 겨우 머리만 모시는 바이오. 여기 나라를 위해 싸우다 장열하게 전사하신 모든 영혼들이시어, 제대로 모시지 못함을 용서하소서. 그대들의 부모처자는 나라에서 잘 보살필 것이니 영혼들이어 부디 편안히 쉬소서.

56세, 초로의 나이에 눈물이 주르르 흘렀다.

권율은 명문거족의 귀공자였다. 영의정 권철(權轍)의 막내아들이었다. 벼슬살이가 좀스레 보여, 아버지 소원인 과거를 보지 않고 팔도를 유람하며 호방한 세월을 보냈다.

그러다 아버지가 돌아가시고 나서야 반성한 바 있어 46세에 과거에 올라 문관생활을 시작했다. 그의 과거는 자기 사위인 이항복보다도 2년이나 늦은 것이었다.

권율은 난리가 나고 전투라는 것을 처음으로 겪었는데 대승을 거두었다. 그는 그저 기적이라 여겼다.

7월 9일 고경명과 곽영은 권율에 의해 사기가 떨어진 왜적을 무찌를 작정으로 이른 새벽 진산을 출발했다.

아침 해가 뜰 때 금산 서쪽 5리쯤에 있는 와평(臥坪: 금성면 양전리)에 도착했다. 고경명과 곽영은 양쪽 야산을 골라 각각 포진했다.

적들도 이미 방비태세를 갖추고 성벽 위에 새까맣게 올라가 이쪽을 노려보고 있었다.

"저것들을 끌어내서 뭉개버려라."

고경명이 기병대에게 명령했다.

기병들이 달려 나갔다. 그들은 조총의 사격권 밖에서 금산성 주위를 빙빙 돌면서 욕설과 삿대질을 해댔다. 왜군들은 그것이 유인작전이라는 사실을 짐작하고 성벽 안에서 꿈쩍도 하지 않았다. 그래도 계속 적의 부아를 돋웠다.

정오쯤 되자 반응이 일어났다. 적들 또한 욕설과 삿대질을 시작하더니 급기야는 북문을 열고 쏟아져 나왔다. 기병들은 200명 단위로 달려들어 짓밟고 찌르고 지나갔다. 성난 파도처럼 밀려오는 기병대의 파상공격에 적들은 정신을 차릴 수가 없었다. 죽고 상하고 피를 쏟고 쓰러졌다. 한동안 이를 바라보던 고경명이 손을 들어 공격신호를 보냈다.

"때가 됐다. 공격하라!"

천지가 진동하는 북소리와 함께 나머지 전 병력이 전진했다. 기병들이 잠깐 멈춰 숨을 고르는 사이 적들은 슬금슬금 물러나다 우르르 성안으로 들어갔다. 어느새 날이 저물고 있었다.

고경명은 성 밑 여기저기 시야를 가리는 집과 창고들을 다 불태워 없애게 했다. 그리고 포병을 불렀다. 적당한 시차를 두고 교대해 가면서 날이 샐 때까지 비격진천뢰〔飛擊震天雷: 선조 때 화포장 이장손(李長孫)이 발명한 폭탄. 철편, 화약, 뇌관을 안에 넣고 겉을 쇠로 둥그렇게 싼 것. 이것을 목표 지점에 대완구로 발사하였고, 폭탄은 목표 지점에 떨어진 다음 폭발했다. 직경 약 45cm로 살상력이 대단했다〕를 발사하게 했다. 적들은 성내에 갇혀 불안한 밤을 보내며 조선군에 대한 야간기습은 엄두도 내지 못했다. 그사이 조선군 보병과 기병은 안심하고 쉴 수 있었다.

7월 10일이 밝아오자 고경명의 의병대는 동문을 공격하고 곽영의 관군(官軍)은 북문을 공격했다.

왜군들은 가끔 동문을 열고 나와 돌파를 시도했다. 그러나 그때마다 숱한 사상자만 내고 다시 성안으로 쫓기곤 했다.

왜군들이 이번에는 북문을 열고 쏟아져 나왔다. 적이 갑자기 몰려 나오자 선봉장 영암(靈岩) 군수 김성헌(金成憲)이 이렇다 저렇다 한마디 말도 없이 말을 돌려 내빼기 시작했다.

싸움은 무릇 대장에 달려 있었다. 달아나는 군수를 바라보던 병사들이 또한 일제히 도망쳤다. 그 꼴을 바라보던 방어사 곽영 역시 말을 돌려 번개같이 달아나 버렸다.

대저 관군이 문제였다. 하기야 관군은 끌려서 나온 사람들이요, 의병은 자청해서 나온 사람들이긴 했다.

왜군들은 북문 쪽을 돌파한 여세로 고경명의 의병대 뒤쪽으로 몰려들었다. 그때 또 앞쪽에서 성문을 열고 왜군들이 쏟아져 나왔다.

아까부터 도망치는 관군들을 바라보며 웅성거리던 의병들이 허물어지기 시작했다. 맥 풀린 의병들을 둘러싸고 왜병들은 야차(夜叉) 같이 덤벼들었다. 한번 무너지기 시작한 의병들은 걷잡을 수 없었다. 무너지며 그냥 피를 뿜고 쓰러질 뿐이었다. 전투가 전혀 아니었다. 그저 대학살의 참극이었다. 참으로 어이없이 허무한 패전이었다.

"물러서라. 어서 빨리 달아나라!"

고경명은 대장기를 계속 흔들어 퇴각을 재촉했다. 한 사람이라도 무모한 희생으로 버릴 수는 없었다. 고경명은 호상에 앉아 버텼다.

"대장님 빨리 말에 오르십시오."

"아니다. 희생은 나 하나로 족하다. 어서 빨리 피하라."

부하들이 고경명을 억지로 들어 올려 말에 태웠다. 고삐를 끌고 달려 나갔다. 그러나 금방 적들에 둘러싸였다.

대과에 급제한 아들 인후(因厚), 참모 유팽로(柳彭老) 등과 함께 고경명도 적의 칼날에 피를 뿌렸다. 고경명, 북으로 달리려던 그 노구(老軀)의 거친 숨을 그만 여기서 다 쉬고 말았다.

의병장 조헌 (趙憲)

충청도에서 먼저 의병을 일으킨 사람은 지부상소(持斧上疏: 도끼를 짊어지고 가서 올리는 상소)로 이름이 났던 조헌(趙憲)이었다.

그는 원래 경기도 김포(金浦)가 고향이었으나 보은현감(報恩縣監)에서 파직된 후에는 고향에 가지 않고 충청도 옥천(沃川) 고을 깊은 산속으로 들어가 후율정사(後栗精舍)라는 서당을 짓고 제자들을 가르치며 농사를 지었다. '후율정사'는 스승인 율곡(栗谷) 선생의 가르침을 이어가겠다는 뜻으로 지은 이름이었다.

조헌은 전쟁이 일어나기 전 일찍부터 그 징조를 알아차리고 왜군 침공을 확신한 몇 안 되는 사람 중 하나였다. 침략의 기미를 알아보기 위해서 조정에서 일본에 통신사를 보내느니 마느니 의론이 분분할 때, 그는 서울로 올라와 강경한 질타의 지부상소를 올렸다.

그는 영의정 이산해 이하 조정 고관대작들의 무지와 무능이 나라를 망치고 있으니 그들부터 처벌하고, 당장 사신의 목을 쳐서 조선의 대의명분을 세워야 하며, 다가올 환란에 확실하게 대비하라는 상소를 올렸다.

그는 대궐 앞에 멍석을 깔고 도끼를 짊어지고 앉아 하회를 기다렸다. 도끼는 상소의 뜻이 관철되지 않을 때 그 도끼로 죽여 달라는 뜻이었다.

그러나 조헌은 조정 중추들의 비위를 뒤집는 바람에 함경도 길주(吉州)로 유배되어 갔다. 유배가 풀려 돌아온 뒤에도 그는 계속 조정의 일본 정책을 호되게 비판했다.

임란 바로 1년 전 그는 또다시 상경하여 지부상소를 올렸다. 도저히 가만히 앉아 있을 수 없어서였다. 조헌의 눈에는 일본이 국력을 기울여 전쟁준비를 하고, 대군을 동원하여 조선을 침공해서, 조선의 온 천지가 아수라장이 되는 모습이 환히 보였다.

"저 사람, 정신병이 도졌구나."

조정에서는 여전히 미친놈으로 치부했다.

"너희들 내년만 되면 나를 알아볼 것이다. 그러나 그때는 이미 늦은 것을 어찌할꼬?"

그냥 내려왔으나 잠자코 있을 수가 없었다. 그는 아들 완도(完堵)를 불렀다.

"나를 아는 사람들에게라도 알려 주어야겠다. 이 편지를 전하고 오너라."

그는 우선 평안감사 권징(權徵)과 연안부사(延安府使) 신각(申恪)에게 편지를 보냈다. 물론 반응은 사람 따라 달랐다.

"허어, 아주 실성했군. 설령 왜구가 온다 해도 이 평양이 어디라고?"

권징은 조헌의 머리가 아주 돈 것으로 치부해 버렸다.

"왜놈들이 쳐들어오는 것으로 알고 준비해야 한다. 오지 않을지라도 해로울 건 없다."

신각은 성벽을 보수하고 해자를 팠다. 성안에 우물을 더 파고 식량을 비축했다. 후에 연안성 방어에 결정적 도움이 되었다.

서로 알 만한 사이인 금산군수 김현성(金玄成)은 직접 찾아갔다.

"왜놈들이 벌써 군대를 움직였소. 영감이라도 나서서 방비를 하도록 일러주시오."

"시골 군수가 무슨 힘이 있겠소? 감사에게나 연락해 보겠소."

김현성 역시 관심이 없기는 마찬가지였다.

조헌은 세상에 실망했다. 더 이상 누구에게 호소할 마음도 없었다. 옥천에 틀어박혀 나가지도 않고 누구에게 호소하지도 않았다.

어느덧 해가 바뀌어 임진(壬辰) 1592년.

새해에 들자 조헌은 초조한 마음이 더 심해져 가만히 틀어박혀 있을 수가 없었다. 그는 옷을 갈아입고 김포(金浦) 선산을 찾았다. 아버지의 묘소에서 제사를 지내고 축문을 읽어 고별을 표하고 통곡했다.

"머지않아 큰 난리가 일어납니다. 저도 나가 싸우지 않을 수 없는데 필경 목숨을 잃을 것입니다. 그러면 더는 찾아뵐 날이 없을 것입니다. 이에 하직인사를 드리오니 용서하십시오."

요란한 통곡소리에 고향의 친지들과 친척들이 몰려왔다.

"무슨 일인가?"

"큰 난리가 터지게 되었네."

"귀신도 아닌 사람인 자네가 그걸 어찌 아는가?"

"아무튼 난리는 곧 터지니까 피란갈 마련이나 하게."

조헌은 여러 말 하지 않고 선산을 내려왔다.

"소문대로 정말로 머리가 돌았네그려."

"겉보기엔 저렇게 신수가 훤한 사람이 어쩌다 … 쯧쯧 … ."

뒤따르던 친구들이 숙덕거렸다.

옥천에 돌아온 지 얼마 안 되어 부인이 숨졌다. 장지는 당연히 선산에 정해야 했으나 조헌은 그냥 옥천에 매장하라고 했다. 자식들과 친척들은 선산을 주장했다.

"금방 난리가 터진다. 선산으로 가다가는 길바닥에 시신을 버려야 할지도 모른다."

출상날이 4월 20일이었다. 왜군은 벌써 13일에 쳐들어왔는데 옥천에서는 그 사실을 아직 몰랐다. 그러나 옥천에도 곧 난리소식이 전해졌다. 그때서야 사람들은 조헌의 예언에 혀를 내둘렀다.

조헌은 바로 의병모집에 들어갔다.

"조헌 선생은 귀신도 따를 수 없는 이인(異人)이시다."

"조헌 선생을 모시고 나가 싸우자!"

제자들을 중심으로 많은 청년들이 모여들었다. 그런데 관가가 말썽이었다. 의병들의 부모나 처자를 잡아다 가두고 매질을 했다.

"관가의 허락도 없이 무기를 들고 작당해 날뛰는 자들은 역적이다."

의병들이 하나둘 흩어져 사라졌다. 조헌은 관가로 쫓아가 항의했다.

"의병이 역적이오? 나라를 위해 싸우지 못하게 하는 당신들이 역적 아니오? 도와주지는 못할망정 역적으로 몰다니 … ."

"우리도 관군을 모집해야 하지 않소? 당신 제자들도 관군으로 보내시오."

"달아나고 숨기에 바쁜 관군에 가라고?"

"당신이 무슨 제갈량이라고…?"

말싸움만 하다 돌아왔다.

조헌의 의병모집을 방해하는 것은 가까운 옥천고을뿐만이 아니었다. 제자들이 알아본 바에 의하면 충청도 모든 고을이 다 그러는 것 같았다. 모집에 들어간 지 어느새 두어 달, 6월도 다 가고 있는데 의병대 조직은 아직도 기틀을 잡을 수가 없었다. 그런데 묘한 소문이 조헌의 귀에 들어왔다.

공주에 안세헌(安世獻)이란 사람이 있는데 이미 의병활동을 하고 있다고 했다. 부하들을 데리고 왜적을 쳐서 크게 이기고 왜군의 머리를 무더기로 베어 감사에게 바쳤다고 했다.

그래서 감사 윤선각은 그를 크게 칭찬하고, 조정에 관작을 상신하고, 그를 측근에 두고 대소사를 상의한다고 했다.

"그거 참 수상한 일이로구나. 왜적과 싸워 크게 이기고 무더기로 목을 베었다면 반드시 소문이 퍼지기 마련인데…, 크게 이기면 크게 퍼지고….."

조헌은 제자들에게 은밀히 알아보도록 했다.

며칠 되지 않아 사태는 소상하게 조헌에게 보고되었다. 조정이 의주로 쫓기면서 영을 내린 바 있었다.

적의 수급(首級) 하나를 가져오면 관작을 줄 것이며, 이미 관작이 있는 자는 승계(昇階)시킬 것이며, 아전은 부역을 면할 것이며, 천인은

면천(免賤: 천민의 신분을 면하고 평민이 됨), 속량(贖良: 노예를 풀어 평
민이 되게 함) 할 것이며, 수급 둘 이상을 가져오면 그 수에 따라 더욱
후하게 포상할 것이니라.

천하의 건달들에게 좋은 기회였다. 안세현 역시 못된 짓은 다 하고
다니는 고을 건달의 두목이었다. 그는 패거리를 데리고 몰래 돌아다니
면서 으슥한 곳에서 사람을 죽였다. 조선사람이나 일본사람이나 얼굴
로는 구별이 되지 않았다. 안세현 일당은 조선사람들을 죽여서 목을
자르고 앞머리를 깎아낸 다음 일본식 상투(촌마게)를 엮어 세웠다. 그
러면 그 조선사람의 머리는 싸워 죽인 왜군의 수급이 되었다.

그런 수급을 무더기로 싣고 공주 감영에 여러 번 갖다 바쳤다.

"일찍이 없었던 충신이로다."

감사 윤선각은 점점 그의 출중한 능력과 비상한 재주에 빠져들었다.

"영감이 이 충청도의 병권을 쥔 대장인데, 만약 조헌이 그럴듯한 의
병대를 조직해서 공을 세운다면 어찌되겠습니까? 더구나 지난번 이광
과 함께 용인까지 갔다가 쫓겨 돌아왔는데도 그냥 뒷방에 가만히 앉아
있고, 조헌이 앞으로 나아가 공을 세운다고 합시다. 조정에서 영감을
그냥 둘 것 같소?"

안세현의 정곡을 찌르는 충고였다.

"그럼 어찌해야 할꼬?"

한 도의 도백이 동네 건달에게 앞길을 물어보았다.

"조헌이 공을 세우면 안 되지요. 의병 조직을 막아야지요."

"과연 그렇군."

윤선각은 암암리에 관원들을 각 고을에 보냈다. 그로부터 누구나 조헌의 의병에 가담하면 가족들이 잡혀가 곤욕을 치르곤 했다.

조헌은 공주 감영을 찾았다. 윤선각과는 전부터 서로 아는 사이였다. 나이도 1년 앞뒤요 과거도 1년 앞뒤인지라 벗할 만한 사이이기도 했다. 윤선각을 마주하자 조헌은 방바닥을 주먹으로 내려치며 목청을 돋웠다.

"한 도의 감사라는 사람이 일개 건달의 말을 들어 불충을 저지른단 말이오?"

"도대체 무슨 말이오?"

윤선각은 곧고 당찬 조헌의 성품을 잘 알고 있었다. 무언지 모르나 속이 뜨끔했다.

"의병 조직을 영감이 방해한다는 사실을 알게 됐소. 내가 이 일을 조정에 알려도 되겠소?"

윤선각은 얼굴색이 하얗게 변했다.

"볼 낯이 없게 되었소. 영감의 일인 줄은 몰랐소."

"누구 일이든 그래서는 안 되고 …. 정말 몰랐단 말이오?"

"영감의 일인 줄 알고서야 어찌 방해를 하겠소?"

발뺌하는 게 화가 치밀었지만 조헌은 참았다.

"그래, 이제 어쩔 셈이오?"

"영감이 나선 걸 안 이상 적극 협력하겠소."

그날 이후 윤선각은 조헌을 돕지 않을 수 없었다. 선비들, 청년들이 모여들어 병력이 1천 7백여 명에 이르렀다. 조헌은 이들을 조직하고 무기와 식량을 구하여 활동을 서둘렀다. 서둘렀어도 겨우 7월에 들어서야 의병대의 활동을 시작할 수 있었다.

조헌은 공주(公州) 웅진강(熊津江) 가에 나가 하늘에 축원을 올리고 출정식을 가졌다. 조헌은 원래 고경명과 연락하고 함께 금산을 치기로 했었다. 조헌이 의병대를 이끌고 회덕(懷德)에 이르렀을 때 고경명은 전사하고 의병들은 다 흩어졌다는 소식을 들었다.

하는 수 없었다. 회덕에 머물며 정세를 보았다. 청주(淸州)에 들어온 적이 골칫거리라 했다. 적들은 충청좌도의 핵심지인 청주에 들어와 여러 달째 군량과 무기를 모으며 충청우도로 쳐들어갈 기회를 노리고 있었다. 그들은 수시로 청주성 밖으로 쏟아져 나와 살인, 약탈, 강간, 방화 등을 저지르고 있었다.

그사이 조선 관군이 몇 차례 성 탈환 작전을 폈으나 다 실패했다. 관군과 의병대가 모두 모여 다시 한 번 총공세를 취해 보자고 했다.

조헌도 청주성으로 갔다. 성 밖에는 충청방어사 이옥(李沃)과 조방장 윤경기(尹慶祺)가 이끄는 3천 병력이 있었으나 사기는 말이 아니었다. 닥치는 대로 긁어모아온, 주로 농사꾼인 병사들은 헐벗고 굶주린 몰골로 겁에 질려 숲속 여기저기 숨어 있을 뿐이었다.

조헌은 방어사 이옥에게 물었다.

"저렇게 맥없는 병사들을 데리고 싸움이 되겠소?"

맥없기는 이옥도 마찬가지였다.

"적이 한 번 와락 밀고 나오면 무너질 수밖에 없을 것이오."

"적이 나오려다 도로 밀려들어 갔다면서요?"

"그거야 저 영규스님의 승병(僧兵)들 때문이오."

"오오, 승병들이라."

임란 후 최초의 승병이었다.

영규스님은 속명이 박영규(朴靈圭) 요 법명이 기허당(騎虛堂) 이었다. 서산대사의 제자로 공주 갑사(甲寺) 청련암(靑蓮庵) 에서 수도중이었는데 무예에 정통했다. 전투에서 그는 주로 선장(禪杖: 스님의 지팡이) 을 휘둘러 적을 쳤는데 그 솜씨가 신묘하다고 했다. 임란이 일어나자 승군을 조직해 불교계 최초로 왜적 토벌에 나선 승려였다.

영규스님 승병들의 전투방식은 좀 특이했다.

800여 명의 승병들은 여러 부대로 나누어 성 밖을 둥그렇게 둘러싸고 군데군데 요처에 숨어 있었다. 적병이 접근해오면 기습적으로 달려들어 사정없이 찍고 베고 후려쳤다. 생사를 초월한 그들의 맹렬한 기세를 도저히 당해낼 수 없어 왜병들은 번번이 성안으로 쫓기곤 했다. 그들의 무기도 특이했다. 창이나 칼이 아니라 모두 농사용 낫이었다. 승병들의 낫 공격에 혼쭐이 난 왜병들은 다시는 나오지 않는다고 했다.

조헌은 영규스님을 찾아갔다. 스님은 9척 장신에 말상 얼굴이었고, 턱수염을 길게 늘어뜨린 게 꼭 관운장(關雲長: 옛 중국 촉한의 무장) 같았다.

"누구시오?"

스님은 무뚝뚝하게 굴었다.

"조헌이란 사람이오."

"그럼 지부상소의 조헌이오?"

"그렇소만 … ."

"반갑소. 소승 영규라 하오."

"승병들의 용맹을 애기 들었소만 무기가 왜 하필 낫이오?"

"절간에 뭐가 있겠소? 들고 나오다 보니 그리된 게지요."

"칼과 창 같은 것을 마련해 드릴 수 있소만 … ."

"아니오. 손에 익은 연장이 낫소."

"하긴 그렇소. 성안 사정은 어떻소?"

성내에 있는 왜병은 약 1천 명 정도. 양곡은 약 3만 섬. 우물이 13개. 성 둘레 3천 6백 척. 높이 8척이었다.

"쉽게 탈환되지 않겠소그려."

"그렇소. 더구나 저놈들은 강병이오. 하지만 저놈들에게도 약점은 있소."

포위망 속에 갇힌 왜병들의 약점은 고립된 외로움이라고 했다. 밤중에 몰래 성벽을 타고 내려와 빠져나가려는 왜병을 몇 번 잡았었다. 그들은 편지를 가지고 그들의 본영이 있는 서울로 가려고 했다.

답답해서 죽을 지경이다. 돌아가는 형편을 알려 달라.

그들은 이런 편지를 지니고 있었다. 소식을 전하는 왜군의 밀사는 그러나 성을 나온 자는 있으나 성으로 들어간 자는 없다고 했다.

영규스님은 가끔 성안에 시문(矢文: 화살에 매단 쪽지)을 쏘아 보냈다고 했다.

일본군은 이제 다 물러갔다. 남은 것은 너희들뿐이다. 항복하면 일본으로 갈 수 있으나 싸우면 죽음이 있을 뿐이다.

"저놈들이 항복은 안 하겠지만 사기는 많이 떨어져 있소."

조선군은 관군, 의군(의병대), 승군이 모여 작전을 짰다.

동, 남, 북의 세 성문은 관군이 지키고만 있고, 조헌의 의군과 영규의 승군이 서문을 무너뜨리고 성안으로 쳐들어가기로 했다. 작전 개시는 8월 1일이었다.

그날 아침 의군과 승군은 성곽으로부터 10리쯤 떨어진 숯고개 밑에서 대열을 정비하고 있었다. 그런데 성안의 왜병들이 서문으로 몰려나오기 시작했다.

"오히려 잘됐소. 이일대로(以逸待勞: 편히 쉬었다 지친 적을 공격함) 병법으로 소탕해 버립시다."

"좋소."

영규스님이 조헌에게 여러 가지 작전사항을 소곤거렸다.

서문을 쏟아져 나온 왜병들은 약 800여 명이었다. 서문으로부터 5리 밖에 있는 대교천(大橋川: 무심천)까지 달려온 왜병들은 잠시 멈추더니 주위를 살폈다. 적군이 근처에 없음을 확인하자 그들은 서슴없이 내를 건넜다. 왜군들이 내를 건너서 바라보니 약 5리쯤 밖 숯고개 밑 벌판에 기병과 보병으로 모인 조선군들이 보였다.

왜군들은 조선군을 향하고 쫓아왔다. 그러자 조선군들은 기병들을 선두로 돌아서 달아나기 시작했다. 이윽고 조선군들은 숯고개를 넘어 사라지고 말았다.

뒤쫓아 달려온 왜군 둘이 숯고개에 올라 바라보니 숯고개 아래 너른 벌판에 쫓기는 조선병사들이 사방으로 흩어져 제멋대로 뛰어 달아나고 있었다.

"조선놈들, 꼴좋다. 쫓아가 밟아버려라."

왜군들이 숯고개를 쏟아져 내려와 조선군들을 쫓아갔다. 산지사방으로 흩어져 달아나던 조선군들은 어느새 주위의 사방 숲속으로 사라져 버리고 흔적이 없었다.

"아뿔사!"

사방으로 흩어져 쫓아가던 왜군들은 겁이 더럭 났다. 너른 벌판에 낱낱이 쪼개져 모래알처럼 흩어져 있는 게 아닌가.

조선군의 기습을 받으면 큰일이었다. 말 탄 장교들이 호각을 불며 뛰어다녔다. 얼마 후 그들은 되돌아 다시 뛰어 숯고개 밑에 모였다.

"지긋지긋한 중놈들, 다 쫓아냈으니 이제 한양 연락이 좀 되겠다. 돌아가자."

왜군이 대오를 정돈하고 돌아서 숯고개를 오르려 할 때였다.

가까운 숲속에서 100여 명 조선기병들이 달려 나왔다. 앞장선 사람은 분명 얼굴이 길쭉한 대장 중놈이었다.

왜군 대장은 분기가 치솟았다. 고래고래 소리를 질렀다.

"저 중놈을 잡아라. 그놈의 목을 잘라야 한다. 태합전하에게 보낼 최고의 선물이다."

왜군들이 기병대를 향해 기를 쓰고 달렸다. 그러자 기병대는 방향을 돌려 달아나기 시작했다. 숯고개로부터 5리쯤 앞쪽에 부모산(父母山)이 있었다. 기병들은 쫓겨 그 산속으로 들어갔다. 왜군들이 산까지 쫓아와 찾았으나 흔적조차 찾을 수가 없었다. 해는 벌써 저녁나절에 들고 있었다. 지치고 허기진 왜병들은 그 자리에 아무렇게나 쓰러졌다.

숯고개 너머 벌판에 흩어져 달아났던 조선의 의군, 승군들은 그사이 주위 숲속으로 흩어져 들어갔다가 숲속 길을 타고 다시 숯고개 숲속으로 돌아와 모였다. 고개를 넘어가는 길 양쪽에 잠복해 편안히 쉬고 있었다.

여기저기 호각이 울고 왜군들은 다시 숯고개 앞으로 모이고 있었다. 그들은 대오를 정비하고 숯고개를 오르기 시작했다. 신발이 헤어져 발에서 피가 나는 자들도 있었고 나뭇가지를 꺾어 지팡이로 짚고 절름거리는 자들도 있었다.

"놈들이 바로 앞에 와도 북소리가 나기 전에는 움직이지 마라."

영규스님은 여기저기 잠복한 조선군들에게 일렀다.

왜군들은 이제 숯고개에 모두 들어와 고갯길을 지나고 있었다. 갑자기 북소리가 울리고 호각이 울었다.

"와아, 와아. 쳐라. 쳐 죽여라!"

힘이 남아도는 1천 7백여 명의 조선군은 허기지고 지쳐 겨우 걸어가는 8백 정도의 왜군을 온전히 둘러싸고 달려들었다. 사정없이 찌르고 찍고 베었다. 숲이 찢어지는 비명과 함께 왜군들은 피를 뿜으며 쓰러졌다. 승군들의 낫질은 여기서도 단연 두드러졌다.

왜군들은 어떻게든 포위를 뚫고 빠져나가려 발버둥 쳤다. 반나마 죽어가는 속에서도 용케 살아서 달리는 자들은 대교천을 건너 청주성으로 향하고 있었다.

이제 숯고개를 내려온 조선군은 달아나는 왜군을 멧돼지 몰듯 몰고 갔다.

영규스님 등 말 탄 기병들은 앞장서 달리며 왜군들을 휘젓고 다녔다. 영규스님은 마상 묘기를 보이듯 달리면서 길다란 선장(禪杖)을 전후 좌우 상하로 팽팽 돌렸다. 적들의 창, 칼, 머리통, 손, 팔 등이 팽팽 돌아가는 선장 끝에서 날아다녔다. 성내에 남아 있던 왜군들이 달려 나와서 엄호사격을 하는 덕분에 끝까지 쫓겨 온 왜군들 수십 명은 겨우 성안으로 들어갈 수 있었다.

날은 다 저물고 있었다. 조선군은 내친 김에 성벽을 타고 넘어가려 했으나 갑작스런 폭우와 뇌성벽력 때문에 물러나고 말았다.

자정 넘어 폭우는 멎고 사위는 깜깜한데 관군이 지키는 북문 쪽이 술렁였다. 관군들은 잠이 깬 채 긴장하는 자도 더러 있었지만 모두는 꼼짝 않고 자고 있었다.

맑게 갠 다음날은 8월 2일.

성내에 잡혀 있던 조선사람들이 이른 새벽에 성문을 열어젖히고 나와 외쳤다.

"어젯밤 왜놈들이 다 도망갔서유."

400여 명 남은 자들이 밤사이 도망쳤던 것이다.

"결국 우리 힘으로 몰아냈구나."

청주는 점령당한 지 석 달. 포위한 지 한 달. 마침내 탈환되었다.

조선군들은 가슴이 뿌듯했다. 우리 힘으로 몰아냈다는 생각에 의군, 승군들은 눈물을 주르르 흘렸다.

조선군은 성안으로 들어오고 청주는 일단 충청방어사 이옥의 관할이 되었다.

성안에 들어오자 의군(義軍)들은 숫자가 줄고 사기가 떨어져 갔다. 도망가려다 잡혀온 의병 한 명이 조헌 앞에서 사연을 말한 다음, 부들부들 떨고 있었다. 의군의 기율로도 도망병은 참형이었다.

"네 잘못이 아니다. 집에 가거라."

조헌은 그를 고향으로 돌려보냈다.

어떻게 된 관장들인지, 또다시 의병들의 부모처자들이 관에 끌려가 곤욕을 치른다고 했다.

방어사 이옥이 주는 보급도 문제였다. 쩨쩨하기 이를 데 없었다. 청주성에는 양곡도 피륙도 넉넉하게 있건만 의군들이나 승군들은 헐벗고 주렸다.

"내 이놈부터 버르장머리를 고쳐놔야겠다."

조헌이 이옥에게 쫓아가려는 것을 영규스님이 말렸다.

"우리가 여기서 절제받을 게 뭐 있소? 명나라 대군이 평양을 치러 내려온다는데 우리도 평양으로 갑시다. 명군은 내려치고 우리는 올려치고…. 평양부터 탈환하고 다음 서울을 탈환하고…."

두 사람은 청주성을 떠나기로 했다.

"떠날 사람은 떠나고 싸우러 갈 사람만 남아라."

의군, 승군을 정리했다. 의군 700명, 승군 300명. 도합 1천 명이 남았다. 조헌과 영규는 깃발을 휘날리며 청주를 떠나 온양(溫陽)으로 향했다.

가는 길 도처에서 분에 넘치는 환대를 받았다. 청주성 탈환 소식이 퍼진 덕택이었다. 난리통에 헐벗고 굶주리기 마련이련만 닭도 잡아 오고 돼지도 잡아 오고 술독도 들고 오고 옷가지도 들고 왔다.

사흘 만에 온양 근교에 도착했다. 여기서부터는 배를 타고 북상할 예정이었다.

"조승훈(祖承訓)이란 명나라 장수가 평양을 쳤다가 혼쭐이 나서 도망쳤답니다."

온양 관원의 실망이었다.

"우리가 중국놈들 바라보고 왔소? 우리 할 일 하러 왔지."

"맞소. 의주로 갑시다."

조헌과 영규는 속내가 잘 통했다. 다음날 타고 갈 배를 알아보는데 공주에서 사람이 찾아왔다. 충청감사 윤선각이 보낸 사람이었다.

"감사가 만나기를 바라오."

"무슨 일이 있소?"

"금산의 적이 다시 움직여 사태가 심상치 않으니 이를 물리칠 의논을 하자는 것이오."

"의논이라 … . 윤 감사하고는 할 일이 없다고 이르시오."

조헌은 딱 잘라 버렸다. 그러나 의군의 간부들이나 영규스님은 달랐다.

"우리가 윤 감사 위해서 싸우는 거요? 지금 다행히 그래도 충청도와 전라도는 점령당하지 않고 있는데, 우리가 금산의 적을 그대로 두고 북상하면 이 지역이 점령될 수도 있소. 금산의 적을 쳐서 배후의 걱정을 없앤 다음 북상하는 게 좋을 것 같소."

조헌은 고경명을 생각했다. 윤선각은 꼴도 보기 싫었지만 고경명의 원수를 갚기 위해서라도 금산의 왜군은 쳐내야 할 숙적(宿敵)이었다. 조헌은 영규와 함께 공주로 왔다.

윤선각과 상의했으나 역시 그는 도움 될 인물이 아니었다. 금산의 적이 무서워 조헌을 불러들인 것뿐이었다.

조헌은 이리저리 대책을 세워 보았다. 충청방어사 이옥에게 출전을 요청해 보았으나 그는 도망갈 핑계만 대고 있었다. 고심 끝에 전라감사 권율에게 사람을 보냈다. 권율은 얼마 전 배꽃재(이치)에서 적을 이긴 공로로 지금 전라감사 자리에 올라 있었다.

몇 차례 편지가 오고가고 해서 8월 18일 금산을 함께 치기로 합의를 보았다. 역시 권율이었다.

충청에서는 오로지 조헌의 의군 700명, 영규의 승군 300명뿐이었다. 둘은 공주를 떠나 8월 17일 금산의 북쪽 외곽에 이르러 진을 쳤다. 조헌은 금산에서 10여 리 떨어진 연곤평(延昆坪)에 진을 치고, 영규는 그 뒤쪽 와여평(瓦余坪)에 진을 쳤다. 그리고 권율의 소식을 기다렸다.

결전의 날이 내일로 다가왔다. 종일 기다렸는데도 소식이 없고 해가 똑떨어지고 나서도 소식이 없었다. 영규가 조헌을 찾았다.

"아무래도 이상한 일이오. 일단 후퇴해서 상황을 좀 본 후에 다시 나옵시다."

"소식이 없다면 권율은 오는 것이오."

권율에 대한 조헌의 믿음은 확고했다. 소식도 없이 오지 않을 권율은 물론 아니었다. 그러나 일이란 때로는 엉뚱하게 틀어지기도 했다. 사실 권율은 연락병을 시켜 벌써 편지를 보냈었다.

흩어진 사람들을 수습하다 보니 아직 1천 명도 안 되고, 또 훈련이 안 되었으니 10일 정도는 지나야 되겠습니다.

그러니 양군이 좀더 보강하고 단련한 다음 적을 치도록 합시다. 가벼이 움직이지 말고 10일만 기다려주시오. 그때 기일을 다시 약속합시다. 부디 숙고하시기 바랍니다.

금산 서남쪽 30리쯤에도 숯고개(탄현, 炭峴)가 있었다. 제법 울창하여 밀사들이 숨어 다니기 좋았다. 왜군은 여기에 복병을 두었다. 권율의 편지를 지니고 가던 연락병이 왜군 복병에 잡히고 말았다. 연락병은 죽고 편지는 왜군 사령관 소조천융경의 손에 놓였다.

8월 18일의 해가 떴다. 왜군은 3천 명씩 세 부대로 나누어 진군했다. 파상공격을 감행할 참이었다.

척후들로부터 적정을 보고 받은 영규는 깜짝 놀라 재빨리 조헌에게 사람을 보냈다.

"지금도 늦지 않았으니 빨리 후퇴하십시오."

그러나 조헌은 단호했다.

"아니오. 이 원수들, 물어뜯어서라도 그 버릇을 단단히 고쳐주어야 하겠소."

반 시진 후 연곤평 벌판에서는 참으로 기묘한 격전이 벌어졌다. 근 1만 명 대(對) 겨우 700명의 싸움이 벌어졌다. 거대한 파도의 해일이 휘몰아치듯 연거푸 닥쳐오는 대군에 맞서 7백의 의병은 단 한 사람도 달아나지도 않았고 물러서지도 않았다.

의병들은 화살이 다하도록 쏘았고 칼이 다 부서지도록 휘둘렀다. 마지막엔 돌멩이를 들고 덤볐으며 끝내는 적병의 목줄띠를 물어뜯어 피를 뿜고 쓰러지게 했다.

조헌을 구하고자 급히 달려온 영규와 3백의 승병들도 의병들처럼 또한 그렇게 싸웠다. 승장 영규는 전설 속의 신장(神將)이 나타난 듯 선장 몽둥이를 팔랑개비처럼 돌리며 숱한 왜병들을 쓰러뜨리고 돌아갔지만 수십 겹 둘러싸고 조여 오는 포위를 뚫지 못하고 무수한 창칼에 짓이겨져 숨을 거두었다.

악귀에 짓이겨져 신음하는 이 땅의 중생을, 스스로 짓이겨져 제도 (濟度: 중생을 고해에서 건지어 극락세계로 인도함) 한 거룩한 살신공양 (殺身供養) 이었다.

조헌, 영규 그리고 7백의 의병과 3백의 승병, 단 한사람 예외 없이 연곤평 벌판에 무구한 피를 뿌리고 장렬하게 전사했다. 조헌을 도와 싸우던 아들 조완기(趙完基)도 함께 전사했다.

60 평생을 전장에서 살아온 왜군 백전노장 소조천융경이 전장에서 소름이 끼치기는 처음이었다. 자기들 희생도 끔찍했다. 그러나 그 탓이 아니었다. 이런 지독한 싸움을 다시는 하지 못할 것 같았다. 전라도 길에는 또 조헌이 나타날 것만 같았다. 다시 전라도 길로 가다가는 자신도 짓이겨져 육신을 그 길바닥에 깔아야만 할 것 같았다.

그는 전라도를 포기하고 돌아섰다. 남은 병사들을 이끌고 금산을 빠져나갔다. 조헌은 자신의 말마따나 결국 그들의 버릇을 단단히 고쳐주었다.

의병장 정문부(鄭文孚)

　가등청정이 쳐 올라간 함경도는 회령(會寧)의 아전 국경인(鞠景仁) 일족의 반란과 그에 동조한 난민들의 부역으로 해서 단시간에 스물두 고을 모두가 왜군의 세력권에 들어가고 말았다.

　회령까지 올라왔던 왕자들, 임해군과 순화군, 그리고 그 부인들과 시녀들, 왕자들을 모시고 온 대신 김귀영(金貴榮), 황정욱, 황혁, 동북면 검찰사 이영(李瑛), 온성(穩城) 부사 이수(李銖) 등이 국경인에게 붙잡혀 가등청정에게 넘겨졌고, 게넘이에서 부원수 신각과 왜적을 막아내던 남병사 이혼(李渾)은 함경도 갑산(甲山)으로 숨어들었다가 난민들에게 죽임을 당해 그의 목이 왜적에게 넘겨졌고, 해정창에서 왜적을 막아내던 북병사 한극함은 두만강 하류 여진 마을 서수라(西水羅)까지 달아났다가 그들에게 묶여서 가등청정에게 압송되었으며, 함경감사 윤탁연(尹卓然)은 삼수(三水) 별해보(別害堡)의 깊은 산속으로 들어가 숨어버렸다.

이런 함경도에서 부역자들을 처단하고 점령군 왜적을 몰아내고 원상을 회복한 것은 다름 아닌 의병들이었다. 그 중심에 28세의 젊은 의병장 정문부(鄭文孚)가 있었다.

정문부는 문과에 합격하여 중앙의 몇 관직을 거쳤다. 왜란의 임진년에는 함경도 북평사(北評事: 정6품 외관직)의 직책에 있었다.

그는 부임 이후 이전의 다른 평사들과는 달리 형장(刑杖)을 일절 사용하지 않았으며 시간 날 때면 교생(校生: 향교의 심부름꾼) 등에게 글을 가르쳤다. 그는 민심을 크게 얻어 백성들로부터 존경받고 있었다.

부역자들의 난동으로 단시간에 함경도가 왜군의 점령지가 되자 그는 거지로 변장하고 피신하여 회령고을 용성(龍城) 마을의 복술가(점쟁이) 한인간(韓仁侃)의 집에 숨어 있게 되었다.

그를 알아보는 사람들도 있었지만 그들은 정문부를 부역자들에게 밀고하지 않았다. 그 점집은 의군을 일으키려는 사람들이 몰래 드나들며 연락을 취하는 곳이었다.

8월 추석날. 점집에서는 한가위 놀이가 크게 벌어졌다. 그동안 몰래 드나들던 사람들이 놀이구경을 핑계 삼아 농부로 변장하고 모여들었다.

의병조직에 앞장섰던 경성고을 바닷가 무계(武溪) 마을의 선비 이붕수(李鵬壽)가 왔고, 그와 함께 그의 친구인 최배천(崔配天), 지달원(池達源) 등도 모였다. 산속으로 피신했던 경원부사(慶源府使) 오응태(吳應台), 종성부사(鍾城府使) 정현룡(鄭見龍)도 합세했다.

그날 거기서 마침내 정식으로 의병대를 조직하고 정문부를 대장으로 추대했다. 정문부는 이붕수를 참모장에 임명하고 모든 것을 그와 상의했다.

정문부 이하 의병대는 이붕수의 무계마을에 의병 본부를 정하고 활동을 위한 준비에 들어갔다. 계속 의병들을 더 모집하면서 의병들의 훈련에 힘썼다. 여러 곳에 대장간을 차리고 무기를 만들어냈다. 노인들, 아녀자들이 화살을 깎았다. 300여 명으로 늘어난 의병대는 이제 나아가 싸울 만큼 제법 모양새를 갖추었다.

정문부는 우선 국세필이 있는 경성을 탈환할 계획을 세웠다.

가등청정은 함경도를 장악한 후 아전 국경인을 판형사제북로(判刑使制北路)라고 하는, 말하자면 함경감사와 비슷한 벼슬을 주어 회령에 두고, 아전 국세필을 경성부사에 임명하여 경성을 다스리게 하고, 군노사령 정말수(鄭末守)를 명천(明川) 현감으로 삼아 명천을 다스리도록 했다.

정문부가 경성을 탈환할 작전을 구상하고 있는데 북쪽의 야인(여진족)들이 쳐들어왔다는 소식이 들어왔다. 야인들의 침입은 사실상 예견된 것이었다.

가등청정은 함경도를 점령한 뒤 몹시 엉뚱한 공명심에 불탔었다.

'두만강을 건너 간도를 지나 북경으로 가자. 누구도 하지 못한 이 일을 해내면 나는 최고의 공신이 된다. 태합께서는 북경 근처 천리의 땅을 하사할 것이고 영화(榮華)는 자자손손 이어질 것이다.'

청정은 국경인 일당 중 힘깨나 쓰는 건달들에게 무관 벼슬을 주고 무리들을 많이 모으도록 했다. 벼락출세에 감격한 건달들의 열성으로 1천여 명의 무리가 모였다. 청정은 그들을 군대로 편성해 선봉부대로 삼았다. 8월 초, 마침내 청정은 두만강을 건너 간도(間島)로 쳐들어갔다. 간도는 명목상 명 영토였을 뿐, 여진족 야인들의 땅이었다. 야인들은 누구의 간섭도 없이 자유롭게 살고 있었다.

가등청정의 군대는 그들의 버릇대로 닥치는 대로 사람을 죽이고 만나는 족족 동네에 불을 지르며 진격해 들어갔다. 야인들은 농사를 짓지 않았기에 식량이 매우 귀했다. 사냥, 채집으로 얻은 모피, 산삼, 버섯, 잣 등을 요양(遼陽)이나 심양(瀋陽) 등지에 가지고 가 식량과 바꿔 왔다. 그래서 식량은 보물과 같았다. 야인들이 그런 식량을 다 싸들고 어디론지 사라지고 나니 청정의 군대가 큰일이었다.

어디에나 논밭이 있고 고장마다 곡식 그득한 창고가 있는 조선과는 판연히 달랐다. 어쩌다 뙈기 밭 한두 곳 보일 뿐, 가도 가도 황량한 잡목의 대지였다. 먹을 것을 구할 길이 없었다.

먹을거리만이 큰일이 아니었다. 8월이 가면서 날씨는 싸늘해지고 서리가 내렸다. 9월이 오면 얼음 얼고 눈 내리는 온전한 겨울이었다. 청정의 부대는 겨울옷 마련 없이 여전히 여름옷 그대로였다.

그뿐이 아니었다. 야인들은 주업이 사냥인지라 말타기 활쏘기의 명수들이었다. 밤낮을 가리지 않고 불시에 나타나 한바탕 쏘아붙이고 바람같이 사라졌다. 주로 보병인 청정의 부대는 당해낼 재간이 없었다.

한 보름, 청정은 헛되이 많은 피만 뿌리고 간도를 나와 두만강을 건넜다. 종성(鍾城)을 지나 강 하류 서수라(西水羅)까지 다져놓고 해안을 따라 경성으로 돌아왔다.

그는 겨울 지낼 일을 생각해냈다. 그는 물산이 넉넉지 못한 북부지역 말하자면 명천(明川)부터 그 이북 각 고을에는 감시와 연락을 담당할 왜군 수십 명씩만 남겨놓고 나머지 병력은 재배치해서 겨울을 나기로 했다.

길주(吉州) 부터 홍원(洪原) 까지는 각 고을마다 500여 명에서 1천여 명까지 주둔시켰다. 함흥(咸興) 과 덕원(德源) 지역에 주 병력 1만 2천여 명을 부사령관 과도직무(鍋島直茂) 에 맡겨 주둔시키고, 청정 자신은 왕자들 일행을 데리고 최남단 안변(安邊) 으로 내려와 3천 병력과 함께 주저앉았다.

야인들은 원수를 갚으러 내려왔다. 아무런 이유도 없이 조선놈들이 앞장서 왜군부대를 이끌고 쳐들어와 터전을 태우고 동족을 죽였으므로 조선놈들이 더 큰 원수라 했다. 야인들은 남녀노소를 막론하고 닥치는 대로 사람을 죽여 조선사람들의 씨를 말릴 작정으로 나왔다.

정문부는 간부들을 모아 대책을 의논했다. 병력의 힘으로 내쫓는 것이 상책이었으나 아직은 어려운 일이었다. 더구나 병력 1천여 명을 거느린 국세필이 어찌 나올지도 의문이었다. 의병들도 국세필에게는 야인 못지않은 원수였다. 국세필이 야인과 야합해서 의병들을 공격하지 말란 법도 없었다.

이런저런 의견들이 나왔으나 합당한 의견은 못되었다.

"국세필을 만나 봐야겠소. 아무래도 그와 힘을 합해야 할 것 같소."

정문부의 발설이었다.

"그놈은 역적이오. 그게 말이 됩니까?"

"일단은 야인들을 물리쳐야 하오."

"하지만 ⋯ ."

"내가 그를 만나서 설득해 보겠소."

"무슨 짓을 할지 모릅니다."

"하여튼 다녀오겠소."

정문부는 밖으로 나가 말에 올랐다. 이봉수가 힘깨나 쓰는 젊은이 몇 명을 데리고 따라나섰다.

해질 무렵 경성 성문에 이르러 국세필에게 통지해 달라고 했다. 잠시 후 내아(內衙: 관사)로 들어오라는 전갈이 왔다. 내아에 당도하니 국세필이 홀로 나와 일행을 맞아들였다.

정문부와 국세필은 잘 아는 사이였다.

함경도 북병사(北兵使)는 경성에 본영을 두었고 경성부사를 겸직했다. 정문부가 병마평사로 북병사를 돕고 있었으니 경성에서 근무했고 그래서 경성 관아의 아전인 국세필은 조석으로 만나는 사이였다. 아전에게 평사는 감히 바로 쳐다볼 수도 없는 높은 신분이었기에 서로 얼굴만 아는 처지였다.

"오랜만이오. 그런데 무슨 일로 왔소?"

국세필의 말씨는 차분했다.

"상의할 게 있어 왔소."

정문부의 말씨도 차분했다.

"무엇을 상의하자는 말이오?"

"우리와 힘을 합쳐 야인들을 물리치자는 것이오. 그렇게 해서 공을 세우면 나라에서 포상이 있을 것이오."

"나는 그럴 뜻이 없소."

"당신도 세상 돌아가는 낌새는 느낄 것이오. 세상은 다시 제자리로 돌아올 것이오. 8도에는 의병들이 일어나지 않은 곳이 없고, 명나라 군사 10만이 이미 평양으로 향했다 하오. 또 일부는 지금 설한령(雪寒嶺)

을 넘어 함경도로 들어온다고 하오. 공을 세울 기회를 놓치지 마시오.”

“나에게 기회는 필요 없소. 나는 아전이오. 조선이 다시 회복된다 한들 여전히 아전이오. 너무나 짓밟히고 살았소. 조선이 회복되면 다시 또 짓밟히며 살아야 할 뿐이오.”

“…….”

정문부는 가슴과 말문이 막혔다.

“왜놈들이 들어와서 분풀이를 조금 했소. 그 분풀이 조금 한 덕에 나는 역적이 되었소. 죽으나 사나 짓밟히고 사는 우리 천민의 처지를 한 번쯤 생각이나 해보았소?”

“…….”

“나는 당신이 바라는 것이 무엇인지 다 알고 있소. 내가 데리고 있는 군사 1천여 명이 아니오? 걱정 마시오. 얌전히 넘겨 드리겠소.”

“……?”

“당신이 아니고 딴 사람이 왔다면 내가 잡아 죽였을 것이오.”

“……?”

“당신이 전에 나한테 베풀어 준 쌀밥 한 그릇, 내 60평생 오직 한 번 먹어 본 쌀밥이었소. 그 쌀밥 한 그릇에 대한 보답이라 여기시오.”

정문부가 여기 처음 당도해 밥을 먹고 있을 때였다. 그가 하도 신기하게 바라보기에, 쌀밥 한 그릇 더 퍼오라 해서 먹으라고 내준 적이 있었다. 정문부는 까맣게 잊었는데 그 쌀밥 한 그릇이 이렇게도 기막힌 인연으로 이어질 줄이야….

“그거야 뭐…. 아무튼 고맙소만, 그러지 말고 함께 일합시다.”

“나는 뜻이 없소. 그러니 이제 그만 돌아가서 할 일이나 하시오.”

하는 수 없었다. 정문부는 무계로 돌아왔다.

바로 다음날 9월 16일, 정문부는 300명의 의병을 데리고 북상하여 한밤중에 경성에 도착했다. 남문을 지키던 사람들이 문을 활짝 열어주었다. 이붕수는 100명을 이끌고 소리 없이 달려가 객관을 포위하고 불을 질렀다.

객관에는 감시와 연락을 위해 잔류한 왜병 수십 명이 깊이 잠들어 있었다. 각 고을마다 남아 있는 이 왜병들이 또한 야차와 같은 공포의 대상이었다. 아무런 이유 없이 고을 병사들을 두들겨 패고 백성들을 윽박지르며 때로는 심심풀이로 산 사람의 배를 갈라 내장을 꺼내들고 시시덕거렸다.

객관이 불에 휩싸여 타오르자 잠결에 놀란 왜병들이 맨몸 맨발로 정신없이 뛰어나왔다. 그러나 그들은 기다리고 있던 의병들의 칼 밑에 한 사람 남김없이 도륙되고 말았다.

한편 정문부는 200명을 데리고 동헌, 감옥, 무기고 등을 장악했다. 각처를 지키던 초병들은 저항 없이 넘겨주고 물러났다.

정문부는 모든 곳을 장악하고 의병들을 배치한 다음 내아로 가보았다. 국세필이 문간에 홀로 서서 달을 바라보고 있었다.

"고맙소. 당신의 공은 잊지 않겠소."

정문부는 국세필이 진심으로 고마웠다.

"나는 잊어버리고 야인들이나 속히 물리치시오."

한마디 남기고 국세필은 안으로 들어가 버렸다.

다음날은 성 밖에 있는 병사들의 막사를 접수하고 병사들을 의병대에 편입시켰다. 병사들 역시 기다렸다는 듯 순순히 따랐다. 병사들이라는 게 대부분이 난리가 나고 이리저리 끌려 다닌 농부들이었다. 의병이 되었다고 기뻐하는 병사도 있었지만 대개 무덤덤한 표정이었다.

접수한 병사들의 부대 편제를 거의 다 정리해가고 있을 때였다. 성내에서 갑자기 북이 울리고 아우성 소리가 났다. 웬일인가 쳐다보는데 말을 달려 성문을 나오는 병사가 있었다. 그는 정문부에게 곧장 달려오더니 하얀 봉투 하나를 전했다.

"국세필이 자살했습니다."

얼른 봉투를 열어보았다. 국세필의 유서가 들어 있었다.

당신은 아직 젊었으니 오래 살 것이오. 우리 같은 천민을 많이 대할 것이오. 그들도 희로애락을 아는, 당신과 똑같은 사람이오. 짐승 다루듯 함부로 짓밟지 마시오. 나는 역적이 되었으니 침을 뱉어도 좋소. 그러나 당신들이 우리에게 무슨 염치로 충성이라는 것을 기대한단 말이오? 한 번쯤 생각해 보기 바라오.

그는 약을 먹고 죽었다고 했다. 소식이 퍼지자 그의 심복들이 흥분해서 소란을 피운다고 했다. 정문부는 가슴이 답답했다. 그러나 빨리 수습해야 했다. 정문부는 급히 의병들을 성내에 보내 소란을 진정시키도록 하고 새로이 의병이 되어 앞에 도열한 병사들 앞으로 나가 장대 위에 섰다. 당장은 그들 손에 무기가 없어 다행이었지만 그들의 동요는 막아야 했다.

"우리는 여러분들에게 결코 강요하지 않소. 의병대에 있기 싫으면 지금 나가도 좋소. 자유롭게 하시오. 그러나 반항하거나 난동을 부리는 자는 용서치 않을 것이오. 그 점 명심하기 바라오."

슬금슬금 뒤로 물러나 나가는 사람들이 있었다. 불과 30~40명 정도였고 대부분은 그 자리에 서 있었다. 모든 것은 잘 수습됐다. 성내도 소란을 피우던 몇 명 심복들이 성 밖으로 달아나면서 조용해졌다.

그런데 그날 밤 정문부가 묵던 동헌이 습격을 받았다. 초병이 둘이나 숨지고 정문부 자신도 간신히 화살을 피해 겨우 목숨을 부지했다.

난동의 뿌리를 뽑아야 했다. 다음날 이붕수 주관하에 철저한 수색이 펼쳐졌다. 주모자들이 잡혀왔다. 국세필의 은혜를 입은 심복들이었다. 정문부는 병사들을 남문 밖에 모아놓고 주모자 13명을 처형한 다음 그들의 머리를 문루의 난간에 효시(梟示)했다.

"동포들은 해치고 싶지 않았소만 … ."

정문부가 안타까워했다.

"어차피 전쟁이오. 야인들이나 생각합시다."

이붕수가 각성시켰다.

야인들은 어느새 부령(富寧)에 들어와 있었다. 지체할 시간이 없었다. 정문부는 대열을 정비하고 곧바로 부령을 향해 북진했다.

20여 리, 나북천(羅北川)에 이르렀을 때 어제 보낸 척후병들이 돌아왔다.

"야인들이 부령 성내에 눌러앉아 잔치를 벌이고 있습니다."

"그래?"

야인들은 사냥질이나 노략질에서 얻은 물건들을 자기들 터전에 돌아온 뒤 상하 지위 관계없이 똑같이 나누어 갖는 게 전통이었다. 분배가 끝나면 실컷 먹고 마시고 어울려 춤추다 지치면 꼬꾸라져 잤다. 대개는 얻어 온 게 다 떨어질 때까지 며칠이고 그랬다.

조선에 들어와서도 노략질을 해 돌아간 뒤 분배하고 나서 잔치를 벌이는 게 당연한 일이었으나 이번엔 노략질해 얻은 것이 문제였다. 왜병들이 휩쓸고 지나갔고 조선사람들이 피란가면서 가지고 갔기에 남아 있는 것이라곤 소, 돼지 같은 가축들뿐이었다. 그것들을 싸우러 다니면서 데리고 다닐 수는 없는 노릇이었다.

"에라. 잔치가 먼저다."

그래서 그들은 소와 돼지를 잡아 잔치를 벌였다. 전진도 하지 않고 늘어지게 먹고 마시고 흐느적거렸다. 의병들에게 이것은 참으로 좋은 기회였다. 그러나 안심할 수는 없었다. 회령의 국경인과 짜고 의병대를 유인하는 야인들의 작전인지도 모르는 일이었다.

"혹 회령 소식은 못 들었나?"

"들었습니다. 거기도 무슨 변고가 생긴 것 같습니다. 저기, 앞으로 나오시오."

척후병이 대답하면서 뒤에 있는 낯선 청년에게 손짓했다. 건장한 청년이 앞으로 나왔다.

"부령으로 가다 산속에서 만났는데요. 국경인 휘하 병사였답니다."

그 청년은 허리띠에 날이 넓게 펴진 납작한 도끼 하나를 꿰차고 있었다.

"무슨 일이 있었더냐?"

"국경인이 맞아 죽었소다."

"국경인이 죽었다고?"

"그렇소다. 병정들이 몰려가 때려 죽였소다."

"네가 직접 보았느냐?"

"예, 보았소다."

청년은 그 근처 해안가의 어부였다. 어쩌다 국경인 휘하의 병사가 되었는데 국경인이 죽고 병사들이 다 흩어지면서 청년도 고향으로 가는 중이었다.

북평사 정문부가 의병대장이 되어 경성을 탈환했다는 소식은 회령에도 전해졌다. 그전부터 암암리에 의로운 동지들을 모아 국경인을 잡아 죽일 모의를 하던 회령 향교의 훈도(訓導: 향교에 둔 종9품 벼슬)인 신세준(申世俊)과 선비 오윤적(吳允迪)은 이 소식에 정신이 버쩍 들었다. 그들은 국경인이 틀림없이 방어대책을 강화할 것이기에 그러기 전에 그들의 거사를 앞당기기로 했다.

그런데 어찌된 일인지 국경인이 오윤적과 그 가족을 잡아들이고 공모자를 캐기 시작했다. 신세준은 즉시 그 밤으로 믿을 만한 동지들을 부르고 무장을 시켰다. 수십 명이 모였다.

"시간을 끌면 우리가 모두 국(鞠)가 놈에게 잡혀가 죽을 것이오. 오늘 밤 바로 거사합시다."

그들은 뜻을 함께하기로 한 수문장에게 연락하고 수문장과 함께 그 밤 문루에 올라가 횃불을 밝히고 북, 꽹과리, 징을 요란하게 치고 나발과 호각을 불어댔다. 무슨 일인가 놀란 백성들이 성문 앞에 구름같이 모였다. 신세준이 앞으로 나가 큰 소리로 말했다.

"여러분, 우리가 살고 있는 이 땅은 누구의 땅입니까? 왜놈들의 땅도 아니요 반역자 국경인의 땅도 아니오. 이 땅은 우리 조상이 물려준 우리의 땅이요, 우리 부형이 피로써 지켜낸 땅이오. 그런데 왜 우리는 왜적을 등에 업은 반역자 국(鞠)가 놈 밑에서 꿈쩍도 못하고 바보같이 지내야 합니까? 경성에서는 벌써 의병들이 일어나 반역자들을 모조리 처단하고, 이 회령으로 올라오는 중이오.

우리가 그냥 가만히 있으면 우리는 역적 국가 놈을 도와주는 한 패가 되고 그들 일당으로 몰려 처단될 것이오. 우리도 마땅히 의롭게 일어나 역적을 처단하고 우리의 땅을 우리의 손으로 지켜내야 합니다.

우리는 지금 당장 국경인을 처단하러 갈 것이오. 여러분도 다 따르시오. 따르지 않는 자는 역적을 돕는 자이니 우리는 그들도 처단할 것이오."

신세준은 칼을 빼어 높이 들고 크게 외쳤다.

"우리도 당장 갑시다. 삼문(공청의 정문)에 가서 국(鞠)가 놈을 처단합시다."

"와-, 갑시다. 국가 놈을 때려잡읍시다."

백성들은 주먹을 흔들며 함성을 질렀다. 순식간에 대세는 무섭게 변했다. 백성들의 속내가 봇물처럼 터지면서 가공할 노도(怒濤)가 됐다.

신세준을 필두로 의로운 동지들이 앞장서 공청(公廳)으로 향했다. 대세를 짐작한 병사들이 합세했다. 3문은 순식간에 부서지고 군중은 동헌과 감옥과 무기고로 향했다. 이윽고 국경인이 동헌 마당으로 끌려나왔다. 신세준이 뭐라 할 사이도 없었다. 백성들, 병정들이 몽둥이로 패고 발로 짓밟아 피투성이가 된 채 뻗어버렸다.

옥에 갇혔던 오윤적과 가족들도 풀려났다.

회령은 동이 터오는 이른 새벽 겨우 반 시진쯤의 거사로 회복되었다. 그러는 사이 경성의 국세필과는 달리 국경인을 위해 항거하거나 목숨을 내놓는 사람은 단 하나도 없었다.

정문부는 장수들과 의논했다. 회령으로 급사를 보내 상황을 파악하도록 하고 의병대는 북상하여 그 밤으로 부령성(富寧城)을 조용히 포위했다.

성안에는 곳곳에 모닥불이 피어오르고 야인들은 모닥불 주위에서 둥그렇게 원을 그리고 춤을 추며 신나게 돌아갔다. 추다가 마시고 마시다가 추고…, 과연 그들 풍습대로 그칠 줄을 몰랐다.

4경(四更: 새벽 2시경)이 되어서야 모닥불이 잦아들고 성안은 다시 어둠의 적막으로 가라앉았다. 야인들도 흐느적거리고 비틀거리면서 빈집이고 창고고 어디든 찬바람 막고 눈 붙일 자리를 찾아 들어갔다.

부령성 가까운 남쪽 석막산(石幕山) 위에 장대를 세운 정문부가 서서히 횃불을 들어 서너 번 원을 그렸다. 그믐달이 막 떠오른 때였다.

성 밑에 기척 없이 대기하던 특공대 100명이 사방에서 성벽을 날렵하게 기어올라 안으로 들어갔다. 성문지기 초병들이 어쩌다 다가와도 모른 척하거나 아니면 목을 조르고 찔러버렸다.

특공대는 성안의 모든 건물들에, 관가고 민가고 짐승의 우리고 상관없이 모조리 불을 질렀다. 그리고 나서 날렵하게 성을 넘어 사라져 버렸다.

우지끈 툭탁, 경쾌한 소리와 함께 타오르는 불길로 성내는 삽시간에 화려하게 너울거리는 화마(火魔)의 지옥이 되어 버렸다.

야인은 야인대로, 짐승은 짐승대로, 꿈이 깊은 자와 감이 무딘 자는 타 죽고, 선잠 깬 자와 몸 잽싼 자는 튀어나와 어디고 뛰었다.

서로 뒤엉켜 헤매다 사방의 성문으로 달려 성 밖으로 무작정 터져 나왔다. 그러나 짐승을 빼고는 누구도 멀리 달아나지 못했다.

성 밖 요처에 숨어 대기하던 의병들의 활과 쇠뇌, 창과 칼에 쓰러지고 피를 토했다. 그믐달이 그 새치름한 얼굴을 가릴 때까지 줄잡아 2천여 명 야인들이 부령 벌판의 넋이 되었다.

다음날부터는 사방으로 흩어져 달아난 여진의 말들을 찾아 나섰다. 말들은 원래 떼로 몰려다니는 습성이 있어 큰 고생 없이 1천여 필을 찾아올 수 있었다.

회령에 갔던 급사들이 돌아왔다. 회령은 회복되었다는, 야인들은 아직 오지 않았다는, 회령 의병대도 앞으로 정문부의 의병대에 합류하겠다는 소식을 갖고 왔다.

이제 북으로 더 갈 필요는 없었다. 정문부는 경성으로 돌아와 부대를 확충 보강하는 데 힘썼다. 이제 정작 싸워야 할 상대는 가등청정이었다. 명천(明川)에 역적 정말수가 있다 하나 정문부에게는 전혀 장애가 되지 않았다. 그건 예상하는 바가 있어서였다.

의병을 더 모집하고 무기를 마련하는 데 온힘을 썼다. 의병이 3천여 명으로 늘어났다. 야인들과의 싸움에서 얻은 말이 큰 도움이 되었다. 전투마를 1천 5백 필이나 갖게 되었다. 이제 정문부 의병대는 보병대 1천 5백 명, 기병대 1천 5백 명의 제법 큰 규모의 군대가 되었다.

10월 하순, 정문부는 마침내 남으로 출발했다. 우선 명천을 회복해야 했다.

"서두르지 말고 천천히 행군하라."

정문부의 명령이었다. 가다가 낮에도 모닥불을 피워 놓고 몸을 녹이고 아늑한 곳에 누워 낮잠을 자기도 하였다. 하루에 겨우 20~30리를 갔다.

정문부의 의병대 3천 명이 내려온다는 소식이 전해지자 명천 사람들의 동요는 예상보다 훨씬 더 크고 빨랐다.

"명천사람들은 모두 역적으로 몰아 죽인다더라."

"역적은 정말수다. 그놈을 처치하러 가자."

선비들이 서둘러 200여 명의 병정들을 데리고 밤중에 동헌으로 쳐들어갔다. 그러나 정말수는 어느새 도망가고 없었다.

"바닷가에서 배를 타고 가등청정이 있는 안변으로 갈 것이다. 바닷가를 지켜라."

바닷가 쪽으로 달려가 찾았다. 아니나 다를까, 눈보라를 뚫고 바닷가로 달려오는 정말수를 잡아 묶을 수가 있었다. 정말수를 잡아 성내로 끌고 오며 정문부에게 소식을 보냈다.

서둘러 성내에 들어온 정문부는 동헌에 좌정하고 선언했다.

"정말수 하나가 역적이오. 모두들 안심하고 생업에 종사하시오. 그리고 힘을 합쳐 왜적을 몰아냅시다."

정말수의 목을 쳐 효시하면서 명천은 평온해졌다.

정문부는 곧이어 길주를 향해 남으로 출발했다.

명천까지 의병대의 수중에 들어갔다는 소식을 들은 가등청정은 깜짝 놀랐다. 길주와 성진(城津: 해정창)까지 빼앗기면 북도의 긴 겨울엔 양식을 구하지 못한다는 사실을 잘 알았다.

길주와 해정창에 2천여 명 왜군을 주둔시켰으나 결코 안심이 되지 않았다.

겨울이 되면서 그들은 생존작전에 전념했다. 2천여 명 왜군들은 길주와 해정창 각지에 퍼져 곡식, 채소, 가축 등 먹을거리들을 약탈해 모으고, 부려먹을 조선 남녀들을 잡아 묶는데 혈안이 되고 있었다.

가등청정 자신이 직접 대군을 이끌고 급거 북상했다. 부사령관 과도 직무를 뒤따르게 하고 자신이 선봉이 되어 길주성 밖에 진을 치고, 내려오는 의병대를 기다렸다.

10월 29일, 정문부는 중간 지점인 고참역(古站驛)에서 일단 멈추고 사방으로 척후를 보내 적의 형편을 탐지했다.

상황을 파악한 정문부는 어느 때보다도 더 신중하게 작전을 짰다.

가등청정의 정면은 정문부가 맡고, 종성부사 정현룡(鄭見龍), 경원 부사 오응태(吳應台), 그리고 여러 의병장들을 좌우 지형을 이용하여 길주를 포위하는 형태로 매복시켰다.

가등청정이 달아나는 길을 차단하고 기습하기 위해서 길주 남방 60 여 리에 있는 임명(臨溟) 지역에 의병장 김국신(金國信)과 허진(許珍) 을 매복시켰다.

양쪽이 대치한 지 며칠 되지 않았는데 하룻밤 사이에 갑자기 함경도 의 혹독한 겨울이 닥쳐왔다. 눈이 무릎까지 쌓이고 바람이 세차면서 추위가 살을 찔렀다. 남방 출신 왜군들은 하룻밤 사이에 닥친 이 혹독 한 추위에 어찌할 줄을 몰랐다. 막사 밖을 나가기만 하면 입과 코에 바 로 성에가 얼음처럼 붙고 수염은 뻣뻣한 고드름이 되었다.

왜군병사들은 더러 봄가을의 겹옷을 입기도 했지만 대개는 여름옷 으로 견디는데 먹는 것도 요즘은 그저 콩뿐이었다. 남쪽 바다가 이순 신에 의해 차단되는 바람에 본국으로부터 보급은 이 함경도까지는 전 혀 가망이 없었다.

"대장님, 저길 좀 보시오. 왜놈들이 쳐들어올 모양이오."

정문부가 밖으로 나와 초병이 가리키는 쪽을 손을 펴 이마에 대고 바라보았다. 온 천지가 하얀 벌판의 눈밭에서 매서운 삭풍 속을 왜군 병사들이 줄지어 달리고 있었다. 그냥 달리는 게 아니라 웃통을 벌겋게 벗고 달리고 있었다. 아무래도 이 지독한 추위를 이겨보기 위한 단련인 것 같았다.

"저놈들 된통 추운모양이오. 여러분들은 어떻소?"

"이게 무슨 추위입네까? 우리들 함경도 사람들이야 날씨가 이쯤은 돼야 움직일 맛이 있소."

"알겠소. 싸움은 식은 죽 먹기가 되겠소."

다음날 정문부는 정면에서 밀어붙였다.

세차기 이를 데 없는 함경도의 겨울 북풍에 실어 쏘아대는 화살의 위력은 대단했다. 왜군들은 도저히 견뎌낼 재간이 없었다. 독한 추위와 세찬 북풍 앞에 왜군들의 조총과 활은 거의 무용지물이었다.

한 번의 전투로 과연 왜군은 참혹하게 밀리고 말았다. 병사들 수백 명이 죽고 아장들이 다섯 사람이나 전사했다. 가등청정은 단천(端川)으로 내뺐다. 그러나 요소요소에서 갑자기 나타나는 기병대의 공격에, 또한 길목마다 숨어 있다 화살을 쏘아대는 백성들의 기습에, 단천에서도 주춤거릴 엄두를 내지 못했다.

"빨리빨리 후퇴하라!"

그 기세등등하던 가등청정은 일사천리로 후퇴하기 바빴다.

왜군들에게는 상상도 못한 추위가 공포의 적군이요 참패의 근원이었다. 옷깃을 파고드는 바람은 칼질 같은 격통이었고, 입과 코, 손과 발은 얼음같이 굳어버린 마비였다.

백설 천지에 언덕과 골짜기를 알아 볼 수가 없고, 논밭 두렁과 도랑 구렁텅이를 분간할 수가 없었다. 눈 속에 빠져 허우적거리다 칼을 맞고 눈 속에 묻혀 버둥거리다 창에 찔렸다.

청정은 정신없이 함흥까지 밀렸다. 함흥에 와 확인해 보니 데리고 간 병력의 3분의 2가 희생되고 말았다. 가등청정은 부드득 이를 갈았다. 과도직무에게 함흥을 맡기고 안변으로 내려가 생각을 가다듬었다. 가등청정은 이 함경도의 겨울이라는 것을 몸소 겪고 새삼스럽게 깨달았다. 본국의 보급도 기대할 수 없는 형편에 현지조달도 안 되면 굶어죽고 얼어죽을 수밖에 없었다. 정신이 버쩍 들었다.

'12월이 닥치는데 이대로는 앉아서 죽는다. 사는 길은 물산이 풍부한 명천, 길주, 성진을 다시 빼앗는 길뿐이다.'

가등청정은 다시 일어섰다. 안변의 대군을 휘동하여 북으로 올라갔다. 만일에 대비하여 함흥을 그대로 과도직무에게 맡겨 두었다.

북상하여 길주 밖 70리에 있는 임명천(臨溟川)까지 올라가 진을 쳤다. 정문부의 의군은 길주에서 겨울을 보내고 있었다. 이를 섬멸해야만 했다. 정문부는 곧장 싸우지 않았다. 몰래 한 무리의 기병대를 샛길로 남하시켜 임명천 가 숲속에 매복시켰다. 그리고 적이 임명천을 건너오기를 기다렸다.

한겨울의 혹독한 강추위 속에서 이른바 '함경도 바람은 소대가리를 깐다'(함경도에서는 바람에 날아온 돌멩이가 소의 정수리를 때려 소가 죽는다)는 바로 그 무시무시한 북풍이 매일 불고 있었다.

급한 건 가등청정이었다. 임명천 건너에는 적의 그림자도 보이지 않고 강은 꽁꽁 얼어붙어 있었다. 그는 대군을 휘동하여 일제히 강을 건넜다.

건너와 언덕을 오르자마자 기겁을 했다. 갑자기 화살과 쇠뇌 살이
세찬 북풍을 타고 쏟아져 내렸다. 바닥에 엎드려 왜병들도 조총과 화
살로 반격했으나 역시 문제는 소대가리를 간다는 바람이었다. 의병이
쏘는 활과 쇠뇌의 화살은 평상시 몇 배의 속도로 사정없이 왜병을 뚫었
다. 그러나 왜병이 쏘는 화살과 총알은 대부분 엉뚱한 방향으로 날아
가 버렸다.

그뿐이 아니었다. 조선군은 고춧가루와 잿가루를 날려 보냈다. 왜
병들은 견뎌낼 재간이 없었다. 눈을 비벼대며 반은 장님인 채 임명천
을 되돌아 건넜다. 의병들이 함성을 지르며 쫓아왔다. 숱한 왜병들이
얼음판에 미끄러지고 자빠져 제대로 달아나지도 못했다. 뒤처지면 그
대로 의병들의 제물이었다.

가등청정 자신도 말과 함께 미끄러지고 넘어지면서 부하들의 호위
로 아슬아슬하게 겨우 강을 건넜다. 강을 건너 한참 내려오다 가등청
정은 쌍포진(雙浦津)에 진을 치려고 했다. 패잔병을 수습하기 위해서
였다.

"이 노-옴, 가토야. 이제 네 목을 내놓을 때다."

바로 정문부였다. 외치는 소리와 함께 일단의 조선기병들이 창칼을
휘두르며 달려들었다. 그들은 휘하 아장들과 함께 진세를 지휘하던 가
등청정 쪽으로 곧장 쫓아왔다.

예상치 못한 기습에 넋이 나간 가등청정은 튀는 수밖에 없었다. 혼
비백산한 채 달아났다. 조선 기병대는 계속 쫓아왔다.

"대장님, 말을 버리시고 병사들 틈으로 숨으십시오."

가등청정은 그 조언을 받아들였다. 몇 사람 아장들은 그냥 말을 달려 정문부를 따돌리고, 몇 사람 아장들은 말을 버리고 가등청정을 호위하며 함께 달아났다. 적들은 달아나기에 바빠 수많은 시체와 무기와 말들을 버렸다.

의병들은 시체 100여 구를 들어다 배를 갈랐다. 가른 배를 쫙 벌린 다음 큰길가에 죽 늘어놓았다.

'다시는 덤비지 마라. 모두 이 꼴이 되리라.'

끔직한 경고였다.

청정의 군사들은 단천(端川)까지 밀려 옥탑평(玉塔坪)에 진을 치고 결사적인 반격을 시도했다. 그러나 조선군의 공격을 견디지 못하고 결국은 단천까지 내주고 후퇴했다.

이번 전투에서 조선군도 꽤 많은 희생자를 냈다. 참으로 안타깝게도 참모장 이붕수(李鵬壽)가 전사하고, 의병장 허대성(許大成), 이희당(李希唐) 등이 전사했다. 경성의 선비 이붕수는 전 재산을 내놓고 정문부를 대장으로 세워, 함경도의 의병 거사를 성사시킨 의인(義人)이었다. 정문부는 이붕수의 시신을 붙들고 오랫동안 통곡했다.

한편 정문부에게 미친 개 내몰리듯 쫓기며 참담하게 패주하는 가등청정을, 함흥에 있는 부사령관 과도직무는 달려가 돕지 못하고 보고만 있어야 했다. 그의 앞에는 전혀 예상치 못한 또 다른 조선군이 버티고 있기 때문이었다.

함경감사 윤탁연은 삼수(三水)의 별해보(別害堡) 산중에 숨어 있었다. 평사 정문부가 의병장이 되어 부령, 경성, 명천, 길주까지 북관

(北關: 함경남북도의 별칭) 을 거의 다 평정했다는 소식을 듣자 가슴속에서 질투의 불길이 솟았다.

삼수와 갑산을 중심으로 그도 의병을 일으켜 스스로 의병대장이 되었다. 갑산부사 성윤문(成允文), 의병장 유응수(柳應秀), 이유일(李惟一), 한인제(韓仁濟), 판관(判官) 백응상(白應祥) 등과 의병 1만 5천 명을 거느리고 함흥의 적을 치기 위해 남으로 내려왔다.

윤탁연은 함흥성 밖 30리의 덕산(德山)에 진을 치고 기회를 노리고 있었다.

"정문부의 몇천 의병으로도 가등청정을 이기고 북관을 다 탈환했는데, 함흥의 부장놈쯤이야 우리의 1만 5천 의병으로 이기지 못할 리가 없다."

윤탁연은 큰소리치고 공격을 개시했다. 그러나 단 한 번의 싸움에서 크게 무너져 1천여 명의 병사를 잃고 쫓겨났다. 윤탁연은 달아나 다시 삼수의 산속으로 숨어버렸다.

그는 속이 뒤틀려서 그냥 있을 수가 없었다. 정문부에게 편지를 보냈다.

당신은 일개 평사요. 의병대장을 함경감사인 내게 맡기고 내 절제를 받아야 마땅할 것이오.

정문부는 그대로 따르려 했다. 그러나 휘하 의병장들은 물론이요 의병들 전체가 결사반대로 나왔다.

"대장이 바뀌면 우리는 해산하고 숨을 것이오. 그런 무능한 대장 밑에서는 싸울 수 없소."

하는 수 없었다. 감사에게 답장을 보냈다.

　　군사를 일으켜 북관을 수복한 것은 의병대장의 자격으로 한 것이지
　　평사의 자격으로 한 것이 아니오. 고로 감사의 절제는 받을 수 없소.

윤탁연은 머리털이 곤두섰다. 그는 의주의 조정에 장계를 올렸다.

　　정문부는 일개 평사로서 감사의 절제를 받지 않고 의병을 핑계 삼아
　　자의로 작당하여 횡포를 부리고 있습니다. 그러므로 함경도 순찰사
　　의 소임을 다하기 어렵습니다.

윤탁연의 이런 소행이 정문부의 의병들에게 전해졌다. 의병들은 의
병장 최배천(崔配天)을 의주 조정에 올려 보냈다.
"이붕수 어른이 단천에서 전사한 사실도 아뢰어 주시오."
정문부는 특히 그 일을 부탁했다.
겨울의 혹심한 눈보라를 뚫고 최배천은 무사히 의주에 도착해 보고
를 올렸다. 임금과 조정은 감격에 겨워 눈물을 흘리기도 했다.
그러나 다음날 윤탁연의 장계가 또 올라왔다.

　　자세히 관찰한 바 정문부가 절제를 받지 아니함은 역심을 품은 때문이
　　옵니다. 그 세력으로 보아 장차 큰일이 벌어질까 매우 걱정됩니다.

임금은 버럭 의심이 들었다. 난리 와중에 외진 북관에서 어떤 반란
이 일어날 수도 있다고 여겼다. 임금은 비변사로 하여금 관원을 보내

실정을 조사해 오도록 했다.

함경도에 내려온 관원을 윤탁연은 뇌물로 삶아 놓았다. 조사를 마치고 조정으로 돌아간 관원은 삶아진 대로 속내가 흐물흐물해진 보고를 했다.

조정은 이봉수에게는 겨우 사헌부 감찰(司憲府 監察: 정6품)을 추증하고, 최배천에게는 군기시 주부(軍器寺 注簿: 종6품)를 제수했다.

정문부에 대해서는 조정대신 누구도, 임금 자신도 상(賞)이든 벌(罰)이든 언급하기조차 꺼려했다.

조정대신 누구도, 임금 자신도, 김명원의 장계를 받고 성급히 목을 잘라버린 신각을 떠올리며, 어찌할지 몰라 언급하기조차 꺼려했다.

'핫바지' 타도 특명

식량이 떨어져가고 있소. 조속한 보급을 바라오.

시간이 지남에 따라 침공 초기와는 달리 전체 왜군들에게 크나큰 애로사항이 나타나기 시작했다. 그것은 다름 아닌 보급의 문제였다.

한성에 있는 왜군 총사령부에는 각도 점령군으로부터 보내오는 각종 보급요청서가 쌓이고만 있었다. 식량, 피복, 무기, 총탄, 화약, 병력 등 모든 보급이 거의 이루어지지 않았다. 이 때문에 총사령관 우희다수가는 골머리를 앓았다.

서해를 타고 올라온다던 증원군 10만은 도대체 언제 오는 것이오? 의주로 달아난 조선왕은 명국에 원병을 청하고 있는데, 이대로 기다리기만 하다가는 명국으로 쳐들어가기는커녕 평양성 지키기도 어려울 것이오. 조속한 조처를 바라오.

소서행장의 독촉이었다.

그는 명국 침공은 조선 서해와 발해만의 제해권 확보 없이는 불가능하다는 점을 잘 알았다. 조선 각지에서 의병이 일어나는 지금 불편하기 짝이 없는 육로로 각종 보급을 완수하기는 불가능하다는 점도 잘 파악했다.

지금의 주된 보급로는 부산에서 낙동강 700리의 좁은 물길을 거슬러 올라와 문경새재를 넘고 충주를 거쳐 한성으로 오는 길이었다. 불편하기 짝이 없는 이 보급로조차 각지의 의병들 때문에 지금은 거의 그 기능이 마비된 상태였다.

침공 초기와는 딴판으로 현지조달도 어려워지자 육지에 들어간 왜군 상륙부대는 내륙에 고스란히 갇힌 꼴이 돼갔다.

현실을 잘 알면서 이어지는 소서행장의 독촉은 풍신수길을 포함한 일본군 수뇌부를 압박하는 일종의 특별작전도 되었다.

따지고 보면 왜군의 이 모든 애로사항의 근본 원인은 딱 한 가지였다. 그것은 풍신수길의 말처럼 어디서 무엇을 하다 나타났는지 알 수 없는, 이름도 없는 이나가쓰뻬이(핫바지, 촌놈) 한 놈이었다. 바로 이순신 하나가 원인이었다.

이순신이란 제독 하나가 일본군 전체의 손발과 목구멍까지 틀어쥐고 있는 셈이었다. 폐일언하고 이순신만 제거하면 모든 애로사항은 없어지는 것이었다. 조선에 나와 있는 일본군 사령관들도, 구주의 나고야(名護屋) 사령부에 앉아 있는 태합 풍신수길도 모두 아는 사실이었다.

마침내 풍신수길의 지령서가 조선 주둔군사령관 우희다수가에게 전달되었다.

내가 당장 조선으로 건너가 모두 요절을 내고 싶다만 나름의 고충이 있다고 여겨 한 번 더 기회를 준다.

그간 조선 해군을 얕잡아 보다 이런 사태를 초래한 것이니 이번에는 반드시 서해안을 돌파할 수 있게 정신을 바짝 차려 만전을 기하라.

본국에 남아 있는 전함들을 모두 동원해 지원할 것이다. 조선에 남아 있는 전함들도 다 동원하라. 육전에 참가했던 해군장수들은 바로 내려와 준비하라. 연합해서 핫바지 이순신의 조선해군을 섬멸하라.

구귀가륭(九鬼嘉隆, 구키 요시타카)은 함대 사령관을 맡아 작전을 지휘하라. 용인 전투에서 용맹을 떨친 협판안치(脇坂安治, 와키자카 야스하루)를 선봉장으로 삼는다. 가등가명(加藤嘉明, 가토 요시아키)을 참모장으로 삼는다.

"하하하, 이제야말로 핫바지가 죽게 되었구나."

기분 좋은 명령서였다. 한성 사령부는 숨통이 트이고 기운이 솟았다. 사령관 우희다수가도 일본군의 모든 걱정거리가 이제 다 해결될 것 같아 웃음이 절로 났다.

그도 그럴 것이 구귀가륭은 해전에서는 귀신과 같다는 바다의 명장이요, 협판과 가등은 백전무패의 장수들로 일본군의 자랑이었다.

각지에서 진행중인 영지 구축작업은 계속 추진하라.

협판은 복귀하여 구귀, 가등과 합동으로 조선해군을 섬멸하라.

한성 사령부에서도 지시가 내려갔다.

"연합함대로써 섬멸하라고? 다이코(태합, 太閤)께서 나를 어떻게 보신단 말인가? 그까짓 조선 해군함대 하나, 그것도 이름도 없는 핫바지가 몰고 다니는 조선함대를 처리 못해 수선을 떨어서야 … . 이 와키자카(협판안치) 단독으로 해결해 드리지. ”

협판안치는 상부의 지시가 마땅찮았다. 그는 남해로 내려가 단독으로 이순신을 잡겠다고 내심 결심하고 있었다.

“이 와키자카는 전라감사 이광(李洸)의 수만 명 군사들도 무너뜨렸다. 이순신은 전라감사의 일개 부대장이 아닌가? 가소로운지고. ”

협판안치는 만약 이순신이 자기가 나타났다는 것을 알면 겁을 먹고 오금이 저려서 제대로 움직이지도 못할 것이라고 여겼다.

협판은 휘하 장수들을 불렀다.

“조선해군이라고 해서 육군과 다를 것이 없다. 우리 함대 단독으로 출전해야 일사불란하게 작전을 펼 수 있어 승리할 수 있다. 함대를 정비하는 대로 출전할 것이니 그리 알고 채비를 서둘러라. 기필코 조선해군을 쳐부수고 우리 이름을 빛낼 것이다. ”

구귀, 가등과 함께 협판이 부산에 내려온 것은 6월 14일이었다. 그는 가장 성능 좋은 배로 150여 척을 골라 새로운 함대를 편성했다.

구주의 나고야 사령부의 허락을 받아, 자신이 지휘할 제 1함대를 70여 척의 함정으로 조직하고, 구귀, 가등이 지휘할 제 2함대를 40여 척으로 조직해 예비함대로 뒤를 받치도록 하고, 나머지 40여 척은 후방함대로 부산에 대기토록 했다.

선봉 협판이 제 1함대를 이끌고 가덕도, 영등포를 거쳐 견내량(見乃梁: 거제도와 통영 사이의 좁은 해협)에 당도한 것은 7월 7일이었다.

그는 해전의 현장에 나오자 영웅심에 불탔다. 밤에 휘하 장수들을 불러놓고 술잔을 들었다. 그에게 전라도는 반드시 점령되는 필승의 고지였고, 전라도를 지키는 이름 없는 '핫바지' 이순신은 반드시 제거되는 필승의 제물이었다. 그는 이미 승리의 영광으로 들떠 있었다.

"조선의 해군도 조선놈들이다. 육군놈들과 다를 게 없다. 한 번의 해전으로 끝내고 젠라도를 점령한다. 알겠느냐? 자! 술잔을 높이 들어라. 젠라도오!"

"젠라도오!"

"젠라도오!"

이순신에게는 남해안 각지에서 정보원들이 수시로 적정을 전달해 왔다. 부산의 허내만(許乃萬)에게서도 연락이 왔다. 6월 그믐날 100척이 넘는 적 함대가 부산을 떠나 서쪽으로 갔다는 소식이었다.

2차 출동에서 돌아온 이후 이순신은 매우 바쁘게 돌아갔다.

무기와 화약과 식량을 준비하고 함선을 정비하는 당연한 일에도 바빴지만 거북선의 추가건조 때문에 더욱 바빴다. 특히 거북선을 덮는 인갑(鱗甲: 비늘 같은 딱딱한 껍데기)에는 쇠가 소용됐는데 그 쇠가 부족해서 더욱 바삐 돌아갔다.

병사들을 사방으로 풀어 고철을 수집해 오도록 했다. 거북선의 특출한 전투능력을 확인한 이순신은 거북선을 많이 건조하고 싶었지만 물자와 시간이 다 모자라 안타까웠다. 그래도 이번에 정식 거북선을 한 척 더 완성했고, 판옥선을 개조해 약식(略式)으로 만든 개조형(改造形) 거북선도 3척을 만들 수 있었다.

개조형 거북선이란 보통의 2층 판옥선에 판자를 한 겹 더 붙여 선체 벽을 두껍게 하고 갑판에 거북선의 지붕만을 씌운 것이었다. 개조형 거북선은 한편으로는 진짜 거북선의 역할도 하지만 또 한편으로는 위장 거북선의 역할도 할 판이었다.

조정의 출동 명령서가 전라감영을 통해 전달되었다. 적정의 상황으로 보아 출동을 더 미룰 수도 없었다.

육지와 거제도 사이의 좁은 해협인 견내량에 이순신은 신경이 쓰였다. 왜군이 거기를 먼저 통과하면 훨씬 뒤로 물러나 남해도와 육지 사이의 해협인 노량(露梁)에서 적을 막아야 하기 때문이었다.

7월 4일 여수에서 전라우수영 이억기 함대와 만났다. 7월 5일 두 함대는 합동훈련을 실시했다. 뜻이 맞는 터라 손발도 잘 맞았다.

7월 6일 여수를 출발하여 노량(露梁)에서 원균과 만났다. 원균도 7척의 선단으로 발전했다.

이순신 24척, 이억기 25척, 원균 7척, 도합 56척의 전함을 주축으로 편성된 연합함대는 창신도(昌信島) 앞바다에 모여 다시 한 번 함대 훈련을 실시한 다음 창신도 앞에서 밤을 보냈다.

7월 7일 동풍이 세차게 불었다. 역풍이라 돛을 세우지 못하고 노를 저어 나가다 보니 당포(唐浦)에 이르러 날이 저물었다.

병사들을 상륙시켜 나무를 하고 물을 길었다. 그때 산에서 구르듯 내려와 엎어졌다 일어나면서 달려오는 백성이 있었다. 그는 숨을 헐떡이면서 겨우 말을 이었다.

"견내량에 왜놈들의 배가 엄청 많이 모였십니더. 오정이 지나서 영등포에서 옮겨온 기라예."

"그래, 알았다. 그런데 몇 척이나 되는지 잘 생각해 보아라. 숫자로 말이다."

"70척에서 80척, 그쯤 될 것 같습니더."

"그래, 수고했다."

그 백성에게 쌀과 광목을 넉넉히 주어 돌려보내도록 했다. 그 백성은 미륵도에 있는 왕실목장의 목자(牧子: 목동) 김천손(金千孫)이었다. 그는 육지로 피란하여 견내량 건너편 산에 숨어 있었는데, 대규모 일본 선단을 보고 깜짝 놀라 빨리 알려주기 위해서 50여 리 길을 단숨에 달려왔다. 이순신은 육지로 척후들을 올려 보내 견내량의 상황을 확인했다.

70여 척, 아직까지 만나보지 못한 대규모 선단이었다. 이번의 싸움은 개전 이래 최대의 대회전(大會戰)이었다. 이순신은 작전회의를 소집했다. 다음날의 전투에 실수가 없도록 작전계획을 주지시키고 다짐을 두었다.

다음날 7월 8일, 조선함대는 아침 일찍 당포를 떠났다. 중간쯤 가다 보니 적의 척후선이 앞길을 탐색하고자 큰 바다로 나오고 있었다. 큰 배 한 척, 중간 배 한 척이었다.

이순신의 지시를 받은 어영담이 6척의 배를 이끌고 쫓아갔다. 이순신은 뒤따르던 원균 함대와 이억기 함대에게 신호를 보내, 화도(花島)와 한산도(閑山島)의 고등산 뒤쪽에 들어가 매복하도록 조치하고 어영담의 뒤를 따라갔다.

왜군 척후선들이 조선 선단을 발견하고 되돌아 견내량으로 들어갔다. 어영담도 따라 들어가고 이순신도 따라 들어가 왜선들을 확인했다. 왜선은 큰 배(충루선) 36척, 중간 배(관선) 24척, 작은 배(소조선) 13척이 정박하고 있었다.

이순신 함대는 되돌아 나와 해간섬 근처에서 대기했다. 이미 계획한 대로 인출전포지계(引出全捕之計: 끌어내 전멸시키는 작전)의 시작이었다.

어영담은 대포를 발사하며 계속 들어가 공격할 기세를 보였다. 한참 대포소리가 나더니 신기전이 하늘로 오르고 귀에 익은 총포소리가 들려왔다. 적들이 공격을 시작했다는 어영담의 신호였다. 그리고 잠시 후 견내량을 빠져나오는 어영담의 선단이 보이고, 곧바로 이어 여태껏 보지 못한 어마어마한 규모의 적 선단이 기세 좋게 쫓아오는 모습이 보였다.

과연 결전을 위한 적 선단임에 틀림없었다. 견내량의 좁은 해협에서는 결전이 불가하므로 그들 역시 큰 바다로 조선함대를 몰아붙여야 했다. 어영담 함대가 쫓겨서 해간도 인접에 이르자 이순신 본대와 합류하고는 함께 달아났다.

뒤쪽 저만큼 협판안치의 대장기가 펄펄 날리는 기함이 선두에서 쫓아오고 있었다.

"하하하, 이순신이란 놈, 대장기를 달고 달아나다니…, 과연 핫바지로구나. 내가 온 줄도 모르고 덤볐다가 내 깃발을 보고 겁이 난 게 틀림없다."

함교에 올라선 협판안치가 저 멀리 앞에서 달아나는 이순신 기함의 깃발을 가리키며 너털웃음을 웃었다.

"맞습니다. 우리가 소떼 몰듯 몰아서 쫓아낸 수만 명의 조선군 대장이란 작자가 전라감사 이광 아니었습니까? 그러니 그의 일개 부대장인 이순신이 장군님의 이름을 보고 어찌 겁이 안 나겠습니까? 하하하."

함께 선봉을 달리던 아장 진과좌마윤(眞鍋左馬允, 마나베 사마노조)도 한바탕 웃었다.

협판의 생각으로는 견내량은 이미 점령한 것이고, 이순신이 달아나면 이 넓은 바다 또한 차지한 것이고, 남아 있는 곳이라고는 노량해협뿐이었다.

'그렇다. 노량해협만 차지하면 전라도는 그냥 떨어지는 것이다. 그쯤 되면 누가 뭐라 해도 이 협판이 일본군 최고의 명장이 된다.'

승리는 이미 결정된 것이나 다름없고 남은 것은 쫓기는 조선함대를 신속히 섬멸하는 일뿐이었다.

협판은 흥분된 어조로 소리쳤다.

"전속력으로 추격하라!"

일본함대는 속도를 높였다. 긴 종대행렬이 늘어지면서 함대의 앞과 뒤는 까마득히 멀어지고 후미의 함선들은 잘 보이지도 않았다.

뒤도 돌아보지 않고 마냥 쫓겨만 가던 이순신 함대가 한산도 앞 상죽도(上竹島) 가까이 오자 군악이 울리면서 갑자기 세 갈래로 나뉘어져 서로 다른 방향을 잡기 시작했다.

한 갈래는 직진이요, 한 갈래는 서쪽을 향해 우로 돌고, 한 갈래는 동쪽을 향해 좌로 돌았다.

"어. 이것들 봐라. 잡힐 것 같으니까 궁서설묘(窮鼠囓猫: 궁지에 몰린 쥐가 고양이를 물어뜯는 것)로 나오는가? 홍, 그래 봤자 별수 없다."

협판은 함대를 정지시키고 사격준비를 시켰다. 왜군함선들은 일제히 방패들을 빽빽이 세우고 사정거리를 쟀다. 그들의 방패는, 세우면 방패지만 앞으로 밀어뜨리면 적의 배에 걸치는 사다리가 되었다. 조총으로 어느 정도 숨을 죽인 다음 그 사다리를 타고 순식간에 적의 배에 올라가 백병전을 벌이는 것이 그들의 주특기였다.

조선함대에서는 군악소리가 더 요란해지면서 직진하던 한 갈래가 전진을 멈추고, 가운데 기함을 중심으로 좌우로 움직이더니 왜선을 향해 가로 한 줄로 죽 늘어서 자세를 잡았다. 동시에 동서쪽으로 돌던 갈래의 배들도 왜선을 향해 가로 한 줄로 죽 늘어서 자세를 잡았다.

"햐아, 이것들 봐라. 우리를 포위하겠다 이건가?"

과연 조선함대는 일본함대를 빙 둘러싸고 있었다. 이른바 이순신 함대의 학인진(鶴翼陣)이었다.

협판은 총공격의 때가 되었다고 판단했다. 이순신이 제법 포위를 하는 모양이지만 반쪽 포위쯤은 문제가 되지 않았다.

그런데 협판이 막 돌격 명령을 내리려는 참이었다. 저 멀리 뒤쪽에서 대포소리와 함께 군악소리가 요란하게 울려왔다.

"어허, 복병이 있었구나."

협판은 가슴이 쿵 내려앉았다. 화도와 고둥산 뒤에서 조선함선들이 떼를 지어 쏟아져 나오면서 뒤를 둘러싸고 있었다. 그 또한 학익진이었다. 앞뒤로 학익진. 이른바 쌍학익진이었다.

이제 어차피 싸울 수밖에 없었다. 협판은 정면에 있는 이순신의 기함부터 없애는 게 이기는 길이라고 생각했다. 물론 옳은 판단이었다.

"돌격조 제 1진 앞으로!"

쇠를 가르듯 날카로운 협판의 고성이 터졌다.

왜군의 큰 배 5척이 앞으로 나와 이순신의 기함 쪽으로 다가왔다. 협판은 이번 자기 함대의 큰 배에 척당 3문씩 왜식 대포를 장착시켰다.

대포라 하나 큰 조총과 같은 것을 갑판의 큰 기둥에 묶어 놓고 발사하는 것이었다. 그러나 명중률도 떨어지고 사거리도 짧고 파괴력도 크지 않았다.

돌격조 제1진은 다가오면서 대포와 조총을 발사하기 시작했다.

정면의 이순신 기함 앞에는 이미 5척씩 이열횡대(二列橫隊)로 단정히 자세를 잡은 특공선단 10척의 판옥선이 적선을 기다리고 있었다.

정예 함대인 전라좌수영 함대에서도 최정예에 속하는 순천부사 권준 선단과 방답첨사 이순신 선단의 함선들이었다. 명중률과 파괴력이 가히 경탄스러운 대포들로 무장한 함선들이었다.

"정면 발사!"

권준의 신호가 떨어졌다. 횡대로 늘어선 앞줄 다섯 척의 함선 정면에서 각각 두 문의 대포가 일제히 불을 뿜었다.

"좌현 발사!"

배들은 스윽 옆으로 돌더니 좌현 각각 4문의 대포로 불을 뿜었다.

"후면 발사!"

배들은 꽁무니를 들이대고 각각 두 문의 대포로 불을 뿜었다.

"우현 발사!"

배들은 우현으로 정열해서 각각 4문의 대포로 역시 무서운 불을 뿜었다.

앞줄 권준의 함선 횡대가 포격을 마치고 뒤로 물러나자 이순신의 방답 함선들이 앞줄로 나가 정렬했다.

"정면 발사!"

"우현 발사!"

"후면 발사!"

"좌현 발사!"

장전하는 시간의 공백을 메우며 끊임없이 연속발사를 하기 위해서 이순신은 이와 같은 2열 횡대 제자리 회전식 사격법으로 포격을 가했다. 이럴 때 함선의 가장 중요한 기동력인 방향전환은 판옥선만이 가지는 평저선의 장기였다. 일본 배들은 첨저선이어서 전진은 좀 빠르지만 빠른 제자리 회전은 거의 불가능했다.

천지가 뒤집히듯 울리는 어마어마한 굉음과 함께 돌격조에 정확히 그리고 쉴 새 없이 쏟아지는 포탄들의 파괴력에 적함 돌격조 제1진 함선 5척은 모두 순식간에 박살이 나고 불이 붙고 말았다.

바로 자신의 눈앞에서 벌어진 이 믿을 수 없는, 그러나 탄복하지 않을 수 없는 광경을 바라보며 협판은 놀라 벌어진 입을 다물 수가 없었다. 그렇더라도 그것은 구경만 하기엔 너무 다급한 공포였다.

"돌격조 제2진 앞으로! 더 빠르게 돌진하라!"

협판이 악을 썼다.

그러나 제2진은 앞으로 나가지 못하고 멈칫거리며 떠있기만 했다.

그때 또 놀라운 일이 벌어졌다. 말로만 듣던 소경배(거북선)가 학익진의 양 날개 끝에서 왜군 선단의 중심을 헤집고 들어오는 것이 아닌가. 소경배들은 협판의 기함 앞에 늘어선 돌격조 제3진, 제4진의 선단 속으로 바로 헤집고 들어갔다.

"어어, 소경배를 막아라."

장수들이 외치며 층루선들이 앞으로 나와 가로막고 조총을 발사했다. 그래도 아무런 거리낌 없이 거북선은 다가왔다. 그 완강하고 무시

무시한 모습에 소스라치게 놀라 왜병들은 조총 발사도 잊어버리고 아우성치며 날뛰었다. 특히 위에 붙은 용머리와 아래에 붙은 귀신머리의 엄청난 크기와 무시무시한 생김새를 목도하며 병사들은 소름이 끼쳐 식은땀을 흘리고 벌벌 떨기도 했다.

쿵! 꽈당!

어느새 거북선들은 다가서는 층루선을 들이받고 돌아갔다.

"기함을 지켜라!"

돌격조 제2진 함선들도 거북선 주위로 몰려들었다. 거북선은 기함으로 달려가고 있었다. 상호거리 기껏 10∼20보. 거북선의 전후좌우 포혈에서 갑자기 대포들이 발사되자 주위의 배들은 순식간에 부서지고 구멍 나고 불이 붙었다.

그저 한순간이었다. 왜군함대는 어느새 전열이 무너지면서 당황하기 시작했다.

큰일이었다. 협판은 발악이라도 해야 했다. 거북선은 하는 수 없고, 나머지 조선배들을 향해 전속력으로 돌진 공격하여 방패를 걸고 뛰어올라서 백병전으로 결판을 내는 수밖에 없었다.

"정면을 향해 돌진하라!"

"적선에 올라타라!"

협판이 소리치고 배들이 움직이기 시작했으나 조선함선들이 먼저 움직이기 시작했다. 앞뒤의 조선함대가 포위를 좁혀 늘어서더니 일제히 포격을 가해왔다. 쏟아지는 포탄은 종류도 가지가지였기에 왜군들은 더욱 대처할 재간이 없었다.

거북선들의 포격에서부터 이미 질서가 무너지기 시작한 왜선들은 이제는 아예 정신을 잃고 우왕좌왕하며 떠돌았다.

"좌우의 맹선과 대선을 막아라. 내가 직접 이순신을 치겠다."

협판은 장수들에게 소리치고 나서 직할 선단을 몰아 이순신의 기함 쪽으로 움직이기 시작했다.

그러나 이순신 기함의 최전방에서는 또 다른 거북선들이 조총 사거리 안에서 포격을 가하고 있었고, 거기서 조총의 사거리쯤 되는 곳에서는 특공 선단의 판옥선들이 늘어서서 포격을 가했으며, 그 뒤 조총의 사거리 훨씬 밖에서 이순신의 기함은 의연히 버티고 떠서 포격을 퍼부었다.

3중으로 가해오는 포격이었다. 협판은 앞으로 나아갈 도리가 없었다. 그뿐만이 아니었다. 뒤쪽을 포위한 조선함대의 전함들도 각종 포탄을 장대비 퍼붓듯 쏟아부었다. 협판의 함대는 이미 돌이킬 수 없는 파멸로 들어서고 있었다. 절체절명의 순간이었다.

"퇴각을 명하소서!"

장수들이 사방에서 퇴각을 외쳤다. 하는 수 없었다.

"모두 퇴각하라!"

협판도 마침내 목숨 살길을 찾기로 했다. 그러나 배를 타고 도망갈 길은 이미 사라지고 없었다. 단 한 척 성한 것 없이 함선들은 다 부서지고 포위망은 촘촘했다.

"장군, 훗날을 기하소서."

"내 오늘을 기억하겠다. 반드시 갚아주겠다. 모두 배를 버리고 몸을 피하라."

차오르는 분노를 삼키며 협판도 투구, 갑옷 등을 벗어던지고 바다로 뛰어들었다. 장수들, 병사들 모두 뛰어들었다.

역사적인 한산도 해전은 완벽하게 끝나가고 있었다. 채 한 시진(時辰: 2시간)도 못되는 시간이었다.

왜군들이 배를 버리고 달아난 다음 이순신은 수습을 명했다. 거의 모든 왜군함선에 조선병사들이 올라갔다. 유용한 물품을 거두고 조선인 포로를 데려오고 왜병들의 수급을 잘라왔다.

이 전투에서 왜선은 큰 배 35척을 포함해 총 59척이 격파되었다. 큰 배 1척을 포함한 14척이 도주했는데, 이 배들은 멀리 뒤쳐져 따라오다 이억기 함대가 포위망을 구축한 다음에 현장 근처에 나타난 배들이었다. 이들은 포위망 안에서 엄청난 포격을 당하는 자기 함대를 목격하고 아예 일찌감치 달아나고 말았다. 조선함대의 포위망 안에 든 일본 함선들은 단 한 척도 달아나지 못했다.

격파된 59척은 좌수영 공격에 의한 것이 대선 15척, 좌우수영 합동 공격에 의한 것이 44척이었다. 원균 함대는 이억기 함대 뒤에서 서성거리다 말았으므로 1척도 격파할 기회가 없었다.

그러나 늘 그러했듯이 수급을 얻는 데는 열성을 다했다. 한산도 해전에서는 더욱 많은 왜병들의 수급을 얻을 수 있었으므로 이후 조정에 보낸 장계에서는 자신의 전공이 이순신보다도 더 크다고 보고했다.

조선함대는 단 1척도 상한 배가 없었다. 세상에 이런 해전도 있었으니 ….

왜군은 9천여 명의 전사자를 냈다. 헤엄쳐 한산도나 기타 무인도로 달아난 병사들은 죽거나 혹은 살아나기도 했다.

협판 휘하 걸출한 아장들 중 진과좌마윤은 한산도에 올랐다가 패배

한 치욕을 견디지 못해 할복자살했고, 협판좌병위(脇坂佐兵衛, 와키자카 사베에)와 도변칠우위문(渡邊七右衛門, 와타나베 시치우에몬)은 협판안치의 신변을 호위하다 전사했다.

한산도에 올라 피신한 왜군은 약 400여 명쯤 되었다. 협판안치는 다른 무인도에 올라 피신했는데 며칠 동안 미역 등 해초를 뜯어먹으며 연명하다 일본배에 의해 구조되어 겨우 살아나게 되었다.

조선군에서도 희생자가 생겼다. 전사자가 10명, 모두 조총에 의한 희생이었다.

수습이 다 끝난 석양 무렵 조선함대는 천천히 북상하여 견내량 앞 해간섬 근처에 진을 쳤다. 진해, 거제, 가덕, 김해 쪽으로 척후선을 내보내고 함대는 거기서 밤을 새웠다.

다음날 역풍을 거스르며 안골포 쪽으로 가는데 정오가 지나면서 척후선 한 척이 돌아와 보고했다.

"안골포에 왜선 40여 척이 정박해 있습니다."

이는 사령관 구귀가륭과 참모장 가등가명이 이끄는, 이순신 제거 임무를 띤 제2함대였다.

해적 출신의 구귀는 직전신장(織田信長, 오다 노부나가) 시절부터 일본 제1의 해군 대장이었고 지금까지 전(全) 일본 해군사령관이었다. 그래서 풍신수길도 이번에 이순신을 잡는 특별 함대의 사령관으로 임명했다.

협판의 뒤를 따라 서진하던 구귀는 가덕도 앞에서, 한산도 해전을 멀리서 구경하고 돌아온 자신의 탐색선을 만났다.

"지옥이 따로 없습니다."

"아수라장이었어요. 아수라장!"

탐색선 병사들은 설명을 하면서도 겁에 질려 떨고 있었다.

구귀는 그 길로 함대를 이끌고 안골포(安骨浦)로 들어가 방어태세를 갖추었다. 이순신 함대와 정면으로 맞서 싸울 수는 없다고 판단한 때문이었다. 그렇다고 부산으로 그냥 달아날 수도 없었다. 전 일본 해군 사령관이요 일본 해군 제일의 장수라는 자존심도 있었지만 풍신수길이 용서치 않을 것이기에 방어형태로라도 싸워야 했다.

안골포는 방어전을 펴기에는 매우 유리한 조건의 지형을 갖추고 있었다. 안골포는 방파제가 있는 포구였으므로 좁은 수로를 따라 들어가야 선창이 나왔고 선창 또한 넓지도 깊지도 않았다.

밀물 때 조선함대 일부가 공격해 들어왔다 해도 썰물 때는 물러갈 수밖에 없었다. 그러므로 전열을 가다듬으면서 제3함대의 지원을 기대할 수도 있었다. 포구 뒤에는 일본식 성곽으로 개조하기 시작한 안골성이 있어서 불리한 경우 그곳에서 마지막 항전을 할 수도 있었다.

안골성 남쪽으로 머지않은 곳, 높지는 않으나 가파른 육망산(陸望山: 해발 180m) 봉우리에 초소가 하나 있었다. 거기에서는 견내량까지의 바다와 거제도, 가덕도는 물론 멀리 대마도까지도 볼 수 있었다.

안골포에 적이 숨어 있다는 보고를 받은 조선함대는 이미 오후인 시각을 감안해 거제도의 온천도(溫川島: 칠천도)에 정박하고 작전회의를 마친 다음 휴식에 들어갔다.

다음날 7월 10일 이른 새벽에 온천도를 출발하여 안골포로 접근해 갔다. 도중에서 이억기 함대는 가덕도에 매복하고 나머지 함대는 포구에 이르러 적세를 관찰했다.

육망산 초소에서 이쪽을 감시하던 왜군은 포구 앞에 모인 함대의 모습은 물론 가덕도에 잠복한 조선함대의 모습까지 훤히 들여다보고 있었다.

"음, 이순신이 유인전술을 펼 모양이구나. 어림없지."

구귀는 이미 간파하고 현장 고수작전 태세를 갖추고 있었다.

포구에는 대선 21척, 중선 15척, 소선 6척이 대기했는데 맨 앞에는 다른 대선들보다 훨씬 더 큰 3척의 층루선이 포구 밖을 향하고 떠 있었고 그 뒤로 나머지 배들이 굴비 두름 엮이듯 줄지어서 떠 있었다.

맨 앞에 버티고 선 큰 배는 3층짜리 선실이 있는 배 한 척과 2층짜리 선실이 있는 배 두 척이었다. 이전에 본 층루선의 상갑판 선실이 포장을 두른 것과는 달리 이 배들은 두꺼운 판자로 벽을 만든 밀폐된 선실을 얹고 있었다.

구귀는 전함의 설계에서도 1인자였다. 이때 안골포에 등장한 거대한 층루선은 조선의 판옥선을 제압하기 위해서 일본이 새로 만들기 시작한, 승선인원이 약 300명인 대형전함이었다. 바로 신형 안택선(安宅船)의 등장이었다.

밀물은 진시(辰時: 오전 8시)부터 한 시진(時辰: 2시간)이요 미시(未時: 오후 2시)부터 한 시진이었다.

왜선들이 나오지 않을 것임을 알자 이순신은 작전을 바꿨다. 밀물 때를 기하여 2척 또는 3척씩 교대로 들어가 포격을 가하도록 했다. 이억기 함대도 매복을 그만두고 나와 공격에 합류하도록 했다.

조선함대의 공격선에서는 포구 맨 앞에 버티고 선 대형 충루선들을 향하여 천지현황의 각종 총통들이 종류를 다 셀 수도 없는 각종 총탄들을 빗발같이 발사했다. 이미 이런 사태를 예상한 듯 층루선들은 철판을 덮어 씌워놓기도 하고 젖은 솜을 둘러 가려놓기도 했다.

그들 또한 대포와 조총의 요란한 발사로 응전했다. 수로 입구 양쪽의 방파제에서도 왜병들이 엎드려 조총을 발사했다. 그러나 화력의 차이는 금방 드러났다.

층루선에서 대항하는 왜병들은 순식간에 거의 모두 사상자가 되어 쓰러졌다. 조선 공격선이 교대할 때마다 저들도 그사이를 이용하여 사상자들을 끌어내 작은 배로 후방에 날랐고, 다른 작은 배들이 새로운 병력을 싣고 와 층루선으로 올려 보냈다.

층루선에서는 왜병들이 오르는 대로 사상자가 되어 끌려나갔고 나가는 대로 또 오르며 사상자가 되었다. 층루선은 흡사 왜 오랑캐들을 도살하는 거대한 도축선(屠畜船)과 같았다. 그래도 층루선들은 제자리에서 꼼짝 않고 버티며 대항 사격을 계속했다.

"발화탄을 쏘아 아예 태워버리지요."

장수들이 건의했다.

"짐승들을 다 잡을 때까지는 태울 수 없지 않은가?"

급할 것 없다는 이순신의 뜻이었다.

썰물 시간이 다가오자 조선함대는 공격을 멈추고 잠시 물러나왔다. 오후 밀물 시간까지 두 시진(4시간)쯤 휴전이 되는 셈이었다.

왜군들은 사상자들을 옮기고 함선에 붙은 불을 끄고 넘어진 방패를 세우며 바쁘게 돌아갔다.

"저놈들이 접근하지 못하는 게 다행이긴 하다만 이대로 오래 버틸 수는 없다. 오후 한차례만 버티고 나면 밤이다. 밤에는 퇴각할 준비를 하라."

구귀가 참모장 가등에게 지시했다.

"밤에도 복병 선단이 있을 것입니다. 잘못되면 전멸합니다. 퇴각보다는 안골성에 들어가 수성하는 게 낫지 않습니까?"

참모장은 퇴각이란 말이 싫었다.

"살아남는 게 문제가 아니다. 내가 보고서를 쓸 것이다. 단 한 사람이라도 한시 빨리 빠져나가 태합전하께 내 보고서를 전달해야 한다. 남해를 통과하는 서진 계획은 완전히 잘못됐다."

"우리가 수성하고 있으면 후속 함대가 구원하러 올 것입니다. 그때까지 견뎌내는 것이 옳습니다. 퇴각해서 그 같은 보고를 올리면 태합께서 크게 실망하지 않겠습니까? 그럴 바에야 차라리 의롭게 옥쇄(玉碎)하는 게 낫습니다."

"원군이 온다 해도 지금대로는 저들을 이기지 못한다. 근본적으로 계획을 바꾸지 않으면 우리는 서해로 나갈 수가 없다. 상황을 제대로 알리는 것이 더 큰 충성이다."

" …… ."

"다시 말한다. 오늘 밤 탈출한다. 실패하더라도 누군가는 반드시 빠져나가 보고서를 전해야 한다."

오후 밀물 때가 되면서 조선함대의 맹공은 다시 시작되었다. 층루선에서, 방파제에서, 포구 앞 언덕에서 그들 또한 완강하게 저항했으나 대세는 파국으로 기울고 있었다.

큰 배들, 작은 배들, 거의 다 부서지고 불타기 시작하자 살아남은 왜적들은 배를 버리고 뭍으로 달아났다. 기진맥진하여 뛰어가다 넘어지고 기어가다 걸었다.

"지금 추격하면 다 죽일 수 있습니다."

"놓아두지."

안골포 배후에는 인구가 많은 김해부가 있었다. 육지 산속에는 피란 나간 조선백성들이 많이 숨어 있을 터였다.

"썰물이 되기 전에 밀고 들어가 나머지 배들도 다 격파해야지요."

"몇 척 남은 건 그냥 두게."

배를 다 없애면 저들은 뭍으로 올라 산을 타고 가는 수밖에 없었다. 으레 조선백성들이 해를 입을 것이었다.

이순신은 퇴각을 명했다. 함대는 안골포를 물러나와 뭍에 올랐다. 저녁을 지어 먹고 바다로 나가 밤을 새웠다.

다음날 7월 11일 이른 새벽에 안골포로 가 보았다. 왜적들은 남은 배 몇 척을 타고 간밤에 다 도망하고 없었다.

그들이 주둔하고 항전하던 곳을 살펴보았다. 시체를 쌓아 놓고 불태운 곳이 열두 군데나 되었다. 서둘러 달아나느라 제대로 화장을 못한 것 같았다. 타다 남은 시체들이 여기저기 흩어져 있었고, 성 안팎 땅바닥에는 붉게 물든 핏자국들이 수두룩했다.

조선함대는 왜군 제 3함대를 찾아 동쪽으로 이동해 사시(巳時: 오전 10시경) 쯤 양산강 입구에 도착했다.

근처 김해 포구, 감동(甘洞: 구포) 포구 등을 수색했으나 왜군은 흔적도 없었다. 조선함대는 가덕에서부터 몰운대(沒雲臺: 다대포 끝)까지 무려 50리에 걸쳐 횡대 일자진으로 죽 늘어서 함대의 위용을 과시하면서, 가덕도의 응봉(鷹峯: 창원 천가면)과 김해 금단곶(金丹串: 녹산면) 등으로 탐색병들을 내보내 적정을 살피게 했다.

금단곶의 봉화대에 올라 탐망하던 탐색병이 돌아와 보고했다. 그는 봉화대 아래 암자에 살던 노승의 이야기를 곁들였다.

"어제 안골포에서 싸울 때 조선함대의 대포소리에 놀라 왜군 배들은 죄다 낙동강 상류로 긴급 대피했다 합니다. 아까 바라보니 정말 양산 강과 김해강 깊은 곳에 배들이 숨어 있었습니다. 양쪽을 합해서 대략 100척쯤 되었습니다."

그날 이후 왜군의 배들은 조선함대의 대포소리만 들어도 겁에 질려 그냥 달아나는 게 일이었다. 개전 초 조선군이 왜병의 조총소리에 놀라 그냥 달아나던 것과 같은 양상이었다.

조선함대는 그날 해질녘에 가덕도의 천성보(天城堡)로 내려와 진을 치고 병사들은 뭍으로 올라갔다. 한편으로는 저녁을 짓고 한편으로는 큰 나무를 찍어 막사를 세우는 척했다.

11일 달이 뜰 때쯤 함대는 일제히 닻을 올렸다. 재빠르게 철수하기 위해서였다. 그리고 밤새도록 환한 달빛을 타고 서쪽으로 흘러갔다.

7월 12일 사시(巳時: 오전 10시) 함대는 한산도에 이르렀다. 나흘 전 해전에서 한산도로 도망쳤던 왜병 400여 명은 아직 그대로 갇혀 있었고 더러는 미동도 없이 바닷가에 쓰러져 있었다.

그사이 거제도 토병과 백성들이 올라와 왜병을 여럿 죽이고 머리를 베었다고 했다. 굳이 죽이지 않더라도 달아나지 못하도록 경계만 하고 있어도 그들은 다 굶어죽을 판이었다.

전라함대는 본영을 향해 서진을 재촉하면서 한산도 경계 임무를 관할 수사인 원균에게 부탁했다.

그러나 원균은 전라함대가 떠난 얼마 후 왜군함대가 출동한다는 소문을 듣고 한산도 경계를 풀고 피해버렸다. 그 바람에 한산도 왜군들은 살아서 달아날 수가 있었다.

7월 13일 여수 본영에 돌아온 이순신은 이전에 보고했던 바와 똑같이 이번 출전의 전말과 결과를 아주 자세히 적어 7월 15일 행재소로 올려 보냈다.

이전과 같이 휘하 지역장수들의 전공을 일일이 적고 목 벤 왜군의 수급 90개의 표시로 그 왼쪽 귀를 잘라 소금에 절여 함께 올려 보냈다. 이번 출동에서 적선 90여 척을 격파하고 왜군 1만여 명을 죽였으나 거둔 수급은 겨우 90개뿐이었다. 이것은 물론 공로평가에서 열심히 싸운 사람을 최우선으로 하는 이순신의 평가방침 때문이었다.

조선함대에서는 함선의 손실은 한 척도 없었으나 전사 19명, 부상 116명이 나왔다. 여기에는 이번에 처음으로 발생한 거북선에서의 전사 2명과 부상 16명이 포함되었다.

이순신은 천민들의 사상자에 대해서도 자세히 보고했고, 또한 그 명단을 소속 고을의 수령들에게 보내서 후속 조처에 소홀함이 없도록 했다. 임란 중 천민에 대해서조차 이렇게 자상하게 처리한 사람은 오로지 이순신뿐이었다.

이번 출동에서 왜선에 잡혀 있던 조선사람 8명을 구출해 데려왔다. 그들의 증언을 듣고 그 증언들을 또한 자세히 보고해 증언에 나타난 왜적의 상황과 조선백성들의 참담한 현실을 조정에서도 참고할 수 있도록 했다.

원균 휘하 장수들의 한심한 작태도 보고하여 진실을 주지토록 했다.

그들은 작은 배를 타고 다니며 전투중에는 뒤에서 구경만 했다. 대다수 적선이 격파되고 전세가 기울어질 때쯤 구름같이 모여들었다. 그리고 왜적의 목을 자르기에 혈안이 되었다. 또한 수시로 전라수영 장수들에게 사정하여 목을 얻는 데도 열성이었다. 전라함대가 돌아간 뒤에는 강어귀나 바닷가에 흘러온 조선사람들의 시체에서도 열심히 목을 잘랐다.

이순신의 장계는 7월 20일 의주에 도착했다. 조승훈(祖承訓)의 평양 패전 등으로 만사가 난감해서 침울하게 움츠리고 있던 조정은 기뻐서 허리를 폈고 후련해서 가슴을 폈다.

오래 가슴을 펼 일도 생겼다. 이순신이 보낸 세 번의 장계를 명나라 사신들이 보았다. 그것은 조선이 명나라를 치기 위해 일본을 끌어들였다는 의심을 명나라가 완전히 풀어버리는 계기다 되었다. 또한 조선에 파병하면 일본군은 물리칠 수 있다는 자신감도 명나라가 갖게 됐다.

이억기와 원균의 장계도 며칠 뒤 행재소에 도착했다. 이번에도 원균은 자기 관할지역이기에 더욱 분발하여 싸운 결과 수급도 가장 많이 확보하게 되었다고 보고했다.

이때부터 임금 이하 상당수의 조정사람들이 '가장 용감하게 그러나 조용히 싸우는 장수'는 역시 원균이 아닐까 여기기 시작했다.

전함(戰艦) 건조령

의주의 행재소는 남해 바다의 승리에 한껏 고무됐다. 그래서 조선의
군사만으로도 평양성을 공격하여 이길 수 있다고 자만하기 시작했다.

우선은 평양 주위에 있는 조선군의 형세가 그럴 듯했다. 순찰사 이
원익(李元翼), 순변사 이빈(李薲)이 평양 북쪽 순안(順安)에 주둔하
며 수천의 군사를 모집했는데 상당수가 정예 군사였다.

방어사 김응서(金應瑞), 별장 박명현(朴命賢)이 용강(龍岡), 삼화
(三和) 증산(甑山) 강서(江西) 등 해안 여러 고을의 군사 1만여 명으로
평양 서쪽에 20여 개의 진을 치고 대기하고 있었다. 별장 김억추(金億
秋)가 수군을 거느리고 대동강 하류에 정박해 있었고, 중화(中和)의
별장 임중량(林仲樑)이 평양 남쪽에 보루를 쌓고 2천여 명의 군사로
지키고 있었다.

다음으로는 평양성의 왜군이 탈진 상태에 있다고 믿은 때문이었다.
그런 믿음은 명나라 조승훈 부대가 패주해갈 때 추격 섬멸하지 않았다

는 점, 이전과는 달리 요즘에는 왜병들이 평양 근처에 나와 조선군과 백성들의 유격대를 공격하지 않고 성내에만 박혀 잠잠하다는 점에 기인했다.

"명나라 군사만을 마냥 기다릴 수도 없소. 진격하시오."

조정에서는 도원수 김명원(金命元)에게 재촉했다.

8월초, 김명원은 마침내 조선군에게 진격을 지시했다. 이원익을 비롯해서 네 방면의 조선군이 일제히 공격해 들어갔다. 특히 이원익 휘하의 용맹한 병사들이 적의 선봉 척후병들을 20여 명 쏘아 죽이고 공격에 앞장섰다. 그러나 잠시 후 적의 대병이 쏟아져 나오면서 대세는 기울어졌다. 이원익 휘하 북방의 용사들은 왜적에 맞서 잘 싸웠으나 나머지 조선병사들은 그냥 도망가기 바빴다.

물러났다가 다시 공격했다가 하면서 그렇게 세 번을 싸웠으나 북방 지역 용사들의 희생만 커졌을 뿐 패주의 대세를 돌이킬 수가 없었다. 아직 안 되겠다 여겨 다들 물러나 다시 제자리로 돌아왔다.

한편 핫바지 이순신을 잡기는커녕 그 핫바지에게 처참하게 참패를 당한 일본수군의 소식은 안골포 해전 5일후 나고야의 풍신수길에게 보고되었다.

서울에서부터 큰소리치고 내려온 협판안치나 구귀가륭은 도저히 낯을 들고 수길 앞에 나타날 수가 없었다. 그들은 같은 수군으로 옥포에서 패군지장이 된 등당고호에게 부탁했다. 그냥 보고가 아니라 일본해군의 근본적인 재건을 건의하기 위해서였다. 등당고호는 수길 주위에 지인도 있고 수길의 신임도 받는 사람이었다.

한산도와 안골포의 패전상황을 들은 수길은 애써 화를 참는 기색이었다.

"기왕 진 것은 할 수 없고, 다음에는 싸워 이길 수 있겠는가?"

"그것이 … ."

"자신이 없단 말이지?"

"죄송합니다. 이대로는 … ."

"우선 도망쳐."

"예에?"

"이순신과는 싸우지 말란 말야. 지는 것보다는 도망치는 게 낫지."

"예에 … ."

"아니지. 이제부터 수군은 부산 밖으론 한 발자국도 나가지 말 것."

"예에 … ."

"우선은 최선을 다해 부산을 지키라는 말이야. 이순신이 부산을 차지하면 만사가 끝나."

"예에 … ."

"하여튼 수고했어."

수길이 패전의 책임을 물어 한두 사람 할복하라고 할 줄 알았는데 전혀 그런 기색은 없고 술까지 한잔 내렸다. 등당은 용기를 내 몇 가지 대책을 건의했다.

"병사들이야 저희가 보충할 수 있습니다만 … 배가 거의 다 없어져서 … 많이 만들어야 됩니다. 사공도 그렇고 … ."

병사들은 장수들의 영지에서 데려오면 되지만 사공과 배는 수길의 힘을 빌지 않으면 안 되었다.

"그래, 알았어."

"그리고 저 … 조선의 배들과 맞설 수 있는 대선을 만들어야 하겠습니다."

등당은 구귀가 건네준 새로운 배의 설계도를 내밀었다. 길이 114척, 너비 36척, 돛과 노가 함께 있고, 대포를 장착하고, 배의 옆과 지붕에 철갑을 입히게 되어 있었다.

조선의 판옥선과 똑같은 배에 거북선처럼 철갑을 입히는 구조였다. 이른바 '전투형 안택선(安宅船)'의 설계도였다.

수길은 이 새로운 배의 대량 건조를 위해 모든 제후들에게 척수(隻數)를 할당하고 새 군선의 건조에 협조하도록 전국에 영을 내렸다.

- 천조대신(天照大神: 천황의 조상신)을 모신 이세신궁(伊勢神宮)의 숲을 제외한 모든 지역에서 재목을 벨 수 있다. 신사(神社), 불사(佛寺)의 지역도 포함된다.
- 벌목에 필요한 인부와 배의 건조에 필요한 목수는 무조건 동원한다.
- 농기구 외에는 일체 철의 사용을 금지한다. 배의 닻줄, 돛줄에 쓰이는 모시의 매매를 금지한다.
- 전국 포구를 조사하여 남아 있는 사공은 모두 동원한다.
- 모든 제후는 군선에 입힐 철판을 공출한다. 수량은 소출 1만 섬마다 150장으로 한다.

수길의 이 명령에 따라 일본 전국 방방곡곡이 또 한바탕 부산하게 돌아갔다.

지난 5월 수길은 서울을 점령했다는 소식을 듣고 자신이 직접 조선으로 건너가려 했었다. 그러나 이순신 때문에 이를 일단 미루고, 그 대신 석전삼성 이하 세 봉행(장관)을 보냈다. 그들로 하여금 조선 파견군의 실상을 파악해 사안을 처리하고 명나라 진격에 대비토록 했다.

머리가 명석하고 매사 주도면밀하여 수길의 신임이 가장 두터운 석전삼성이 사실상 책임자였다. 6월초 부산에 온 삼성은 서울로 올라가면서 조선 파견군의 사정을 면밀히 검토했다. 검토하다 보니 일본에서 장수들의 보고만 듣고 있던 내용과 다른 게 너무나 많았다.

우선 식량이 문제였다. 다가올 겨울을 넘길 식량을 확보하는 게 큰 골칫거리였다. 현지 조달은 불가능했다. 더 약탈할 것도 없을 뿐더러 논밭에서 자라는 농작물도 없었다. 조선농민들 거의 다 병사로 떠나서 논밭은 황무지였다.

일본에서 가져올 수는 있으나 수송하기가 곤란했다. 조선 8도에 있는 일본군에게 보급하려면 해상으로 운송해야만 하는데, 남해안을 틀어쥔 이순신 때문에 도대체 방법이 없었다.

배로 부산에서 낙동강 상류까지 나른 다음, 마소나 사람의 등짐으로 문경새재를 넘어 서울 등 각지로 수송하는 힘들고 더딘 길은 있으나 그것도 불가능하게 되었다. 어디서 나타날지 모르는 의병들이나 백성들의 기습 때문이었다. 삼성 일행도 의병들의 기습으로 죽을 고비를 여러 번 넘겼다.

일본군의 입성도 문제였다. 월동준비 없이 하절기 옷을 입고 건너왔는데, 조선에서는 이제 아무리 뒤지고 다녀도 동절기 옷을 지을 만한 피륙을 확보할 수 없었다. 이것도 일본에서 가져와야 했다.

화약과 총알도 문제였다. 철포(조총)가 아무리 좋은 무기라 해도 화약과 총알이 없으면 죽창 한 자루만도 못했다. 이것도 물론 일본에서 가져와야 했다.

삼성의 판단으로는 명나라에 쳐들어가는 일은 고사하고, 조선의 점령지 유지나 복속조차 어려운 일이었다. 삼성은 수길에게 실정을 그대로 보고해 알렸다. 삼성 일행이 서울에 들어온 7월 하순 수길로부터 답장이 왔다.

　명년 봄 내가 조선에 건너갈 때까지 명나라에 들어가는 것은 연기한다. 그때까지 조선군과 의병들을 섬멸하고 치안을 확보하여 조선을 명나라 침공기지로 활용하는 데 이상 없도록 만반의 준비를 다하라.

삼성은 남별궁(지금의 서울시청 앞 조선호텔 터)에 자리한 일본군 총사령관 우희다수가를 찾아 상의한 다음 8월 7일 남별궁에서 각 지역 사령관 회의를 갖기로 했다.

평양에서 달려온 행장은 회의 전에 삼성과 따로 만났다. 그는 삼성이 있는 명례방(明禮坊: 명동)으로 그를 찾았다. 행장과 삼성은 애초부터 매우 친한 사이였다.

"태합께서는 건재하시겠지?"

태합의 안부는 예의였다.

"태합께서는 지금 나고야에 안 계시네."

"그럼?"

"대정소(大政所: 풍신수길의 어머니)께서 돌아가셨네."

"태합께서 효자가 아니신가? 상심이 크시겠네."

대판성에 있는 수길의 노모는 금년 80세였다. 건강한 노인이었으나 7월 들어 시름시름하다 중순쯤 갑자기 위독해져 7월 22일 운명했다. 노모가 위독하다는 소식을 듣고 20여 척의 호위선단과 함께 대판으로 가던 중 관문해협(關門海峽)을 지나다 수길이 탄 배가 암초에 뒤집히는 바람에 수길이 하마터면 죽을 뻔했다.

대판에 도착해 보니 노모는 이미 운명했고 수길은 노모의 주검만 보게 되었다.

"재작년에 아우가 죽고, 작년에 아들이 죽고, 올해 노모가 죽고, 자신도 죽을 뻔 했고 … 그래서인지는 몰라도 사람이 달라지셨다는군."

삼성의 설명이었다.

"내년 봄에 명나라를 친다 했지? 어찌될까?"

"글쎄, 내가 보기엔 명나라 공격은 어려울 것 같네. 태합께서도 속으로는 짐작하고 계실지도 몰라."

사실 삼성을 비롯한 장관들은 물론이요, 조선에 출정한 제후 장수들도 가등청정을 제외한 그 누구도 이 전쟁을 진심으로 찬성하여 열성을 내는 자는 없었다.

두 사람은 밤새도록 이야기를 주고받았다. 그리고 두 사람은 일종의 결론을 내렸다. 물론 발설할 수 없는 비밀의 결론이었다.

이 전쟁은 이길 수 없다. 그러니 어떻게든 빨리 끝을 내야 한다. 태합도 알고 있을 것이다. 태합에게는 전쟁을 끝낼 명분이 필요할 것이다.

8월 7일 남별궁에서 우희다수가의 주재로 장수들의 회의가 열렸다.

가등청정만 빼고는 다 참석했다. 그래서 회의는 순조롭게 진행되었고 결론도 빨리 나올 수 있었다.

전쟁을 빨리 끝내기 위해서는 명나라의 출정을 막고, 명과 화평하는 길이 가장 좋다. 조선은 명의 방침에 따를 것이다.

이런 결론에 도달했다.

명나라에 대한 교섭은 소서행장에게 맡기기로 했다. 명과의 화평교섭이 되지 않을 경우를 대비해 일본군의 방어선을 개성에 두기로 했다. 평양에 대군을 두어 방어하는 것은 명을 자극할 수 있기 때문에 서울을 유지할 수 있는 개성 방어를 강화하기로 하고, 전라도 담당인 소조천융경의 제6군이 올라와 개성에 주둔하기로 했다.

"그런데 가등에게는 연락을 안 했나?"

회의가 끝난 다음 행장은 삼성에게 가만히 물었다.

"물론 사람을 보냈지. 하지만 8월 7일까지는 도저히 여기 도착할 수 없도록 날짜를 맞춰서 전령을 보냈지. 듣자 하니 두만강 건너에 들어가 여진족 부락까지 휩쓸고 있다는 거야."

"음, 그랬군. 태합께 보고해야지?"

"내가 알아서 보고하겠네."

풍신수길은 대판에 온 다음 일체 바깥출입을 하지 않았다. 삼성의 보고를 받으면서 심사가 더욱 뒤틀렸다.

아무리 생각해도 세계 제1의 강력한 군대를 가진 자기였다. 조선을 치고 명나라를 치고 인도(印度)까지 깔고 앉을 자신이 있었다. 자기만 못한 칭기즈칸(成吉思汗)도 대제국을 이루어 자자손손 물려주지 않았던가?

수길은 자신이 칭기스칸 정도는 된다고 자부하여 전혀 의심치 않았다. 과연 자신의 군대는 조선에 건너가자마자 대승의 연속이었다. 조선정복은 기동훈련 정도요, 명나라는 밟으면 내 땅이었다. 금년 안으로 제국은 시작되는 것이었다.

그런데 승승장구의 벌판에 재수 없는 바다 소금물이 뿌려질 줄이야, 핫바지 한 놈이 일으킨 해일에 온통 사태가 날 줄이야, 이 어이없는 꼴을 당할 줄이야, 어찌 짐작이나 했겠는가?

나고야에서 출발한 보급선이 경상도에서부터 터덕거리는 판국이라는 게 말이 되는가? 서해(西海), 바로 서해가 문제였다. 조선도 물론이요 명나라를 치려면 반드시 서해로 보급이 올라와야 했다. 서해를 통해서야 발해만과 중국의 여러 강에서 육지로 이어질 수 있었다. 금년에는 한양에서, 내년에는 북경에서 추석을 맞으리라 마음먹었었는데 다 허사가 된 것은 서해 때문이었다.

총기로 반짝이는 수길의 눈에 독기가 서리기 시작했다.

'들도 보도 못한 핫바지 한 놈. 오로지 이 이름도 없는 이순신이란 놈 때문이다.'

이 핫바지가 바닷길을 막는 바람에 병력과 물자가 그 편한 서해로 못 가게 되었다. 그래서 더디고 힘든 육지도 도처에서 피습되었다. 이대로 가다가는 조선 점령도 장담할 수가 없었다. 이 핫바지만 아니었으면 행장은 조선왕을 묶어 보냈고, 조선은 복속되었고, 지금쯤 북경에 가 있을 터였다.

'이 풍신수길이 일개 조무래기 장수에게 짓밟히다니 말이 되는가?'

풍신수길은 이를 부드득 갈며 참모를 불렀다.

"군선(軍船) 건조(建造) 현황을 보고하라."

한편 북경조정은 조승훈이 패하리라고는 예상하지 못했다. 비록 이기지는 못할망정, 평양 인근에서 소서행장의 북진을 막고 최소한 대치라도 할 것으로 믿었다. 그런데 참패를 당해 압록강을 넘어 도망해 왔다.

요동과 북경지역 사람들은 전쟁걱정으로 밤잠을 이루지 못했다. 조승훈을 이긴 일본군이 압록강을 건너 명나라로 곧 침공해올 것이라는 불안감이 점증됐다. 조선에서도 의주의 백성들이 피란채비를 했다.

우리 일본군은 호랑이고, 명군은 양떼다. 일본군은 곧 밀고 올라가 압록강에 주둔할 것이다. 조승훈이 평양에 와서 싸웠으나 그런 것은 구우일모(九牛一毛: 티끌 같은 존재)다. 우리는 조선을 해칠 생각은 없다. 명나라에 원수를 갚고자 할 따름이다.

가등청정은 이미 두만강에 도착했다. 우리도 곧 압록강으로 향할 것이다.

서울에서 돌아온 소서행장은 조선조정에 이런 식의 편지를 자주 보냈다. 조선조정을 자극하면 바로 명나라가 움직인다는 것을 행장은 잘 알고 있었다.

"잘 판단해서 해결하시오."

명 황제는 일본침략에 대한 대처를 병부상서 석성에게 일임했다.

조선조정의 대세는 임금과 대다수 신하들의 뜻으로, 왜군격퇴를 위해서는 그래도 명군의 참전이 불가피하다는 쪽이었다.

임금과 대다수 신하들은 의명파(依明派: 명나라에 의지해야 된다는 분파)였다. 명나라에 의지하지 말고 조선의 힘으로 이겨내야 한다고 주장하는 자강파(自彊派: 스스로 힘써 이겨내야 된다는 분파)는 조정에서는 극히 드물었다. 그런 의지에 뚜렷한 사람은 유성룡 하나 정도였다. 자강파는 그러나 조정 밖에는 얼마든지 있었다. 이순신을 비롯한 무략이 있는 장수들 그리고 혈성의 충심으로 한 몸 바치러 나선 많고 많은 의병이 그들이었다.

그렇더라도 대세의 가름은 물론 임금에 달려 있었다. 임금 선조는 결코 자강파로는 기대할 수가 없었다. 명 조정 또한 이미 조선의 자강은 기대할 수 없는 것으로 대처했다.

완병지책(緩兵之策)

조선을 각별하게 아끼는 명나라 병부상서 석성(石星)은 대병을 동원하여 일본군을 즉시 섬멸하고 싶었다. 그러나 명나라 국내 사정이 아직 여의치 못했다. 석성은 우선 응급대책을 세웠다.

요동 총병관 양소훈에게 명하여 원임 부총병 사대수(査大受) 휘하의 3천여 명을 의주 대안 압록강변에 배치토록 하고, 신기영(神機營: 북경을 수비하는 화포부대) 소속 좌참장(左參將) 낙상지(駱尚志) 휘하의 남방 병사 3천여 명도 긴급히 파견해 압록강 연변을 지키도록 했다. 또한 염려되는 일본수군의 침입에 대비하여 요동반도에서 양자강에 이르는 해안 요처에 병력을 집결시켜 경계를 강화하도록 했다.

응급조치를 취한 다음 석성은 북경을 위시한 전국 각지에 현상 방문(榜文: 광고)을 붙였다.

조선을 침략한 왜군을 물리치고 조선을 회복시키는 자가 있으면 상금

1만 량을 하사하고 백작(伯爵)을 봉하여 세습토록 한다.

이른바 조선회복지책(朝鮮恢復之策)을 구하는 현상모집이었다.

그럴듯한 대책을 내놓는 사람이 없었다.

석성은 다시 같은 조건으로 방문을 내붙였다. 명나라의 대군은 영하(寧夏)의 반란을 진압하는 데 거의 모두 가 있었다. 그 반란이 진압될 때까지만이라도 왜군의 진격을 늦추는 것이 긴급한 과제였다.

왜군의 진공을 늦출 방책을 가진 자를 구하노라. 역시 상금 1만 량을 하사하고 백작을 봉하여 세습토록 한다.

이른바 왜군완병지책(倭軍緩兵之策)을 구하는 현상모집이었다.

이번에는 응모하는 자가 차고 넘쳤다. 우여곡절 끝에 석성은 심유경(沈惟敬)이란 자를 선택하여 그에게 이 중대사를 맡겼다.

유격장군(遊擊將軍)이란 직함으로 심유경이 조선땅 의주에 나타난 것은 8월 17일이었다. 지휘첨사(指揮僉事)라는 직함으로 통역 겸 보좌역을 맡은 심가왕(沈嘉旺)이란 자와 호위병사 10여 명을 이끌고 있었다.

임금이 나가 맞이할 필요는 없었다. 그러나 명나라 장수 심유경이 명 황제의 선물을 가지고 온다 해서 예의상 임금이 몸소 나갔다. 성안의 영빈관인 용만관으로 맞아들였다.

수인사가 끝나고 마주 앉아 차 한 잔씩 들었다.

"우리 황상폐하께서 대군을 동원하라 하셨소이다. 머지않아 조선을 구하러 나올 것입니다."

심유경이 허풍을 떨었다.

"참으로 고마우신 말씀이오. 그러나 때를 놓치면 만사휴의(萬事休矣)이오니 대군이 아니더라도 틈을 주지 말고 적을 쳐야 할 것이오."

임금이 불안을 보였다.

"제가 평양에 들어가 적정을 살펴보면 시기와 방법이 나올 겁니다."

"언제쯤 들어가십니까?"

"20일쯤 들어갈까 합니다만, 그건 그렇고 폐하께서 내리신 선물을 받으셔야 하는데 … ."

심유경의 손짓에 따라 호위병이 나무상자를 가져와 뚜껑을 열었다.

얼마 전 조선조정에서는 왜적을 잡아 죽인 표시로 왜병머리 하나를 소금에 절여 명국 조정에 보냈었다. 이것을 병부상서 석성이 황제에게 보고하자 황제가 포상하라 했다.

"황제폐하께서 조선왕에게 보내는 선물이오. 왜적의 머리를 벤 병사들을 이로써 포상하도록 하시오."

마침 조선으로 떠나는 심유경에게 석성은 은덩이 상자를 내주었다.

"저울을 가져오라 하시지요."

심유경이 은덩이를 싼 보자기를 헤치며 말했다.

"저울로 달아보자는 것이오? 대인께서 가져오신 것을 국왕인 내가 직접 받으면 되는 일인데 무슨 무게를 단다 하십니까?"

"앞으로 서로 믿고 의심을 품지 말자는 것입니다."

"저울로 믿는다? 이거 체통에 관한 일이오."

"그렇다면 추후에 양국 관원으로 하여금 달도록 합시다."

"그럽시다."

심유경 일행이 숙소인 성 밖 의순관으로 떠나자 임금은 직제학(直提學) 오억령(吳億齡)을 불렀다.

"저자가 아무래도 믿음직스럽지 못하오."

"신이 보기에도 그렇습니다. 믿음을 내세우는 것은 앞으로 못 믿을 짓을 하겠다는 속내를 보인 것입니다."

"잘 보았소. 저런 자가 적장과 만나 무슨 수작을 부릴지 어찌 알겠소?"

"이게 보통일이 아니옵니다."

"경이 가서 사람을 좀 떠보시오."

전쟁 직전 오억령은 일본사신 현소를 맞이하는 선위사로 일한 적이 있었다. 그때 돌아가는 정세를 정확히 판단하고 전쟁에 대한 대비를 주장했으나 조정에서는 무시해 버렸다. 그러나 전쟁이 터진 뒤로는 임금도 오억령의 안목을 높이 평가했다.

그날 저녁 오억령은 심유경과 술잔을 기울였다.

"내 이것들을 꾸짖어 내쫓을 것이오. '조선은 동방예의지국으로 잘못이 없다. 아무런 명분도 없이 그런 조선을 침략하고 죄 없는 백성들을 도륙하다니 말이 되느냐? 당장 물러가라', 이렇게 꾸짖을 것이오."

"지당하신 말씀이오. 허나 말을 안 들으면 어찌하시렵니까?"

"안 들으면 힘을 보여야지요. '물러가지 않으면 백만 대군을 동원해서 바다에 싹 쓸어 넣는다', 이렇게 협박하는 거요. 하지만 일은 초장부터 잘될 것이오."

"아, 그렇습니까? 어떻게 말입니까?"

"내 일찍이 주유천하(周遊天下)를 한 사람인데 일본엔들 안 가 봤겠습니까? 일본에 가서 풍신수길도 만났소이다."

"하, 대단하십니다."

"황제께서 대국 수천만의 인총 중에서 왜 이 사람을 뽑아 보내셨겠습니까? 그만한 인물이기 때문이오."

"정말 그렇군요."

"이제 조선은 걱정하지 마시오. 나만 믿으시오."

심유경은 북경에서 의주까지 연도의 관원들로부터 칙사 대접을 받았다. 의주에서는 조선 국왕까지 나와 영접했다. 심유경은 이런 자신의 소문이 조선의 관원들, 나아가서는 평양의 일본군에게까지 전해지기를 바라면서 의주에서 사흘을 묵었다. 물론 극진한 대접을 받으면서.

사흘 뒤 그는 조선군의 호위를 받으며 의주를 떠났다.

그가 떠나자 임금이 진주사(陳奏使)로 떠나는 정곤수(鄭崑壽)와 서장관 심우승(沈友勝)을 불러 특별히 부탁했다.

"이번에 북경에 들어가면 청병사(請兵使)로 왔다 생각하고 어떠한 일이 있어도 명군이 출동하도록 힘쓰시오."

그간 윤근수, 이덕형, 한응인 등이 명에 들어가 요동과 북경에 청병 외교를 폈었다. 이제 심유경이 특사로 왔다 하나 도대체 믿을 위인이 못되었다. 그래서 임금은 정곤수에게 한 번 더 청병에 각별히 힘쓰라 했던 것이다.

심유경은 안주에서 풍원부원군 유성룡, 숙천에서 도원수 김명원, 순안에서 순찰사 이원익 등에게서 극진한 대접을 받았다.

심유경은 순안에서 심가왕을 먼저 평양으로 들여보냈다. 소서행장은 이미 명나라의 이런 기류를 짐작하고 있었다. 평양에서는 통역 장대선(張大膳)을 내세워 회담을 주선하도록 했다. 심가왕과 장대선은 다 같이 절강(浙江)이 고향이었다. 말과 정이 통해 대화가 매우 순조로웠다.

마침내 9월 1일, 평양 서북 강복산(降福山) 자락의 강복원(降福院: 역참)에서 심유경과 소서행장이 만났다.

심유경은 심가왕만을 배석시켰지만 소서행장은 종의지, 평조신, 현소, 종일, 장대선 등을 배석시켰다.

분위기는 퍽 부드러웠다. 인사치레 같은 잡담이 어느 정도 지나자 심유경이 먼저 본론으로 들어갔다.

"일본이 원하는 조공은 어려운 일이 아니오. 내, 조정에 아뢰겠소. 허락이 내려지면 조선에서 물러가겠소?"

"그냥 물러갈 수는 없소."

"물러갈 수 없다니요? 압록강 건너에 백만 대군이 있소. 일본군 때문에 모인 군대요."

소서행장은 허풍이란 것을 알면서도 짐짓 누그러졌다.

"우리는 명나라와 싸우고 싶지는 않소. 다만 조선에서 많은 피를 흘렸소. 피값은 받아야 할 게 아니오?"

"얼마나 받으면 되겠소? 은덩이는 얼마든지 있소만 … ."

"은은 필요 없고, 땅이오."

"거제도, 제주도 등 큼직한 섬 몇 개 정도면 되겠소?"

"그 정도로는 안 되겠소. 조선에서 피를 흘린 다른 장수들도 피값을 원하오."

"좀 구체적으로 말씀해 보시오."

"대동강을 경계로 하자는 것이오. 대동강 북쪽은 조선, 그 남쪽은 일본이 차지하자는 것이 모두의 뜻이라오."

조선땅은 아예 임자가 없는 셈이었다. 심유경은 잠시 숙고했다.

"좋소. 대동강으로 경계를 정합시다. 그러나 이 일은 내 맘대로 되는 게 아니고 내가 북경에 가서 조정의 허락을 받아야 되는 일이오."

아무튼 시일을 끄는 게 주 임무였으니 ….

"북경을 다녀오자면 며칠이 걸리오?"

"적어도 50일은 돼야 할 것이오."

"빠른 말을 타고 다녀오면 그 시일을 절반으로 줄일 게 아니오?"

북경까지 2천 6백 리, 소서행장은 그 거리를 알고 있었다.

"거리도 거리지만 오가는 길에 비바람도 불고 … 그것보단 대신들의 왈가왈부를 거쳐 황상폐하의 재가를 받기까지 그 시일이 더 문제요."

"알겠소. 그럼 50일로 합시다."

"고맙소. 이제 화평이 시작되었으니 싸우지는 말아야 합니다. 그런데 특히 조심해야 할 게 하나 있소."

"조심할 일이오?"

"그렇소. 우리가 여기서 한 이야기가 새 나가지 않게 특히 조심해야 하오. 우리 이야기가 만일 조선사람들의 귀에 들어가면 나는 맞아 죽을 것이오."

"하하, 그래서야 되겠소?"

"만일 내가 죽어 보시오. 대동강이고 뭐고 간에 천지가 뒤집히는 난리가 날 것이오"

"그런 염려는 마시오. 돌아오는 날짜를 정하는 게 어떻겠소?"

"좋소. 50일이면 … 10월 20일로 합시다. 그때까지는 조용히 쉬도록 합시다."

"좋소. 그런데 우리는 조용히 있겠지만 조선군이 덤빈다면 어쩌겠소? 싸워야지요."

"조선군은 내가 책임지겠소. 그러니 일본군은 장군이 책임지시오."

"알겠소."

회담이 끝나자 점심상이 들어왔다. 점심을 끝내고 나가 휴전선을 긋자는 데도 합의를 보았다.

조선군이 있는 순안에서 30리, 일본군이 있는 평양에서 30리, 양군의 중간 지점에 부산(斧山)이란 조그마한 산이 있고 거기에는 부산원(斧山院)이라는 역참도 있었다. 거기다 푯말을 세우기로 했다.

점심을 먹은 뒤 부산원으로 말을 몰았다. 소서행장과 심유경은 나란히 말을 몰고 가면서 오랜만에 만난 고우(古友)처럼 담소를 나눴다.

"우리가 대동강을 경계로 합의한 대로 북경조정에서 승인해 줄까요? 나는 어쩐지 안심이 안 되오."

"허어, 내가 미덥지 않게 보이오? 내가 20여 년의 세월을 명 조정에서 보냈소. 될 일, 안될 일, 그쯤은 다 짐작하니 염려 마시오."

역참에 닿았다. 병사들에게 통나무를 찍어 표목(標木)을 만들게 했다. 심유경이 붓을 들어 표목 앞뒤에 큼지막한 글씨 몇 자를 똑같이 적었다.

倭人無出標外, 朝鮮人無入標內
(왜 인 무 출 표 외, 조 선 인 무 입 표 내)

왜인은 표목 밖으로 나가지 마시오.

조선인은 표목 안으로 들어가지 마시오.

병사들이 길 한가운데에 구덩이를 파고 그 표목을 세웠다. 글씨는 남쪽과 북쪽을 향하고 있었다. 병사들이 가시나무를 베어다 길 양쪽에 쌓아서 통행을 막아버렸다. 휴전선이었다.

일을 마치고 역참에 앉아 차 한 잔 마셨다.

심유경은 그때서야 북경에서 가져온 선물의 단자(單子 : 목록)를 행장 앞에 내놓으며 심가왕에게 눈짓을 했다.

"변변치 못한 예물이나 성의로 받아 주시오."

심가왕 등이 행장 앞에 선물상자들을 갖다 놓았다.

명나라 군복과 옥대(玉帶), 화문주단(花紋綢緞)과 비취옥(翡翠玉) 등이었다. 일본사람들에겐 모두 진귀한 것들이었다.

"우리는 예법을 몰라 아무 선물도 마련하지 못했소. 실례를 무릅쓰고 이거라도 드리겠으니 받아주시오."

행장은 자기 군복상의와 차고 있던 칼을 벗어 주었다.

"이야말로 귀중한 선물이오. 장군을 항상 기억할 것이오."

"먼 길에 조심하시오."

양편은 남북으로 갈라져 달렸다.

다음날 순안의 객관에 든 심유경에게 소서행장의 심복인 장대선 등이 소서행장의 선물과 편지를 가져와 전했다.

천자의 사신을 일본에 파견해 주시오.

편지의 요지는 그것이었다. 사신이든 책봉사(冊封使)든 일본으로 가게 되면 수길의 마음을 잡을 수도 있는 일이었다.

선물도 단자와 함께 보내왔다. 등자(鐙子: 말 탈 때의 발걸이), 창, 투구, 활, 화살 통, 단검, 장검 등 각각 하나씩이었다.

심유경은 장대선에게 쪽지를 써 주었다. 행장에게 보내는 쪽지였다. 황제폐하께 올리는 주서(奏書: 사정을 아뢰는 글)를 작성하여 한 통 보내주고, 동시에 조총도 한 자루 보내주면 좋겠다는 내용이었다.

이 모든 것은 심유경이 석성에게 자랑스럽게 내놓을 선물이었다.

"적도(賊徒)의 소굴에 들어가 적도의 발을 50일이나 묶어 놓았다."

이런 찬사와 더불어 가는 곳마다 극진한 대접을 받으며 심유경이 의주에 도착한 것은 9월 9일이었다. 숙소인 의순관으로 오억령이 찾아가 그의 공로를 치하했다.

"일단 50일은 벌어 놓았소. 이 휴전은 조선도 잘 지켜야 하오. 그사이 우리 명은 전쟁준비를 할 것이오."

"그사이 우리도 준비하겠소."

그날 소서행장이 보낸 주서와 조총을 이원익의 병사가 의순관으로 가져왔다.

"저놈들을 안심시키기 위해서 한두 가지 더 보내라 한 것이오."

다음날 임금이 감사의 편지 한 통과 말 한 필을 보내왔다.

우리 목숨이 대인의 손에 달려 있소이다. 하루속히 적을 물리치고 이 나라와 백성을 구해 주시기 바라오.

말고삐를 잡고 보니 보통 말이 아니었다.

"이 말은 우리 임금께서 파천의 천리 길을 타고 오신 명마요."

오억령의 설명이었다.

"셰셰(謝謝: 고맙소), 셰셰."

희색이 만면한 채 고맙다는 말을 연발하며 심유경은 말에 올랐다. 조선조정의 여러 신하들이 나와 배웅했다. 신하들도 싱글벙글 웃으며 멀리 손을 흔들어 주기까지 했다.

신하들이 웃는 이유는 심유경과는 그다지 상관이 없었다. 며칠 전 명 황제의 칙서(勅書)를 가지고 온 행인(行人: 행인사 소속의 외교관) 설번(薛藩)이 의주에 다녀갔기 때문이었다.

명나라 조정은 완병지책을 위해서 심유경을 조선에 내보낸 다음, 일본 사정에 밝은 유능한 관료 송응창(宋應昌)을 병부우시랑(兵部右侍郎: 국방부 차관)에 임명하고, 경략방해어왜군무(經略防海禦倭軍務: 왜적방어군 총사령관)를 겸임시켜 본격적으로 전쟁준비를 총괄하도록 했다.

전쟁준비에는 물론 시간이 걸렸다. 그사이 조선이 항복하거나 패망해서도 물론 안 되는 일이었다. 어차피 조선에 나가 싸울 것이라면 하루라도 빨리 조선의 사기를 북돋아 주고 명나라의 생색도 낼 필요가 있었다.

그래서 칙서를 가지고 북경을 떠난 설번은 밤낮을 달려 9월 2일 의주에 당도했다. 임금이 신하들을 거느리고 압록강까지 나가 마중하고 용만관에서 칙서를 받았다.

왜적이 침략을 자행하여 왕성과 평양을 점령하니 백성은 도탄에 빠지고 국왕 또한 피란으로 초야를 헤맨다니 짐의 가슴이 미어지는도다. 위급을 알리는 소식을 접하여 이미 변방의 신하들에게 군대를 움직여 구원하도록 하고, 여기 특히 행인사 행인 설번을 보내 국왕에게 이르노라.

대대로 이어온 조종의 왕업을 어찌 일조에 가벼이 버릴 수 있으랴. 속히 수치를 씻고 흉적을 물리치고 회복을 도모할지로다. 또한 짐의 뜻을 귀국의 신하와 백성들에게 전하여 사람마다 임금의 은혜에 보답할 뜻을 굳건히 하고 적에게 복수할 의기를 크게 떨치도록 할지니라.

짐은 이제 문무 대신 2명을 파견하여 요양(遼陽) 여러 진(鎭)의 정예 군사 10만 명을 통솔해서 귀국 병마와 더불어 앞뒤로 협공하면서 흉적을 남김없이 쳐서 없애도록 할 것이니라. 짐이 천명을 주관하고 사방의 오랑캐에 다 같이 군림하여 지금 만국이 평안하고 사해가 고요하거늘, 이 추하고 우매한 무리들이 감히 날뛰는지라, 동남 바다의 여러 진에 명령하고 유구(琉球, 오키나와), 섬라(暹羅, 태국) 등을 이끌어 수십만 군사를 모아 함께 일본을 쳐서 바로 그 소굴을 쳐부술 것이니라.

적이 항복하여 난리가 평정되면 짐은 작상(爵賞)과 은전을 아끼지 않으리라. 무릇 조상의 강토를 회복함이 가장 큰 효도이며 군부(君父)의 환란을 구함이 가장 높은 충성이니라. 귀국의 군신은 원래 예의를 아는지라, 능히 짐의 심정을 헤아려 옛 땅을 회복하고 국왕으로 하여금 조속히 환도하여 종묘사직을 보존하고 길이 번병(藩屛: 울타리가 되는 나라)을 지키도록 할지로다. 이로써 멀리 있는 작은 나라를 애호하는 짐의 뜻을 위로할지니라.

으레 그렇듯 과장된 호언장담으로 생색은 냈지만 명나라가 참전을 확정지은 것만은 틀림없었다.

대규모 적도들을 맞아 고군분투를 면치 못하며 의주까지 쫓겨와서도 앞으로 어찌될지 모르는 불안한 나날에, 임금이고 신하들이고 밤잠을 이루지 못하는 판국이었다. 이번 명의 참전 통보는 그래서 '이제 살았구나' 하는 확실한 희망의 보장이었다. 너무도 큰 안도의 기쁨으로 모두는 한동안 장승처럼 뻣뻣하게 서 있었다.

명의 조정이 참전 쪽으로 방향을 결정한 데에는 진주사 정곤수의 하소연도 도움이 되었지만, 주로 조선에 호의를 가진 병부상서 석성의 노력 덕택이었다.

심유경이 거드름을 피우며 의주에 도착하던 9월 9일은 중양절(重陽節)이었다. 중양풍국유(重陽楓菊遊: 중양절에 단풍과 국화를 즐기며 노는 풍류)라 하여 가을의 중심을 즐기는 날이었다.

유성룡은 청천강에 나와 강변을 거닐었다.

'평양의 적이 3개월이 다 되도록 아직껏 움직이지 않은 것은 조선에게는 참으로 다행한 일이다. 그러나 아직도 불안하기는 마찬가지다.'

6월 16일 왜군이 평양에 들어온 이래 유성룡은 평양의 동태에 신경을 곤두세웠다. 소서행장이 4월 13일 부산에 상륙했고 5월 2일 서울에 입성했다. 1천1백여 리 길을 20일 만에 진군해왔다. 전투는 하지 않고 그냥 달려온 것과 같았다. 서울에서 좀 지체하다 임진강 방어선을 뚫고 천천히 평양에 들어온 것이 6월 16일.

평양에서 조선왕이 피란가 있는 의주까지는 5백여 리. 소서행장이 마음먹고 밀고 나온다면 그저 10일 정도면 당도할 수 있는 거리였다.

의주까지의 길은 난공불락의 성채도 없고 문경새재나 한강 같은 요해처(要害處)도 없어 평탄대로나 마찬가지였다.

다소의 조선군은 있었다. 평안도 방어사 김억추(金億秋)가 약간의 수군을 거느리고 대동강 하류에 있었고, 또 한 사람 평안도 방어사 김응서(金應瑞)가 몇 명 별장들을 거느리고 평양 남쪽인 용강(龍岡), 강서(江西)에 있었고, 순찰사 이원익(李元翼), 순변사 이빈이 2천 여 병사들을 데리고 순안에 있었다. 그렇더라도 물론 행장의 대군에 맞설 형편은 전혀 아니었다.

그런데 소서행장은 지금껏 움직이지 않고 있었다.

'참으로 불가사의한 일이다.'

유성룡은 아무리 생각해 보아도 이해가 되지 않았다.

'왜군이 지금이라도 또는 단시일 내에 움직인다면, 그래서 의주까지 밀어붙인다면 임금은 압록강을 건너 명에 들어가든지, 아니면 서해 바다로 나가 떠 있어야 할 것이 아닌가? 그렇게 되면 소서행장은 전쟁이든 강화든 승기를 잡고 조선은 파국이 되지 않겠는가?'

여기까지 생각하다 유성룡은 진저리를 치고는 털썩 주저앉았다.

'지금 당장이라도 의주로 밀고 올 수 있지 않은가? 그렇지 않다는 보장은 아무것도 없지 않은가?'

명나라의 외원(外援)에 의해 비록 대세가 호전될 희망도 보이지만 그러나 생사존망을 좌우하는 전쟁이란 결판이 나기까진 어떻게 변할지 알 수 없었다. 유성룡은 자연 지세이든 인공의 성곽이든 확실히 의지할 수 있는 방어물 마련이 시급함을 절감했다.

'맞다. 이 기묘한 방법을 내가 어째 진즉 생각하지 못했는고?'

유성룡은 즉시 숙소로 돌아와 붓을 들었다. 조정의 허락을 받아 안주성을 수축하려는 것이었다. 임란 이후 탐독해온 척계광(戚繼光)의 《기효신서》(紀效新書)에서 말한 치〔雉: 성벽의 적당한 거리마다 밖으로 2, 3장(丈) 튀어나오도록 성벽에 이어 만든 돌출성벽〕와 포루(砲樓)를 안주성에 쌓으려는 것이었다.

성벽에서 50타(垜: 살받이)마다 1치(雉)를 만들면 한 치가 좌우로 각각 25타를 감당하게 됩니다. 성벽 위에서는 성 밑으로 와서 붙는 적을 쏠 수 없지만, 치에서는 쏠 수 있으므로 적은 성벽에 붙을 수 없습니다.

치(雉)의 속은 공간을 두어 사람이 오가도록 하며 앞과 좌우에 포혈(砲穴)을 만들어 그 안에서 포를 쏠 수 있게 합니다. 또한 그 위에 사방을 잘 감시할 수 있는 누(樓)를 세우면 포루가 됩니다. 대포 속에는 새알과 같은 탄환을 서너 말이나 넣어 두었다가 적군이 성벽으로 모여들 때 양 쪽에서 번갈아 발사하면 사람과 말은 물론이요 비록 쇠와 돌이라도 가루가 될 것입니다.

이렇게 하면 비록 성가퀴〔城堞(성첩): 성벽 위 숨어서 사격하는 곳〕에 수비하는 군사가 없더라도 포루를 지키는 수십 명만으로도 능히 대군을 격퇴할 수 있습니다. 대개 1천 보 안에 적이 가까이 올 수 없다면 이른바 운제(雲梯) 충차(衝車)란 것도 아무 소용이 없게 됩니다.

명나라의 외원(外援)에 의지하려는 분위기와 노역의 번거로움으로 해서 유성룡의 건의는 묵살되었다. 유성룡은 그 후 경연 때마다 중요한 성에 치(稚)를 설치할 것을 끈질기게 건의했으나 끝끝내 허사가 되었다. 유성룡은 《징비록》에서 다음과 같이 회상했다.

적군이 이미 평양을 함락했다. 그들의 형세가 마치 높은 곳에서 물을 동이째 쏟아붓는 것과 같아서, 아침이 아니면 저녁에 압록강까지 쳐들어올 것이라 누구나 생각했다. 이같이 사태가 위급해지자 임금은 명에 귀부(歸附)하려고까지 했다.

다행히 적이 평양에 들어와서는 여러 달 동안 성안에 자취를 감추고는 심지어 순안(順安), 영안(永案) 같은 평양 지척에 있는 고을조차도 침범하지 않았다. 그사이 민심이 점차 안정되고, 흩어진 군사를 수습하고, 명나라 구원병을 맞아들여, 마침내 나라를 회복하게 되었으니, 이는 오로지 하늘의 도움이며 다시 생각해도 하늘의 도움이며 인력으로 된 것은 아니다.

임진년 겨울 경상우감사로 내려가면서 김성일이 안주의 유성룡에게 편지를 보냈었다. 김성일도 전라도의 관문인 진주성의 중요성을 알고 있었다.

진주성을 더욱 수리해서 죽기를 각오하고 지킬 작정입니다.

유성룡은 즉시 답장을 써 보내주며 성에 치(雉)와 포루를 설치하도록 부탁했다.

진주는 적군이 노리는 관문입니다. 적군은 한 번 실패한 원한도 있어 조만간 반드시 다시 와서 보복할 것이오. 이번에는 필히 많은 군사가 올 것이오. 마땅히 치와 포루를 세워 대비해야 할 것이오. 그렇게만 하면 걱정이 없을 것입니다.

그리고 치와 포루에 대한 자세한 설명을 덧붙였다.

진주에서 유성룡의 편지를 받은 김성일은 탄복해 마지않았다. 옆에 있던 단성현감(丹城縣監) 조종도(趙宗道)에게 탄성을 질렀다.

"이야말로 기발한 필승의 계책이오. 당장 시행해야 하겠소."

조종도도 탄성을 질렀다.

"참으로 기이하고도 감탄할 만한 방비책입니다."

김성일은 휘하들과 함께 성을 순시하고 8곳에 치와 포루를 설치하기로 결정을 보았다. 산에서 나무를 베어 강물에 띄워 보내고 돌과 흙을 날라 왔다.

"이전에는 포루가 없어도 오히려 성을 수비하고 적군을 물리쳤는데 지금 무엇 때문에 백성들을 부역에 동원하여 괴롭히는 것이오? 당장 그만두시오."

백성들과 선비들이 항의하고 나섰다. 김성일은 그에 굴하지 않고 역사(役事)를 계속했다. 그러나 불평과 항의의 빗발에 기력이 쇠잔해졌는지 김성일은 병이 깊어지고 일은 중단되고 말았다.

의병들의 성장

아무튼 명나라의 움직임과는 상관없이 조선에서도 분위기는 개전 초와는 완전히 달라졌다. 항전의 새로운 의지가 전국적으로 퍼져나가고 있었다. 그것은 바로 지역마다 명망 있는 선비들을 중심으로 모인 의병(義兵)들의 궐기와 활약 덕분이었다.

처음 의병들은 미숙하고 소심했다. 그래서 주로 유격전으로 싸웠다. 그러나 전투의 경험과 더불어 대담한 투사들이 되면서 이제는 대규모의 적군부대와 맞서 싸워야 하는 전투도 버젓이 감당해냈다.

그런 첫 번째 전투가 왜군 6천여 명과 조선군 900명이 맞서 싸운 연안성(延安城) 전투였다.

황해도를 담당한 흑전장정(黑田長政)은 소서행장과 함께 평양까지 갔다가 다시 남하했다. 가는 곳마다 그들의 악랄한 행위가 미치지 않는 고장이 없었다. 흑전장정은 회유하는 전단을 살포해서 백성들이 안심하도록 속이면서 실제로는 어느 부대 못지않은 악행을 계속했다. 닥치는 대로 죽이고 닥치는 대로 불태웠다.

칠석날에는 황해도 감영이 있는 황해도의 남단 해주까지 들어왔다. 황해감사 조인득(趙仁得)이 바다로 나가 수압도(睡鴨島)에 숨어 버리자 인근 고을수령들도 각자 알아서 피해 버리고 말았다.

황해도는 서북지방이라 해서 선비들의 중앙 진출이 좀 저조한 지역이었다. 벼슬을 한 경력이 인물을 만들던 시대였기에, 황해도는 삼남지방과는 다르게 유지로 치는 인물들이 별로 없었다.

그렇더라도 황해도 역시 조선백성들이 사는 곳이었다. 왜적의 만행을 보며 의분에 치를 떠는 사람들이 없을 수 없었다. 여러 명, 혹은 수십 명이 남몰래 모여 의병 거사를 모의했으나 내세울 인물, 말하자면 믿고 따르고 목숨을 바칠 만한 인물이 없었다.

그런 때에 조정에서 이조참의(정3품)로 있던 이정암(李廷馣)이 배천(白川) 고을의 시골마을 금산리(金山里)까지 밀려와 있었다.

그는 이 전쟁이 일어나기 전 일본사신으로 조선에 왔다간 귤강광, 현소 등을 상대한 동래부사였다. 당치 않은 이유로 해임된 뒤 서울에 올라와 이런저런 벼슬에 잠깐씩 있다가, 전쟁 초에는 이조참의를 맡아 주로 조정에 있었다.

그는 피곤한 며칠 만에 잠시 집에 와 있었다. 그런데 하필이면 그사이에 임금이 도성을 떠나 파천길에 올랐다. 다음날에야 소식을 듣고 호종하기 위해 바로 쫓아갔다. 개성에 당도해 알아보니 임금은 평양으로 떠나가고 자신은 이미 해임되어 있었다.

이 난리에 70이 넘은 노모가 마음에 걸렸는데 오히려 잘된 것도 같았다. 당시 그의 아우 이정형(李廷馨)이 개성유수(開城留守)로 있었기에 노모와 형제와 식솔들 모두 일단 개성으로 피란시켰다.

왜적이 임진강을 건너자 급히 황해도로 내려갔다. 가능하면 바다로 나가 강화도로 들어갈 심산이었다. 형편을 살피며 내려오다 배천의 금산리까지 오게 되었다.

7월 중순이 되자 왜적들이 황해도 남부 지역으로 다가왔다. 이정암은 더 이상 육지에서 주춤거릴 수가 없었다. 이정암은 배를 구하고자 서둘러 여러 곳에 수소문했다. 그러던 어느 날 생원 박춘영(朴春榮)이란 사람이 찾아왔다.

이정암이 이 고장에 들어오자 그 소식은 유난히도 빨리 전해졌다. 이 고장 사람들은 그에게 관심이 쏠렸다. 사연이든 인연이든 무언가 있는 게 틀림없었다.

이정암은 33세의 젊은 날에 연안부사로 이 고장에 왔었다. 연안은 농산물, 해산물 등 물산이 풍부한 고장이라 백성들 살기가 여유롭고 편안해야 했건만 그렇지 못했다. 관원들은 갖가지 수탈에 열심이고 백성들의 다툼과 송사가 그치지 않았다.

이정암은 관원들의 기강부터 잡았다. 군림, 겁박, 착취, 수탈하는 자는 용서치 않았다. 백성들의 분쟁은 공정 명료하게 처결했다. 3년을 지내는 사이 적어도 연안고을은 가히 태평성대였다.

임기를 마치고도 떠날 수가 없었다. 어진 원님이요, 명관 부사인 이정암 사또를 딴 고장에 보낼 수 없다는 것이었다. 길을 막고 아우성치며 통곡하는 바람에 다시 동헌에 주저앉았다.

다른 핑계로 빠져나올 수는 있었지만, 16년 이상이 지난 지금까지도 이 고장 백성들은 그만큼 이정암을 잊지 못하고 있었다.

"저희들이 의병 거사준비를 거의 다 해놓고 있습니다만 한 가지 대장님을 아직 모시지 못하고 있었는데, 마침 영감님 소식을 들었습니다. 모든 사람이 영감님을 모시고자 하니 나서주시지요."

"날 찾아주어 고맙긴 하오나 나는 합당치 않은 것 같소. 배천사람으로 김덕함(金德諴)이 있지 않소? 의병대장이야 제 고장 사람이 해야 옳지요."

김덕함은 3년 전 과거에 급제하고 서울에서 정자(正字: 정9품 관직)라는 벼슬에 있었다. 이 난리에 고향으로 피란온 31세의 젊은이였다. 이정암은 서울에서도 그를 보았고 여기에서도 그가 몇 번 찾아와 그를 만났었다. 비록 하위직 벼슬이긴 하나 지금 황해도에서는 그만한 벼슬 가진 자도 찾기 어려웠다.

"김덕함도 영감님을 모시고자 합니다. 영감님께서는 이 고장분이나 매 한가지 아닙니까? 이 고장에서 두 번이나 원님으로 계시던 일을 여기서는 결코 잊지 못하고 있습니다."

이정암은 연안 이웃고을인 평산(平山) 부사로도 잠시 있었다.

"미안하오만 나는 안 되겠소. 내가 이렇게 떠도는 것은 노모 때문이오. 고향에 돌아갈 때까지 노모를 무사히 모시는 것 외에는 아무런 생각도 할 수 없소. 배만 구하면 당장이라도 강화도로 떠날 작정이오."

효도의 길을 말하는 데야 더 이상 강권할 도리가 없었다.

다음날 이정암이 잠시 집 앞에 나와 바람을 쏘이고 있는데 군관복색을 한 사람이 지나갔다. 이정암은 일부러 말을 걸어보았다. 그는 지금 강화도에 잠시 주둔하는 전라도 의병장 김천일(金千鎰) 막하에 있는 막료(幕僚: 대장을 보좌하는 참모)의 한 사람이라 했다. 연락차 광해군

세자의 분조가 있는 강원도 이천으로 가는 중이라 했다.

이정암은 그로부터 세상 소식을 듣고 깜짝 놀랐다.

- 바다에서 이순신이 왜적을 연파하고 있다.
- 김천일 외에 곽재우, 고경명, 조헌 등 많은 의병들이 각지에서 맹활약을 하고 있다.
- 어린 왕세자가 적지에 분조를 설치하고, 적과 싸우는 관군, 의군을 지휘하고 있다.

이런 소식은 이정암에게 감격이요 충격이었다.

'내가 노모만을 핑계 댈 때가 아니구나.'

그는 온건, 대범한 성품이었으나 의협심이 남달리 강한 면도 있었다. 그의 벼슬길이 순탄치 못한 것도 그 때문이었다. 원임 영의정 이산해와 과거 동기였으니 짐작되는 일이었다.

의병 활약소식을 들은 이정암은 속으로 자괴감마저 느꼈는데 그때 또 한 사람이 찾아왔다. 이곳 배천 출신으로 전에 서울에서 별좌(別坐: 정5품) 벼슬에 있었던 조종남(趙宗男)이란 사람이었다.

"모두들 영감님 모시기를 열망하고 있습니다."

의병대장 수락을 청하러 온 것이었다.

"좋소. 함께 싸워 봅시다."

이번엔 결의에 찬 시원스런 대답이 나왔다.

7월 24일, 마침내 정식으로 의병대가 발족되었다.

금산리에서 얼마 안 떨어진, 예성강(禮成江) 하구의 바닷가 대교촌(大橋村) 마을에 수십 명의 유지들이 모였다. 무관벼슬을 했던 사람들도 여럿 있었으나 대부분은 문관출신과 지방선비들이었다.

약서책(約誓冊)을 돌려 한 사람 한 사람 각자 이름을 쓰고 그 밑에 수결한 다음, 없는 술 대신 냉수를 한 모금씩 마시며 나라를 위하여 목숨을 바치기로 다짐했다.

이정암은 이 사실을 이천의 분조에 알리고, 여러 고을에 방문을 돌리고, 유지들을 각기 연고지로 보내 의병대원들을 모집토록 했다.

다음날 이 고장 사람들이 배 몇 척을 구해왔다. 이정암의 가족들 그리고 일부 피란민들을 태워 강화도로 보냈다. 떠나는 배가 멀리 사라질 때까지 이정암은 셋째 아들 준(濬)과 함께 선창에 서 있었다.

'다시 볼 기약이 없구나.'

역시 대장이 누구냐 하는 그 이름은 참으로 중요했다. 이정암이 의병대장이 되자 의병들이 속속 모여들었고, 먼 곳에서 은밀히 의병활동을 하던 무리들도 찾아와 휘하에 들고 지시를 받아 행동했다.

의병들의 수가 불어남에 따라 염려도 늘어났다. 무기를 들고 떼로 나서는 일이기에 자칫 무법천지가 될 수도 있었다. 이정암은 유지들과 의논해서 지켜야 할 이른바 '의군법'(義軍法)을 만들어 의병 모두에게 배부했다.

- 백성에게 폐를 끼치는 자는 참수한다.
- 군사기밀을 누설하는 자는 참수한다.
- 약속한 뒤에 배신하는 자는 참수한다.
- 적과 싸우는 중에 도망치는 자는 참수한다.
- 한 번이라도 주장의 명을 어기는 자는 참수한다.
- 상을 줌에 있어 쏘아 죽인 자를 으뜸으로 하고, 목 벤 자를 다음으

로 한다.

- 적으로부터 얻은 재물은 모두 상으로 지급한다.
- 남의 공을 가로챈 자는 공이 있어도 상을 주지 않는다.

8월에 들자 이천의 분조에서 이정암을 황해도 초토사(黃海道招討使)로 임명했다. 황해도 관내에서 군사를 초모(招募)하고 적군을 토벌(討伐)하는 총책임자였다.

이제 이정암은 의병은 물론이요 관군도 지휘할 수 있고, 군사용 물자를 징발할 수 있고, 비상시 지방관의 임면도 할 수 있게 되었다.

의주조정에서는 황해감사 조인득을 해임하고 유영경(柳永慶)을 임명했으나, 그는 평안도 인접의 수안(遂安)까지 와서는 적이 두려워 더이상 내려오지 못하고 있었다. 이렇다 보니 황해도에서 초토사는 실제로 생사여탈의 권한을 가진 유일한 존재였다.

이정암이 황해도 초토사에 임명된 뒤에는 더욱 많은 고을에서 의병들이 일어났다.

"예전의 연안부사, 그 어진 양반이 52세의 나이를 불구하고 나섰다네. 그런데 우리가 죽치고 있어서야 되겠는가?"

황해도는 목(牧), 부(府), 군(郡), 현(縣) 합해서 24개 고을이 있었는데 그 중 13개 고을에서 의병이 일어났다. 이 모든 의병들이 자기 고장에서 싸우면서도 이정암의 지휘를 받기 위해 명단을 보내고 보고를 올리고 지시를 받았다.

애초에는 이정암도 연안을 중심으로 황해도 남부 해안지역에서 규모에 알맞게 유격전과 같은 의병활동을 하고자 했다. 그런데 이렇게 커지고 보니 경우에 따라 대규모의 적과 정면으로 맞서는 싸움도 해야 할 것 같았다. 이정암은 당황하지 않을 수 없었고 고심하지 않을 수 없었다.

왜적들은 관군이 맥을 추지 못하는 사이 제멋대로 약탈하고 살상하고 방화하며 어디고 휩쓸고 다녔다. 또한 날씨는 점점 추워지는데, '어떻게 해야 이 악귀들로부터 여린 백성들을 살려낼 수 있을 것인가?' 전전반측(輾轉反側), 이정암은 밤잠을 설치기 일쑤였다.

그러다 일어난 어느 아침 무거운 눈꺼풀을 비비고 있는데, 피골이 상접한 노인 한 사람이 꾀죄죄한 모습으로 마당에 들어서고 있었다.

"누구신지요?"

이정암이 마루로 나오며 물었다.

"난리통에 형도 정신이 나갔소그려. 아우도 몰라본단 말이오? 합천군수 전현룡(田見龍)이오."

"아니, 이게 웬일인가? 어서 오르게."

이정암은 그를 얼싸안듯 양손으로 붙들어 안으로 인도했다.

전현룡은 한 살 아래로 형제처럼 지내는 죽마고우였다. 그는 개성사람이었다. 선대부터 집안끼리 친해서 그가 서울에 오면 이정암의 집에 묵고, 이정암이 개성에 가면 그의 집에 묵곤 했었다.

조선왕조에서 고려의 중심이었던 개성출신은 환영받지 못했다. 그만큼 과거길 벼슬길도 어려웠다. 전현룡은 그 어려운 길을 뚫고 과거에 합격하고 벼슬에 오른 재사였다.

자신의 출신을 알아 처신에 조심하다 보니 매사 법대로 하는 게 제일이었다. 매사 법대로 하다 보니 야박한 사람이 되었고 오해를 받기도 했다. 그가 합천군수가 되어 갈 때 이정암은 자기 부친의 말씀을 일부러 들려주었었다.

이정암의 부친 이탕(李宕)이, 과거에 급제하여 벼슬길에 나가는 이정암에게 일종의 처세훈을 내려준 일이 있었다.

- 세상살이의 기본은 인정이다. 사람들의 마음과 마음을 맺어주는 것이 인정이다.
- 사람은 우선 정직해야 하지만, 정직만을 고수해서는 안 될 때가 있다. 인정 없는 정직보다는, 인정 있는 거짓이 나을 때가 있다.
- 법도라는 것도 사람을 보호하기 위해 있는 것이지만, 인정사정 돌보지 않고 시행하는 법도는, 사람을 보호하기는커녕 오히려 다치게 할 수가 있다.

이정암 부친의 처세훈을 듣는 전현룡은 새겨듣는 것 같지 않았다.

"뒤탈이 없으려면 법도대로 하는 수밖에 없소."

이렇게 대답하고 떠난 전현룡이었다.

"이게 웬일인가?"

"쫓겨 오는 길이오."

"왜적에게 쫓겼단 말인가?"

"아니오. 백성들에게 쫓겼소."

"허어 … ."

전현룡은 합천군수로 내려가 모든 일을 법대로 처결하고 모든 사람을 법대로 대했다. 난리가 나고는 경상감사 김수의 명령대로 산속으로 피신하여 숨었다. 그런데 나중에 들고 보니 합천에는 왜적이 들어오지 않았다. 그래서 내려와 보니 무법천지였다.

건달들이 떼를 짓고 고을마다 분탕질이었다. 관고의 무기와 식량도 다 털렸다. 건달의 우두머리를 알아보니 의령 사는 곽재우라 했다. 법대로 상관인 감사 김수에게 보고하니 법대로 체포령이 내려졌다.

그런데 곽재우는 건달대장이 아니고 의병대장이라 했다. 그러든 말든 법대로 체포해 처형하려 했다. 그런데 곽재우가 오히려 날뛰었다. 전현룡과 김수를 잡아 죽인다는 것이었다. 적반하장(賊反荷杖)이었다.

그런데 백성들은 그 적반하장 편을 들었다. 전현룡은 평소에 백성들을 못살게 굴었으니, 곽재우가 잡아 죽이는 것도 당연하다고 했다.

초유사 김성일에게서 연락이 왔다.

아차하면 잡혀 죽게 생겼소. 알아서 처신하시오.

그날로 군수를 내놓고 걸었다. 2천리 길을 걸어 이정암을 찾아왔다.

"죽을 고생을 했네그려. 이제는 안심하게. 그런데 혹 뭐 생각해 본 게 있는가?"

"오다가 이야기를 들었는데 나도 형의 의병대에 넣어주시오. 웃음거리로 죽을 수는 없고 나도 세상에 내 진가를 좀 보여야겠소."

사실 전현룡은 모든 면에서 유능한 인재였다. 이정암은 그런 인물이 절실히 필요했는데 전현룡이 제때에 나타난 셈이었다.

"그럼 내 종사관으로 있어 주게. 그리고 동시에 연안부사 노릇도 해주어야겠네."

종사관은 이정암 의병대의 핵심참모들이었다. 이미 김덕함, 조종남 등 여러 사람이 있었으나 더 있는 만큼 유용했다.

현재 김대정(金大鼎)이 엄연한 연안부사였지만, 그는 몸을 사려 숨어 다녔다. 그가 아직 근처에 살아 있으므로 전현룡에게 부사를 시킬 수 없어 연안참모관(延安參謀官)이란 직책을 주어 부사일을 보게 했다.

이정암은 전현룡에게 연안을 맡겼다.

의병의 규모가 커진 만큼 그만큼의 거점이 필요했다. 무기, 식량, 마필, 숙영시설 등을 감안할 때 연안성이 가장 적격이었다. 백성들이 추운 겨울에 산속에서 지낼 수는 없었다. 백성들을 보호하기에 연안성이 또한 적격이었다.

전라도는 의주의 조정에 식량, 무기 등 모든 물자와 병력을 대주는 유일한 보급기지였다. 전라도에서 의주로 가는 서해안 보급로의 요충으로서 연안성은 매우 소중한 곳이었다. 의주를 오가는 배들은 중간에 식수 등의 보급을 위해, 심한 풍랑 등을 피하기 위해, 몇 군데 기착지가 필요했다. 연안은 그런 기착지 중 가장 조건이 좋은 곳이었다. 또한 대규모 적과 대치해 농성전을 펼칠 경우에도 연안성만한 곳이 없었다.

연안성은 임금의 경솔로 게너미고개(해유령)에서 억울하게 죽은 신각이 부사로 있을 때, 그가 성다운 성으로 만들어 놓았다. 신각은 성벽을 빈틈없이 보수했고, 성문마다 옹성을 쌓았다.

〔옹성(甕城): 성문 밖에 성과 연결된 또 하나의 성이다. 둥그렇게 쌓은 것으로 성문을 직접 공격하지 못하게 하고 성문 경비의 사각지대를 없앤 작은 성곽이다.〕

신각은 또 성안에 커다란 저수지를 두 곳에 만들고 물을 가득 채워 놓았다. 농성전이 벌어지면 식량 못지않게 물이 필수적이었다. 백성도 지키고 성도 지키기 위해서는 농성을 택할 수밖에 없었다. 그렇다면 우선은 흩어진 백성들이 돌아오도록 해야 했다.

이정암은 여러 사람들을 만나면서 설득하기 시작했다. 연안부사 김대정이 피신해 다니니까 연안부의 관원들도 도피했다. 대개는 산속으로 들어가 은신했으나 답답해서 낮에는 내려와 서성거리는 자들도 있었다. 이정암은 그들을 만났다.

"나도 식솔들을 데리고 피란살이를 하면서 여기까지 왔소만, 피란살이란 참으로 못할 일이오."

"저희들도 고달픈 줄은 알지만 어찌합니까? 왜적이 들이닥칠 줄 뻔히 아는데 내려올 수도 없고요."

"이제 곧 겨울이 닥치오. 어린애들, 노인들 데리고 산속을 헤매다가는 필시 얼어 죽고 말 것이오."

"그렇습니다요. 우리도 그게 걱정입니다만 어찌해야 할지 …?"

"딱 한 가지 방법이 있소. 따뜻하게 지내며 넉넉히 먹을 수도 있소."

"아니, 그런 방도가 있습니까?"

"이 연안성에 들어와 이 성을 지키는 것이오. 이 성은 전에 신 부사가 아주 잘 손봐 놓아서 성도 튼튼하고 집들도 성하오. 지금 저 연백평야(延白平野)의 곡식을 거둬들이면 먹을 것도 넉넉해지오."

"하오나 성을 지킬 수 있을까요?"

"성을 지키는 일도 어렵소. 산속을 헤매는 일도 어렵소. 겨울에 산속을 헤매면 필시 다 죽소. 성을 지키면 그래도 열에 하나는 살아날 가망이 있소. 그러니 그게 낫지 않겠소?"

"그렇긴 합니다만 …."

"서둘지 않으면 그나마 기회를 놓치오. 왜적이 먼저 성을 점령하면

다 끝나오. 그러니까 여러분들이 산에 가서 내 말을 전하시오. 여기 들어와 함께 성을 지키자고 말이오. 나는 의병들을 데리고 들어와 이 성을 지킬 작정이오."

"산에 올라가 보겠습니다."

그들은 대개 고개를 끄덕였다.

이정암은 설득작업을 전현룡에게 부탁하고 연안성을 나왔다. 연안과 배천 일대의 별장(別將: 각처에서 일어난 의병들의 우두머리들을 이정암은 모두 별장으로 임명했다)들을 만나 농성준비를 위한 각종 사항들을 지시하고 독려했다.

그리고 강화도에 있는 의병장 김천일, 전라병사 최원(崔遠), 교동도에 있는 충청수사 변양준(邊良俊)에게 서찰과 사람을 보내 무기 원조를 부탁했다. 모두들 흔쾌히 동조하여 활, 화살, 총통, 화약 등을 실어다 주었다. 의병들을 시켜 이것들을 모두 연안성으로 옮겼다.

8월 22일 농성 준비를 위해 이정암이 다시 성에 들어왔다. 그는 내심 놀랐다. 전현룡의 수완 때문이었다. 어느새 군량미 수백 섬을 마련해 창고에 쌓아놓았다. 군대가 들어갈 곳, 마필이 머물 곳, 취사를 하는 곳, 부상자를 치료하는 곳 등 빈틈없이 마련해 놓고 있었다.

성을 지킬 의군도 다 들어오도록 했다. 연안별장 장응기(張應祺)가 거느린 의군 500명이 성안으로 들어왔다. 장응기는 만호(萬戶)를 지낸 젊은 무관으로 특히 활솜씨가 귀신같다고 했다. 또 한 사람 연안별장 송덕윤(宋德潤)이 거느린 의군 300명이 들어왔다. 송덕윤 역시 첨사(僉使)를 지낸 무관이었다.

저녁 무렵 예상치 못한 사람이 성내로 들어왔다. 숨어 다니기만 하던 연안부사 김대정이 관군 수십 명을 이끌고 귀환했다. 마땅찮게 보는 사람들도 있었지만 이정암은 일부러 쫓아나가 맞아들였다.

"마침 잘 왔소. 힘을 합쳐봅시다."

나이는 들었으나 김대정 역시 무과출신이었다. 오랜 무관경험을 가진 이런 사람이 필요한 때였다.

이제 연안성으로 들어올 군사들은 다 들어온 셈이었다. 여러 고을에 의군들이 있었으나 자기 고을을 위해서 움직여야 했기에 연안성으로 모두가 들어올 수는 없었다.

산속으로 피란했던 백성들도 연달아 입성했다. 성내는 오랜만에 사람 사는 활기가 솟았다. 성에 들어온 사람들은 누구나 바삐 돌아갔다.

이정암은 성의 둘레에 구간을 정하고 군사들을 배치해서, 맡은 구간의 방어를 책임지도록 했다. 군사들은 성첩(城堞: 성가퀴)을 손보고 무기를 손질하며 싸움을 위한 각종 장비를 마련하노라 분주했다.

남자들은 연백평야의 들판에 나가 곡식을 거두어들이고, 산에 가 나무도 잘라왔다. 여자들은 물을 길어다 물독에 채웠다. 아이들도 돌멩이를 모아다 성벽 위에 쌓았다.

해안가 사람들이 10여 척의 배를 구해 섬들을 돌아다녔다. 섬들에서 무기와 식량을 구해와 바닷가에 부렸다. 그것들을 성안으로 들여왔다. 이렇게 부지런히 그저 한 보름만 움직이면 이 겨울을 위한 농성 준비는 잘 마무리될 것 같았다.

그런데 일은 예상 밖으로 다급해졌다. 성안에 들어와 준비를 서둔지 겨우 닷새를 보낸 8월 27일이었다. 날이 밝으면서 밖에 나간 척후병들이 헐떡거리며 다급하게 뛰어들었다.

연안성 (延安城) 전투

해주와 강음(江陰) 양쪽에서 적의 대군이 연안성을 목표로 진격해 오고 있다는 급보였다.

이정암은 즉시 남산으로 올라가 사방을 훑어보았다. 산 너머 멀리 여기저기 불길과 연기가 새벽하늘로 치솟았다. 으레 그랬듯이 그들은 지나는 마을마다 불을 질러 모조리 태웠다.

남으로 밀고 내려오던 왜적은 8월에 들자 해주와 강음 지경에서 멈추어 쉬고 있었다. 연안을 중심으로 근처 지역 합해서 이제 황해도의 10분의 1 정도가 남은 형편이었다.

당장 밀어붙이면 하루 이틀에 점령될 지역을 앞에 두고 멈춰 쉬고 있는 왜군의 의도를 이정암은 간파했다. 왜군들 역시 연백평야의 추수를 기다리는 것이었다.

왜군들이 쉬는 이 틈이 이정암에게는 기회였다. 이 기회를 십분 이용해 농성준비를 마치려 했는데 예상이 빗나갔다. 연백평야의 가을걷

이를 끝내고 그 곡식을 연안성 안에 쌓는 일이 이제 다 끝난 것으로, 왜적이 짐작하는 듯했다.

이정암은 장수들과 유지들을 불러들였다.

"이제 어쩔 수 없게 되었소. 오늘 아니면 내일 적들은 여기에 들이닥칠 것이오. 우리는 이 연안성과 생사를 같이할 수밖에 없소. 혹 다른 방도가 있다면 말씀해 보시오."

"이번의 왜적은 이전의 왜구 같은 부류가 아닙니다. 겨우 달포 사이에 평안도, 함경도까지 쳐 올라간 자들이오. 그들과 싸워 어느 성을 지켜냈다는 이야기도 아직 들어본 적이 없소. 그리고 이 연안성은 지금 우선 싸울 군사들이 모자란단 말이오. 1천 명도 안되지 않소? 그리고 무기도 식량도 부족하오. 그러니 성을 버리고 나가 유격전으로 대적하는 게 백번 낫습니다."

종사관 우준민(禹俊民)이었다. 과거에 급제하고 서울에서 여러 벼슬을 거친 사람이었다.

"성을 지키자는 영감의 말씀을 듣고 백성들이 성안으로 들어왔습니다. 이제 막상 적이 닥친다 하니 딴소리를 하면 되겠습니까?"

연안의 한 선비였다. 이정암은 이 선비의 말에 힘을 실어 주었다.

"옳은 말씀이오. 나는 딴소리를 하지 않겠소. 말씀드린 대로 연안성을 지킬 것이오. 더구나 분조의 왕세자께서 군사를 모아 적을 치라고 초토사에 임명하셨소. 죽든 살든 나는 이 성을 지키고 떠나지 않을 것이오. 하지만 사람마다 생각이 다를 수도 있으니 누구나 모두 성에 남을 필요는 없소. 남기 싫은 사람은 떠나도 좋소."

이정암은 결론을 내리고 정현룡에게 방을 써 붙이게 했다.

이정암은 약속한 대로 여러분과 함께 이 성을 사수할 것이오. 그러나 뜻이 없는 사람은 떠나도 좋소. 떠날 사람은 속히 떠나 주시오.

이정암은 또 의군대장 김천일과 전라병사 최원에게 즉시 편지를 썼다.

왜적 대군이 몰려오고 있소. 생사 간에 이 성을 지킬 작정이오. 영감께서는 본토에 올라 성 밖에서 성원해 주시오.

편지를 가지고 전령이 떠나자 이정암은 배천 의군에게 편지를 썼다. 이정암은 연안과 배천을 오가며 의군들을 직접 지도했으므로 배천 의군들은 이정암의 직속 부대나 마찬가지였다. 배천 의군들도 연안으로 들어와 싸우도록 지시할 작정이었다.

장응기가 다가왔다.

"강화도 군사들은 오고 싶어도 오지 못할 수가 있습니다. 바다는 언제 풍랑이 일지 모르지 않습니까?"

"그렇긴 한데 … ."

"배천 의군들을 그냥 외곽부대로 배치하는 게 좋을 것 같습니다."

"성내 농성군이 모자라지 않소?"

"성내에 몇백 명 더 있고 없고는 싸우는데 큰 차이가 없습니다. 그러나 적의 배후에서 싸워 주는 부대가 있고 없고는 전세에 엄청난 차이가 있습니다."

"그렇다면 외곽부대로 돌려야겠소."

이정암은 편지를 다시 썼다.

연안성 외곽 요지에 잠복하고 있다가 적이 나타나면 그 뒤를 공격하고 교란시키기를 바라오.

배천은 왜적이 쳐들어온다는 소식을 듣고 배천군수 남궁제(南宮悌)가 식솔들을 데리고 야반도주하는 바람에 한때 건달들이 판을 치는 난장판이 되어서 백성들이 곤욕을 치렀다.

왜적이 들어오지 않게 되자 군수가 도로 들어왔는데 백성들이 내쫓아 버렸다. 이정암은 전에 도사를 지낸 52세의 김자헌(金自獻)을 조방장에 임명하여 배천에 보냈다. 그래서 배천도 질서를 잡고 왜군에 대비하게 되었다.

배천에는 조방장 외에 3명의 별장이 있어 의군을 통솔하고 있었다. 병력도 연안과 비슷했다. 전 훈련봉사 민인로(閔仁老) 별장이 200여 명, 급제 조응서(趙應瑞) 별장이 300여 명, 한량 변렴(邊濂) 별장이 300여 명을 통솔하고 있었다.

"배천에는 제가 다녀오지요."

편지쓰기를 마치고 보낼 사람을 부르려던 참인데 종사관 우준민이 나섰다.

"아시는 일이지만 소인의 부모가 거기 피란해 계시지 않습니까? 부친께서 해소가 심한데 잠깐 뵙고 올까 해서 ⋯."

"그렇게 하시오."

이정암은 그에게 편지를 내주었다.

"금방 돌아오겠습니다."

"알겠소."

그가 떠나자 장응기가 물었다.

"괜찮을까요?"

"편지는 전할 테지만 돌아오지는 않을 것 같소."

"그런데 왜 … ?"

"마음도 없지만 겁나는 모양이오. 그런 사람은 방해만 될 뿐이오."

성내는 오늘도 바빴다. 병사들도 백성들도 부지런히 움직이며 또 하루를 보냈다. 어느새 어둠이 내리고 있었다.

이정암은 성내를 한 바퀴 돌고 남산에 올라가 멀리 성 밖을 내다보며 고개를 한 바퀴 돌렸다. 아슴푸레한 들판 너머 아득히 불길이 타오르고 있었다. 아침때보다 좀더 가까워 보였다. 적들이 그만큼 가까이 온 것이었다.

'저 악귀(惡鬼)들이 내일이면 닥치겠다.'

이정암이 남산을 내려와 동헌으로 돌아오는데 수많은 말발굽소리가 들렸다. 의아해하며 발걸음을 재촉하는데 한 필의 말이 다가와 섰다.

"소인 배천에서 오는 중입니다."

말에서 뛰어내린 사람은 배천 별장의 한 사람인 민인로였다.

"어떻게 된 일이오? 종사관의 편지를 못 받았소?"

"받았습니다. 하지만 외원으로 싸우기는 어려울 것 같습니다."

" …… ?"

"왜적이 온단 말을 듣고 의병들 태반이 놀라 도망쳐 버렸습니다. 별장들이 나머지 의병들을 단속하느라 애를 먹고 있습니다. 그래서 소인은 나머지 의병들을 데리고 여기서 함께 싸우는 게 낫겠다고 여겨 아예 이곳으로 들어왔습니다."

민인로의 의병들은 100명도 안 되는 것 같았다. 흩어져 나간 의병수가 더 많았다.

"잘 들어왔소. 함께 싸워 봅시다."

이정암은 배천에 남은 별장들도 민인로처럼 연안성으로 들어와 싸우도록 즉시 전령을 보냈다.

다음날 8월 28일. 어슬한 새벽에 장응기 별장이 혼자 말을 달려 서쪽 해주 방향으로 적정을 탐색하러 나갔다. 그는 해가 뜨면서 돌아왔다.

"왜놈들이 10여 리 가까이 왔습니다. 한 4천 명 되는 것 같습니다."

그는 말에서 내리자 아직도 피가 흐르는 왜적의 머리 둘을 안장에서 풀어내 땅바닥에 내던졌다.

이정암은 휘하간부들을 불러 다시 한 번 다짐을 두었다.

"왜적들은 아침나절에 들이닥칠 것 같소. 각자 맡은 자리를 기필코 사수해 주길 바라오."

한낮이 되면서 말 탄 척후병들이 나타나더니 이윽고 온 들판을 까맣게 뒤덮은 왜적의 무리가 서서히 밀려들었다.

그들은 멀찌감치 성의 외곽을 에워쌌다. 일부는 서문 밖에 있는 야산과 남문 밖에 있는 외남산(外南山: 성안에 있는 남산과 구별하여 이렇게 불렀다)에 군막을 세우고 영채를 설치했다.

성을 몇 겹으로 포위한 적들은 한 겹씩 교대로 성벽 앞으로 다가와 조총을 쏘고 물러갔다. 천지가 진동하듯 귀청이 찢어지게 터지는 요란한 폭음과 함께 조총 사격이 한바탕씩 가해지곤 했다. 그럴 때마다 이런 조총 공격을 처음 겪는 의병들은 겁에 질려 성가퀴 뒤에 숨은 채 벌벌 떨거나 눈을 감고서 되는 대로 아무데나 화살을 쏘아댔다.

전쟁이 일어난 이후 이 요란한 조총소리에 놀라고 겁을 먹어 조선군들은 대개 싸우기도 전에 무너지고 도망가기 일쑤였다.

성안 남산의 지휘소에서 이 광경을 바라보던 이정암은 일어나 성벽 위를 천천히 한 바퀴 돌았다. 병사들 마음속 두려움을 없애는 것이 우선 급한 일이었다.

"조총이라는 것은 소리만 요란했지 별것이 아니다. 전혀 겁먹을 게 없다."

이정암은 성 위를 뻣뻣이 서서 걸어가며 병사들을 타일렀다.

"우리 활이 저놈들의 조총보다 낫다. 내가 보여주지."

이정암은 걷다가 가끔 병사들 사이에 앉아서 시범을 보였다. 병사의 활을 건네받아 밑에서 총을 쏘는 한 놈을 조준하여 화살을 쏘았다. 적병이 맞아 꼬꾸라지며 비명을 질렀다.

"화살을 아껴가면서 쏘아야 한다. 화살이 떨어지면 쏠 수가 없지 않느냐?"

병사들의 등을 토닥여주고 일어서 이정암은 또 천천히 걸었다. 이런 모습을 바라보는 병사들은 감동되고 고무되었다.

"노인이 저러는데 젊은 우리가 겁을 먹어서야 되겠는가?"

마침내 병사들은 눈을 똑바로 떠 앞을 주시하고 화살을 조준하며 쏘게 되었다.

공방전은 밤이 깊도록 계속되다가 자정쯤 적이 물러나며 끝이 났다. 그날 적의 사상자는 여남은 명이 되었으나 연안성에는 다친 사람 하나 없었다.

"싸움이라는 거 못할 것도 없구먼."

의병들이 가슴을 펴면서 잠시 눈을 붙이는 사이 동쪽에서 강음(江陰)을 떠난 적 2천 명이 성 밖에 도착했다는 보고가 들어왔다. 이제 6천 명이 연안성 공격에 모인 셈이었다.

"내일은 총공세로 나오겠구나."

왜군들의 성미를 알고 있는 이정암은 밤에 다시 한 번 방비태세를 점검하고 돌아와 호상에 앉은 채 잠시 눈을 붙였다.

다음날 8월 29일. 아니나 다를까 적들은 이른 새벽부터 부산을 떨며 공격준비에 들어갔다.

왜병들은 외남산 꼭대기 근처로 올라갔다. 울창한 소나무들의 높은 가지들 사이로 긴 통나무들을 가로 걸쳤다. 올라설 수 있는 덕(시렁)을 매는 것이었다. 그리고 덕 바깥쪽으로 판자를 빙 둘러 벽을 만들었다. 그 벽에 작은 구멍들을 냈다.

왜군들은 덕에 올라서 그 작은 구멍으로 총구를 내밀고 총을 쏘았다. 성안이 내려다보이는 덕 위에서 총탄을 우박같이 쏟아부으니 성벽의 조선군들은 성가퀴 뒤에 숨기 바빴다.

이 틈을 이용해서 한 무리 왜군들이 나무와 풀을 베어다 참호 구덩이를 메웠다. 그러면서 또 한 무리는 곡괭이로 성 밑에 굴을 파기 시작했다.

"죽고 싶어 안달이 난 놈들이다. 거기 큰 돌덩이를 집어 성 밖으로 굴리기만 하면 된다. 자아 - 이렇게."

별장들이 시범을 보이며 커다란 돌을 들어 밖으로 내던지자 병사들이 그대로 따라서 밀어 던졌다. 성벽 아래서 비명이 연달아 터졌다.

"그리고 한 사람씩 건너서 짚단에다 불을 붙여라. 불이 활활 타면 내던져라."

순식간에 엄청나게 많은 불기둥들이 성벽 밖으로 쏟아져 내렸다.

그뿐이 아니었다. 여인네들이 물을 길어다 펄펄 끓였다. 그 끓는 물을 병사들이 들어 밖으로 쏟아부으니 열탕 벼락이 되었다. 기세 좋게 덤벼들던 왜적들이 비명을 지르며 죽고 상하고 달아났다.

그러나 왜병들은 숱한 사상자를 내면서도 다시 덤비기를 멈추지 않았다. 말 탄 장수들이 칼을 빼들고 독전했다. 제1진이 무너지면 제2진이 덤벼들고 제2진이 무너지면 제3진이 덤벼들었다.

성내에서는 모든 백성들이 나섰다. 노인과 어린이들은 돌과 섶을 날라 오고, 여자들은 물을 길어와 끓이고, 주먹밥을 만들어 병사들에게 먹였다.

새벽부터 시작된 공방전은 잠시의 짬도 없이 하루 종일 이어졌다. 날이 저물어서야 잠잠해졌다.

이정암은 별장과 간부들을 불렀다.

"우리가 지쳐서 곯아떨어진 줄 알고 오늘밤 야습해올 것이오. 그러니 성벽 위에서 대기하시오."

밤이 깊어지면서 과연 적들이 나타나기 시작했다. 몇 놈이 길쭉한 사다리를 하나씩 맞들고 흡사 검은 전갈이 달려들 듯 사방에서 숱하게 모여들었다.

"움직이지 말고 조용히 기다려라."

조선군들은 숨을 죽이고 기다렸다. 적들이 성벽에 사다리를 걸치고 기어 올라왔다. 다 올라와 머리를 내미는 순간 창칼이 번뜩였다. 적들은 올라오는 족족 곤두박질로 나가떨어졌다. 한참 동안 사방에서 비명

소리만 요란했지 단 한 놈도 성을 넘지 못했다.

적들도 그만 물러가 조용해졌다. 조선군들도 잠시 잠을 얻었다.

한밤이 지났을까. 4경(밤 2시)쯤 갑자기 서문 쪽에서 외치는 소리가 들렸다.

"왜병이다. 왜병이 올라온다."

순시하던 별장 장응기가 달려왔다. 왜병 10여 명이 옹성을 타고 올라온 참이었다. 장응기가 쌍칼을 들고 달려들어 날렵하게 다 처치하는 바람에 다행히 성문은 열리지 않았다.

졸다 말다 앉은 채 밤을 새우며 이정암은 어떻게 하면 적을 분산시킬까 골똘히 궁리했다. 외원부대의 소식이 전혀 없기 때문이었다. 강화도에서도 배천에서도 소식이 감감했다.

왜적들은 병력이 많으니 교대로 덤빌 수 있지만 이쪽은 교대할 인원이 없으니 쉴 새 없이 싸워야 하는 게 큰 어려움이었다.

'결국 무너진다면 ….'

왜적들의 칼날 아래 민관 관계없이 남녀노소 구별 없이 모두 도륙될 판이었다. 이런 결말을 상상하자 이정암은 깜짝 놀라 자신도 모르게 도리질을 쳤다. 그는 아병(牙兵: 대장 수행군사)을 불렀다.

"장응기 별장과 전현룡 종사관을 모셔오너라."

두 사람이 금방 달려왔다. 이정암은 두 사람과 묘안을 찾아볼 심산이었다.

"그런데 이상한 투서가 있어 가져왔습니다."

장응기가 투서를 내밀었다. 적들은 수시로 돌멩이에 편지를 묶어 성안으로 던지곤 했다. 편지는 모두 협박하거나 항복하라거나 욕설을 하는 것이었다. 그런데 이번 것은 전혀 달랐다.

　　왜적은 총탄 재고가 거의 바닥났습니다. 잘해야 4~5일 쏠 수 있을
　　겁니다. 그때까지 기어이 버티십시오. 김선경.

　동래부사 시절 이정암 휘하에서 일본어 통역으로 근무했던 역관 김
선경(金善慶)이었다. 불행히도 적군의 포로가 되었는데 공교롭게도
흑전장정의 부대에 잡혀 있었다. 김선경은 며칠 전 자기 소식을 몰래
전해 왔었다. 이정암은 힘이 절로 솟았다.

　"내가 잘 아는 사람이 보낸 것이오. 이제 살길이 보이오. 하늘의 뜻
이오."

　"그렇습니다. 살았습니다."

　"그러면 말이오. 이번엔 이렇게 합시다."

　이정암은 동래부사 시절 우연히 배운 일본 욕설 몇 가지를 종이에
여러 장 적었다. 이걸 간부들에게 나누어 주고 병사들에게 가르치도록
했다. 두 사람은 종이를 받아 가지고 나갔다.

　돌아가다 말고 전현룡이 돌아왔다.

　"가을 날씨가 너무 따뜻하고 조용합니다. 날씨가 이럴 때는 금방 돌
풍도 잘 일어나지요."

　"돌풍이 불면 어느 쪽으로 부는가?"

　"밤이 되어 육상이 차가워지면 바람은 바다 쪽으로 불지요. 그러니
동풍입니다."

　전현룡은 역시 재사(才士)였다.

"그렇다면?"

"야습이 분명히 있을 것이오. 준비하고 있다가 … 그리고 나는 … ."

전현룡은 이정암의 귀에 대고 무언가 속삭였다.

"알았네. 조심하게."

전현룡은 그 밤 날랜 의병 몇 사람을 데리고 몰래 성을 빠져나갔다. 전현룡이 나가고 얼마 안 있어 배천의 전령이 안내를 받아 찾아왔다. 성을 넘어왔다고 했다.

배천의 조방장 김자헌, 별장 조응서, 별장 변렴이 보낸 전령이었다. 외원을 나와 왜적의 배후를 치려 하는데 어느 쪽을 쳐야 할지 이정암의 지시를 받아오라 했다는 것이었다. 겹경사가 난 셈이었다.

수일 내로 왜적들이 틀림없이 달아날 서쪽의 정림(鼎林)과 운계(雲溪) 근처 요지에 잠복해 있도록 지시해 보냈다.

다음날 9월 1일. 왜적들은 이른 아침부터 서둘렀다. 모두 다 몰려나온 듯 성을 겹겹이 둘러싸고, 앞뒤가 교대하며 연방 총을 쏘아댔다.

총만 쏘는 게 아니었다. 산이 떠나갈 듯이 고래고래 고함을 지르며 손을 높이 들어 주먹질을 하다가, 칼을 들어 공중을 후려치다가, 총을 쏘아댔다. 조선군이 겁을 먹어 틈이 생기기를 기대하는 작전이었다.

그런데 조선군들이 겁을 먹기는커녕 오히려 더 큰 소리로 욕설을 퍼붓는 게 아닌가.

"아호 도모(멍텅구리들아)."

"뽕꾸라 도모(밥통들아)."

"후누께 도모(얼간이들아)."

"바가야로 도모(못난 놈들아)."

총알을 빨리 탕진시키기 위한 이정암의 작전이었다. 과연 총소리는 더 요란하게 울렸고 총알은 더 많이 날아왔다.

분풀이로 쏘아붙이던 총격은 한낮이 지나면서 차츰 잦아들기 시작했다. 고함소리도 줄면서 당황하는 기색도 보였다. 저희들끼리 서로 맞대고 떠들며 웅성거리기도 했다. 예상보다 훨씬 빨리 총알은 탕진되는 것 같았다.

장응기 부대가 이 기회를 놓치지 않았다. 100여 명 기병들을 이끌고 바람같이 성문을 나갔다. 가까이 포진한 적진으로 폭풍같이 달려들었다. 적들은 전혀 예상치 못한 일이라 정신을 차릴 새도 없이 베이고 찔리고 피를 쏟으며 짓밟혔다.

기병들은 눈 깜짝하는 사이 폭풍처럼 한바탕 휘젓고 바람같이 성안으로 사라져 버렸다. 적들은 기가 죽어 뒤로 물러났다.

해가 지면서 동풍이 불기 시작하더니 과연 이윽고 세찬 돌풍으로 변했다. 움직임이 보이지 않고 소리가 들리지 않는 이런 밤은 또한 야습의 밤이었다.

전현룡의 예언대로 이미 알고 있어 성벽 위에서는 곳곳에 커다란 횃불을 꽂아 성 안팎을 대낮같이 밝히고 기습을 기다리고 있었다.

총알이 떨어진 흑전장정은 전 병력을 총동원하여 일시에 성을 넘어 들어가 백병전으로 결판을 낼 작정이었다. 이정암은 이런 기미를 이미 알고 있었다.

밤이 깊어지자 예상대로 적이 몰려들었다. 서쪽 방향 성벽 위에서는 구멍마다 불을 피워 연기를 내보내면서 짚단과 나뭇단에 불을 붙여 성 밖으로 내던지고, 동쪽 방향 성벽 위에서는 연기는 피우지 않고 불붙여 던지기만 했다.

왜적들은 연기에 눈을 못 뜨니 제대로 기어오를 수도 없고, 눈 뜨고 오르려 해도 불벼락을 맞으니 떨어지고 꼬꾸라지지 않을 수 없었다. 성 위에서는 비 오듯 화살을 쏘고 돌을 던지니 왜적은 당해낼 재간이 없었다.

거기다 또 하나의 작전이 진행되고 있었다. 동쪽 성 밖 멀리 여기저기 희미하게 부싯돌이 번쩍인다 했더니 어느새 바짝 마른 가을들판에 야화(野火)가 타올랐다. 이윽고 치솟는 불길은 강풍에 밀려 무서운 속도로 다가들었다.

시뻘건 야화 불길은 온 벌판을 태우고 성벽을 휩싸 돌면서 다시 서쪽으로 태워갔다. 동쪽의 적들은 불길 속에서 아우성치며 타죽고 밟혀죽으며 서쪽으로 몰려갔다. 서쪽에서도 아우성치며 타죽고 밟혀죽으며 더 서쪽으로 몰려 달아났다.

여기저기 황망하게 달아나다 정림이나 운계 쪽으로 길을 잡은 왜적들은 배천 의병들에게 태반이 목숨을 잃었다.

다음날 9월 2일. 날이 밝자 천지는 완전히 딴 세상이 되어 있었다.

무서운 불길이 휩쓸고 지나간 사방의 시커먼 벌판에는 여기저기 아직도 타고 있는 나무에서 연기만 피어오를 뿐 움직이는 적들의 모습은 어디에도 보이지 않았다. 불길은 먼 주위의 여러 산에 올라 아직도 타고 있었다.

적 패잔병 대부분이 동북방 배천 방면에 모여 있다는 척후병의 연락이 있었다. 성의 경계를 늦추지 말라 하고 이정암은 일부 병력을 이끌고 나와 주위 수습에 나섰다. 적은 많은 식량과 무기를 버리고 달아났다. 쓸 만한 것들은 거두어 성내로 옮기고 가까운 주위의 불을 끄고 타 죽은 시체들을 묻으며 하루가 갔다. 밤에도 왜적들의 반격은 없었다.

다음날 9월 3일. 어제의 패잔병들은 사라지고 그 후에 모인 패잔병들은 흰옷으로 변복하고 배천을 지나 북쪽 산속으로 들어갔다는 척후의 보고가 들어왔다.

경계를 엄중히 하며 교대로 쉬라 했다. 조방장 김자헌, 별장 조응서, 별장 변렴이 병사들을 이끌고 성내로 들어왔다.

"덕분에 우리가 이긴 것 같소."

이정암이 반갑게 맞아들였다.

"오로지 대장님의 덕이오."

이정암을 속 깊이 고마워했다.

사방 어디고 적들의 모습은 전혀 보이지 않는다는 척후들의 보고가 들어왔다. 마침내 연안성은 아무 탈 없이 보전되었다.

그로써 호남과 의주를 잇는 서해안의 남북통로도 여전히 온전하게 보전되었다.

부산 해전

한산도 해전에서 역사적 승리를 거두고 기지로 돌아온 이순신은 왜군들의 근거지 부산을 치기 위한 준비로 바쁜 나날을 보내고 있었다.

부산은 이제 왜군들이 출입하는 유일한 수군기지요 본거지였다. 이 부산을 초토화시켜 그들의 출입을 차단한다면 조선의 왜군들은 보급이 끊겨 고사할 것이고 전쟁은 그만큼 빨리 끝날 것이었다. 왜군들 역시 이런 사실을 잘 알고 있으며 그래서 자신들의 목줄과 같은 부산은 결단코 지켜내려 했다.

이순신은 부산 방면에 심어놓은 소식통, 수시로 내보내는 척후들, 그쪽에서 빠져나오는 피란민 등에게서 듣는 정보를 종합하여 소상히 적정을 파악하고 있었다.

아직 미진하고 불안한 게 많았다. 그래서 더욱 준비하고 더욱 머리를 짜야 했다. 우선 불안한 것은 전함수의 차이였다. 전함을 늘리려 노력했지만 조선의 함대는 전라좌우도와 경상도의 전함을 다 합해도 200척에도 미치지 못했다.

왜군 측에서는 수군 재건을 위한 새로운 함정들이 계속 들어왔다. 수백 척 아니면 수천 척이 될 수도 있었다. 전함과 병력의 압도적인 차이를 극복해야 했다.

다음은 부산항의 요새화였다. 왜군들은 항구 주변의 산기슭과 등성이에 온통 참호와 토굴을 파서 방어태세에 만전을 꾀해 놓았다. 이에 대한 대책을 세워야 했다.

다음은 조선수군 기지와 너무 먼 거리가 문제였다. 여수에서 뱃길로 430리. 중간엔 조선수군의 기지가 없었다. 경상우수영이 건재했다면 더 이상 바랄 것이 없었지만 원균이 스스로 초장에 결딴을 내버렸으니 이제 아쉬워해 본들 속만 더 상할 뿐이었다.

부산 싸움은 결판을 낼 때까지 좀더 긴 싸움이 될 수도 있었다. 군수품의 보급이 안 되면 싸우다 말고 긴 뱃길을 후퇴해야 하고, 그러다 역습을 당하면 비참하게 패배할 수도 있었다. 짧은 시간에 이길 방책을 강구해야 했다.

이순신은 현재의 조선함대로써 이 모든 불안요소들을 극복하고 승리하는 길은 전투능력의 증강밖에 없다고 판단했다. 이억기와 연락하여 합동훈련에 들어가기로 했다.

한산도에서 돌아온 지 겨우 보름쯤 전라 좌, 우수영 함대는 8월 초하룻날 여수 앞바다에 모였다. 거북선 포함 판옥선 74척, 협선 92척, 도합 166척. 예상되는 왜군함선 수에는 훨씬 미치지 못했지만 이전보다 훨씬 많은 수였다.

다음날부터 좌, 우수영 함대는 맹훈련에 들어갔다. 정예 수군이 되기 위한 강화훈련이었다.

첫째는 함대의 기동훈련이었다. 지휘관의 명령에 따라 일사불란하게 그리고 능숙하고 민첩하게 전후좌우로 나아가고 회전하고 진형을 바꾸는 훈련이었다. 출전에 앞서 함정들의 합동훈련은 며칠씩 늘 있었지만 이번 훈련은 훨씬 오래갔다.

다음은 사격훈련이었다. 각종 화포의 명중률을 높이는 것이었지만, 이번에는 특별히 부산의 지형과 비슷한 장소를 찾아, 가상의 적선과 적병을 만들어 놓고, 실전처럼 사격훈련을 실시했다. 낮에는 물론이요 밤에도 했다. 이 훈련 또한 오래갔다.

그즈음 육지의 왜군들이 곳곳에서 조선군에 밀려 남하한다는 소식이 자주 들어왔다. 부산에 모였다 일본으로 달아날 것이라는 소문도 들렸다. 이순신은 원래 소문을 믿지 않았고 소문으로 움직이지도 않았다. 그러나 풍문이 돌 때는 정보에 좀더 주의를 기울였다.

소식은 더 자주 더 자세히 들어왔다. 각지에서 밀린 왜군들은 밀양과 김해 등지로 몰린다는 소식이었다. 가망 없는 전쟁이라고 여기는 왜장들이 소중한 것들을 미리 빼돌린다고 했다. 약탈한 물건들 특히 값나가는 문화재 등을 배에 잔뜩 싣고 낙동강을 내려와 부산으로 향한다고 했다.

그때 순찰사 김수에게서 공문이 왔다.

위로 쳐 올라갔던 적도들이 낮이면 숨고 밤이면 행군하여 양산강과 김해강 등지로 잇달아 내려오고 있소. 짐들을 가득히 실은 것을 보면 도망가고 있는 게 분명하오.

이순신은 출동결정을 내렸다. 왜적들이 도망가는 것은 바람직한 일이지만 그냥 도망가게 해서는 안 되는 일이었다. 무단히 남의 땅에 쳐들어와 온갖 참혹한 짓을 저지른 이 불한당들을 그냥 살려 보낼 수는 없었다.

8월 24일, 이순신은 이억기와 함께 그리고 수군 조방장 정걸(丁傑)을 동반하고 여수를 떠났다. 그날 남해 관음포(觀音浦)에서 일박하고 다음날 25일 사량도에서 원균과 합류했다. 원균의 배는 7척이었다. 그 밤 연합함대는 당포에 이르러 밤을 보냈다.

26일은 비바람이 심해 낮에는 쉬고 비바람이 가라앉은 밤에 항해하여 거제도를 지나갔다.

다음날 27일, 제포(薺浦: 진해) 뒤쪽 바다 원포(院浦)에 선단을 숨겨놓고 그 근처에 혹시 있을지 모르는 적선을 탐색했다. 탐색선들은 고성, 진해 일대를 다 뒤졌다. 그 과정에서 만난 조선육군의 탐색병이 정보를 전해주었다.

"고성, 진해, 창원 등에 진을 치고 있던 왜적들이 24일, 25일 밤중에 다 사라졌소."

조선수군의 출동을 확인하고 배를 보존하고자 도망친 것이었다. 원포에서 그 밤을 보냈다.

8월 28일, 일찍 출발해 낙동강 하구로 향했다. 김해강, 양산강이 흐르는 이곳 포구들은 서쪽으로 진출하는 왜 수군의 기지이고, 동시에 낙동강을 오르내리는 왜 수송선단의 기지였다. 이순신은 이 기지를 소탕할 작정이었다.

도중에 해안가에서 함대에 손을 흔들며 달려오는 사람이 있었다. 창원고을 구곡포(仇谷浦)에 사는 보자기 정말석(丁末石)이란 사람이었다. 왜적에 잡혀 있다가 사흘 만에 김해강 정박지에서 도망쳐 왔다고 했다.

"김해강에 떼로 정박해 있던 배들이 사나흘 간 몰운대 바깥 바다로 노를 재촉해 다 떠났십니더. 분명히 도망치는 꼴이라예. 소인은 그때 밤을 타서 도망쳐 왔십니더."

함대를 가덕도 북서안에 감추어두고 방답첨사 이순신과 광양현감 어영담의 선단을 내보냈다. 그들은 가덕도 동북에 숨어 적의 동정을 살피다 신시(오후 4시)에 돌아왔다.

"작은 배 4척이 두 강에서 나와 곧장 몰운대를 지나 부산 쪽으로 갔을 뿐입니다."

그 밤은 가덕도 서남 천성에서 보냈다.

29일, 새벽닭이 울 때 출발하여 동틀 무렵 강 하구에 도착했다. 마침 왜적이 탄 배가 양산강을 내려오고 있었다. 큰 배 4척, 작은 배 2척에 탄 300명쯤의 왜군들은 조선함대를 보자 배를 버리고 육지로 올라가 달아났다. 전라좌수영 좌별도장(좌측 특공대장) 우후 이몽구(李夢龜)가 배들을 모두 격파 소진시켰다.

하류의 두 강을 거슬러 올라가 왜 선단을 찾아 무찌르려 했으나 강폭이 좁아 그만두었다. 부산으로 갔다 오기엔 너무 저물어 가덕도 북안으로 와 밤을 지냈다.

다음날 9월 1일. 새벽닭이 울자 가덕도를 떠났다. 부산에 가 싸우고 돌아올 시간 가늠을 해서 일찍 떠났다. 진시(오전 8시)에 몰운대 앞에 이르렀는데 갑자기 동풍이 세차게 불고 파도가 높아 배를 부리기가 힘들었다. 이는 태평양에서 불어오는 바람을 바로 받기 때문이었다. 조심하면서 천천히 나아갔다.

화준구미(花樽龜尾: 부산시 사하구)에 이르러 연안에 머무는 왜 대선 5척을 만났다. 육지에 올라 있는 왜병들은 조선함대를 보자 배로 내려오지 못하고 더 높은 곳으로 달아났다.

다대포 앞에서 대선 8척, 서평포 앞에서 대선 9척, 절영도에서 대선 2척을 만났으나, 왜병들은 대적할 엄두를 내지 못하고 모두 산으로 달아났다. 배들이 물자를 가득 싣고 있었다. 그 배들을 남김없이 포격 소진시켰다.

왜선을 불태우는 동안 조선 탐색선들은 절영도 주위를 샅샅이 수색했다. 탐색선의 일부는 절영도의 서편 초량(草梁)의 좁은 물목을 지나 부산성 앞바다인 부산만으로 들어가고, 일부는 절영도의 동편 난바다 쪽으로 돌아 절영도 연안을 탐색하며 부산만으로 들어갔다.

탐색선들이 절영도 북쪽에서 부산포 쪽을 바라보니 섬뜩한 광경이 펼쳐져 있었다. 포구에는 500여 척의 함선들이 진을 쳤고, 포구 앞에는 견고하게 쌓아올린 방파제가 둥그렇게 울타리를 이뤘으며, 방파제 앞 수로에도 여러 척의 함선들이 미동도 하지 않고 죽 늘어서 있었다.

그뿐이 아니었다. 포구 뒤쪽 산 위에 있던 부산성은 어느새 왜성으로 변했고, 왜성의 외곽에서부터 여러 언덕을 지나 아래로 해안가에 이르기까지, 각종 화포와 투석기들을 앞세우고 수를 알 수 없는 많은 왜병들이 전투태세로 대기하고 있었다. 또한 많은 수의 기병들이 대오를 갖추고 그 사이사이로 줄지어 서 있었다. 조선함대의 출현을 예상하고 결전을 불사할 대결구도로 포진했음이 분명했다.

이 상황은 이순신에게 즉시 보고되었다. 3명의 수사들은 결전에 합의하고 자신들의 함대에 공격 준비령을 하달했다.

"부산포만은 하늘이 두 쪽 나는 한이 있어도 기필코 지켜라."

한산도 패전 이후 이순신의 수군을 만나거든 싸우지 말고 도망가라고 지시한 풍신수길이, 얼마 후 조선 원정군 총감독관으로 조선에 나와 있는 석전삼성에게, 부산 방어의 강력한 특명을 내렸다.

풍신수길의 뜻에 따라 애초에 조선 원정의 전체 계획을 구상하고 작전계획을 세운 사람도 바로 석전삼성이었다.

그의 계획대로라면 나고야에 대기중인 10만 명의 예비병력과 그 병참이 조선의 남해와 서해로 올라가 지금쯤 평안도에 상륙해 있어야 했다. 그런데 예비병력의 상륙은 고사하고 이미 상륙한 병력마저 자칫 고사할 위기에 처해 있고, 구차하게도 부산포 하나를 지키고자 풍신수길이 특명을 내리고, 일본의 육군 수군이 큰 떼로 모여 총력을 기울여야 할 형편이 되었다.

'결국은 이순신 하나를 당하지 못해 나까지 나서야 한단 말인가?'

삼성은 부산을 방어하는 패장들 말하자면 구귀가륭, 가등가명, 협판안치, 등당고호 등의 의견을 들어 부산 방어대책을 세웠다. 그리고 원정군 총사령관 우희다수가의 이름으로 그 대책을 부산 사령부에 작전명령으로 하달했다.

- 조선수군의 부산진출 예상항로를 선정하고 요처에 망대 세울 것.
- 적 선단을 발견하기 전이라도 적 선단의 부산 쪽 출동이 확인되면 남해안 일대의 모든 일본 선단을 부산으로 집결시킬 것.

- 부산 포구 방파제를 더 견고하게 더 높게 쌓을 것.
- 조선의 화포(대포)를 최대한 확보하고 그 사격법을 익힐 것(일본은 조선군의 천자, 지자포 같은 대형 화포를 그대로 만들어 실전에 배치했으나 거의 사용 불가였다. 조선의 주물작법을 몰라 일본식 주물작법으로 만들었는데 발사 때 포신이 거의 모두 파열되고 말았다).
- 투석기와 석탄(石彈)을 최대한 제작하고 적소에 배치하여 언제라도 사용할 수 있도록 할 것.
- 적의 상륙에 대비하여 요소에 방어병력을 배치할 것.
- 적을 최대한 사정거리 안으로 끌어들여 싸우고 거북선에 타격을 집중할 것. 가능할 때에는 적의 사령선에도 타격을 집중할 것.
- 선상병력을 정예화하고 그 병력을 화재 진압조와 저격조로 나누어 편성할 것.
- 적을 공격하기 용이한 해안가 등에 엄폐용(掩蔽用) 참호를 파고 필요한 경우 새로운 진지를 구축할 것.
- 적의 부산 쪽 출동이 확인되면 즉시 비상체제에 돌입하고 야간에도 항상 전투태세로 지낼 것.
- 전투가 끝나면 그 결과를 빠짐없이 즉시 보고할 것.

　왜군들은 이미 조선함대의 출동을 파악했고, 방어격퇴를 위한 결전 태세를 갖추고 조선함대를 기다렸다.

　조선함대는 이순신 함대를 선두로 원균 함대, 이억기 함대가 뒤따라 차례차례 신속하게 부산만으로 들어갔다. 그리고 포구 앞 멀찍한 위치에 진용을 갖추고 대치해 멈췄다.

　적 함선들은 동쪽의 산 밑 해안가에 세 군데로 나누어 정박해 있었다. 대, 중, 소, 합해서 470여 척 되었다.

이순신은 선상과 해안과 산언덕을 한 바퀴 죽 훑어보았다. 탐색선의 보고대로 적들의 방어태세는 과연 놀라웠다.

'저들의 기세가 결코 만만치 않구나.'

좌, 우의 산 위에는 어느새 많은 조선백성들이 모여 있었다. 그리고 손을 흔들고도 있었다. 가슴 벅찬 조선함대의 장쾌한 실전장면을 어서 보고 싶었으리라.

양편 사이에 무거운 정적이 잠시 흐른다 했더니 방파제 앞 수로에 섰던 적선 4척이 조선함대를 향해 움직이기 시작했다. 부산포를 지키는 항만수비 선단으로 선봉을 맡은 모양이었다.

이순신 함대의 정예 선봉선단이 즉각 공격에 나섰다. 거북선 돌격장 군관 이언량, 전부장 방답첨사 이순신, 좌부장 낙안군수 신호, 우부장 녹도만호 정운, 중위장 순천부사 권준 등이 다가가 집중포격을 가했다.

선상의 왜군들은 대적하는 흉내만 내다 이내 물속으로 너도나도 뛰어들었다. 그리고 필사적으로 해안을 향해 헤엄쳐 갔다. 4척의 왜선은 순식간에 박살나고 불에 탔다.

조선함대는 군악을 높이 울리며 선발대의 뒤를 이어 진용을 갖추었다. 긴 뱀이 몸을 펴듯 장사진으로 포구 앞을 가로막고 죽 늘어섰다. 이윽고 군악이 바뀌어 울리고 장사진은 6개의 학익진(鶴翼陣)으로 대형을 바꾸며 포구와 해안 적진을 에워쌌다.

멀리 산 위에서 백성들이 환호성을 질렀다. 소매를 들어 눈물을 훔치기도 했다.

조선함대가 대형을 정돈하고 있는 사이 왜병들도 움직였다. 선상에 있던 왜병들, 토굴 속에 있던 왜병들, 그리고 해안가 참호 속에 있던 왜병들이 다투어 산언덕으로 올라갔다. 그들은 여섯 군데로 모여 조총을 쏘아대기 시작했다.

조선함대에서도 대응 사격을 개시했다. 천지가 진동하는 폭음 속에서 양쪽의 총포탄과 화살이 장대비가 내리듯 우박이 퍼붓듯 쏟아졌다. 자욱한 포연이 하늘을 뿌옇게 가렸다.

왜군 쪽에서 날아오는 것 중에는 꽤 많은 편전(片箭)도 있었다. 가장 작지만 놀랍게도 무서운 이 화살은 조선군이 아니면 쏠 수가 없는 것이었다.

또한 조선군의 대형화포 소리와 똑같은 화포 소리가 적진에서 자주 들렸다. 상당수의 조선병사들이 포로로 잡혀 왜군 노릇을 하고 있다는 증거였다.

조선장수들은 선단을 해안 쪽으로 좀더 가까이 전진시켜 화포를 쏘았다. 왜군의 피해가 배로 늘어났다. 그래도 왜군의 사격은 조금도 줄어들지 않았다.

이순신은 앞으로 나선 선단에 영하기(令下旗)를 들어 올려 공격선을 2선으로 물리고 거북선들(개조형 거북선을 포함 8척)을 최근접으로 전진시켰다.

거북선은 역시 왜군들에게는 가공할 전함이었다. 왜군들의 집중사격에도 아랑곳하지 않고 적진지 코앞에 다가가 대장군전, 장군전, 피령전, 철환 등을 정신 못 차리게 퍼부었다.

다만 딴 때와는 달리, 석탄(石彈: 돌덩어리 탄환), 철환(鐵丸: 쇳덩어리 탄환) 장군전 등 거북선의 선체가 쭈그러들 만큼 강력하게 때리는, 조선 측 집중사격의 유탄 피격을 최대한 피하기 위해서, 근접시간을 짧게 하여 교대로 들락거리며 맹공을 퍼부었다.

날이 저물면서 왜군 선단을 태우는 화염은 더욱 밝게 치솟고, 엄청난 사상자를 낸 언덕 위 왜적의 기세는 크게 꺾였다.

장수들은 이 승세를 타고 뭍으로 올라 왜적들을 섬멸하고 싶어 했지만 이순신이 허락하지 않았다. 왜병들이 들끓는 부산지역으로 그것도 밤에 상륙하는 것은 매우 위험한 일이었다.

이순신은 부산 가까이 조선함대가 야박(夜泊) 할 곳이 없는 것이 한이었다. 내일 하루쯤 더 공격하여 왜적수군의 뿌리를 뽑고 싶었지만 그럴 수가 없었다. 보급품이 떨어져가고 있었다.

왜 선단은 최소 100여 척이 격파되고 소진되었고, 언덕 위 왜 병사들은 수를 셀 수 없을 만큼 많은 사상자를 냈다.

"우리의 대승이다. 후미부터 가덕도를 향해 항진하라."

목청이 터져나가는 벅찬 승리의 함성과, 붉은 노을의 저녁바다를 쾅쾅 출렁키는 승전고(勝戰鼓)의 진동 속에서, 함대는 뱃머리를 돌려 회항의 길에 올랐다.

멀리 산 위에서 계속 전투광경을 지켜보던 백성들은 펄쩍펄쩍 뛰었다. 두 손을 흔들며 기쁨의 함성을 지르노라, 두 눈에 흐르는 눈물을 닦을 줄 몰랐다.

조선함선들은 질서정연하게 초량을 빠져 지나 몰운대 쪽으로 나아갔다.

이순신의 기함이 막 돌아섰을 때였다. 통곡소리와 함께 녹도의 판옥선이 급히 다가왔다. 흰 천을 덮은 시신 한 구가 협선에 내려져 기함으로 옮겨졌다. 불길한 예감으로 이순신이 다가가 천을 걷었다.

"오 … 이럴 수가 … ."

이순신은 깊은 한숨을 토했다. 시신은 큰 철환(鐵丸)의 적탄에 이마가 터져나간 녹도 만호 정운이었다.

장수(將帥)로서는 첫 전사였다. 이순신은 천천히 천을 덮어주고 돌아서 먼 밤바다로 시선을 돌렸다.

정운은 계속 최전방에 있었다. 전투가 끝나가고 돌아서려는 찰나 날아온 총탄에 이마를 맞았다. 동시에 통나무 넘어지듯 정운은 쓰러지고 말았다.

급히 사상자를 점검했다. 전사 정운 포함 5명, 부상 23명이었다. 비교가 되지 않는 일방적 대승이었으나 이순신의 가슴은 그 어느 때보다도 비통했다.

정운은 이순신보다 2년 연상이었다. 전라도 영암 태생으로 거산찰방(居山察訪) 웅천현감(熊川縣監), 제주판관(濟州判官) 등을 역임했으나, 상관의 일일지라도 직언하는 강직한 성품 때문에 파면 복직을 되풀이하다, 임란 때 나이 50에 겨우 만호였다.

그러나 나이나 직위와는 상관없이 전쟁에서도 그는 그의 성품만큼 용감한 장수였다. 이순신에게 타도 출정을 맨 먼저 주장한 사람도 정운이었다. 그는 전투 때마다 항상 선봉에서 가장 용감하게 싸운 이순신 함대의 보배였다.

정운의 죽음에 하늘이 노여워했는지, 서글퍼했는지 갑자기 강풍이 불고 파도가 치솟았다. 시간이 갈수록 바람과 파도는 점점 더 세지고 더 거칠어졌다. 함선들은 심하게 흔들리고 부딪치고 부서졌다. 노꾼들은 손에 피가 흐르고 병사들은 지쳐 비틀거렸다. 어디든 들어가 쉬어야 했지만 어디든 적이 나타날 수 있는 해역에서 들어가 쉴 포구는 없었다.

전쟁보다도 더 힘들게 파도와 싸우면서 간신히 가덕도에 도착한 것은 자정이 되어서였다. 무사히 도착한 이때서야 이순신은 가슴을 쓸어내렸다. 그리고 조용히 갑옷부터 벗었다. 총상 이후 아직도 흐르는 어깨의 진물을 찬찬히 씻어 내렸다.

이순신은 이번 회군의 뱃길에서 간담이 서늘한 경험을 그러나 참으로 소중한 교훈을 얻었다. 수군만의 부산까지의 먼 뱃길에서는, 그리고 적이 수시로 들락거리는 적지에서는, 폭풍만으로도 함대가 전멸할 수 있다는 아찔한 사실이었다. 하기야 고려시대 때에 강력한 원구(元寇)의 대함대도 폭풍만으로 두 번씩이나 거의 전멸되지 않았던가.

다음날 9월 2일, 세 함대는 다음을 기약하고 각자 기지로 돌아갔다. 이순신은 전과 같이 자세하게 장계를 써서 행재소에 올려 보냈다. 이번 장계는 낙안군수 신호의 대변군관(待變軍官 : 비상대비 군관)인 업무교생(業武校生) 송여종(宋汝悰)이 가지고 올라갔다.

전사한 녹도 만호 정운의 인간됨과 공로를, 그동안 전투 때마다 늘 용감히 싸워 군공이 모두 1등인 군관 송여종의 공로를, 장계에 특기했다. 조정은 전사한 정운의 후임으로 송여종을 임명했다.

왜의 부산 주둔군인 제9군사령관은 풍신수길의 조카이며 양자인 우시수승(羽柴秀勝)이었다. 그는 무사출신이 아니고 평민출신으로 예민하고 심약한 성품의 소유자였다. 그는 신분 덕택에 비록 전쟁터이긴 하나 가장 안전한 부산 주둔군 사령관이 되어 조선으로 건너왔다. 그의 전쟁참가는 말하자면 낯선 외지로의 유람 같은 것이었다.

그러나 풍토병으로 고생까지 하는 처지에 이번 부산포 해전을 몸소 겪었다. 얼마나 놀랐는지 그 후로는 매일 악몽에 시달리고 공포에 떨었다. 밤마다 꿈속에서 거북선과 조선함대가 나타나고, 비 오듯 쏟아지는 포탄에 맞아죽은 무수한 주검들이 나타났다. 눈을 부릅뜨고 자신을 바라보는 수많은 원망의 눈초리에 진땀을 흘렸다.

낮에는 휘하들이 전하는 절망적인 상황에 간장이 졸아 들었다.

"몰래 밀항하여 본국으로 돌아가는 숫자가 늘어난다 합니다."

"명나라 군사와 조선군사가 쳐내려오는 중인데 이순신이 다시 나타나 퇴로를 차단한다 합니다."

우시수승은 부산포 해전 직후부터 시름시름 앓다가 그만 맥없이 죽고 말았다.

진주성 (晉州城) 전투

    한산해전(閑山海戰) 참패 이후 풍신수길의 뇌리를 떠나지 않고 괴롭히는 가장 큰 골치 덩어리는 물론 이순신이었다. 이순신 때문에 전쟁계획의 전체 구도가 다 허물어졌다.

    '수군으로 안 된다면 육군으로라도 반드시 이순신을 쳐부숴야 해.' 풍신수길은 이를 갈며 다짐했다. 육군의 힘으로 전라도로 밀고 들어가 이순신의 소굴을 무찔러버리면 되는 일이었다.

    풍신수길은 나고야에 남은 예비병력의 일부를 추가로 상륙시켜 전라도를 공격하기 위한 전략을 세웠다. 그런데 부산에서 또다시 이순신에게 참담한 패전을 겪었다. 풍신수길은 특명을 내렸다.

    반드시 이 핫바지(이나가쓰삐이)를 무찔러라. 도대체 말이 되느냐? 대일본의 전군이 그 핫바지 한 놈에게 절절매다니 말이 되느냐? 이제 육군이 연합하여 전라도로 들어가라. 그래서 여수의 이순신을 무찔러 버려라.

경상도 주둔군인 모리휘원(毛利輝元)의 제7군과 장강충흥(長岡忠興), 장곡천수일(長谷川秀一), 목촌중자(木村重慈), 가등광태(加藤光泰), 편동차원(片桐且元) 등 맹장들이 지휘하는 후속부대들이 연합하여, 병력 3만의 대부대가 김해에 집결했다. 그들은 전라도 진공을 위한 필승의 전의를 다졌다.

특히 나중에 이 전쟁에 참가한 후속부대의 장수들은 늦은 만큼 더 크게 눈에 번쩍 띄는 공을 세우고자 내심 단단히 벼르고 있었다. 그들은 우선 진주(晉州)를 수중에 넣는 것이 첫 목표였다. 다음 하동, 광양, 순천으로 진출하여 이순신의 본거지 여수를 공략할 작정이었다.

이 연합부대는 9월 24일 김해를 출발하여 창원 북쪽 노현(露峴)에서 경상우병사 유숭인(柳崇仁), 사천현감 정득열(鄭得悅), 가배량 권관 주대청(朱大淸) 등이 인솔하는 조선군 부대를 대파하고, 27일 창원을 점령했다.

10월 2일, 함안을 점령하고, 10월 5일 마침내 진주 외곽 임연대(臨淵臺)에 이르러 숙영에 들어갔다.

일본군 연합부대에 참패한 유숭인 일행이 100여 기의 병력을 이끌고 그날 진주성 동문에 나타났다.

"경상우병사 유숭인이다. 성문을 열어라."

문루의 병사들이 내려다만 볼 뿐 성문은 열어 주지 않았다.

"귀가 먹었느냐? 문 열란 말이다."

유숭인은 소리를 꽥 질렀다.

잠시 후 진주목사 김시민(金時敏)이 문루에 나타났다.

"병사께서는 밖에서 외원(外援)으로 소인을 도와주시지요."

"외원이라니?"

"주변 산속에 계시면서 소리만 쳐주어도 큰 도움이 됩니다. 성은 소인에게 맡겨주십시오."

유숭인은 기가 막혔다. 자신은 종2품 병사였다. 정3품 목사는 상관인 병사의 명을 들어야 하고 절제를 받아야 했다. 더구나 대적이 앞에 있는 위험한 상황에서 자기를 내쫓는 것이었다.

"김시민 이놈, 내 결코 너를 용서치 않으리라."

흰 눈을 치뜨고 노려보다 돌아섰다.

코앞에 다가와 있는 3만의 왜군. 진주성이 며칠을 버틸 수 있단 말인가? 유숭인은 이를 갈았지만 차라리 잘된 일이라 여기며 그 자리를 떠났다.

"한 사람의 힘이라도 보태야 할 판국인데 왜 그랬습니까?"

곤양군수 이광악(李光岳)이 물었다.

진주성에는 김시민 휘하병력 3천7백, 그리고 이광악 휘하 1백, 합해서 3천8백의 병력이 전부였다.

그러나 이 병력의 대부분인 김시민 병력은 김시민과 피땀을 같이하며 성장한 병사들이었다. 김시민의 명령일하 강철같이 결속하고, 일사불란하게 움직이며, 물불을 가리지 않고 전진하는 강병들이었다.

유숭인이 들어와 상관이랍시고 자기가 지휘한다고 나서면, 상하 호흡이 맞지 않아 질서는 흔들리고 병사들은 의지가 꺾이어, 오합지졸로 변할 것이었다. 전투를 앞두고 장수를 바꾸는 것은 병법에서도 대기(大忌) 사항이었다.

"힘은 뭉쳐야 커지지요. 허나 유 병사가 들어오면 힘이 갈라져 약해

집니다."

금년 39세의 김시민은 충청도 목천현(木川縣: 충남 천안시 병천면) 태생으로 무과출신이었다. 그는 선비집안 출신이었지만 부모의 반대를 무릅쓰고 자기 취향대로 25세에 무과를 거쳐 무인의 길로 나섰다.

성품이 호방한 8척 거인으로 병법에 통달하고 무략이 뛰어나 일찍이 정언신이 인정한 인걸이었다.

금년 39세의 이광악도 충청도 충주 태생으로 역시 무과 출신이었다. 병법과 무략의 정도를 신봉하는 무장으로 동갑내기 김시민을 존경했다.

김시민은 임란 당시 진주판관(晉州判官)이었다. 민관을 막론하고 무조건 피해 숨으라는 경상감사 김수의 명령에 따라 김시민도 목사 이경(李璥)과 함께 지리산으로 숨어들었다. 산지사방으로 다 흩어져 달아났으니 적들에게만 좋은 일을 한 셈이었다.

서울로 잡혀가던 경상 우병사 김성일이 초유사의 임무를 받아 다시 내려왔다는 소문을 들었다. 몸이 아픈 목사는 산속 암자에 두고 병사들을 데리고 산에서 내려왔다. 이쪽으로는 적의 그림자도 지나가지 않았다. 김수가 있는 거창(居昌)으로 가면서 진주에 들른 김성일이 김시민에게 부탁했다.

"이쪽으로도 적들이 들어올 것이오. 목사가 없으니 판관이 잘 지켜주시오."

김시민은 다시 전투준비에 들어갔다. 무기와 식량을 모으고 병사들을 모아 훈련시켰다. 훈련시킨 보병과 기병이 1천여 명이 되었다.

적들은 과연 이쪽으로도 쳐들어오고 있었다. 창원(昌原)을 치고 진해(鎭海)를 거쳐 고성(固城)을 치고 사천(泗川)까지 들어왔다. 무인지경으로 짓쳐들어오며 나대는 적을 보고만 있을 수는 없었다.

기동력이 빠른 기병들을 이끌고 사천 쪽으로 나가 요지에 숨어 있었다. 진주를 향해 사천을 나온 적들은 흡사 소풍객의 무리였다. 총대를 거꾸로 어깨에 메기도 하고 노래를 흥얼거리기도 했다.

기병들이 질풍같이 달려들었다. 적들은 순식간에 수십 명의 사상자를 내고 사천성 안으로 도주해 들어갔다. 성을 포위하고 맹렬한 공격을 퍼부었다. 적들은 견디지 못하고 밤중에 고성으로 달아났다. 김시민은 병사들의 무장을 다시 갖춘 다음 고성을 포위공격했다. 적들은 밤중에 또 달아나 이번에는 진해의 적들과 함께 아예 창원으로 물러가 버렸다.

김시민은 부하들과 백성들에게서 대단한 칭송을 받았다. 그러나 적들에게는 시급히 그리고 반드시 제거해야 할 표적이 되었다.

목사가 회복을 못하고 병사하자 조정에서는 김시민을 목사로 임명했다. 목사가 된 김시민은 각지에 척후들을 보내서 적정을 탐지하는 한편 전투준비에 한층 더 정성을 쏟았다.

그는 사천 전투에서 왜군의 조총을 여러 자루 노획했다. 그는 조선군에게는 가공할 무기인 조총에 주의했다. 조선군이 가진 승자총통과 비교해 보았다. 다 같이 개인화기로 기본 구조는 별반 다를 게 없는 화승총(火繩銃)이었다. 그런데 성능은 완전히 달랐다.

승자총통은 잘해야 50보 나가는데 조총은 100보도 더 나갔다. 총소리도 승자는 별로 놀랄 것 없는 '펑' 소리가 났으나, 조총은 가까이 있는 사람이 놀라 자빠질 지경으로 엄청난 굉음인 '꽝' 소리가 났다.

그는 침식을 잊을 정도로 연구에 몰두했다. 그리고 그 차이점을 알아냈다. 첫째는 쇠의 차이였고, 둘째는 총신의 차이였다. 조선총은 주철(鑄鐵: 무쇠)이었고, 일본총은 단철(鍛鐵: 두드린 쇠)이었다. 조선총은 총신이 짧고, 일본총은 총신이 길었다.

그는 큰 대장간을 짓고 야장(冶匠)들과 함께 일본총과 같은 총의 주형(거푸집)을 만드는 데 매달렸다. 그리고 거기에 우선은 무쇠를 부어 총을 만들어 보고 시험 발사를 해보았다. 여러 번의 시행착오 끝에 마침내 조총의 성능과 거의 비슷한 총을 만들어낼 수가 있었다.

그는 많은 사람들을 풀어 무쇠를 수집했다. 그리고 찾을 수 있는 야장들을 모두 데려와 밤낮을 가리지 않고 부지런히 유사 조총을 만들어냈다. 그는 또 화약 기술자들을 찾아내 화약도 제조하고 비격진천뢰, 질려탄 등의 폭탄도 대량으로 만들어냈다. 그는 또 쓰지 않고 버려둔 대포를 찾아내고 손질하고 시험해서 성벽 위 여러 곳에 배치했다.

부지런히 준비하면서 9월말에 이르자, 유사 조총이 170여 정이요, 대소 총통(대포) 수십 문에, 각종 포탄이 수천 발이고, 화약도 150여 근이나 되었다.

10월 6일. 임연대에서 밤을 새운 적들은 일찍부터 서둘렀다. 들판 가득 갖가지 깃발들을 휘날리며 움직이기 시작한 무리들은 멀찍이 진주성을 둥그렇게 싸고 멈췄다. 그새 한낮이 되었다.

잠시 주춤하는가 했더니 적들은 갑자기 함성을 지르고 조총을 마구 쏘며 달려들기 시작했다. 총소리, 고함소리는 천지를 흔들고 각종 월성(越城) 장구들을 지닌 적들은 새까맣게 몰려왔다. 일거에 성을 넘어들 무서운 기세였다.

그러나 성벽에는 깃발만 하염없이 나부낄 뿐 병사 한 사람 보이지 않았다.

"당장 올라타고 넘어라"

성 밑에 다가와 복작거리는 왜병들을 향해 기병장수들이 재촉할 때였다. 갑자기 성안에서 북소리가 요란하게 울렸다. 동시에 콩 볶듯 총소리가 터지고 총탄이 비 오듯 쏟아졌다. 성을 기어오르고자 버둥대고 바글거리던 왜병들이 순식간에 피를 토하며 무더기로 쓰러졌다.

전혀 뜻밖의 사태였다. 조선군이 이렇게 대대적으로 총을 쏘는 일은 전에는 한 번도 없었다.

"빨리 후퇴하라!"

장수들이 아연실색하여 후퇴를 재촉했다.

후퇴한 적들은 민가로 흩어졌다. 대문, 부엌문, 마루, 찬장 등 판자로 된 것은 닥치는 대로 뜯어냈다. 그것들로 방패를 만들어 들고 나와 성벽에서 백 보쯤의 거리에 죽 늘어세웠다. 그리고 그 뒤에 엎드려 총을 쏘았다.

한편 일부 병력은 민가를 헐어 기둥을 뽑고, 산에서 나무를 찍어 와 구조물을 만들어 세웠다. 거기 장막을 쳐서 야영군막을 만들었다. 군막은 산기슭 따라 10여 리에 500여 채가 넘었다.

성위에서 바라보니 장관이었다. 군세가 어마어마한 그 광경을 바라보며 병사들은 기가 질렸다.

어두워지면서 총소리는 사라지고 양측은 조용히 가라앉았다. 김시민은 성문 문루에 악공을 불러들였다.

"흥겨운 가락을 뽑아 보아라."

4천도 안 되는 병력이 3만에 포위되었다는 격차감은 병사들에게 두려움이 아닐 수 없었다. 그 두려움에 날카로워진 긴장감은 막막한 어둠 속에서 더 두드러질 수밖에 없었다. 김시민은 병사들의 그런 심사를 달래주었다.

밤을 타고 퍼지며 들려오는 흥겹고 부드러운 퉁소가락에 병사들은 한결 누그러졌다. 김시민은 성벽 위를 한 바퀴 돌며 병사들을 위로하였다.

"우리에게는 이 성벽이 있다. 오늘 보았지? 마음만 단단히 먹으면 우리는 10만이고 100만이고 물리칠 수 있다. 자신감을 가져라."

날이 바뀌어 10월 7일. 어둑한 새벽, 김시민은 장창을 하나씩 움켜쥔 500명 기병들을 이끌고 조용히 성문을 나왔다. 그리고 산기슭에 늘어선 적의 막사로 돌진해 들어갔다.

아직 잠자리에 있던 적들은 속수무책으로 찔리고 짓밟혔다. 막사는 부서지고 불붙어 타올랐다. 수십 개의 군막을 순식간에 이렇듯 뭉개버린 다음 바람같이 돌아와 성안으로 사라졌다.

그날 적들은 성을 공격하지 않았다. 적들은 성 밖으로 나가 행패를 부렸다. 수십 리 멀리까지 나가 관가, 민가, 창고, 절간, 재실 등 건물이라고 세워진 것은 몽땅 부수고 불태워 버렸다.

밤이 깊어지자 이번에는 살금살금 월성 장구를 가지고 성 밑으로 모여들었다. 성 위에서는 모르는 척 기다리고 있다가 밧줄이든 운제든 걸치고 올라오면 총포를 쏘고 질려탄과 진천뢰를 내던졌다. 적들은 숱한 사상자를 내고 물러날 수밖에 없었다.

다음날 낮에는 성 밖 높은 곳에 통나무를 우물 정(井)자 모양으로 높이 쌓아 올려, 수백 개의 산대(山臺)를 만들었다. 거기 올라서서 성안으로 총을 쏠 셈이었다. 조선군은 적들이 통나무를 쌓아 올릴 때는 기다려 주었다. 그러다 통나무가 다 쌓이고 산대가 완성될 때쯤 되어 대포를 쏘아 부숴 버렸다.

8일, 9일, 10일, 적들은 별짓을 다해 공격했지만 김시민을 당해낼 재간이 없었다. 거기다 9일부터는 주위 산에 조선의병들이 나타나 성내의 병사들과 호응하기 시작했다.

김성일의 부탁으로 쫓아온 사람들이었다. 거의 다 의병장들이었다. 동쪽으로는 윤탁(尹鐸), 정충언(鄭忠彦), 심대승(沈大承), 서쪽으로는 최경회(崔慶會), 임계영(任啓英), 정기룡(鄭起龍), 남쪽으로는 조응도(趙凝道), 정유경(鄭惟敬), 최강(崔堈), 이달(李達), 북쪽으로는 김준민(金俊民) 등이 나타나 성내와 호응하며 적들의 뒤를 괴롭혔다.

낮에는 함성으로 호응했고 밤에는 횃불로 호응했고 또한 이곳저곳에서 야습을 감행해 괴롭혔다. 이들 의병들 때문에 적들은 불안해지고 조급해졌다.

10일 밤, 적들은 의병을 경계하면서 발악과 같은 총공격을 감행했다. 적들은 몇 겹으로 무리를 나누어 성벽으로 밀려들었다. 각 성문에도 몇 겹의 무리가 교대로 밀려들었다.

온 산야를 진동시키는 대포와 총포의 포성, 쏟아지는 총탄, 질려탄과 진천뢰의 폭음과 섬광, 의병들의 횃불과 함성, 그리고 적의 무리 처처에서 들리는 단말마의 비명과 아우성.

한밤이 다 가도록 진주성 주위는 깔축없는 아수라(阿修羅)의 지옥이었다.

뿌연 새벽, 김시민은 성벽에 올라 사방을 둘러보았다. 시야에 떠오르는 적들의 모습을 확인하면서, 김시민은 마침내 결말을 예견하고 있었다.

호통에 쫓겨 휘청거리고 비틀거리며 쇠잔한 등을 구부리고 사방으로 뛰어 달리는 적병들, 쓰러져 버둥거리면서 끝없는 더미로 이어져 신음하는 부상병들, 산기슭 도처에서 웅얼거리는 염불을 들으며 불구덩이에 태워지고 있는 숱한 시체들.

'마침내 이겨내는구나. 하지만 끝끝내 잘해야지.'

김시민은 장막이 내려지기 전에 미리 자리를 뜨지 않도록, 병사들의 속내를 막판으로 다잡아야 했다.

그는 한 바퀴 돌고자 돌아섰다. 그때였다.

피융….

어디서 날아왔는지 알 수가 없었다. 적탄이 이마를 뚫고 그는 그만 쓰러지고 말았다.

"큰일 났습니다."

"무슨 일이냐?"

"목사님께서 쓰러지셨습니다."

이광악이 부리나케 달려왔다.

"내아로 옮기고 의원을 부르라."

김시민은 들것에 실려 내려와 치료를 받았다. 의원들이 쫓아와 약을 바르고 탕약을 입으로 흘려 넣었다. 여전히 인사불성이었다.

날이 밝아 오자 적들은 기를 쓰고 덤벼들었다. 적들은 온 힘을 동문

446

하나에 쏟을 작정인 것 같았다.

이광악이 병사들을 지휘했다. 역시 끝끝내 잘해야 했다.

이광악은 대포의 명수였다. 손수 대포를 잡고 연속 명중시켰다. 말 위에서 칼을 빼들고 고래고래 소리를 지르며 적병을 몰아붙이던 적장 장강충흥(長岡忠興)이 정통으로 포탄을 맞고 말에서 거꾸로 떨어졌다. 휘하들이 그를 떠메고 달리면서 적들은 물러나기 시작했다.

사시(巳時: 오전 10시경)가 되면서 패잔의 적들은 함양 방면을 향하고 발길을 재촉했다.

멀리 사라지는 적들을 바라보며 병사들은 주체할 수 없이 흐르는 눈물을 주먹으로 씻어냈다. 참으로 묘한 눈물이었다. 기쁨과 슬픔의 범벅이었다. 펄펄 뛰며 이겨낸 기쁨의 환호성을 질러야 했지만, 대장과 함께 꺼져 내린 가슴속 때문에, 그냥 그렇게 눈물을 흘리고 씻으며 주저앉아 있었다.

김시민은 끝내 소생하지 못하고 그해 12월 26일 숨을 거뒀다. 39세.

(3권으로 계속)

명량대첩 1597. 9. 16
이순신, 13척의 병선으로
왜선 133척 격파

진도

전 라 우 수 영

병영(兵營)

해남

장흥

순천

광양

완도

고흥

전 라 좌 수 영

여수

명

선조의 몽진

의주

서산대사

묘향산

길주

정문부

유성룡

이정암

평양

사명대사

권율(행주대첩)

연안

행주

금강산

신 립

명군

조헌·영규스님

충주

옥천

김덕령

고경명

담양

나주 광주

의령

진주 거제도

왜군

김천일

이순신(명량대첩)

해남

곽재우

일
본

김시민(진주대첩)

이순신(한산도대첩)

임진왜란 주요 격전지역

노량해전 1598. 11. 18~19
왜선 300척 격파,
이순신 전사

울산

합포(마산)

경상우수영 경상좌수영

통영

동래

부산

거제도

옥포

한산도

부산포해전
1592. 9. 1
왜선 100여 척 격파

사천해전 1592. 5. 29
왜선 13척 침몰,
거북선 최초 활용

옥포해전 1592. 5. 7
왜선 44척 격파

한산도대첩 1592. 7. 6~13
왜선 90척 격파,
일본수군 전멸

당포해전 1592. 6. 2
왜선 26척 격파,
30척 침몰

대 마 도

엄원 (이즈하라)

일 본